亲爱的陌生人

【下】

柳暗花溟 作品

LIUAN HUAMING

北京联合出版公司
Beijing United Publishing Co.,Ltd.

目 录
Contents

目 录

Contents

第二十章　如果这还不算爱

日子就这么过去了三天，计肇钧终于能做到完美地掩饰情绪，回到公司上班了。江东明以照顾计维之、等待朱迪痊愈为借口，留在了计家大宅。

“随便你。”临走时计肇钧只淡淡对他说了三个字。公司没有江东明一样可以运转，有朱迪在，他也不觉得江东明能在老宅里兴风作浪。

下山路上计肇钧遇到堵在那里的记者，他故意装出一副欲言又止的样子，没有多说什么，只让媒体自己去猜测他和朱迪的关系。

为此，朱迪被迫收起了暗中的爪子，老实窝在了计宅里。

路小凡完全没有被计肇钧的花边新闻波及，她安稳地待在家里玩隐身。

“怎么感觉不太对头呢？”刘春力一边翻看手机新闻一边说。他这几天请了假，专门在家陪路小凡，虽然路小凡几乎每天都不说话。

“计家出了这么大的新闻，计肇钧成了八卦娱乐的中心，连那些大明星未婚先孕的新闻都抢不上头条了。怎么你就全身而退，全须全尾的呢？”

路小凡翻身向里，继续采取不予理会、全无反应的态度。

刘春力扬手，佯装要抽她，也不过是虚空比画了一下，嘴里念念有词，配合着龇牙咧嘴的凶狠表情，并不敢发出声音。

“我是真觉得有点儿奇怪，虽然逻辑上倒也正常，可就是感觉有些刻意，好像生怕别人不知道这个绯闻，专门找人挡刀似的。”刘春力继续说。

路小凡还是不动，虽然她全听到了。

这下，刘春力真的没办法了，只得沮丧地站起来说：“我去买午饭，你给我好好在家待着，不许到处乱跑。”

听到刘春力关门的声音，路小凡才动了动。她能跑去哪里呢？她通向全世界的路，在计肇钧封闭两人之间的关系的那刻，都被堵住了。都说失恋不是世界末日，可为什么她的世界全变成灰色的了？

眼泪，不知不觉就滑了下来，这就是她不想动弹、不想说话的原因，她怕自己控制不住。她知道刘春力一开始绝口不提那个名字，是怕刺激她，后来又故意提，就是想刺激她，好让她活过来。

可是她根本没有想去死啊，抑郁而终这种事，她是无论如何都办不到的。

她只是觉得自己活得没有生趣而已。

虽然这么想着，她还是深深长长地吸了口气，努力从小床上爬起。

她应该坚强点儿是不是？不然小舅会担心。再这样下去，说不定会打电话给爸爸妈妈。她这么大了，不应该再让父母操心才是。所以尽管心痛得全身麻木，她还是得强迫自己振作。

只是，哪有那么容易啊！

她不是不想理顺自己的感情和思绪，重新开始，勇敢地走在人生路上。而是她根本不能想起那个人、那个名字，以及有关那个人的一切。

但凡想到，她的心就痛到无法呼吸。

她抬起手，露出自嘲的笑。

左手无名指上，那只漂亮可爱又造型独特的订婚戒指，如今看起来却冰冷讽刺，此刻好像也正以一种高高在上的态度嫌弃着她。

计肇钧曾经说过，不得他的允许，她就不能将它摘下来。现在，他这是允许了吧？

路小凡微微用力，把戒指取了下来。

刘春力回来后，看到她好好地坐着，精神似乎也恢复了一些，他心里正惊喜呢，她却突然来了一句："明天陪我去下计氏总公司。"

"干吗？不是去寻找最后和好的机会吧？"刘春力立即警惕起来，"告诉你啊，老路家加老刘家都没有这么不带种的人，我不许你低头！我没跑去杀了他就不错了，算我求你别给我这个机会。"

"我只是去还这个。"路小凡举起戒指，脸上看起来还是恹恹的，没什么精神。

"凭什么还，美得他。"刘春力愣了一下，忽然很生气。

"这个很贵的。"路小凡却很平静，抿了抿干燥得起皮的唇，"我是喜欢他，却不是卖给他。他的东西，我必须还回去才能了断。"

"那寄给他！"

"这个很贵的。"她重复了一句，"邮寄过程中如果丢了，我们赔不起。"

"那给我！"刘春力伸手，"我去帮你还！"

"不，我要亲手还给他……"正如他当初亲手帮她戴上。

而且她还怕刘春力控制不住情绪，跟他打起来。虽然刘春力很弱，但她觉得真动起手来，计肇钧只会挨着，不会还手。现在她既恨不了他，也不想让他受伤。

"你不是借机会，又想见他一面吧？"刘春力突然怀疑地问，有些恼火。

路小凡的眼泪突然就流了下来。

刘春力立刻慌了，忙着哄道："不哭，不哭，我错了，我错了还不行吗？小舅满嘴胡话，小祖宗，你别和小舅计较。"他一边说一边给路小凡擦眼泪，还拿着她的手打自己，“要不你打我这破嘴几下，出出气。”

路小凡使劲抽回自己的手：“打长辈，你想让我给雷公当点心吗？”她这么说着，声音虽然还哽咽着，眼泪却少了些。

她很羞愧，嘴上说着要亲手把戒指还给计肇钧，可内心深处还是渴望再见他一面，哪怕再看一眼也好。这样隐晦难明的愿望，连她自己都无法直视，此时被赤裸裸地揭穿，让她觉得自己软弱极了。

“还好，还会开玩笑，没傻。”刘春力摸摸她的额头，叹了口气，“以前我常听你妈念叨一句话：夫妻是缘，有善缘，有恶缘，冤冤相报。儿女是债，有讨债，有还债，无债不来！我还为你抱不平呢，心说我家小凡不是债，多乖巧的姑娘啊，五岁就会照顾生病的老人、做家务，中学就能做家教兼职，过了十八岁就没从家里拿过一分钱，又学习又打工，月月往家里寄钱。现在我明白了，不听老人言，吃亏在眼前，你知道你这么伤心，我跟着死了多少细胞吗？我恨不能替你受罪。才说一句不中听的，你就眼泪汪汪，这是扎我的心吗？我这还只是小舅，亲妈亲爸又当如何？所以啊，我决定将来不结婚生子，要是生个女儿来玩失恋，我一把老骨头就交待在这儿了。就让老刘家从我这儿断根吧，别再延续下去了。”

他故意叽叽歪歪说一堆，分散路小凡的注意力，路小凡却惭愧了。

是啊，她沉浸在自己的悲伤里，亲人也跟着愁云惨雾。她难过，可想过别人的感受没有？所以不管如何，她哪怕是装，也要振作起来。

“还了戒指之后，我跟他再也没有瓜葛了。”她认真地说，还试图举起手来向上天发誓，被刘春力一巴掌打掉。

“举头三尺有神明，你给我记着，以后不许随便说狠话，应验了怎么办？不就是见计肇钧吗？好办得很，我这就给卤鱼干打电话，跟那姓计的约好时间，咱们把东西扔给他，转身就走。你等着。”说完，刘春力就坐在一边给陆瑜拨电话。因为路小凡正一脸殷切地望着他，他摆出一副很正经严肃又高大上的神态来。

结果可好，死活无法接通，气得他坐立不安，觉得自己在外甥女面前丢了脸，随后忍不住跳脚：“那浑蛋这是把我拉进黑名单了吗？”

“不然直接打给他……计肇钧吧？”路小凡拿起自己的手机。

刘春力盯着路小凡看了一会儿，慢慢坐到她身边，搂着她的肩膀，说得语重心长：“当断不断，必受其乱。你还留着他的电话号码也好，正好联络一下。但之后，就把他拉黑吧，别再给自己留机会和借口了，这样你才能抬头向前走。”

路小凡犹豫片刻，终于狠心点头。

人家都说相见不如怀念，她最好连怀念也彻底断绝。本来就不是一路人，是她硬要一起走的，现在落到这样的结局，她自己也有责任。既然如此，干脆就只当是做了个美梦，只当现实中根本没有那个男人，也没有那段似是而非的爱情。

刘春力见路小凡真正下定了决心，心情大好之下立即拨打那个置顶的号码。

计肇钧正在埋头工作，他必须使自己异常忙碌，才能暂时忘却一切。

当手机铃音响起的时候，他整个人都僵住了，还以为自己出现了幻听。

这个铃音是特殊的，独设的，专属于一个人，属于每当他想起，心头就会又酸又软的人。而那天他说的话那么狠、那么绝，照说她那样胆小脸皮薄，不太可能会主动找他才对。

可是铃声执拗不断地响起，其间断了一下，不到两秒钟又重新响起，令他已经无法忽视。

“喂？”他接通，瞬间心头剧跳。

然而他没有如愿听到那软软糯糯的声音，而是一个稍显高亢的男声，因为气愤和鄙视，语音显得有些尖厉，语速也变得极快：“计肇钧，我们家小凡有东西要还你。你说个时间地点，我会带她准时过去！”

她要还他什么东西？计肇钧心头一跳。不得不承认，在看到来电显示是她的名字和头像时，他刚才还有些期待，期待再次见面。现在知道她只是要跟他断绝得更彻底，他忽然不好受起来，半天没吭声。

“喂，禽兽，你哑了吗？”刘春力等了半天没动静，不由得不耐烦起来，“就算你没脸见人，好歹也是个男人，就有点儿担当吧。不是连见一面也不敢吧？那行啊，我给你三秒钟，你再不出声的话，我就让小凡把东西丢进河里，这叫告知送达！三、二……”

“小舅，你别这样……”电话里，隐约传来路小凡劝刘春力的声音，显得有点儿焦急和无奈。

然而就是这声音，让计肇钧想也没想就约了晚上八点在上次两人共同吃早餐的那家餐厅见。

那边因为高档，客人特别少，离公司又有点儿远，容易摆脱狗仔的盯梢。

接完电话之后他就再也没办法安心工作了，整整一天都有点儿魂不守舍，开会时也心不在焉，搞得公司里的人莫名其妙。要知道这几天亲爱的计总为了忘却某些人和某些事而化身工作狂魔，手下的工作人员当然也为此跟着遭了殃，被支使得团团转。本来以为他放松，大家也能轻松一点儿，可他突然如此，其他人却更无所适从了。

就这样，人心惶惶的一天终于还是熬过去了。员工五点钟下班，逃也似的走了个干净，计肇钧独自熬到七点多，打发了陆瑜先走，这才出门。

到了餐厅，他选了上回的座位，坐下之后才苦笑：这是下意识的行为吗？说明心里还放不下小凡？

好在他没有胡思乱想多久，路小凡就准时到了。

看到她的那一刻，计肇钧的眼睛就没办法移开了。

她穿着白衬衣、牛仔裤、白色豆豆鞋。打扮简单，却全是之前他给她买的衣服，品质上乘，穿起来非常清新好看。

她梳了个丸子头，因为头发不算长，所以碎发比较多，反而增添了凌乱的美感，衬得她的眉眼更加柔和可爱。

但是，才不过几天时间而已，她就瘦了很多，脸色有些不正常的苍白，眼眶微陷，下巴都尖了，看着非常令人心疼。

她的眼神在两人对视的刹那迅速移开，不知是胆怯、情怯、憎恨，还是无法面对，或者是根本不愿意看见他。

“别再看了，不属于你的，当心看在眼里拔不出来！”计肇钧看向路小凡的缱绻目光，突然被刘春力挡住。

计肇钧不禁皱眉，不满于眼中人被不相干的人挡住。

“小凡……”他从喉咙里挤出两个干涩的字。

“别叫得这么亲热，我家小凡跟你很熟吗？”刘春力努力做出棒打鸳鸯的样子，眼睛瞪着眼前的男人，好像他稍不注意，他家小凡就会被计肇钧这只大灰狼叼走似的。

“这贱男好高，仰得老子脖子都要断了。”他心里暗暗骂着，反手伸向路小凡，“东西拿出来。”

哪想到路小凡在迟疑了一下后，像下定了什么决心，深吸一口气，向前走了两步，伸手递到计肇钧眼前：“还你。”

漂亮的丝绒盒子，静静躺在她白嫩的掌心。计肇钧不会忘记，那双纤细却又肉乎乎的小手的手感有多好，有多么温暖柔软，他握在手里的时候，连心情也跟着放松下来，恨不能就这样相牵下去。

他不用看也知道那盒子里是什么。戒指，他们婚约关系的象征。他曾经假装忽略这枚戒指的存在，他曾经说过不许她摘掉，现在她是来还他了吗？连这一点点的念想也不留下？

“拿着啊，想让我家小凡胳膊累断吗？”刘春力很不喜欢计肇钧和路小凡目光胶着的样子。他很怕，怕他那傻乎乎的外甥女又被这沉默的温柔所引诱。

于是，刘春力不解风情地夺过盒子，啪地拍在饭桌上：“你要检查就现场看好，过后概不负责。”他把路小凡再度拉到了身后，“如果不在乎，咱们也算银货两讫。小凡，手机。”

路小凡不明就里，把自己的手机递到刘春力的手里。

刘春力当着计肇钧的面，把他的号码拉黑：“看到没，我们不想再和你有瓜葛了，以后咱们井水不犯河水，彼此当世界上没这个人的存在。现在，你把我家小凡的号码删掉！”

计肇钧机械地拿出手机，眼睛却只盯着刘春力背后露出半张脸的路小凡，没有动作。

刘春力看得不耐烦，抢过手机自己操作。

这相当于，人家一对曾经的恋人，彼此删手机号码表示分手的事，全由他一个不靠谱的长辈代劳了。他不知道，他删号码的时候，路小凡的心有多疼，好像有什么骨肉相连的东西硬生生被撕扯掉了，血淋淋的。

她曾经那么爱这个男人，不，现在也还是爱着，甚至连恨他、讨厌他、不关注他都做不到。现在只是一个号码，就代表永不相见了吗？就好像这个人从来没有出现在她的生命里，从不曾让她魂牵梦萦，让她因他而快乐或者痛苦吗？

“我们走！”路小凡耳边传来刘春力决断的声音。

手，也被刘春力牵起。于是她被动地转身，连回头的机会也没有，就这么被拉着走出了这家餐厅，从此走出了他的世界。

身后，计肇钧沉默着。因为，他听到了心碎的声音。

如果这还不叫爱，那世界上大约就没有爱情了。

他一直不是很清楚自己的心意，只知道开始时并不反感她的接近，后来就习惯了和她相处的舒服，再后来他开始明白自己是喜欢她的，而且对她有热烈的欲望。

在这一刻，在她转身离开的瞬间，他忽然明白，他是爱她的！

多么可笑啊，他对她的感觉永远是那么突然，那么迟钝。在他们分手之时，在最不可能的时候，他才后知后觉地明白了这一点。

他猛然跑到大街上，中途撞翻了一个送菜的服务员和一个才进餐厅的客人。

他站在店门口焦急地四处张望。

都市繁华，霓虹灯火闪烁，四周人潮滚滚，路小凡杳无踪影。

他曾听说，有人因为爱上一个人而爱着一座城。那他现在是不是因为爱着一个人，而迷失在了一座城？

“看，那是不是计肇钧？”

“哇，计氏财团的太子爷啊。”

由于他显眼的外形，由于他最近屡上八卦娱乐新闻，很快就有路人认出了他，还有人拿手机拍他。甚至有大胆的，跑到他身边跳起来，让别人给他们合影，还有人打开了录像功能。

计肇钧冷着脸，掩藏住所有差点儿沸腾而出的感情，木然退回餐厅。

当时求婚，是因为她蹲在雨里哭泣，听着那首伤感又温柔的歌。他也想要稳稳的幸福，抵挡末日的残酷。现在冷静下来才发现，这样的幸福他要不起。而他的末日，不该拉上她陪葬。

所以这样，就很好。

这样所谓的“彻底了断”后，路小凡努力振作起来，不管心里有多么悲伤，也拼命不带到表面上。

刘春力看着她虽然心疼，可也知道这些情伤要她自己慢慢治愈，所以他也只得装成若无其事的样子。

刘春力是心里藏不住事的人，他很想找人倾诉一下近日来的心情，然而他发现自己除了路小凡外，再无可交心之人。他不禁感到人生的失败，想到某人其实也算知音，却赌气不想主动跟他联络。

“敢挂我电话？打电话又不接！哼，这种人一辈子别想再得到我的好感了！”他暗自骂着。

其实这时候的陆瑜也并不好过，一来他老板看似平静，实际上情伤很重，每天玩命地工作，然后就是玩命地健身做运动，吃饭喝水的模样看起来就像是在应付差事，是为了活命，不得已而为之，完全没有享受的感觉。在拳击台上训练时计肇钧都动真格的，打得人家职业选手退役的教练都要装病不肯上班了。这种情况下他跟着忙就罢了，最主要的还是担心计肇钧的身体。

然后，就是傅敏，也让他焦头烂额。

计肇钧吩咐过，让他加紧办理傅敏和他的移民，虽然他不知道计肇钧的真实目的，但他习惯了服从命令，一切照做。

可是他再怎么努力，也架不住有人完全不配合，甚至格外捣乱。现在移民很难办了，况且他还有前科，结果傅敏还在暗中下绊子。

“你到底想怎么样？”陆瑜就算把傅敏当女神一样爱着护着，平时不舍得大声说一句，现在也忍不住要责问了。

“我不想移民，说得够清楚吗？”傅敏大声回答。

“可是钧哥……”

“我是个活生生的人，不是物件！”傅敏生气，“他做了决定，却不代表我的意愿。我也是有独立思想的人，我知道自己在干什么！”

“你真知道自己在干什么吗？”陆瑜也火了，有点儿控制不住情绪，“你衣食无忧，读最贵的学校，还是花钱如流水的专业，身边有各种礼物和奢侈品，让你在最势利眼的同学面前也高抬着骄傲的头。这些，全是钧哥给的，连兰姨住的那种贵得吓死人的疗养院，也都是钧哥在撑。在这种情况下，你不觉得他的意愿会高于你自己的吗？”

这话说得有些狠了，很伤人自尊。话一出口，陆瑜就后悔了。不过他是牛脾气，平时好欺负得很，因为爱着傅敏又诸多忍让，但真生起气来也非常固执，所以没有立即道歉。

傅敏白了脸，委屈的泪水全涌了上来。

“难道是他买了我吗？我就得听他的？这一切，难道是我愿意的吗？”傅敏也有点儿失去理智，“所有的事，他才是根源，他这是在赎罪，难道我还得心存感激？”这话实在太诛心，说完她也立即后悔了。

两人都愣住了，互瞪着，谁都不再出声。

好半天，陆瑜终于叹了口气，妥协道：“吵架无好口，人在气头上，什么话都乱说。我们约定，刚才的事当没发生，不许透露给钧哥知道。”

傅敏点头，却仍然强调：“但是，我不移民！”

“你为什么就是不肯跟我走呢？也不是天涯海角，不过就是个身份国籍，你想回来、想出去都随你的便！”陆瑜急得抓抓头发，“我相信，钧哥这么安排一定有理由。他不说，就是因为他有苦衷，你就不能理解一点儿吗？他最近够烦的了，你帮不上忙，可以不给他添乱吗？”

“我看见了。”傅敏咬着牙说，“所以我要留在他身边。”

“看见了？你看见什么了？什么意思？”他和她认识多年，陆瑜太了解她了，她这话里肯定有潜台词。

“我看见了报道。”傅敏犹豫一下，低着头说，“我当然不相信钧哥和朱迪有八年的地下情，但钧哥不出声，肯定是和路小凡分手了。所以……”她深吸一口气，下定决心似的，“我要追他，做他的女朋友。”

陆瑜一口气没提上来，颓然坐在公园的长椅上。

因为不是早锻炼和晚锻炼的高峰，公园里非常清静。

“如果他身边是路小凡，我不会插足的。”傅敏不知为什么，急于和陆瑜解释，“钧哥喜欢她，我有女性直觉，我能看出来。再说路小凡心地很善良的样子，我不忍伤害她。可现在不同了啊，朱迪不同啊。钧哥从来都不喜欢朱迪，那他身边为什么不能是我？”

“钧哥一直把你当妹妹看。”陆瑜无力地说，“想必你很清楚。”

“你知道有多少人以朋友的名义爱着一个人吗？你又知不知道以妹妹的名义爱着一个人有多难过？我以前失败在不主动，以为凡事都会水到渠成，但我现在明白了，那永远不会发生。”

“所以，你要出手了？不管这会不会给钧哥带来困扰？”

也许是陆瑜无力的态度被解读为轻蔑，傅敏的自尊心再度被严重伤害。

她急于找武器反击，因为习惯了陆瑜事事顺着她、捧着她，很有点儿恃宠而骄的意思：“你百般阻拦，根本就不是为了钧哥对不对？他那么苦，本来应该有个了解他的人在他身边，给他安慰的。你拦着我，只是因为你想和我在一起。可是陆瑜，我今天就干脆跟你明说了吧，你永远只是个朋友，就算我这辈子都得不到其他人的爱情，那也不可能是你的！”

陆瑜目瞪口呆，被打击得连话也说不出来。

他沉默了半天，才能勉强站起，语气疏离，却带着苦涩：“移民的事，我会继续办，因为这是钧哥给我的命令和任务。不过，既然你和钧哥的关系比我亲近多了，你的意见和态度也去和钧哥反映吧。身为朋友，我只能祝你幸福，再希望你好自为之。”说完，他头也不回地走了。

傅敏好想追过去道歉，因为她自己感觉确实说得太过分了，伤到了陆瑜。但最终，她还是咬着牙，没动。

另一边，陆瑜离开得潇洒，心中却闷得连呼吸都不通畅了。整整一天，他什么事也做不了，只觉得这么多年的真心真意都付诸流水，脑袋里空空的。他漫无目的地游荡，直到天色黑得浓墨一般，才打电话给刘春力，叫他到附近的大排档来。

“找我来干吗？”刘春力人虽然来了，却只站在那儿，气呼呼地说。

“来吃烤串，喝啤酒。长了眼睛自己看啊，我都点好了。”陆瑜表现得大大咧咧，“上次我偶然发现，你家门口这家的味道真不错啊。”

“你不是挂我电话吗？还有脸找我出来？再说你老板不是个东西，你们一丘之貉，我懒得理你。”刘春力转身要走，却被陆瑜一把拉回来，直接按在座位上。

“哟，你这是来硬的？”刘春力眉毛都竖了起来。

“别激动，别激动，没见过你这么小气的男人，不过挂个电话而已，居然记仇到现在。不然，下回你挂我一回，不，两回，让你双倍报复回来好了。”

“为人大方和没脸没皮之间，还是有微妙差别的。”刘春力翻了个白眼，“算了，跟你这种智商有硬伤的人说了也是白搭。喝酒是吧？喝啊。”他说着，端起一大扎啤酒，直接就灌了半扎下去，把陆瑜都看呆了。

“怎么？请不起吗？正赶上老子口渴，不行啊？”

“行行。”陆瑜息事宁人地摆手，“您纡尊降贵大驾光临，我已经很荣幸了。”

刘春力“嘁”了声，并不客气，自己拿东西开吃。

两人也不说话，仿佛就是为了找个人一起吃饭。过了好半天，刘春力才又跟陆瑜碰了下杯子说:“怎么样,你们上流社会那些个锦衣玉食、香槟牛排的,不如这个痛快吧，尤其是心里有事的时候。”

“你怎么知道我心里有事？”陆瑜脸红了。

他不是羞涩，而是在刘春力来之前，已经喝了不少。这会儿和刘春力比赛似的一通喝，已经有点儿醉。

“你平时能躲我就躲我，好像我对你不怀好意似的，把我想象成坏人，自己搞个恶心的金刚芭比范儿，当谁不知道啊。”刘春力鄙视，“其实就算我对你有想法，就咱们这体格对比，我能把你怎么着？今天无缘无故叫我出来，指定是找心情垃圾桶来着。”

陆瑜嘿嘿傻笑了半天。

“到底怎么回事？”刘春力问，“看在你对我家小凡还不错的分儿上，今天哥安慰你一回。”

“悲哀啊。”陆瑜长出了一口气，“你说我吧，好歹是计氏财团总裁的第一助理，不说一人之下、万人之上吧，地位那也是杠杠的。”

“嗯，跟赵高似的。”刘春力哼了声。

陆瑜已经习惯了刘春力说话时的阴阳怪气，也不以为意，接着道：“平时巴结我的人很多，我自己还以为朋友遍天下呢。结果今天郁闷到了，才发现我最好的朋友居然是我老板！除了他之外，我连个说话的人都没有。”

“咱俩一样。”刘春力拍了拍瘦小的胸脯，“我这两天心情也不爽，想找人吐槽来着，可结果我比你还惨，因为我最好的朋友是我的亲外甥女。”

“同病相怜啊。”

“嗯嗯，同病相怜。”

“偏偏，我还不能跟我老板聊，因为他正处情伤期。”

“呸，他情伤？他是活该！我们小凡才可怜。”刘春力一提起计肇钧就禁不住火大，“多好的女孩啊，上得厅堂，下得厨房，为人那么温柔可爱，心地又善良。这才失恋几天啊，为了怕我担心，整天装成个没事人似的。这不，还临时找了个工作，跟我们前条街的一个大婶包粽子、卖粽子去了。可她每天晚上都躲在床上哭，以为我听不到呢。”

陆瑜完全接不上话，因为路小凡的痛苦，确实是计肇钧造成的。

“听说过网络上的一句话没？”刘春力说着，眼圈就红了，“那句话是‘你太善良了。你这么善良，一定会遭到报应的’。看，我家小凡的报应来了。”

“其实，我老板也很难过的。”陆瑜忍不住为计肇钧辩解，“他这两天把自己和身边人都折腾得够呛。”

“你再替他说好话，我真翻脸啊。”刘春力气得猛拍桌子，发出了巨大的声响，引得周围人侧目。

“行，我不说，时间会证明一切。”陆瑜突然有点儿为计肇钧感到悲伤，苦笑着道，“你小点儿声，不然人家还以为你在撒酒疯。”

“那就说你的事。”刘春力也不想在这个问题上纠结了，“你怎么了？是不是也受了情伤。怎么现在都流行失恋啊？”

“得有情才能受伤啊。”陆瑜有点儿自暴自弃，“我是被自己暗恋多年又追求多年的人狠狠羞辱了。”

“傅敏？”

陆瑜点头。

“哇哦，天大的喜讯啊，快说出来分享一下。有现场照片或者视频吗？”刘春力表现得很兴奋的样子，“好想看美女虐人！”

陆瑜知道他是故意如此，也不生气，只是感觉心里的苦水终于有地方倒了，他絮絮叨叨、反反复复把之前的情形说了。虽然，中间刘春力不断冷嘲热讽，但能清空心里的抑郁，他整个人还是轻松了很多。

吐完心事，两人继续喝。

一直喝到半夜三更，人家大排档都收了摊子。这两人喝到双双醉倒，几乎不省人事，到最后都不知道怎么回的家。

第二天早上，刘春力先睁开眼，随后陆瑜也醒了。两人发现睡在了一个被窝里，都猛地坐起，惊叫起来。之后是刘春力先镇静下来。

“你什么情况？”刘春力斜过头来看陆瑜。

陆瑜掀开被子的一角偷看自己，之后露出安心的神情：“太好了，看来咱俩只是喝多了，迷迷糊糊地睡在了一起。”

“别说‘睡’那个字，刺耳，容易误会。”刘春力按了按额头，“妈的，头疼死了。”他麻利地跳下床，翻找自己的衣服。

“这是哪儿？”刘春力胡乱套好衣服，才想起这个问题。

他向四周看看，貌似有点儿熟悉。

陆瑜也看了看四周环境，然后脸都要绿了：“坏了，是我老板家。”

这下，刘春力的脸也绿了。

两人好不容易略微收拾整齐，冲出了客房。没错，这就是路小凡住过的那间客房。

出了房门，两人就看到计肇钧坐在沙发上看文件。

他身上穿着精致的手工商务西装，头发梳得一丝不苟，精神看起来很好，但仔细看会发现眼睛里布满了红丝。他的手边，随便放了块咬了几口的面包。

陆瑜和刘春力同时屏住呼吸，动作僵住，就像被施了定身法。

“去收拾下，该上班了。”计肇钧头也不抬，只看了看腕表。

陆瑜“哦”了声，灰溜溜地跑去浴室。

刘春力没被理会，反而有点儿恼羞成怒了：“姓计的，你是故意看笑话吗？”

计肇钧抬眼，完全不明白刘春力的意思。本来，他是可以早早离开的。可他等在这里，就是隐隐期盼着能从刘春力嘴里听到一点儿路小凡的消息。

“你既然在场，就算没有房间了，就不能让我睡在客厅里、楼道里，或者行行好，把我扔到大街上？”刘春力并不恼火是和陆瑜睡在一起，他们反正也没什么关系，再说大学时，还七八个男生住一个宿舍呢。他受不了的是，被人看在了眼里，这个人还是计肇钧！

“你们俩抱在一处，胳膊还死死绞着，嚷嚷着什么做兄弟有今生没来世，要永不分离。我试图拉开你们，差点儿被你们两个打。”计肇钧神色冷静，“我只好由你们去。后来发生了什么，我就不知道了。”

“没发生什么！”刘春力恨不能抽自己两嘴巴，很想不相信计肇钧的话。

“我们怎么回来的？”

“你们醉到连酒驾都做不到，是被好心人叫出租送回来的。陆瑜大概说了这个地址，所以……”

“知道了知道了。”刘春力捶捶头，脑海里闪过一些模糊的画面，似乎和计肇钧所说的相符，“那就谢谢你。但是我们还是仇人，我不会为此感到欠了你的人情。我走了，最好永远不见。”

刘春力大步向外走，下意识地摸摸口袋，这才发现手机不见了。

他回头看看，发现就在茶几上。他也没多想，上前拿起，电话正好响了起来。

“喂，小凡？”他旁若无人地接电话，“陪个失恋的朋友，结果喝多了。你没担心吧？我没事，嗯嗯，我这就回。”他一边说一边走，根本没有留意到计肇钧在听到他叫“小凡”的时候手紧了紧，连文件都差点儿被揉成一团。

其实，路小凡不是不担心刘春力，不过他虽醉得糊涂，昨晚在还有一点清醒的时候曾打过电话回家。但他毕竟彻夜未归，路小凡才在早上打电话问问。知道刘春力安然无恙后，她收拾了一下就准备去打工。那家粽子摊正是计肇钧求婚那天的背景摊，在附近比较有名，除了冬天几个月，其他时间都在那儿卖粽子。

还好，老板娘没认出她，而她手脚麻利又勤快，很受喜欢。

考虑到今天刘春力上晚班，她早上就把早饭和午饭都准备好了。现在是秋天了，饭菜放在外面一天也不会坏掉。

做完这些，她又开始快手快脚地收拾房间。最近她尽量让自己忙碌起来，忙到来不及想那个人。当她把洗好的衣服放进简易小衣柜时，她的动作情不自禁慢了下来。她打开专门放贵重物品的小木箱，从里面拿出那个非常漂亮的水晶瓶子。瓶口，还系着漂亮的丝带。

这大概是她唯一的奢侈品了，因为家庭的关系，她是个绝不会浪费、不会乱花钱的姑娘，当年却存了好久的钱买下它，因为她太喜欢瓶壁上似乎有雪花在渐渐融化的感觉。

然而她这个宝贝瓶子中装的却是一条普普通通的绳子，是捆粽子的小麻绳。曾经，计肇钧用它代替戒指，拴在了她的无名指上，许下无声的诺言。

她还回了计肇钧送的那枚真正的戒指，却没舍得扔掉这条绳子。在外人眼里，她已经和计肇钧一刀两断，但只有她自己知道，她根本做不到。

看着看着，她的眼睛就模糊了，心里的痛也越来越清晰。好在她还有理智，趁着眼泪没有掉下之前，趁着心没痛到要死之前，她生生止住思念，把水晶瓶和那条代表着她那短暂又意外爱情的绳子，又珍重地收回小木箱里，藏在那个无人触及的角落。

然后，她转身，蓦然看到门口站着一个人，吓得捂住了嘴。

“怎么是你？”看清来人，路小凡惊讶地问。

“不然，你以为会是谁？我亲爱的表弟？”江东明一边说，一边走进来，“你的门没关好，我就自便了。我说你这孩子还有没有点儿安全意识，你住的这片治安不算好吧？自己在家，居然都不锁门的。”

“下回我会注意。”路小凡低声嘟哝。

她早上忙活着做饭，把门随便带上了，没注意是不是锁住了。

“你来是有什么事？”路小凡问，心里不禁有些紧张。潜意识里她很希望他带来的是计肇钧的消息。

可惜，答案让她失望得很。

“我就是想来看看你而已。”江东明找了把椅子坐下，身上穿得那样考究，却似乎根本不在意租屋的狭窄逼仄，“白吃了你做的那么多顿美味饭菜，我们好歹也算朋友了嘛。”说着，他指了指对面的小床，让路小凡也坐下。

“吃了人家的饭就成了朋友，这是什么神逻辑啊。”路小凡腹诽，却还是坐下了，而且还礼貌地说道，“谢谢你，我很好。”

“真是勤劳的姑娘，典型的贤妻良母啊。看这房子这么小，这么旧，却被你收拾得这么干净清爽。怎么样，要不你考虑一下嫁给我？”江东明的桃花眼四处飞，嘴里也不停地说着。

这让路小凡很是反感：“你可以请个好点儿的清洁工和厨师，他们可以为你做这些事。”她是喜欢照顾人，但前提是那人是她的亲人或者她所爱的人。

“这是生气了哦？”江东明不以为意地笑笑，突然伸手抬起路小凡的下巴。

屋子小，两人对坐，他手又长，所以做起这个动作来毫不费力。

路小凡没料到他会这样，整个人都愣住了，之后就是恼火，猛然甩开头，站起来道：“江先生，你刚刚还嘱咐我要小心坏人。你再这样，我就要赶人了！”

“这是兔子急了也咬人的意思？”江东明神色不变，看起来有点儿没皮没脸的模样，可真让人讨厌不起来。

“我是看看你的脸色而已，你低着头，我看不到啊。”他很快解释，脸上的笑容慢慢消失，看起来就像渐渐严肃了起来，无比正经，“你瘦了这么多啊，脸色也不好。看来，你根本不能忘情对不对？”

“那又怎么样呢？”路小凡突然很沮丧。她以为自己装得很好，可连江东明都看出来了，身为血亲的刘春力怎么会被她瞒过去，又怎么会不担心呢？

“既然忘不了，那不如争取一下。”江东明抛出此行的目的，“跟我回计家怎么样？有很多事，退一步是万丈深渊，可进一步是海阔天空呢。”

啊？路小凡完全怔住了，想不到江东明会说这样的话。

“怎么样，好好考虑一下？”江东明像个魅惑的千年狐狸精，“跟我回计家大宅。告诉我，要，还是不要？”

第二十一章　他的希望

江东明敲了两下门："姑父，我要进来喽。"

计维之歪斜着躺在床上，就像一段正在腐烂的枯木。

江东明甚至不知道这位老人是不是还有呼吸。他凑近了，才发现计维之一双浑浊的眼睛瞪得大大的，倒把他吓了一跳。

"啊，您醒着啊。"他舒了口气，"阿钧告诉您了吧？路小凡，就是那个笑起来挺柔软的姑娘走了，朱迪的身体也还没有全好，没办法全天都伺候您老人家，阿钧又忙着公司的事，所以这几天就由我来照顾您。"他向四周看看，想找点儿事做，却没看到能插手的事，"要不，我陪您说说话？讲讲公司的事怎么样？"

计维之闭了眼，一副很厌倦的模样。

"不想听哦？那您如果身体没问题，我就推您去花园走走？"说完，他又观察计维之的反应，发现计维之虽然睁开了眼睛，眼珠却一直拼命地往窗口那边斜。

江东明循着那目光望去，不由得无奈地叹气："那我帮您把窗帘拉开好了，您是想要透点儿光线进来对不对？这个朱迪也真是的，不知道病人也需要阳光和新鲜空气吗？又不是吸血鬼，大白天的都不见点儿太阳……"

他拉开窗帘，早晨的阳光瞬间涌入，令他眯了眯眼睛。

真舒服啊，温暖不刺目，和那只小白兔给人的感觉一样。咦，怎么又想起她了？江东明甩甩头，把窗子开了条缝隙。

"您好点儿没？"他贴心地问。

然而，计维之的眼睛还是斜着，像是在执着地望着什么。

江东明走过去查看，发现飘窗的窗帘下面有一个 iPad。

"您要这个吗？"江东明非常意外。

"可是，您要这个干什么？您又不会玩，难道是想看节目？"江东明拿着 iPad 翻来覆去地看了看，一边走向病床，一边纳闷。

然而，就在他把 iPad 放在计维之手边的瞬间，猛然想起了一件事："这个好像是路小凡的啊，那天陆瑜一大早给送过来，我看到的。听他的意思，还是阿钧要买来送给那只小白兔的。"

他愕然地看着计维之："姑父，您不是在想路小凡吧？"看到计维之几不可见地眨了下眼睛，他意外得很，"可是，她已经离开计家了啊，算是和阿钧分手了。应该……不再和计家有关系了才对。"

江东明说完。两个人互瞪着。

江东明是真的不知道计维之想说什么，大眼瞪小眼了一会儿后，见计维之没有妥协的意思，他只能乱猜："您是要……把这个还回去？还是担心阿钧的心情？难道说路小凡伺候得比较好？啊，您想让她回来？"

计维之听后挤出一滴泪来。

江东明目瞪口呆："这是……这是我猜对了的意思？您想让路小凡回到计家来？"

两个人再度互瞪。

"姑父，不是我推托哦。小凡走的时候，是被阿钧狠狠伤了心的。"江东明想了想道，"虽说老人家的愿望要满足，虽说咱们计家有钱有势，可也不能仗势欺人对不对？所以我只能答应您，过两天去请请路小凡看。至于回不回来，要由她自己做决定。之所以不现在去……您是知道的，他们两人都在气头上，去了也没好结果，不如等大家都冷静一下。"

"听说你恢复了从前的职位，恭喜你。"朱迪皮笑肉不笑地说，"那就别赖在这里了，对公司多少做点儿贡献吧。"

"也是，至少我能自由活动。"

看着朱迪的笑容僵住，江东明无比开心。

记者对她这个隐忍了八年的地下夫人热情不减，所以朱迪这些天只能躲在家里。

江东明并没有立即去找路小凡，而是耐心等了两天，他在暗中探察路小凡的行踪和举动。

最终他可以确定，现在路小凡完全是失眠失恋少女的状态，整天沉迷在旧日感情中无法自拔。

她努力装出没事的样子，很努力地工作，可连路上的流浪猫狗都看得出她有多么悲伤。她去喂食的时候，它们甚至会舔舔她的手。

看到她这么悲惨，他高兴极了。

因为，他可以没有任何心理负担地说服她回到计家去。

所以他选在今天来找路小凡，把计维之当天的情况详细说了一遍。其间，他自然免不了添油加醋，把计维之说得惨上加惨，尽量多地获取路小凡的同情心。而后又把那个 iPad 极其郑重地交给了路小凡。

"我希望你回去，我姑父计老先生很需要你。但具体的决定，还是要你自己来做。毕竟我不能强迫你，也不会道德绑架。"

路小凡红了眼圈。

“我知道计老先生很可怜。”路小凡此时无比为难和纠结，十指扭在一起，“可是我不能回去。”

她不能告诉别人，那位老人正在她的鼓励下做复健。然而，才做了没几天，效果还没看出来，她就撂挑子不干了。虽然有迫不得已的苦衷，但不管怎么说她都是没有做到善始善终。现在想来，老人的心态可能本是平静的，被她挑起了希望，希望又随着她的离开而破灭，想来反倒是她作恶了。

“我理解，我理解。”江东明正等着这句话，因此很认真地点头，脸上还露出知心哥哥的神情，然后话锋一转，“不过，你就不觉得奇怪吗？”

“啊？”路小凡怔了怔。

“我从小和我表弟一起长大，我可没见过他有多喜欢一个姑娘，包括结了婚的戴欣荣在内。”江东明这只大狐狸小心地抛下诱饵，“可是，他是真喜欢你的，长了眼睛的人都看得出来。不信，你可以去问陆瑜，问他见过他老板这么在意过谁吗？”

“他喜欢的明明是朱迪。”路小凡低下头，小声地说。

“天哪天哪，这智商，简直愁死我了。你将来可怎么办呢？”江东明一指戳在路小凡的额头上，抵得她不得不抬起头来，“你觉得爱情是什么？”

“是什么？”路小凡反问。

江东明怔了怔，有些尴尬：“你别看我，我也不知道，不然我怎么可能现在还单着？但是我知道，至少爱情里要有信任吧？”

“我亲眼看到、亲耳听到的。”路小凡鼻子一酸。事实上，她问过他、求过他，是他，是计肇钧赶她走的。

“眼睛和耳朵都是会骗人的，八卦新闻就更不用说了。”江东明耸耸肩，“我不敢说具体怎么样，可据我所知，我表弟和朱迪绝对不会是那种浪漫的关系。”

“那他为什么要让我离开？”路小凡冲口而出。

“为什么呢？”江东明摊开手，目光闪烁，“难道你就不想弄个明白？是他有苦衷，还是有什么秘密？他是想伤害你，还是保护你？”

路小凡抿紧了唇，整个人都混乱了。

江东明觉得火候差不多了，也不想逼得太紧，怕起反作用。于是他起身，拿出一张名片，塞到路小凡手里道：“想通之后，不管是什么决定，打这个电话告诉我。若你回去，我得安排一下，怕是有人会阻挠。若你不回……我得再雇个和你一样细心又耐心的小护士去。不然啊……”他故意没说后面的话。

他走后，路小凡陷入了沉思，坐在那里一动不动。

江东明的话让她一时想起很多不对劲的地方。

计肇钧对她是有感觉的，她不仅是备胎那么简单。那个吻可以说明一切，言语、行动都可以装出来，但直觉是骗不了人的。

她知道，他虽然外表冰冷，内心却是温暖的。他不是纨绔子弟，他那么忙，不会无聊到要弄她的感情，那他为什么要这样？仔细想来，计肇钧和她分手这件事，其实也是没有逻辑的。

去？不去？回？不回？再接近他？远离他，开始新的人生？舍得吗？不舍得又如何？

路小凡活了二十多年，从没有像现在这样纠结过，仿佛两边全是深渊，她无论如何选都是死路一条。太难决定了，她要怎么做？

她就这样枯坐着，宛若一座雕像，直到刘春力回来。

“你怎么了？”刘春力担心地问，“谁欺负你了？”

“刚才……江东明来了。”路小凡声如蚊蚋。

“他人呢？”刘春力立即火大起来，“有钱人就没一个是好东西，尤其计家的人。我早看出那姓江的小子阴阳怪气的，一脸欠抽样儿。那浑蛋人呢，跑哪儿去了？”

“已经走了。”路小凡指指门外。

刘春力泄气，呆愣了片刻后坐在她身边，不住地上下打量：“他没把你怎么样吧？有没有惹你生气？”

“没有。”路小凡摇了摇头，一脸茫然的模样，“可是，他邀请我回去。”

“回去？回哪儿？计家？”刘春力跳起来，“他是傻了，还是瞎了，看不见计家的人是怎么对待你的吗？他怎么有脸说这个话？他以什么身份说这个话？你怎么回答他的，直接打跑了，对不对？”

“我没有打他。”路小凡再度摇头，举起江东明给的那张名片，“我也没回答他，只是答应会考虑一下。”

“这有什么好考虑的。不去！坚决不去！”刘春力夺过名片，将其撕成两半，扔到地上，还踩了两脚，“小凡啊，人要有骨气，知道吗？你不是招之即来挥之即去的街边流浪动物，你是个人，一个姑娘，还是个好得冒泡的姑娘！凭什么让他们呼来喝去的！”

“我……”路小凡嗫嚅。

“我什么我？你不是动心思了吧？你这个死丫头，你这是要气死我啊。”刘春力火大得很，上前拎住路小凡的耳朵，害得路小凡站起来，双手护着耳朵，不敢和他戗着劲儿。

“疼疼疼！”

“不疼你不长记性！”刘春力嘴上这么说着，却还是松了手，“你忘了计肇钧是怎么伤害你的吗？这还没几天，你就忘了？我知道你心软，可你得软得是个地方。既然分手了，就两不相干，计肇钧是上天还是入地，你管他干吗？”刘春力暴吼。

刘春力最后一句话猛然刺激到了路小凡。

“小舅，我想好了。”她突然抬头说，然后露出可怜巴巴的眼神。

“你说！”刘春力的声音都抖了，因为他有很不祥的预感。

过了数秒，刘春力“啊”一声惨叫响彻云霄。

江东明接到路小凡的电话很高兴：“谢谢你这个决定。你准备准备，等我安排好了就去接你。”

江东明放下电话后，去办公室内的卫生间洗手。刚才为了控制自己的声音和情绪，他身体紧绷，结果咖啡洒了一手。

凉丝丝的自来水带走微烫的不适感，他望着镜子中的自己，擦干手后又整理了下头发和领带。

他的眼里有掩不住的开心：“果然，要破一个死局离不开外力啊！这么多年了，我终于找到了可以突破的地方。”

三天后正是周末，计肇钧按惯例回了一趟计家大宅，尽管他心里非常不情愿去。

他刚要步上主屋的台阶，就看到朱迪姿态优雅地站在那儿，脸上还挂着矜持又适度的微笑，身上居然穿着专业的护士服。

计肇钧皱眉。

这笑容让他讨厌，因为看起来虽美，却虚伪无比，好像脸上挂了个厚厚的面具，被黄昏的光线映照着，甚至有些阴森。

“这是我家，并不需要你迎接。”计肇钧冷冷地说道。

“计先生，我不是迎接您。”朱迪的脸上仍然挂着笑，却流露出了一点儿恶意。

“那你是等谁？有谁要来吗？”计肇钧很纳闷。

计维之是个活死人，整个计氏集团和计家都是计肇钧当家做主，任何人都不能越过他替计家做决定。

朱迪动了动唇，眼里有一点儿讽刺的笑意。她指了指不远处：“计先生自己看，人已经来了呀。”

计肇钧回身望去。

这时候花园小径两侧的莲花灯柱依次亮了，照着那一行人的脸，来了有七八个人。

走在前面的是三名七十岁左右的老者，这么晚了还穿着西装，显然是正式来拜访的。他们每个人身边各跟了一个年轻人，应该是秘书之类的。除此之外的另一个人，计肇钧再熟悉不过了，正是江东明。

“又出什么幺蛾子？”计肇钧低骂了声，还是转过身去站定。

“几位爷爷，这位就是咱们计氏的新继承人，我姑父的独子。”快到跟前的时候，江东明快走几步，亲自介绍道，“阿钧，这几位是公司元老。”然后他又故意装作很亲近的样子凑过来，低声道，“都是捏着股权的。”

计肇钧脑海里飞速搜索着，他确定自己之前没见过这几个人。公司的控制权大部分在他自己手里，其他握着关键股权的几个人，他都很熟悉。看来这几个人应该是退了的那些公司元老。他们在公司的时间恐怕比计维之还要久了，现在的股东大会早就换了人马，难怪他不认识。江东明把这些老爷子带到这里来，究竟是什么意思呢？

“欢迎爷爷们，先请进吧。”计肇钧露出了笑脸。

“这么晚了，不知几位爷爷怎么有兴致过来的，休假吗？这山顶的风景还不错的。”等人在客厅坐定，计肇钧问道。

朱迪这时充当起了女佣，送来茶点。

其中一个老者皱了皱眉，并没有直接回计肇钧的话，而是瞄了朱迪一眼：“这一位看样子是护士吧？”

“是啊，您老好眼力啊。”计肇钧还没回话，江东明就笑着接口，“除了特别情况，穿护士服一般都是真护士。”

“阿钧啊。”又一个慈眉善目的老者说，“公司做得不错，我们每年的红利都拿到手软。你爸爸有眼光，为计氏培养了个这么好的接班人。不过家里也得顾一顾，你看看，这么大个房子，连个用人也没有，咱们这样的人家，成什么话？端茶倒水的还要用护士帮忙，谁知道她身上有没有病毒啊？我一把年纪了，身体特别娇气。”

朱迪正端着水果上来，闻言愣了愣，好在她涵养好，没有将不悦在脸上表现出来。

“我不常回来，家里也不常有客人。朱护士伺候照顾我父亲，也算尽职尽责的，我很放心。”计肇钧波澜不惊的样子。

“男人呢，花心一点儿没关系，尤其是你还年轻。可是，身边是要搞搞清楚的。越是近，越是不能乱。”其中面相最严厉的老者瞪着朱迪道，“这个就是你的地下夫人？她一心扑在你身上，还怎么照顾维之啊？而且这种一心二用勾三搭四，借机攀龙附凤的女人，怎么能进计家的门？”

江东明咬着唇，很想笑。

计肇钧好风度地不怒不气，还一脸受教的样子。他的态度让那几个老头子非常满意。

场面一时安静下来，没有人说话。

朱迪的眼中快速闪过怒色，很快又恢复了常态：“您老这是对我有多深的成见？”她弯下身，轻轻放下水果，脸上保持着笑容，态度也非常坦然，“看来您是看了不少娱乐八卦新闻，以您老的智慧来说，怎么能相信那些胡说八道呢？我就是个护士，负责照顾计老先生，跟计先生没有任何关系的。”

“真这样就好。”严厉老者哼了声，“不然，你也别在这个家待了。”

“是。”朱迪很温顺地回道。

江东明咬牙。这个朱迪还真是够隐忍，很善于控制自己的情绪并转移危机啊。

“几位老爷子今天来，不会就是为了管我的家事吧？”计肇钧终于开口，态度虽然和气，语气中却带着骄傲，有一股子不容侵犯的味道。

他不是为朱迪出头，更不是要保护她。他毕竟是计家的家主，被几个老头子管到家事上来，还指手画脚这么“直率”，他不得不还击。

“我们是来看看维之的。”慈眉善目的老者直呼计维之的名字。

“谢谢几位老爷子的好心，不过我不知道我父亲现在适不适合见客。他身体非常虚弱，每天只有几个小时是清醒的状态。”计肇钧倒不是有心推托，说的是事实。

说完，计肇钧看了一眼朱迪。

朱迪还没说话，其中一个老者就说：“正好，我侄子是医生，让他给看看吧。”他指了指身边的中年男人。

“您这是觉得我没给我父亲很好的医疗吗？还是觉得，可以干涉我们计家的私事？”计肇钧神情平静，态度却强硬起来，“如果你们是来探访的，我非常欢迎。若要见我父亲，不如下次提前约好时间。”

计肇钧这样不客气，神情严肃的那位老者就要发起火来。

“几位爷爷别急，阿钧说得有道理，我姑父确实是时醒时睡的，倒不是故意刁难。”江东明连忙两边劝和道，“阿钧，他们都这么大年纪的人了，出个门不容易。不然你看这样如何，我上楼去看看，如果姑父醒着，大家就见一面，说不定姑父高兴呢，对身体是有好处的。万一姑父睡了，我立即送几位老爷子回去，怎么样？”

他这样和稀泥，态度又诚恳无比，老人们那边没话讲。

计肇钧有台阶下了，倒也没再坚持，于是点了头。

江东明刚要上楼去，朱迪叫住他，说要一起去。

“这么不放心啊？”江东明说得意味深长。

“只是正好喂水的时间到了。”朱迪没有直接回答他。

“那我也一起吧。”中年医生在得了老者的眼神暗示后说，“计叔是看着我长大的，我也很久没拜见他老人家了。哦，对了，我是中医，专门研究脑中风后遗症的。如果能帮上忙，也不枉计叔之前对我那么好。”

“那请。”计肇钧做了个手势。

“你先请。”江东明让了让朱迪，“女士优先嘛。”

一行三人上楼，计肇钧则继续陪着留下的人说话。他的态度虽然冷淡，却完全不失礼，场面也没有太过于冷清。

没过多久江东明就下楼了。

“我姑父醒着呢。”江东明笑着说，“不知是不是预感有老朋友来探望，精神还很好的样子。”

计肇钧知道，有朱迪在，江东明不会瞎编，于是站起来道：“几位老爷子这边请，请用这边的室内电梯。”

他亲自带路，一行人很快来到计维之的卧房兼病房，一进门就看到那个中年男人正闭目给计维之诊脉，肥肥白白的一张脸上略有忧色，眉头也皱着。

三个老家伙上前看望计维之，免不了一番唏嘘和慰问，还掉了几滴感慨的眼泪。直到朱迪说围着计维之会令他呼吸不畅，才把几个人劝得坐到旁边的沙发上。

“他怎么样？”那老者问他的中医侄子。

“生命体征还算平稳，这种病重在调养。”中年医生斟酌着词汇，“长期卧床，没得褥疮，倒是难得。可惜肌肉萎缩得太厉害了，需要经常按摩。”

“阿钧啊，再给请个护士吧。”慈眉善目的老者说。

“正在考虑，只是一时没找到合适的。”计肇钧回答，他之前也确实是这样想的。

“我觉得计叔还需要一位营养师。”中年医生道，“这位朱小姐护理方面非常不错，但计叔明显营养不良，还需要一位专业人士来做这件事才行。”

“这么说，是有好人选了？”计肇钧淡淡地望着江东明，意思很明显。

其实他并不愿意让计维之死，计维之越早离开这个世界，他就会越早迎接自己的罪恶。但，事情到了这一步，他要是再不明白是江东明在捣鬼，那真是白活了这么多年。只是他不明白江东明这样做的用意，他想顺势而为，看看对方究竟想要干什么。

“我正好认识一个特别好的营养师。”江东明直接迎上计肇钧那锐利冰冷中带着嘲讽和轻蔑的目光，没有半点儿闪避的意思，坦坦荡荡，“那个人嘛，说起来阿钧和朱迪都认识的。”他顿了顿，给计肇钧和朱迪回想的时间。

朱迪脸色略变，眼神不断变幻。

“想不起来吗？不如我提示一下。”江东明笑眯眯地说，“这个人工作认真，性格温柔又细心，长得还很可爱。重要的是她以德报怨，心地非常善良。”他强调了“以德报怨”四个字，又挑了挑眉。

朱迪越发肯定了自己的猜测，脑筋急速转动，想着应对的计策。

计肇钧有点儿不耐烦道：“好了，别卖关子了，你可以直接说了。”

江东明耸耸肩：“好吧。”他拿出手机，快速拨了个号码，“你来吧。待你真正的老板点了头，就可以直接开始工作了。”

“营养师已经跟着来了吗？”计肇钧皱眉。

“总得让你见一下才好，毕竟你才是姑父的亲生儿子，是计家和计氏的掌门人。”江东明一脸诚恳，“你不点头，谁也做不了主。”

计肇钧差点儿冷笑出来：“表哥，你真是越来越有本事了，好像早知道我父亲营养不良，需要另请个人来安排他的饮食，连人都找好了。”

这是先斩后奏吗？计肇钧有点儿火大，再看看那几个老家伙，心里一阵反感。

江东明耸耸肩，心里乐开了花，非常期待待会儿计肇钧的神情。

另一边，几位老者志得意满。

朱迪目光闪烁，脑海中迅速权衡着什么。

就是没有人注意到计维之。他本该是真正的主角，毕竟营养师是为他请的。此刻，他原本浑浊的眼睛居然是明亮的。

脚步声由远及近，显得有些怯生生的。

计肇钧只听到这脚步声，心头就倏然紧了起来。他并没有意识到什么，也没有想到什么，只是下意识地进入了一种屏息状态。

来人敲了几下门。

没人起身去开门，门却被轻轻地推开，新任的营养师走了进来。

她穿着裸色软底半跟鞋，上身穿着轻薄的藕色长袖连衣裙，黑色的长发披散着。

计肇钧整个人都僵掉了。

第二十二章　心悸

江东明在旁边观看着自己一手导演的戏，只觉得结果已经超出了预期。

看到计肇钧失态真是难得啊。

不，应该说四年前的车祸之后，就再也没看过他失态了。那场生死事故似乎把他锻造成了铁人。可如今呢？

看来路小凡对他的影响很深啊，深到他自己也没有意识到。

“原来是小凡。”诡异的寂静中，朱迪率先开口。

她走过去，亲切地拉起路小凡的手，“怎么样，最近过得还好吗？自从你离开后，计先生的脾气一直很差呢。”

“你们认识？”路小凡还没回答，严厉的老者就问，他目露怀疑，眼神中带着一种尖刻的审视。

朱迪的话令计肇钧清醒了些。不过他仍然不知怎么对待路小凡，只对朱迪皱眉道：“朱小姐，请不要插嘴，做好你护士的本分。”

路小凡抿了抿唇，保持沉默。

计肇钧僵着身体站在原地，一只手插在裤袋里。

“对不起计先生，我只是见到小凡一时高兴，有点儿忘乎所以了。”朱迪完美地控制了情绪。

“之前朱迪受伤，小凡临时照顾过我姑父几天。”江东明接过话来，怕被不怀好意的人越绕越远。

“姑父对小凡还挺满意的，是吧姑父？”江东明问。

“计老先生没办法说话。”朱迪同情地说道。

“那没关系啊，语言又不是唯一可以交流的方式。”江东明走过去，轻手轻脚地把病床的床头摇起一个角度，使计维之变成半坐半躺的姿势，“姑父，我们说的话，您听明白了吧？若是明白，就眨下眼睛。若不明白，就不要反应。”

众目睽睽之下，计维之吃力地眨了下眼。

别人倒罢了，三位老者齐齐发出了惊叹：“维之还可以呀，至少脑子没糊涂。”

“说不定多保养保养，以后还能重新说话。”

“我看行！”

朱迪和计肇钧也非常惊讶。

朱迪之前每天面对的都是那张痴呆的脸，她从没见过“活的”计维之。现在这种情况出乎她的预料，她没来由地感觉到了危机。因为她所做的一切，都是以计维之没有死亡又无法开口为前提的。

计肇钧呢？虽说他经常能在计维之脸上看到情绪，但他无法面对，所以之前都选择了忽略。而且，之前计维之的反应力也从没到达过这个程度。

“看吧，我就说姑父只是身体太差而已，智力仍然很过人。”江东明扬扬得意，之后又转头对着计维之，温言道，“那，姑父我再问您几个问题。您同意就眨眼，不同意就瞪眼好不好？”

计维之眨眼。

“刚才大夫说了，哦，就是这位，也是您的子侄辈，现在是著名中医，专攻中风后遗症的。他说，您长期严重缺乏营养，于是我想给您请个营养师，就由小凡来做，好不好？”他把“长期”两个字说得极重，其中含义不言自明。

在场的三位老者闻江东明此言，齐刷刷地瞪了计肇钧一眼。当然，也捎带上了朱迪。

计肇钧皱眉，他真没想过这个问题。正在此时，只见计维之又眨了一下眼。

“那还有什么问题？”话比较少的那位老者说了很长一段话，“维之是家里的长辈，又是计氏的董事长，哪怕是名义上的。要尊重长者和尊者，何况他还是病人。他自己选定的，为什么要不同意，让他不开心？这对养病也不利吧？”

“对啊，以维之这种表情，可见这姑娘之前照顾得不错。”严厉老者附和。

“阿钧，你怎么说？”慈眉善目的老者问。

计肇钧瞬间成为众人注目的焦点，现在的他难以决断。

计肇钧看了江东明一眼，心中涌上苦涩。

如果江东明的目的是打击他，扰乱他，那他得恭喜江东明。因为，两人对峙了四年，这是江东明第一次赢他，而且赢得如此漂亮，又彻底干脆！这一刀刺得又稳又狠，令他无法透气。

理智地讲，他不能答应。他好不容易才让小凡远离他的生活，怎么可以让她再一脚踏进来？可是，他的心叫嚣着让他点头。他那么想她，只要看她在身边就很开心了，他做不到那么决绝。

况且，若他说不，小凡一定会很伤心的。她能主动迈出这一步，即便他算定是江东明唆使的，他也能体会她的不容易。

“是我的疏忽。”他开口，自己都听出了声音有多干涩难听，“因为我父亲无法进食，我以为只要打营养剂和服用维生素就可以了。”

“药补不如食补，没听过吗，表弟？”江东明见缝插针地说，“别说只是进食流质的食品，就算是鼻饲，也能做得营养一些。朱小姐的业务水准是一流的，这点我可以作证。可是在饮食方面……咳，在这个家里，有谁吃过她做的饭？她的朋友们不是也说吗，她厨艺无能。”

朱迪暗中咬牙。

她就像个壁画，在计家那冰冷的墙上挂了八年。外面的关系除非必要，差不多都断了，哪里来的朋友？江东明口中的“朋友”不过是那些八卦娱乐的记者。

可这时候，她真的什么也不方便说。但她相信，计肇钧就算想，也不会让路小凡回来。

“表哥说得对。”计肇钧深吸一口气，迎向江东明的目光，“我真是个不孝子，到今天才发现亏待了父亲。说起来，我还要多谢几位老爷子，若不是你们好心来探望，我还要继续愚蠢下去。我将来死了，只怕要下地狱的。”他道谢又忏悔，眼睛却仍然望着江东明，“请个营养师的建议我觉得很好，确实有这个必要。”

“我就知道表弟是个从善如流的人。”江东明拍了拍掌，“那么小凡可以留下了吗？”

计肇钧看向路小凡，只极快地瞄过，又转向江东明：“对于好的意见，我从来都是会接受的。不过，我父亲的身体已经毁坏到这个样子，我不得不谨慎。营养师的话，找个专业的会比较好。路小姐虽然细心，却未必够格吧？”

路小凡动了动脚，几乎立即就想夺门而出。可就在这时，她看到了朱迪的目光，那里面充满了轻蔑和优越感。令她想起上次在花园，朱迪盯着那蛛网，以一种残忍和理所当然的态度嘲弄着那只挣扎的小虫。

她握紧了拳，拼命把自己的双脚钉在地上。她觉得，不管以后有多么难以忍受，她都要努力留下来。直到她真的觉得要离开为止。这是她人生第一次主动争取，她不能这么没种，就这样半途而废！

“也对，要有证啊。”江东明似乎早有预料，点头，“证书虽然不代表一切，却是工作的资本，非常必要。小凡，你有证吗？”

路小凡刚做好心理建设，正巧江东明就问了。于是，她又成为焦点人物。

计肇钧的目光也落在她身上。

“我有营养师资格证的。”路小凡努力以平静的语气说。

朱迪很惊讶，因为据她所知，路小凡只是普通大学的中文系毕业。

“真的有吗？那个很难考吧？有过实践经验的更是难得。”朱迪忍不住多嘴。

路小凡没回话，从随身的包里拿出证书，交到江东明手上。

江东明看也不看，就递给三名老者传阅。

江东明看到朱迪目光闪烁，在三名老者看完证书之后，又递给了朱迪：“上面还有电子号码，可以随时上官网查证的。”

“真了不起。”朱迪言不由衷，心思又转开了。路小凡是她今晚第二个大意外。这对于喜欢掌控一切的朱迪来说，是警报也是提醒。

“也还可以吧！”江东明似乎是路小凡的代言人，“毕竟不是只有你可以考下第二学历。”他对朱迪说，“你本身是学护理的，但也自学过精神病学。你能这么内秀而不显摆，小凡也能啊。”

“江先生貌似对我很关注。”朱迪似开玩笑，在看到计肇钧瞥过来的一眼之后，心里掀起惊涛骇浪。

她用计赶走路小凡，遭到计肇钧把她当替罪羊的报复，其实这也没什么，新闻过了新鲜劲儿就没事了，何况还是最无聊、最没营养的八卦新闻。但最大的麻烦是她被人肉搜索了，她从来没表露过的事都被挖了出来。

这也就算了，可怕的是江东明和计肇钧都注意到了某些细节。

他们，会做其他联想吗？

“其实，营养师资格证也分好多种的，其中临床营养师多半是从医学院或者预防医学院毕业的。”这时，路小凡柔软清亮的声音再度响起，“但我参加的商业培训也是国家认可的，因为我的学历只是本科，所以只能考中级营养师，专门做病重人群和疾病人群的饮食、营养、药物、康复等工作。”

“哇，简直专业对口得不能再对口。”江东明夸张地说，“可是你好好的中文系大学生，为什么学这个？”

“因为我外婆啦。”路小凡低了低头，随后又抬起下巴。

“你外婆怎么啦？”江东明和路小凡一搭一唱，配合良好，明显是故意的。

“我从五岁起就开始照顾瘫痪在床的外婆，我知道病重的老人有多痛苦，知道他们因为无法吸收营养而丧失抵抗力有多难受。所以就算我外婆去世了，长大后在学业之余，我还是去学了相关的专业。我想如果我学得够好，将来我的家人再生病，我就可以更好地照顾他们了。”

“怎么样，阿钧？小凡简直是完美的人选，做决定吧。”江东明再度发声，那模样倒像是宣告胜利，随后他又转向计维之，“姑父，您的意思呢？”

计维之还能有什么意思？他只是眨了下眼睛，表示同意路小凡做营养师这样的安排。这样的举动已经让他疲惫万分，他露出了困倦的样子。

“计老先生累了，不如大家到楼下去说话，好吗？”朱迪连忙道。

“维之啊，你好好养着，我们回头再来看你。”话少的老者站起来，“我们几把老骨头倒还硬朗，也不怕麻烦。”

其余两人也上去和计维之告别，可惜计维之的眼睛半睁半合，回应的力气已经很小了，虚弱的样子看起来确实非常可怜。

其余人沉默地随着计肇钧到楼下去，都放轻了脚步。

“你不下楼去吗？”路小凡因为走在最后，看到朱迪没动，轻声问。

“我是护士，一切以病人为先，并不需要插手这个家的事。”朱迪心里再恨，脸上却还挂着温和的笑容，“但我真没想到你还是个持证的营养师，若你能留下，我在这个家就多了个伴儿，真是很好呢。”

“看计先生的决定吧。”路小凡也笑笑，并点了点头，追上其他人。

“居然称呼计先生哦，这是小女人发脾气呢，还是真的想撇清？”朱迪望着关闭的门，自言自语道，“真想撇清，就别回来。”说着，她想起了什么，猛然转身几步冲到病床边，目光凌厉怨毒地盯着计维之。

“你每天这样半死不活是不是装出来的？难道你有什么阴谋？你说要好好报答我全是假的？你要像你的好儿子一样，害得我人不人鬼不鬼的吗？你们计家没一个好人，一窝子混账下流货！”她低声骂着，突然拉掉病床上的手柄。

“咣”的一声，被抬高了的床头瞬间倒下。

计维之本来就瘦得一把枯骨似的，没有多少重量，这下子整个人就像失了力，被震得跳了两跳，差点儿翻下床来。

他本来是快进入昏睡状态了，此时突然被这样惊扰，蓦然清醒，身体机能完全跟不上突变，顿时就呼吸困难，像个破旧的风箱一样，不断抽气，发出了“嘶啦嘶啦”的声音，可就是聚不起那一口气来。原本苍白如纸的脸上，呈现出可怕的红晕，最后整个身体都不受控制地抽搐起来。

朱迪不出声，也不动，以一种冷酷又嘲讽的姿态看着计维之，嘴角还挂着略兴奋的笑意。

眼看计维之就要断气死掉，朱迪终于慢条斯理地把氧气面罩拿过来，生硬地按在计维之的口鼻之上，还随手拿了个针头，用力戳了计维之的肩膀几下。

针落下，没入。

因为拔得快，手法灵巧，计维之的血管又似干瘪了，居然都没有出血！若有人检查起来，除非特别细心地逐寸观察，很难发现伤痕。

在呼吸的本能中，计维之慢慢平息了挣扎。

“看看你，从前也是叱咤风云，跺跺脚半座城市都要颤动的人。现在呢，就像一只落水的老公鸡。”朱迪冷笑，脸上有报复的快感，“挣扎在生死之间的滋味怎么样？会不会让你明白一点儿，我才是你的主宰，要你生就生，要你死就死！不管是不是你串通的，江东明找了路小凡过来，对你的处境没有半点儿帮助！”说着，朱迪不耐烦地猛然掀开计维之身上的被子，看了看，露出厌恶的神情，“我还以为你的身体真有起色，暗中预谋着重新掌握主动呢。结果可好，你连排泄都无法控制，还是个废人啊，白叫我担心了。”

她重新把被子盖好，还拉拉整齐，好整以暇地趴在计维之耳边说："现在他们都在楼下，你的好儿子、好内侄和路小凡小天使都顾不得你呢。所以，你就泡在自己的腌臜物里吧，我才不会给你收拾！我伺候了你八年，端屎端尿、擦身按摩、喂水喂饭，每天面对着你恶心的老身体和满是皱纹没有弹性的皮肉，不小心还要闻到你嘴里的腐臭气，害得我每天都想吐出来。整整八年啊，没有功劳也有苦劳。你说要给我房子给我钱，你觉得自己很慷慨是吗？告诉你，远远不够！放心，我不会让你死在我手里的，你还值不得我脏手！"

计维之无言，不动，宛如僵硬的一段枯木。

朱迪说着这些时，盯着他的反应。见他眼里连光芒都没多一丝，浑浊而呆滞，再加上刚才他的身体反应近乎于无，朱迪断定计维之并没有好转，真的只是活死人一样，心里彻底放松了。

楼上，计维之房间里悄悄发生的事，是朱迪的报复，也是试探。

朱迪怕江东明和路小凡是受了计维之的唆使。如果计维之的身体真的好转，她的计划就有危机了。因为只有计维之，才是知道所有秘密的人！

他不能开口，秘密才能成为秘密！

她一边想着，一边把计维之身边的医疗器械都弄好，然后又仔细观察了半天，确保她刚才的虐待行为没有留下任何蛛丝马迹，这才离开。而她的身影刚消失在门外，计维之就努力睁开了眼睛。

他的体力和精力都已经差到没办法形容，连呼吸都要非常努力才能保持，但他浑浊的眼里瞬间闪过冷光，好似回到了他年轻的时候，那样果敢决断，那样坚定不移。

楼下，计肇钧正被逼着点头，留下路小凡做专属营养师。

他希望她能在他身边，他又不愿意她留下。两种激烈的情绪就像冰水和沸水相遇，搞得他感觉心都要被撑得爆炸了。

江东明准备得充分，让计肇钧此时骑虎难下，不可能再拒绝。

若他反对，那三个老家伙就能借机要求做主。若他态度强硬，他们可能会大大地闹腾一番。且不说这件事对他在公司的行动力多少有些掣肘，影响他暗中谋划了四年的某些事，如果闹大到尽人皆知的地步，他那么努力让小凡远离媒体捕风捉影的漩涡，到头来所有努力都会作废。

"既然是表哥招聘来的营养师，薪金和待遇就交给表哥来谈吧。"他故意用一种公事公办的态度说。其间，他看也没看路小凡一眼。

"放心吧放心吧。"江东明摆摆手，表示他很乐意去做，"几位老爷子大约不打算在计家过夜，就由我来护送下山好了。至于小凡呢，既然已经成为正式员工了，好歹也要回家收拾一下行李。营养师嘛，只怕得长住。"

计肇钧怔了怔。她要长住在计家，那她的安全有保障吗？

“阿钧不要紧张。”江东明的笑容中带了点儿恶意，“你是周末才回到大宅来，平时在公司忙翻天。小凡呢，工作日工作，周末要回市区的。你爱清静，正好两不碰面，白天不懂夜的黑，哈哈。”

“多谢。”计肇钧咬着后牙说。

在安排众人离开时，计肇钧和江东明并排站在计家大宅的台阶上。

“你为什么要这么做？”计肇钧终于有机会问。

“以前不是说过吗？”江东明耸耸肩，“咱俩是死敌，只是为了公司不能撕破脸而已。对于敌人来说，对方难过，自己就快活，多简单的道理啊。亲爱的表弟，你怎么就不懂呢？”

“你这是逼着我对付你吗？”

“说难听点儿，我现在是死猪不怕开水烫。说好听点儿，我是无欲则刚了。”江东明一脸无所谓，“从前我想抢戴欣荣，后来我想抢公司，所以我怕你，也一直输给你。现在，我的愿望低到只要你不开心就好，你还能把我怎么样呢？除非杀了我。亲爱的表弟，你知道你为什么拿我没办法吗？”

“因为我不够无耻。”

“因为你始终有底限。”江东明不笑的时候脸上有一种极正经严肃的神情，“你要知道这世上混得最风生水起的，都是那些没有底限的人。所以别再威胁我了，还是想想要怎么自处吧。”

“这个不需要你操心了。”

“我不是操心，我是好奇。”江东明抓抓下巴，“知己知彼，百战不殆嘛。所以我虽然不知道你为什么不要路小凡，但我知道你心里喜欢她。看着自己喜欢的女人天天在眼前晃，却爱而不得。啧啧，我都替你心疼。”

“这就是你的目的？”计肇钧扬眉，恼怒的神情一闪而过。

江东明点头：“是啊，所以我才把那三个自以为是的老家伙弄来。他们没有任何用处，却占着道义的制高点，让你没办法反驳。至于说小凡有营养师证书这件事，我也是前几天才知道的。这简直是神来之笔啊，好像是专门为我的计划做铺垫的。”

他说这话的时候，正好路小凡从小径上走过，又向大门走去。计肇钧的目光不自觉地被吸引住，又很快强迫自己收回。

“多好的姑娘啊。”江东明也看到路小凡了，不禁感叹，“表弟啊，你不知道珍惜，就由我来保护她怎么样？”

“那样啊……”计肇钧仰望星空，长长出了一口气，“那样的话，我保证我一定会失去底限的。不多不少，如你所愿。”

瞬间，江东明的笑容僵在了脸上。

事情就这么定了下来，不管计肇钧有多不放心，周末过后路小凡就到计家正式入职了。

这一次，她不再是计大少见不得光的未婚妻的身份，不需要讨好长辈，不需要小心翼翼、战战兢兢，也没有什么不好意思的。她是工作人员，是利用自己的专业特长来服务计家名义上的家长的，光明正大。

路小凡发现，她的腰杆都比上一次要直了一点儿。果然那些心灵鸡汤没有说错，女人不能完全依靠男人，要独立才能获得尊重。

“小凡，正式欢迎你。”朱迪站在门口欢迎，第一个对路小凡伸出“热情和友谊”之手。

路小凡只礼貌地道了谢，就没再多说什么了。

“你还住在以前那个房间，有问题吗？”朱迪问，故意表现出“女主人”的样子。

“我没什么问题，看你安排了。”

住在计肇钧隔壁的房间又能如何呢？他们的时间是错开的，未必能遇上。再说，她若连住个房间都避开他的话，倒显得她心虚和矫情，不如大方一些。加上她本来就是来兑现对计维之的承诺的，没什么好退缩的。

朱迪没想到路小凡这么大方，在她的印象中，路小凡该是畏畏缩缩、胆小又没用的样子。提起计肇钧，路小凡就算不眼泪汪汪，也得心神不宁才对。此时她见路小凡神情坦荡自然，心中生出一丝警惕。

在朱迪心里，路小凡当然是为了重夺计肇钧才回计家的，她当然不能容忍！

“我陪你上楼去？”朱迪殷勤地问。

“谢谢，但真的不用了。”路小凡礼貌地拒绝，拎起了行李箱，“我自己先上去，然后想去看下计伯伯可以吗？”

“也好。”朱迪看了看表，“这个时间，计老先生应该出来晒晒太阳了，我这就推他下楼来。今天的天气不错，阳光很好又没什么风。”

“我来陪计伯伯出去散步吧。”路小凡连忙接过话，“虽然这是贴身护士的职责范围，你的身体好像也恢复了，但既然我也来工作了，不如大家分担一下，由我接手这些，你只负责计伯伯日常医药方面的问题好吗？”

“那怎么行？”朱迪立即反对，“你也说了，这是我的工作。你其实应该只负责计老先生的营养和饮食吧？”

“营养学里也包括病人适当的运动配合。”路小凡没有退让。她总觉得朱迪并没有好好照料计维之。既然她拿了一份工资，就有义务让老人家过得舒适些。

朱迪听了路小凡的话，不禁心头冒火。

首先她很讨厌路小凡称呼计维之为计伯伯，因为她只能在公共场合称其为计老先生。哪一个更亲近，这是显而易见的。第二，她觉得路小凡这是在争夺对计维之的控制权，侵犯了她的利益。第三，她认为路小凡变了，是故意与她为敌。

朱迪和路小凡两人意见不一致，场面陷入了短暂的尴尬，正当路小凡考虑要不要暂时妥协的时候，江东明出现了："我觉得小凡说得对。朱迪在计家工作了足足八年，如今有人来帮把手，确实应该减少一些工作量。"他上下打量着这两个姑娘，"依我看小凡虽然瘦，但是很健康有力，朱迪你的身子就太弱了，正好顺便休养一阵子。再说，你每天光调配那些药就很忙了吧？你也需要自己的时间，以前是计家太辛苦你了。"

"江先生不用上班吗？"朱迪目光冷冷地说道。

"我是公关部的，请假很容易。"江东明摊开手，"早上是我送小凡过来的。"

路小凡点点头。

"她又是我招聘的，我可以议定她的工作范围。"他又说。

"我觉得，是不是要问下计先生？"朱迪不死心。

"你真是负责，还抢着多做工作哦。"江东明半真半假地叹了口气，然后眼也不眨地说瞎话，"不过，我表弟已经把我姑父的事全权委托给我了，我想我可以做主。话说回来，我也算这个家的半个主人，又不是什么大事，还需要质疑吗？"

他这样说了，朱迪的身份摆在那儿，自然再不能多说什么。

路小凡去了楼上自己的房间。

朱迪说要把计维之推出来，也走了。

"好家伙，女人之间的战争简直是于无声中见惊雷啊。虽然没有大吵大闹，只是唇枪舌剑，身处其中才体会到那真是惊心动魄。"江东明走到屋外，对正在擦车的老钱念叨着。

"你是单纯为了满足路小姐的愿望，还是有什么深意？"老钱皱眉。

"都有。"江东明的眼神柔和下来，"开始只是想让她高兴罢了，但后来仔细想想，我们似乎都陷入了误区。总觉得我姑父是个活死人，从计肇钧出事，他就突然发病，然后慢慢失去表达能力，从他那里无法得知什么。可咱们调查来调查去，一直是白忙活，找不到事情的源头。现在见朱迪这么警觉，说不定其中真有什么见不得人的秘密。假如……小凡能从我姑父这里打开突破口，也是很好的事。"

"那是因为我们没有人像她那样好心。"老钱无情地说，"我们只看对我们有利的事，只有她是真的关心计维之，真的同情这样一个病人。"

"她为人厚道，却被旁人视作软弱无能。老天偏偏喜欢帮助她这样的人。"江东明打了个哈哈，掩饰住刚才心头的蓦然一动。

他仰头看向路小凡的房间的窗口。

此时的路小凡正站在那儿，百感交集。前后不过半个月的时间，加上之前住进来的时间也就一个月，为什么有恍如隔世之感呢？

是因为人的关系变了，心境也就变了吗？那计肇钧，是不是真的变心了？

路小凡甩甩头发，想把这些无聊的想法丢掉，连行李箱也没打开，直接就去楼下见计维之。

尽管计维之不是她的责任，她却总觉得对他有些愧疚。毕竟她答应了老人要帮忙做复健。结果呢？她差点儿没做到。

“计伯伯，您还好吗？”路小凡从朱迪手中接过轮椅，让朱迪上了楼，自己蹲在计维之脚下问。

计维之眯着眼睛，仿佛很享受阳光的照耀，有一种深深沉醉的神情，接着他对路小凡眨了下眼睛。

“对不起。”路小凡以为是自己的错，并不知道她离开计家的这段时间，计维之就没真正出来透过气了，她诚恳地道歉，“我答应了您要陪您一起做复健的，可是没有做到，请您原谅我。那从明天开始，我们重新来好不好？”

计维之无言，路小凡却似乎能读懂他浑浊目光中的意思。

路小凡笑了笑说：“放心吧，我嘴很严的，一直保守着这个秘密。而且这次我答应您，达不到效果，我是绝不会放弃的！”

“咦，这么多日子没练过，您没退步吧？

“对了，那个 iPad 江东明已经还给我了，我下载了几个小游戏，是锻炼婴儿手指功能的，您也可以用。不要难为情哦。

“您爱吃什么啊？我也下载了好多美食图片，回头慢慢放给您看。您喜欢吃什么就用力眨眼，我就做给您吃，好不好？我的厨艺那是杠杠的，吃过的人都说好。

“嗯，那个，计肇钧……可喜欢吃鱼虾了，可他又讨厌挑刺和剥壳，每次都要我帮他。你们是亲生父子，想必口味也差不多。那今晚就先吃鱼蓉？放心吧，我保证连最小的刺也会挑出来。”

她把计维之当成正常人一样，絮絮叨叨地东拉西扯。计维之也一副很认真在听的样子。

一老一少在树影斑驳的院子里慢慢散步，时而有听不清的絮语传出，那场景异常和谐美丽。

这一幕，被正在花园剪枝的老冯、在车库洗车的老钱，以及又抱着画夹跑下来打算消磨时光的江东明看在眼里，他们都情不自禁地露出了微笑。

只有三楼上，朱迪的房间窗口处射来了怨毒的目光。

路小凡似有所感，抬头望去，结果却只看到飘飞的窗帘。

她以为是自己眼花了，并没往心里去。她推着计维之在花园里溜达了一个小时，见他困倦了，就服侍他上楼睡下。随后她连午饭也没吃，把自己的行李收拾了一下。这次因为要长住，带的东西比上次多了很多，半天才归置好。

等她感觉饿的时候，已经是下午两点多了。她干脆下楼去，想随便垫补一口，结果正看到江东明把早上来打工的大嫂们做的吃食全扔了。

“怎么了？”她愕然，她最受不了别人浪费食物。

“既然你来了，从今天开始，一日三餐还是你做。”江东明一副理所当然的样子，“食不厌精。有好吃的，谁愿意再将就猪食？再说，我给你议定的工资里包括了兼职厨师的钱哦，难道你不想多赚钱吗？”

路小凡怎么会不想赚钱呢？她自打从孙莹莹的工作室出来，就陷入了一大堆烂事里，计肇钧说过，去他的单身公寓照顾他是有薪水拿的，可结果也没给。他肯定是忘记了，毕竟他每天那么忙，她又不好意思要，导致她一个多月没有收入了。

她自己是可以仅凭那一点点爱情的精神食粮活着，可生活上的物质压力一直在，助学贷款还有一些没有还完，每个月她还要再寄一些钱给家里。还有，小舅将来要结婚肯定也需要钱。那是外婆的遗愿，也是妈妈的心事，她要帮着完成。

“那你也不应该把那些全扔掉，还说那是猪食。”路小凡叹气，“不尊重人家的劳动果实，将来是会倒霉的。”

“呸，童言无忌，童言无忌。”江东明连忙佯装吐口水在地上，还重重踩上三脚。

他这样幼稚的行为逗笑了路小凡：“好啦，你给我定的薪水确实很高，已经达到了普通中级营养师的双倍标准。所以，我做双份工作也是应该的。有句话说得好，只有钱和做人的底限不能辜负。说吧，晚饭你想吃什么？”说完，她抬头望着他，一向多话的江东明，此时却没了回应，她还以为人跑掉了。结果，正看到江东明深深地凝望着她。

“怎么了？我脸上有脏东西？”她莫名其妙。

“没有，我突然间想起一件事。”江东明摸摸鼻子，没有点菜，直接走掉了。

路小凡也没再追问，毕竟她之前给计家的人做过饭，大致知道几个人的口味。事实上，除了计肇钧比较挑嘴之外，其他人都很好伺候。

她的主要服务对象计维之只能吃流质食物，他的饮食既要保证营养，还要不能有任何异物，需要做得格外精细，她必须早早做准备才赶得及晚饭。于是，她在厨房里忙活了起来。

江东明这时已经快步走到了大屋的外面，疑惑得不行：“是不是心脏出问题了？”他按了按胸口，“最近连续两次出现心悸的情况，得找时间去医院检查一下。”他自言自语，脑海里闪现路小凡站在厨房里对着他笑的样子。

江东明甩了甩头，大下午就跑到山道上散步去了。

第二十三章　爱情鸟

路小凡重回计家的第一天，就这样顺利地过去了。

表面上看，一切都与平常没什么两样，实际上却有什么东西正在悄悄地改变。计家的晚饭比较早，饭后路小凡偷偷陪着计维之做了复健，等计维之睡下了，她才回到自己的房间。

她想了想，把插销锁上了。

计家"闹鬼"的事她心有余悸，虽然到现在也没有证据证明她所遭遇的是真鬼还是坏人，但小心些总是没有错的。

不知是不是心态变了的缘故，她对空旷的计宅，还有大得可怕的房间似乎没那么怕了。也可能是她今天着实有些累了，躺在床上就陷入迷迷糊糊的状态。

路小凡正处于半梦半醒之间，突然被一种声音惊醒。她猛然坐起。大脑略清醒之后，才发现那是汽车的声音。

计宅因为在山区，每一幢物业之间又隔得非常远，入夜后自然是万籁俱寂，有一点儿声音都能被放大数倍。今天晚上又有点儿闷热，天也阴沉，她的窗子开了条缝，所以听得清清楚楚。

"这么晚了，有谁会来？"她纳闷，"会不会是有人出去了？"

她从卧室里看不到车道，只能静静坐了会儿，又慢慢躺下去。但是很快，她再度惊坐起来。

因为她听到有脚步声朝她的房间而来。

哒哒哒……哒哒哒……似乎停在了她的房间门口。路小凡的心提到了嗓子眼儿。

不会吧？不会是针对她吧？她才回来一天，"鬼"就找上门了？

她不敢出声，全身紧绷，听着外面的动静。

半分钟后，那脚步声又响了两下，随后她听到隔壁房门打开的声音。

天哪，是计肇钧！

路小凡突然松了一口气。

是她太紧张了，连这点儿思考和推理能力都没有。有汽车进计宅，有脚步声到达三楼，那明显是计肇钧回家了啊。可是今天是周一啊，他怎么会回来了，还这么晚？

而且，他貌似在她房间门口站了一会儿，这又是为什么？

路小凡跳下床，轻巧地跑到门边，整个人都贴在门上，倾听外面的动静。她的心脏快速跳着，过了好半天，她不禁苦笑。

她这是干什么呢？期待他闯进她的房间？期待他说什么，还是期待他做些什么？

她笑着离开房门，心里混乱着，说不清是什么滋味，却在这时听到隔壁又传来开关门的轻响。

路小凡像被施了定身法，当场僵住。

随后她再也没有听到声音响起。

是计肇钧又离开了房间？还是又来了一个人进去了？

路小凡看了看表，差五分就十点了。

路小凡回到床上继续睡，因为明天天不亮她就要起床准备一家子的早饭和计维之特殊的病号饭。

路小凡这样命令着自己，可不知为什么，数了几千只羊了，她还是睡不着。直到半夜一点，她忍不住哭了。

哭着哭着她就饿了。她特别伤心的时候，总是会感觉到饥饿，饿了要是不及时吃东西，就会乱说话，似乎食物能慰藉心灵。她记得，计肇钧跟她有点儿像，饿的时候就会比平时爱说话得多。

路小凡忍耐了半天，还是决定去厨房找点儿吃的。她穿上软底拖鞋，轻手轻脚地走出房间。走到楼梯拐角时，猛然听到一声巨响，吓得她差点儿从楼梯上掉下去。

打雷了！然而雨迟迟未到，只有山风突然而起，近乎狂暴地吹着。

路小凡心里打鼓，努力抑制住掉头就跑的冲动，一步步向楼下走去。

夜里计家的走廊是一直有灯的，所以并不黑暗，她也不用像鬼片里那样，手里拿着油灯或者容易被吹熄的蜡烛什么的。风声呼啸，各种细微的声音间或响起，令路小凡总觉得身后有什么跟着她，不敢回头看。

她好不容易到了一楼，脚才踩实，就有一阵不知哪里来的旋风把她的头发吹乱，盖住了脸。幸好她穿的是短袖睡衣睡裤，要是裙子肯定会被掀起。

这风大得太邪门了！她想着，手忙脚乱地把头发拨好，犹豫了片刻，终于鼓起勇气四处看看。

周围没有人。廊灯软软的光照着四周。

路小凡不敢细看，咬牙向左边走去。

现在她对计家的格局已经很熟悉了，向右是去厨房，向左是去大书房。中间地段是个穿堂，被设计为阅读厅，正是存放计维之棺材的地方。

她从楼梯这里感觉到有风从书房那里蹿出来，那间大书房是计肇钧工作用的，风这样大，一会儿下雨的话，肯定会淋湿里面的东西。

事关计肇钧，她还是不能不管，决定过去把窗子关上。

走到大书房，要经过中间的阅读厅，也就是放计维之棺材的地方，路小凡一边走，一边做着心理建设。然而当她快速通过阅读厅后，一眼就看到大书房的门是开着的。

她的心跳突然就加快了，她停顿了片刻，慢慢走过去。

大书房的窗子何止是没有关，那是全部敞开着！山风正好从那边吹来，把薄纱窗帘吹得狂卷乱舞，看起来像夜魅在张牙舞爪，呈现出一种极为妖异的画面。

路小凡有点儿害怕，可考虑到真的可能会下雨，还是咬着牙跑进去，打算依次把窗子关上。才关到一半，她蓦然感觉角落里有人盯着她。

路小凡猛然转头，看到靠墙角的沙发上有一团黑黑的人影，她吓得惊叫出声。

“是我。”黑影出声，同时拧亮了墙角的落地灯。

灯还没亮的时候，路小凡就知道那是计肇钧了。因为他的声音是那样浑厚好听，带着一点儿鼻音，每夜每夜都出现在她的迷梦之中，她再熟悉不过。

灯亮之后，她看到他坐在沙发上，一只手随意拿着一个酒杯，另一只手支在膝盖上。旁边的桌上，有好几个已经空了的酒瓶。

他赤着脚，身上却还穿着西装，就算喝了那么多酒，他仍然是衣着端正，头发梳得一丝不苟。

墙角灯的幽暗光线由右上方照到他的脸上，令他的面部轮廓看来深邃起伏。他的脸被灯光衬得半明半暗，也令他的神情阴晴不定、晦涩难明起来。他的眼睛黑亮深沉，看起来居然有些阴森。

“别怕。”见路小凡僵着身子不出声，一直还保持着双手捂住嘴的动作，计肇钧动了动，说。

“你……你……计先生怎么在这儿？”路小凡终于能出声。

计肇钧就那么望着她，并不回话。

路小凡受不了计肇钧的目光，又因为他的沉默而感到很尴尬。狂风还吹着，她只得跑去把窗子关上。

计肇钧仍然不出声，就这样看着他的小白兔忙碌地跑来跑去。

很快，窗子关好了。

只一瞬间，狂风被隔绝在了外面，屋内安静下来。

“你怎么喝了这么多的酒啊？有没有吃东西啊？半夜喝酒、空腹喝酒都是很伤身的。”完了，她才觉得自己多话了，现在计肇钧已经不是她的男朋友了，她不该用这种责备中带着关心的语气。

“没事。”计肇钧的回答照例那么简短。

于是路小凡就没有话说了，正想道个晚安就离开，计肇钧却突然站起来。

他是如此高大，夜晚更加浓重了他的身影。尽管路小凡觉得自己离得足够远，还是感觉到了强大的压迫感。好像，他眨眼之间就能彻底把她笼罩。

“你说可笑吗？我就是喝不醉。”计肇钧的话也比平时多了些，“有时我觉得我身体里住着别人，不然我怎么会对酒精没有反应呢？我试过了，真的试过了，不行的，一直不行的。”他沮丧地摇头。

他这模样看起来有些悲伤和无奈，路小凡的心一下子就疼了，她根本管不住自己的脚，两步就走上前去。

“计先生，其实我觉得……你还是有点儿醉了。”她扶着他的手臂，嘴里不自禁地温柔哄劝，“酒精对你有作用，真的真的，绝对有用，你不用再做试验了。现在找个地方坐下来好不好，我觉得你快要摔倒了。”

“计先生……”计肇钧重复着路小凡对他的称呼，唇边和眼角弥漫着无尽的苦涩和自嘲，“我真的不会醉。”

接着，他向前走了一步，已经踉踉跄跄了。

路小凡下意识地伸手去扶。

计肇钧看到路小凡过来，顿时感觉整个世界都旋转起来，他努力想抓住她，让一切都恢复正常，别再脱轨了。再这样下去，他真的控制不住这趟早就提速的灵魂列车。

然而，瞬间，天与地颠倒了。怀中，是那样温软香甜，让他情不自禁地抱紧她。

路小凡被压得喘不过气来，因为地上有厚厚的纯毛地毯，以及垫在她脑后、腰后的有力手臂，她没有摔疼。

她看不到他的脸，因为他把脸埋在她的颈窝中，他呼出的温热气息喷在她的皮肤上，令她浑身泛起一阵阵莫名的战栗，浑身都麻酥酥的，半点儿力气也使不出。

好在他是真的醉了，并没有再多的动作，不然以路小凡这样的菜鸟来说，绝对无法抵挡。这时候她忽然明白了一件事，他要对她做什么，她是完全没办法反抗的，只能听之任之，予取予求。原来，她在这份爱情中处于这样极端的劣势，永远是他在主导。

好半天，路小凡身上那种过电感才好了些。尽管计肇钧仍然抱着她不放，她用力把两个人翻了半个身。

于是，他们就这样倒在地上，互相拥抱着，蜷缩着，好像寒冷深夜里的两只小兽，彼此温暖，不能分离。

外面，狂卷的山风还在呼号，然而雨就是不肯落下。

屋里一片宁静，一束昏黄的灯光下躺着两个不清醒的男女。

路小凡本来是可以推开计肇钧的，侧过身后，他抱得没那么紧了，可她就是不忍心，干脆窝在他怀里，借着大书房墙角那微弱的灯光，静静地、如此近距离地看他的脸。然后她伸出手指，轻柔细致地在上面摩挲着。

此时的路小凡心里涌动着说不清的柔情和混乱的疑惑，她就这样陪着计肇钧躺了不知多久，当细雨声传来，她终于慢慢拉起计肇钧搭在她腰上的手臂，轻轻钻出了他的怀抱，从地上站起。

她站在那儿，看着仍然躺在地上的他，发愁要怎么才能把他从地上拖到沙发那边去。最后她实在没办法，只好拿了两个靠垫放到地上，让他枕得舒服些，然后解开他的领带，快速跑到楼上去拿了条毛毯和热毛巾，给他擦了擦脸和手，并盖好毛毯，还细心地把他的赤脚包了起来。

她忙活着照顾计肇钧的时候，根本没注意到自己的举动都落在了潜藏在暗处的人眼中。

朱迪独守这座大宅这么多年，当年重新装修还是她主持的，房子里的每一个夹角和暗影她都熟悉得不能再熟悉，所以她若趁夜隐藏，别的人还真难以发现。

她望着那一对表面上没有关系、实际上仍然彼此牵挂的爱情鸟，气得眼珠子都红了，妒忌得发狂。

好在她还没有失去理智，而是咬紧了牙，默默离开，回到自己房间的时候她才再也控制不住，疯了似的，摔了所有能摔的东西。

朱迪的房间装修的时候是特别“加料”过的，里面闹翻天，外面听不见动静。当她发泄完后，抚着胸口长舒着气，抄起那部神秘的电话。

“这么晚吵醒我！”对方很生气，嘶哑着嗓子叫起来。

“情况紧急。”朱迪却平静了，“我以前小看了路小凡，她的反攻很厉害啊。”

“哼，丑人多作怪。”哑嗓子道，“哪个男人会因为女人的品德爱上她？女人就是要长得漂亮！你长得美，你去引诱计肇钧。他是男人，素了这么多年，一定会忍不住的。”

“你以为我没试过？而且不止一次！根本不管用！”朱迪平静的面容突然又狰狞起来，由于她穿着向来喜欢的白色拖地睡袍，长发也披散着，再加上脸被房间内昏暗的光线映得青白，简直跟女鬼一样，“那个男人实在太难搞了，有钢铁般的意志。除非他自己愿意融化，不然谁也不能打动他！比之前那个，还要麻烦！”

“那你打算怎么做？”哑嗓子威胁道，“你别忘记，为了赶走路小凡，你已经惹怒过计肇钧一次了。为了我们的目标，绝对不能让他生出鱼死网破的心！”

“必须赶走路小凡！”朱迪恨恨地说道，“她这个人虽然没用，可有她在身边，计肇钧就像插了翅膀，我怕他会摆脱我们的控制。何况，我们还有那么多秘密，不能被发现！不过……”她沉吟着，“或许这一次我可以做得聪明些，自己不动手。”

“什么意思？”

“借刀杀人怎么样？”朱迪说着，笑了起来。

她笑的时候声音有点儿尖厉，又似乎为了隐藏笑声而憋得断断续续，听起来就叽叽啾啾的，在这黑暗的夜里，在这山风号叫的时刻，显得无比阴森恐怖。

路小凡发现这样一折腾，时间已经差不多到凌晨三点了，她干脆也不睡了，跑去厨房，看能不能做点儿简餐。

一个多小时之后，计肇钧就清醒了。

计肇钧发现自己躺在大书房的地上，头下垫着靠垫，身上还盖着自己房间的薄毛毯，脚上包着细棉布被单，领带松开了，浑身上下的安排都透着细心妥帖和温柔，他不用猜都知道是谁做的这些。

他按了按额头，头就算再疼，昨晚发生的那一幕也还清晰地留在脑海中，想抹都抹不去。

他这样的人，满身罪恶还非常不吉利，只要沾到他的人没一个有好下场，为什么他会遇到一个真正的天使？

小凡是那么善良，哪怕他如此对她，她仍然不恨他。这让他既高兴，又很是担忧。他就像个剧毒的火药桶，要拒绝和远离所爱之人。他不断在心中强化这个意念，可昨晚怎么就一下子控制不住直接跑回山区大宅了呢？还有，他昨晚确实喝了很多酒，但真不至于醉倒。难道是酒入情肠，酒不醉人人自醉？

他站起来，想回房去。可当他穿过阅读厅，刚要上楼梯，就发现厨房那边有光线和声音传出。还有食物的香气悄无声息地钻入他的鼻子。

这让他像被施了魔法，转身向厨房走去。

清晨四点，周围安静无比。厨房内，那个苗条的身影不停忙碌着，在灯光的笼罩下有说不出的柔美。

“计先生，你醒了？”路小凡转过身。

就算他仍然赤着脚，走路无声，但只要他靠近，她的后背就开始发麻，就像正负电极的感应，她怎么会不知道他来了呢？

“怎么不去睡？”计肇钧问。

“我煮了面。”路小凡转身端了个托盘过来，低着头，“空腹喝酒不好的，也不知道计先生昨天的晚饭有没有吃。”

计肇钧抿了抿唇。

他当然没吃啊，昨天在公司忙到很晚，结束了公事就直接跑回来了。从昨晚到现在，他水米未进，进肚的东西就只有酒了。

再看那托盘里，韩式白底绿竹叶纹的汤碗里装着很香的泡面，上面还浮着两片碧绿的小青菜和一枚剖开的白水蛋，外加几颗炸过的小小的尖红椒，旁边的小瓷碟里有鸡肉番茄沙拉，透明的琉璃杯里是汤色清澄的绿茶。

看着这顿香喷喷、热乎乎的简餐，计肇钧还在犹豫要不要接受，肚子已经先一步叫了起来。因为清晨寂静，那咕咕声如此明显，连掩饰也来不及。

“计先生是在厨房吃，还是去餐厅？”路小凡适时地开口。

计肇钧坐下，以行动表示就在这里吃。

他以前每回见了她都会很饿，她就会做好吃的给他。这样的关系看起来那么普通，甚至俗气，却是那样熨帖他的心，给了他以前从未享受过的舒适和安宁感。

“很好吃。”吃到一半时，他忍不住夸奖。

“可惜家里食材不够了，我天亮要去采购。现在只有泡面了。”

“那也很好。”

“只要用心，一碗泡面也可以做得很好吃的，不是只淋点儿开水，随便泡一泡那么简单。”路小凡说。

见计肇钧停下筷子，路小凡连忙说：“我去楼上补眠，计先生吃好把东西放进洗碗池就好了，我会收的。”她说得平静，走得稳当，心却是乱跳的，以至于出厨房门时差点儿撞在江东明身上。

“怎么这么急？”江东明吓了一跳，看到厨房里的计肇钧后更意外了，“你怎么在这儿？”

计肇钧的回答就是继续低头吃东西。

“哎呀，好香。”江东明吸吸鼻子，又伸着脖子看了看托盘，带着点儿酸溜溜的语气道，“待遇就是不一样哦，只是一碗泡面，居然也煮得像模像样。”

这话听在计肇钧耳朵里，令他心里又酸又涩又甜蜜。他喜欢小凡把他放在心上，可他又真的受不起。于是他很快把食物吃完，临走前丢下一句：“你怎么起这么早？”

“你这是关心我？”正在动手煮咖啡的江东明一愣。

“我看你精力这么旺盛，不如回公司上班？”

“哦，这个……其实我是失眠啦。睡不好就下来转转，身体暂时还要休养。你知道的，失眠很损害健康的。你看我的黑眼圈……”其实，他是通宵和美国网友一起打游戏，现在下来活动一下而已。由于整夜戴着耳机，都不知道计肇钧什么时候回来的。

“失眠还要喝这么浓的黑咖啡？你的治疗方法还真奇特。”计肇钧冷冷地瞥了江东明一眼，走了。

江东明端着咖啡的手僵住：“真讨厌，观察力这么好干什么？”

路小凡回到楼上后有点儿坐立不安，直到听到汽车远去的声音才敢下楼。

这个时间再准备计维之的营养餐就有点儿晚了，她忙得无暇他顾。然后整整一天，她都拼命压制住那纷乱的心绪，努力把两份工作做好。她发现计维之似乎受了什么刺激，很拼命地进行着复健，累到呼吸急促、脸色潮红也不停止。

她只得劝：“计伯伯，我理解您想尽快和外界交流的心情，可是有句话叫欲速则不达。以您现在的状态，复健是长期的过程，一开始就太辛苦的话，整体上真的不是很有利。”

计维之听到她的话后，猛然闭上眼睛，但他生了一会儿气后就平静了下来，显然是说服了自己。

晚上计肇钧又回来了。

计家大宅离市区很远，在道路畅通的情况下，开车要两个小时，如果赶上上下班高峰，那至少要三个小时。就算计肇钧下班就往回走，到别墅这边也得晚上八九点了，晚饭时间早过了。而且开这么长时间的车，人也很疲乏。

好巧不巧，计肇钧进屋时，路小凡正下楼，于是路小凡只好再做顿饭给风尘仆仆的他。好在她早上进行了大采购，食物充足，但为了尽快填补上他空空如也的胃，也只能做些简单的。

第三天，路小凡有意提前弄了些半成品放在冰箱里。果不其然，计肇钧如期归来，进了大屋就直奔厨房。

路小凡无语，快速做出香喷喷的炸鱼排、泰式鸡肉卷、锅塌茄合和双耳拌时蔬，外加一道红枣山药汤。这些虽然只是家常菜，却很合计肇钧的口味。

“明天，还要留晚饭吗？”看计肇钧闷不吭声地吃得津津有味，路小凡忍不住问道。

计肇钧头也没抬，只“嗯”了声。

路小凡真想问：计先生你平时很讨厌回计家的，现在这是什么意思呢？是不是因为我在这儿就来折腾我？是不是我拿了双份薪水就还得做额外的工作？是不是你故意找碴啊？是不是变着法地想见我？可是我们都已经分手了，你到底是怎么想的啊？

不过，她不是咄咄逼人的人，再加上想到自己只是“家庭雇员”，不能和“老板”这么说话，于是动了动嘴巴，最后变成喘了几口粗气而已。

“那晚安，老板。”

她走后，江东明又来了。

“果然又回家了啊。”江东明是故意在这个时间下楼看看的，“我很好奇，你这样是不放心我，还是不放心朱迪呢？”

“这是我家。”计肇钧放下碗筷，“我回家而已，没有为什么。”

“这个家，你以前很不愿意回的啊。”江东明耸耸肩。

“你话真多。”计肇钧起身离去。他没有回自己的房间，而是去看了计维之。虽然不过才三天，但他真想看看那位父亲在路小凡的照顾下有什么变化。

没想到他走到门边时，路小凡正好从里面出来。

她右手拿着个杯子，左手又因为要把门轻轻关上，所以是背身退出的，并没有看到计肇钧，等发现身后有人时已经撞上了。

她轻叫一声，手中的杯子落下。幸好计肇钧手快，一下子接住。

“计先生，你怎么在这儿？”慌乱之中，她问。

“来看看我父亲。”计肇钧垂下眼睛，把玩着那只琉璃杯，“你呢？怎么这时候上楼来？”

“哦，现在每晚我都给计伯伯加一杯综合营养的果蔬汁，睡前喝。你知道他的，只能吃流质食品，维生素摄入量太少……”说到这里，她意识到计肇钧可能不爱听，渐渐低了声音。

“你很负责。”

“应该的。”

路小凡见计肇钧没有要还回杯子的意思，只得从他手中抽回来。计肇钧却不肯给，拉拉扯扯，最后她还是拿了回来，但杯子的摩擦、指尖的触碰，使得气氛变得格外暧昧。

“那计先生请吧，计伯伯大概还没睡着。没什么吩咐的话，我先走了。”路小凡低头说着，试图绕过计肇钧，哪想到手臂被他捉住，又被轻轻拖了回来。

“计先生有事？”她愕然地问，只感觉手臂处被他握着的部分在发热。

计肇钧摇摇头。

路小凡再度试图离开，结果又被拖了回来。

“计先生你什么意思啊？”她有点儿怒了。

“为什么回来？”他问，声音低低的。

“工作啊。”路小凡很快回答。

“好好说话。”计肇钧显然并不信服。

“真的是为了工作，为计老先生工作。”路小凡很努力很认真地撒谎，尝试说服计肇钧和自己，“他很可怜啊，我想利用自己的专业知识来帮他，又能赚钱，何乐而不为？”

计肇钧当然不信路小凡的话，但他没有继续揭穿，而是深吸一口气，放开了路小凡的手。

路小凡再次要离开，可没走两步，耳边传来计肇钧的低语：“你可怜他？但是，你知道他其实是个恶魔吗？你知道他这辈子做了多少坏事吗？假如，你再知道他毁了我的一生，你……还会这样细心地照顾他，让他在上天的惩罚中还过舒服的日子，还要帮他吗？”

路小凡无比震惊，猛然回过身来。

计肇钧从来没有对她说过这样的话，纵然她知道他心里压着重重的心事。他不说，她也从来不问。

此时计肇钧背对着她，手还按在门把手上，半侧着头。他高大的身影被更巨大的门和墙壁上的暗影衬得格外寂寞孤单。

路小凡感觉到自己的心又热又疼，害得她瞬间失去了理智。

她跑回去，突然从背后抱住计肇钧的腰：“你到底有什么悲伤？你为什么就是不肯告诉我？”

计肇钧僵住了，没有再出声。

而他的沉默像一只无形的手，又慢慢把路小凡拉开，拉回陌生人的距离。

“对不起，计先生，我失态了。”她失望了，轻轻松开他，向后退了两步，心里却有点儿恋恋不舍，“我不知道计伯伯之前做过什么坏事，我只知道他现在是个活死人。你也说他是在接受惩罚，既然如此，不如善待他吧。我做的，也只是我的分内事。而且，这是你付工资让我做的。”

路小凡最终还是走了，计肇钧也进了计维之的房间。路小凡和计肇钧都没有发现，他们在门外说话时，隔壁朱迪房间的门虽然关着，她却从锁眼里把外面的情形看得清清楚楚。

等他们离开，朱迪又把圆球状的门把手安装回去，堵住了锁眼。

“我果然没有看错，路小凡是最不稳定的外来因素！再这样下去，早晚会攻破计肇钧的心防。”朱迪在屋里来回走着，显得有些烦躁。

但很快她露出了笑容，坐在床上，用手机打电话。

“喂？哦，是我，朱迪。”她笑眯眯的，“我没事啦，就是突然想起你，问你最近过得好不好。对了，你怎么都不来大宅玩了？”

电话那边不知说了什么。

朱迪摇头道：“真没什么事。只是……计先生这几天每天都回家，我还以为你也要来呢。毕竟，他对你那么好，很可能是等你嘛。”

对方不知又说了什么。

朱迪点着头，说了一连串的“好”，而后志得意满地挂掉电话。

第二十四章　救命恩人

为了办移民的事，陆瑜去美术学院找傅敏，结果却听说她办理了半年的休学。

“什么时候的事？原因是什么？”陆瑜被惊到了。

“十几天前办的，现在人已经离校。”学校这样回答他。

陆瑜怎么打傅敏的电话也不通，她常去的地方也找了，根本没有人影。陆瑜急得抓耳挠腮。想直接报告给计肇钧，又考虑到最近他公事忙碌，家里的事又让他头疼，还每天回计家大宅，不忍再去吵他。陆瑜蓦然想起那天傅敏的话，她说既然计肇钧和路小凡已经分手，朱迪又绝不可能是什么地下夫人，所以她打算主动出击，追求自己所爱的人。

“怎么就这么不让人省心啊？”陆瑜气得直抓头发。

还好他没有丧失理智，想了一会儿直接打电话给路小凡：“路小姐，麻烦你个事呗。”

看到来电的是陆瑜，路小凡顿时担心起来：“怎么啦？”

“没事，你不要紧张。”陆瑜感觉到她的紧张情绪，连忙安抚，“就是……你能不能去看看，傅敏有没有到大宅去？”

“啊？傅敏？”路小凡没想到陆瑜拜托她的是这个，不禁有点儿奇怪，“现在不是开学了吗？她为什么到大宅来，难道出了什么事？”

陆瑜支吾了一阵：“那什么……她……这丫头跟我闹了点儿别扭，大约是找钧哥评理去了。总之，你看她在没在？如果现在没在，就留意她什么时候回去。但是……先不要惊动钧哥，到晚上不管有没有见到她，都麻烦你给我报个信，我好放心。”

路小凡答应了下来，心里有些明白是怎么回事。

她在计家的房前屋后，以及大屋内都转了一圈，没有发现傅敏的身影。她正想有可能是傅敏还没到，或者去了别的地方，就看到那姑娘拎着两个大行李箱，从花园小径那边走过来。

“你怎么在这儿？”路小凡好心上前帮忙，傅敏见到她却极其意外，“你和钧哥不是已经……”

“我们是分手了。”路小凡很平静，“我现在是营养师的身份，专门照顾计伯伯的，算是计家的工作人员。”

傅敏惊讶得不行，看向路小凡的目光有审视，还有怀疑，更有一丝戒备。

路小凡并不介意被别人如何看待。她所寻求的是真相，她所要完成的是对计维之的承诺。她在意的只是那个人。

“你到计家来，计先生知道吗？”路小凡一边帮傅敏搬行李箱一边问。从箱子的大小和重量来看，傅敏是打算长住在这里了。

“嗯，他会知道的。”傅敏并不擅长撒谎，只含含混混地说，“他说过，我对他是很重要的人，可以随时到他家来。”

“我只是个营养师，家里的事我没办法做主。”路小凡实话实说，“你是不是要先和朱迪说一声？还有就是，你要住在哪个房间呢？”

“我和朱迪报备过了。”傅敏没什么心机，“至于房间，我在计家有固定的，就是钧哥隔壁那间。”

路小凡猜到会是这样，当下也不多说，默默帮傅敏把行李箱拖进了室内电梯，帮她送到二楼房间去。

傅敏一路偷瞄路小凡的神色，见她很坦荡，也很友好，自己心虚不已，暗中决定以后要对路小凡好点儿。

“好了，谢谢你。”到房间后，傅敏有点儿不好意思，“剩下的我自己来吧。”

“那好，待会儿见。”路小凡挥挥手

见路小凡要走，傅敏抢上前几步，客气地帮她开门。恰在这时，她一直拿在手里的钱包掉在了地上。折叠式钱包被摔得散开了，露出了里面的照片。

那是一张老照片。虽然还没有到泛黄的程度，但至少应该是七八年前的旧照了。

路小凡蹲下身帮傅敏捡起了钱包，目光落在那张照片上。

照片上有三个人，一个成年女性、一个半大少年和一个可爱的女孩。

那女人衣着简朴，头发随意地扎着，貌美如花。那女孩十岁上下的样子，非常乖巧地倚在女人身边，眉目间与现在的傅敏非常相似。那少年看面容也就十六七岁，可是身材高大，肩膀宽阔，已经是个成年男人的骨架，只是瘦得很，而他的脸从左额一直到右下巴，覆着一块狰狞的伤疤，把他立体俊美的五官都遮盖住了。

照片的背景是一个公园，还是路小凡很熟悉的公园。

“你怎么了？”傅敏关切地问路小凡，并接过她递过来的钱包。

“没什么。”路小凡的心突然很乱，掩饰道。

“你的脸色很差啊，刚才还好好的呢。”傅敏拉着她的手，“你是不是突然不舒服？啊，手这么冰。”

“可能是低血糖吧。”路小凡轻轻抽回自己的手，“刚才站起来时急了些，所以眼前有点儿发黑。没关系，我下楼吃点儿东西就好了。”

“那你快去。”傅敏忽然有点儿不自在，怕路小凡是帮她搬箱子累的。

路小凡点点头，心事重重地回到厨房。

“有事吗？怎么一副魂不守舍的样子？”朱迪一边问路小凡一边打开冰箱。她刚才在三楼看到傅敏和路小凡过来了，这时候特意过来看路小凡的反应。

看到路小凡小脸发白，朱迪以为是傅敏的到来刺激到了路小凡，心里很是得意。

“没事，只是在想菜谱而已。”路小凡含混地回答。

“哦，刚才傅敏打电话给我，说她过来了，你还帮她拎了行李。”朱迪想在路小凡的伤口上再撒一把盐，于是继续道，“她和计先生关系亲近，恐怕要在这里住一段时间了。她嘴巴刁，小姑娘嘛，被计先生宠坏了。只怕你的工作量又要加大了。”

“没关系的。”路小凡随口答道，精神不太集中。

朱迪见状，心中大乐。她还想再说点儿什么，这时路小凡的手机响了起来。因为铃声突然，她心里又想着事情，她正切着菜，一不小心就伤了手指。

“唉，怎么这么不小心啊？”朱迪连忙过来看路小凡的伤口。

见路小凡左手食指和中指被一刀切出两个口子，鲜红的血正冒出来，朱迪暗爽不已，脸上却表现出适当的忧心和善意的责备。她一边拉着路小凡到水池边，打开水龙头，冲洗手上的伤口，一边说：“我看下伤口深不深，若还好，就不用到医院处理。等下我到楼上拿止血药、消炎粉和绷带过来，你暂时不要乱动了。”

“就是小伤，没什么大碍的。谢谢你。”路小凡因为急着看手机，只简短地道谢，也顾不得疼了。

她一看是陆瑜，连忙接听：“她来了，你放心吧，已经安顿好了。”转眼看到朱迪还在旁边，不方便多说，直接就挂掉了电话。

朱迪并不好奇猜测，叹息道：“这是自己的手啊，你用这么大力干什么？这样……虽然不用去医院处理，但也不好沾水了，至少得养上一个星期，等伤口愈合。”

“那就麻烦你帮我先包扎一下。”路小凡这时候才感觉到疼，手指尖上的血管一跳一跳的好像着了火，“休养就不用了，我有塑胶手套，保证不沾到水就好，不影响工作。”

“你真是……不知道说你什么好了。你稍等下。”朱迪说完就快速跑到楼上去拿工具和药品。

等朱迪帮她收拾好伤口，路小凡的心情才暂时恢复平静。

午饭的时候，三个女人各怀心事，朱迪吃得最是开心。

傍晚的时候，陆瑜追上在车库走着的计肇钧，抢着坐在驾驶位上。

“你干什么？”计肇钧皱眉。

“钧哥，请上车，我来当司机。”陆瑜抓紧方向盘，好像有人会和他抢一样。

“不需要，你回自己家。”

“需要需要。”陆瑜点头，“你每天在公司这么辛苦，再开这么久的车实在是太累了，反正我工作轻松，也没什么事。别磨叽了，快上车吧。”

“仅此一次。”计肇钧坐到车后座上，“抓紧办我交代给你的事就行。”

“钧哥是不是怕我吃得多，又增加某营养师的工作量啊，根本不是心疼我跑远程对不对？”陆瑜启动车子，开了个玩笑。

计肇钧没回话，默认了。

陆瑜的话全憋在肚子里，半天没出声。直到车子快出市区了，天也黑下来，他才小声地报告："那什么……钧哥，小敏她……"

"她怎么了？"计肇钧睁开眼睛。自从上了车他就闭目养神，因为连续四天这样连轴转，就算他是铁打的身子也有点儿疲惫了。

"她……她自己办了休学，跑去大宅住了！"陆瑜快速地说出事实。

陆瑜小心翼翼地从后视镜中觑着计肇钧的脸色，见他有一瞬间的恼火，但很快又平息下来，变成了深深的无奈。而后，又闭上眼睛。

"钧哥，你不骂我无能，连小敏也看顾不好吗？"陆瑜忍不住问。

"骂你有用吗？"计肇钧保持着闭目的状态，疲惫地说，"别管了，她喜欢就让她住着好了。"他要守着小凡，又要守住自己的心，每天都游走在无法平衡的边缘，有傅敏做绝缘地带，也好。

"那……还有一件事。"陆瑜咽了咽唾沫，"她……小敏不肯配合我办移民。"

"你也不用管了，我会说服她。"计肇钧斩钉截铁。

"什么都让老板做，我只等现成的……"陆瑜抓抓头发，"是不是显得我很没用？"

"是很没用。"计肇钧不留情面地答。

当陆瑜无比沮丧的时候，计肇钧又加了一句："但是，这世上的人我只信任你。"

瞬间，陆瑜原地满血复活。他脸上露出笑容，连车子都开得更顺畅了。

计家大宅里众人已经吃完晚饭。路小凡收拾了厨房，帮计维之做完复健，就打算找傅敏谈谈那张照片的事。

路小凡找了傅敏半天也找不到，后来发现她在花园小径上徘徊，神情忐忑不安，不时望着院子的大门方向，似乎在等计肇钧回来。

"计先生要快九点才会到家呢。"路小凡迎上去，提醒道。

"你怎么知道我在等钧……"傅敏摸摸自己的脸，"我表现得很明显吗？"

路小凡笑笑。

"你又是来干什么的呢？"傅敏反问。

"我来找你。"路小凡直说了。

"找我？"傅敏很惊讶，她本以为路小凡也是来等钧哥的，"找我什么事呢？"

"是那张照片，你钱包里那张。"路小凡斟酌着字词，"抱歉，我是无意间看到的，并不是有心要刺探什么。"

"有什么关系，这也不是秘密。"傅敏耸耸肩，她正努力让自己和气一些，"但是你为什么好奇那个？"

"我看背景，好像是我家乡的街心花园。"路小凡报了自己家乡的名字。

傅敏连连点头："对啊，那张全家福确实是在那里照的。不过我们不是你的同乡哦，只是当年我爸被调到那边工作了一阵子，我们跟着过去，只住了半年而已。”

路小凡又问了当时是什么时候，得到答案后不禁自言自语：“那年我十三岁。”

“我十一，这么说，你大我两岁。”傅敏有些高兴，“说起来，我们也算间接有缘，在同一个城镇住过，说不定还见过呢，那个地方其实挺小的。”

“是啊。”路小凡若有所思地点点头，“那照片上的人是？”

“小姑娘是我。”

“看得出来，跟现在蛮像的。”

傅敏笑了笑：“那女人是我妈。怎么样，她年轻时很漂亮吧？她以前可是远近闻名的大美人，可惜我长得不像她。”

“你也很美啦。”路小凡认真地说，“有气质的一定漂亮，但漂亮的不一定有气质，你就很有气质呀。”她态度诚恳，眼神清澈，很容易让人相信她的话。

傅敏听她这么说很高兴。但当路小凡问起照片中的少年是谁时，她神色黯然，低声道：“是我哥。”

路小凡心里咯噔一下。

当时看到照片她什么也没问，就是怕得到这个结果。因为傅敏的哥哥是计肇钧的朋友，据说是唯一的好友。然而在那场车祸中，他为了救计肇钧死了。

“我听计先生说过那场车祸，他是不是……”傅家是不是有两个儿子呢？

“我只有一个哥哥。”傅敏的话彻底打断路小凡的希望，她低下头，难过地说，“你别看他长得丑，可他真的是世界上最好的哥哥，最疼我了。”

“他不丑的！”路小凡冲口而出。

路小凡有点儿激动的语气，令傅敏愕然又疑惑。

路小凡连忙补了一句：“我是说看起来他那个人很正派啦，正派的人里没有丑八怪。再说，他只是脸上有伤……”她低下头，不让傅敏看到她红了的眼圈。

路小凡真想问那么可怕的伤疤是怎么弄的，看样子不像天生，而是事故造成的。可是，她终究没有开口。只看了一张照片，就问人家哥哥这么详细的情况，还有可能是隐秘往事，太八卦也太交浅言深了吧？

“啊，不说这个。”傅敏伸了个懒腰，深深呼吸着夜间山里清凉的空气，“那些伤心的往事，不提也罢。”她看看手机上的时间，“钧哥快回来了。”说着，又瞄了路小凡一眼。

路小凡明白，这是让自己离开呢，傅敏一定是有话要单独和计肇钧说。于是她点点头，先回自己房间了。

路小凡躺在床上，往事一幕幕浮现。她以为会忘记，结果却深埋在心底，还是那么清晰和鲜活。回忆起来，仿佛就是昨天。

那是十年前，那年她十三岁……

最后她实在忍不住，打电话给刘春力：“小舅。”

“怎么了？出什么事了？谁欺负你，是不是计肇钧？”刘春力一接电话就炸了，因为他这外甥女很少主动打电话给他，今天这样突然打回来，显得好奇怪。

“没有人欺负我。”路小凡心酸无比，“只是……只是我今天找到了曾经救我的那个人，十三岁时救我的那一个。”

“什么什么？我没听清。”刘春力在电话那边掏掏耳朵，“秋燥，我有点儿上火。”

“我说，我找到了十三岁时的救命恩人。”

“那个疤面大侠？”刘春力非常惊讶，“怎么可能，这都……这都过了十年了啊。你在哪儿找到的？他现在人在哪儿？天哪，我可得好好谢谢他，他是你的救命恩人。不，是我们全家的救命恩人。当年如果你出了那件可怕的事，你爸你妈都活不了，我也就没人养了！快说，大侠在哪儿？”

“他死了。”路小凡的眼泪掉了下来。

当时她十三岁，还在上初中，放学晚了，她又急着回家帮妈妈做家务，就抄了近路。那边是一处废弃的烂尾楼，虽然晚上会亮着一盏工地灯，但灯光昏暗，很多地方根本照不到，很阴森。

她很害怕，但存了侥幸心理，结果真出了事。当时，她被三四个不知从哪里蹿出来的小流氓从背后拉住，往工地里面死拖。她吓死了，求救声被掐在喉咙里，不管怎么挣扎也没有用。

这时候，幸好有一个高大的少年路过。那少年十七八岁，脸上有一块狰狞的伤疤。他很瘦，也没带武器，但身上有股子打起架来不要命的狠劲儿。就算以一敌众，他还是把路小凡保护住了。最后还把吓得腿软，哭个不停，没办法走路的路小凡背着送到了家。

回到家后，路小凡哭着扑进爸妈怀里，得到安慰后再出来，少年已经离开了。然后不到两天，当地报纸就上了一条可怕的新闻：一个十五岁的女孩遇害了，事故地点正是路小凡路过的那片工地。她运气没有路小凡好，再也没有出来。

对这件事，路家全家都很后怕，如果没有那个疤面少年相救，后来在报纸上出现的名字就会是路小凡了。他们一直很努力地寻找恩人，却没有结果。其实他们住的城镇是小地方，照理说找个人很容易，不可能连半点儿信息也没有，可那疤面少年就像凭空消失了一样。

十三岁，豆蔻年华，也是情窦初开的年纪。她就在还不懂什么叫爱情的时候，对少年产生了好感！喜欢上了一个不知道姓名和身份，只见过一面的少年！

他一直被她放在心里。后来，她渐渐长大，每当有男孩子对她有兴趣来追求她时，她总是不自觉地把那些人和他比较。结果自然是没人比得上他。这也是她二十三岁还没有正式恋爱过的重要原因，直到她遇到计肇钧。

“怎么死的？怎么回事？你怎么知道的？”刘春力完全被震惊到了。

“他就是傅敏的哥哥。”路小凡哽咽道，“我刚才居然忘记问他的名字。”

“不会这么巧吧？”震惊一个连着一个，刘春力觉得脑袋都要裂开了，“你有没有弄错，毕竟是这么久的事了。况且，当时你受了惊吓……”

“我很确定。”路小凡提高了声音，甚至因为刘春力的怀疑有点儿生气，“我从傅敏那里看到了照片，一眼就认出了。傅敏还告诉我，当年他们是随着父亲调动工作到的咱们那里，只待了半年就走了。他在的时间，正好与我遇险的时间对上。随后不久他们全家就离开了，所以我爸妈一直找不到恩人。我永远永远也不会记错那张脸！就是他！”

“好好，我相信你。”刘春力哄着，虽然还是半信半疑，却不敢惹得外甥女再哭了，“但是他……傅公子，傅大哥是不是因为计肇钧的那场车祸……”

路小凡又落泪了，哽咽着应是。

“这是什么孽缘啊！”刘春力叹了一声。

“你这个周末会回来吧？你必须回来哦。你答应过我的，所以我才允许你重新回计家工作。”刘春力说，“我觉得疤面大侠这个事，咱俩得当面谈谈。”

“好。”路小凡答应。

“这件事你打算告诉傅敏吗？”刘春力又问。

“不！至少暂时不会。”路小凡摇了摇头，“我还不知道要怎么对待他的家人，他是不在了，可他的妈妈还住在疗养院……”

“那好那好，你先不要轻举妄动，等你回来我们当面谈过再说。还有，也别再去和人家傅敏瞎打听，不然会显得很奇怪哦。”刘春力松了一口气道，他真怕小凡心急之下不理智，“惦记别人的哥哥好理解，心念别人死去的哥哥就太吓人了。”

刘春力嘱咐了好几遍，直到路小凡认真地答应了，他才放下心来。

另一边，路小凡放下电话，看看时间，估摸着计肇钧快到家了，犹豫着要不要到厨房去帮他准备晚饭。本来她今天是想委婉地提醒他，每天这么晚吃饭对身体不好。可突然，她有点儿不知该怎么面对他了，因为见到他就会想起傅敏的哥哥。计肇钧那么敏锐，发现她的态度不对怎么办？若他问她，她是无法完美撒谎的。

“淡定，淡定，你要表现得平常些。”最后，她跑去浴室，对着巨大的镜子练习表情，开始不断做心理建设。

而在此时，因为路况良好，计肇钧比平时早了半小时到达。当然，同行的还有陆瑜。

傅敏在花园小径上见到两个男人一起出现时，想躲已来不及，不由得万分尴尬，有点儿手足无措地站在那儿。

陆瑜远远看到她，气得想上前质问，又有点儿舍不得，咬牙切齿，又无奈失望。

计肇钧不禁觉得好笑，脚步顿了顿：“怎么啦？不是连一个小姑娘也怕吧？”

“不是怕。”陆瑜挠挠头，沮丧地说道，“我是真拿她没办法了，钧哥，我把心掏出来给她，她都不看，我真的真的拿她没招儿了。”

计肇钧拍拍陆瑜的肩膀：“她等在这儿，看起来有点儿不安，必定是有话和我说。

你别理她，也不要笑，直接回屋去，我来跟她说。”

陆瑜“哦”了一声，忍着心里的翻腾，径直走回屋里。

“你怎么在这儿？”虽然计肇钧早就从陆瑜嘴里知道了傅敏在计家，也知道是小凡告诉陆瑜的，他还是明知故问。

“我……我办了半年的休学……事先没和钧哥商量，对不起……”傅敏支支吾吾的，头也渐渐低了下去，“我最近好累，我是说精神上。我想……我想在这里住些日子，行吗？”说到这里时她又猛地抬头，眼睛盯着计肇钧，带着一种期盼的神情，“我是觉得这里比较清静，有利于思考。还有，我保证乖乖的，不惹事，也不乱跑，顶多平时去山上写写生。说不定，大自然能让我找回灵感呢？”

见计肇钧不说话，傅敏摇着他的手臂，一脸哀求：“钧哥，行不行呢？”

“你的保证如果算数，就行。”计肇钧抽出手。

“可是可是……咦，你说行？”傅敏本来准备了一肚子哀求的话，还以为计肇钧会对她的自作主张生气，哪想到轻松过关，反倒吓了一跳。不，应该说简直是难以置信。

计肇钧点点头：“但我有一个条件。”

“你说你说，只要你肯让我住下来，我什么都答应的。”傅敏有些兴高采烈。

“帮我盯着路小凡。”计肇钧吸了口气，只提到这个名字，全身就酸软得没有了力气，“不许欺负她，要非常友好，暗中注意她的一举一动。”

傅敏整个人都愣住了。见计肇钧说完就向前走去，她连忙追上：“什么意思啊，钧哥？为什么要盯着路小凡，她做什么了？”

计肇钧不想理会，继续走。

于是傅敏继续跟，并发挥想象，继续猜测：“是不是她有什么阴谋，让你终于有所觉察？我就说嘛，那些不知根底的女孩子接近你，动机怎么会单纯，一定都怀有目的！那……她是竞争对手派来的卧底，还是她自己设计，想麻雀变凤凰？哦，是记者对不对？汗！原来是记者，以这种方式进行私家报道！为了八卦新闻，这也太拼了吧？舍生忘死？路小凡看起来不像啊，伪装得真好！”

计肇钧忍住想抚额的冲动。

“别多问，做就是了。”计肇钧的脑海里快速闪过无数念头，嘴上却很难得地耐心解释了一下，“注意分寸，不能让她感觉到敌意。”

“明白！”傅敏觉得计肇钧这是不再爱路小凡的意思，大为高兴，“我若对她不好，她感觉到，就会有所提防，就不会再露出狐狸尾巴了。所以，我甚至可以假意和她做朋友。”

计肇钧无语了，干脆也就不管傅敏了。

上了主层台阶后，傅敏看计肇钧似乎心情很好的样子，壮着胆提出要求：“我不想移民……”

“我说过了，这个问题没商量。”计肇钧半转过身一口拒绝。他本来就高大，又多上了一级台阶，居高临下，看起来更有不容反抗的威严。

“可是，你不能替我做决定……”傅敏小声说道，气势已经弱了。

“我不能吗？好吧，我不强迫你。”计肇钧闭了闭眼睛，正当傅敏高兴得要跳起来、觉得今天简直是一顺百顺的时候，他接着道，“但你若不听我的话，就立即、马上离开计家。而且……”

在傅敏变了脸色后，计肇钧又加了一句：“我保证再也不会跟你见面。”

“你答应过我哥哥会一直照顾我和我妈……你不能这样霸道……”傅敏有些害怕，却仍然试图说服他。

“听清楚刚才的话了吗，你知道我会说到做到。”计肇钧打断傅敏，“至于对你哥的承诺，我有自己的理解。移民的事，没商量。”他再次强调。

傅敏红了眼圈，刚才的好心情一下子消失了。在她看来，计肇钧要她和陆瑜一起移民，就是为了摆脱她。而她，是想靠近他，一辈子不分离的。

计肇钧假装没看到傅敏伤心到要哭的样子，硬着心肠大步进屋。跟前几天一样，他直接来到厨房，因为这里总有可口的饭菜和温暖的小凡在等他。即便他知道这种类似于“借来的幸福”不会长久，可他想，能享受一天是一天吧。

结果他看到今天的晚餐还没有备好，路小凡正进行着最后的步骤，好心帮忙的陆瑜被支使得团团转，显得有些手忙脚乱。

这一幕就这么不期然地撞进他眼里，他发现自己是羡慕的，甚至是妒忌的，恨不能自己就是陆瑜。

他怅然站在门边，没注意到朱迪就在他身后。

朱迪本来是想下楼观看计肇钧怒赶傅敏的好戏，结果希望落空。于是，她又悄悄回到楼上，坐在床边，皱着眉想事情，陷入了深深的不解。她没有打那部外形古典的电话，电话却响了起来。她迟疑了片刻才接听，并不客气寒暄，直接就问：“这个时间打电话来干什么？”

“别急嘛，我就是问问，你的借刀杀人之计进行得怎么样了？”对方压低了嗓音说。那声音本来就雌雄莫辨，还嘶哑得很，这样听起来就更令人感觉心里毛毛的。

“似乎……和我想的不一样。”朱迪摇摇头，一脸忧虑，“最近发生的事情都很奇怪，一定是路小凡的干扰。以前，我每一步都算计得很准，计肇钧也很配合，所有的事情都在我的控制之下。可现在，事情就像脱轨了一样，我怎么用力也拉不回，还每次都有意外。”

“那是你根本不懂得男人心。”电话那边不但不同仇敌忾，还幸灾乐祸起来，“你自学了精神病学，还读过几本心理学的书，又怎么样呢？”

“男人心才是海底针。”朱迪恨恨地说。

“是你从来不懂得什么是真爱，所以料不到计肇钧怎么想。他对路小凡，可是动了真心真情的。”

这话太刺耳，朱迪顿时发怒，“啪”一下挂断电话。

电话又打了过来。

朱迪没好气地抄起电话："你还有什么事？我不是不懂男人吗？我不是不懂真爱吗？你懂！那你还和我合作什么呢？又来找我说什么呢？"

"你陷进去了。"电话那边很平静，"你没了分寸，失败让你烦躁。你放任自己这样下去的话，咱们所谋划的一切都会落空！"

"是我在谋划，你只是跟着得好处而已！"朱迪还在气，可她知道哑嗓子说得对，只得努力深呼吸，咽下这口气。

"说吧，你到底有什么事？"她平静后再问。

"我就是不明白一件事，想了好久也没结果，只好来问你。"哑嗓子也不再用挖苦的语气说话，"你以前千方百计要把路小凡弄到计家，又想方设法把她强留下来，为此，你不惜玩苦肉计，搞得自己在病床上躺了那么久。现在呢，又玩命想让她走。为什么？"

"让她来计家是我的第一个失误，也是我所有失误的开始。"朱迪露出愤恨的表情，"我原来是想，只要把路小凡带到计宅，并且假冒计肇钧的名义，就能对计肇钧起到敲山震虎的效果。我是要提醒他，这宅子里有太多的秘密，他也还要跟我们继续合作下去，不能随便带个女人来搅局。然后，我发现他对路小凡动了真情，他不肯放手。而且这个男人实在是不好控制，就像个火药桶，虽然他有弱点和把柄被我们死死抓住，但他分分钟会爆炸。"

"谁让你找个性子这么强的男人。"

"只有他才符合条件！"朱迪气得尖叫一声，"当时那种情况，我有什么选择？"

"好了，别吵，继续说。"哑嗓子收起责备的语气。

"你以为我想搞出这么多事吗？还不是从计肇钧这边无法下手，我才想从路小凡这边突破。计肇钧名声不好，担着杀妻的嫌疑，那就是埋在人们心里的种子，怀疑的种子！这样的种子最是顽固，平时看不出什么，一旦遇到一点儿合适的土壤和机会就会生根发芽，而且很难断绝。"

"是，你读过心理学，最会看人。你看得出路小凡是个单纯的人，还真不是为了计家的钱财来的。所以无论这宅子里有没有鬼魂，你都可以把路小凡吓走。她看中的是人，所以不会死乞白赖的。"

"吓走她有什么用？治标不治本，他们还可以相爱。只要以后她不回老宅就可以了。所以，我得让她遇险，让计肇钧感受到他们在一起没有好结果。他不就是想保护所爱的人吗？以前他可以牺牲自己，现在自然也还能！"

"折磨路小凡，纯粹是你的乐趣吧。"哑嗓子忍不住又嘲讽，"猫捉耗子这种游戏，你们这些变态最爱玩了，从来不嫌麻烦。"

"我被困在这宅子里这么多年，还不许我找点儿乐子吗？"朱迪冷哼。

"那现在怎么办呢？你貌似成功了，可事情又反转回来。"

“都是江东明搞的鬼！”朱迪恨恨地说，“这个人是个麻烦，可惜很滑头，我拿他一点儿办法也没有。要命的是，我都不知道他想要什么。还是……他单纯只是要和计肇钧作对？”

“说不定损人不利己的事不只有你爱做，江东明也许就是唯恐天下不乱呢？”哑嗓子笑起来，之后赶在朱迪再次要挂掉电话时连忙说，“别总跟我发脾气，我可是你唯一的知心人。你只有在我面前才是真正的自己，你舍得和我反目吗？有那工夫，倒不如想想怎么解决掉路小凡吧。她是危险因子，也是不可预测的外来力量。”

“我怎么知道事情会演变成这样！”朱迪狠狠抓了自己的手臂一把，因为带着激烈的情绪，又不能跟电话那边的人发火，用力就很大。瞬间，几条血痕浮现在她细白的胳膊上，看起来触目惊心。

“正常情况下，一个心底压着秘密的男人和一个没安全感的女人，之前已经有了误会，又缺乏沟通，必定会产生嫌隙。这时候再来一个看起来精明、实际上是个二货的第三者瞎搅和，最终两人应该会渐行渐远。可是你看看，计肇钧、路小凡，还有傅敏，甚至再加一个陆瑜、一个江东明，居然能相安无事。我是人，不是神，怎么可能预料得到？”

“那怎么办？”哑嗓子的声音也不禁高起来，“就让那个坏事的路小凡天天在计宅晃来晃去吗？我提醒你，计肇钧和我们的关系已经越来越脆弱了，我相信他不是坐以待毙的人，谁知道他背着我们搞过什么事？他就像是一个被我们用计关在笼子里的困兽，野性难驯，若再这样下去，他早晚会逃出来，啃得我们尸骨无存！”

“刚才不是不让我急吗，现在你又急什么？先看看再说，不能再按照以前的习惯做决定了，多做多错，到头来我们会在泥潭里越陷越深。”

“可是你听过一句话吗？无欲则刚。所以，路小凡这种单纯善良的人最讨厌了。”哑嗓子貌似很气恼，“她心里没有黑暗，你很难让她沿着肮脏的路走下去。”

“我说过了再看看！”朱迪忽然流露出一种强势，不喜欢别人说路小凡半句好话，“实在不行，就踢走那个碍事的，让一切回到原来的路上！你别忘记，计肇钧最大的软肋还掐在我们手里呢。”

“我不相信你。”哑嗓子突然来了一句，跟赌气似的。

“但是，我相信自己。”朱迪对着镜子笑了笑，此时她仿佛看到了另一个人。她就这样一边伸手抚弄着自己的头发和面庞，一边露出志得意满的笑容，“钱我也要，人我也要，只要有耐心，我就都会得到的。”她轻轻挂掉电话，似乎不想再多说了。

哑嗓子很有自知之明，没有再打来。

第二十五章　爱要有勇有谋

周六是路小凡的休息日，计肇钧接手了她的部分工作，嘱咐陆瑜把她送回家去。

这天一大早，路小凡和陆瑜两人就离开了计宅。

刘春力因为知道今天路小凡回来，特意跟同事调了班，在销售业绩最好的周末，选择了留在家里。他去买早餐回来的时候，正好看到陆瑜的车停稳。

“晚上八点，老地方见。”陆瑜下了车就对刘春力说。

“什么老地方啊，见什么见啊，我跟你很熟吗？”刘春力翻白眼，心里明知道陆瑜说的是上次的烧烤摊子。可自从两人“睡”在一起后，他们就没再联络过了，多少有些尴尬。

“你来或不来，反正我在那里等。”陆瑜一脸正经地说。

刘春力还没想好怎么回陆瑜，陆瑜已经一把夺过他拿在手里的早餐，毫不客气地咬了一口，随后上车，扬长而去。

“这个人！这个人……”伶牙俐齿的毒舌男刘春力，第一次被人家气得话都说不出来。

“算啦算啦。”路小凡心里有事，拉住处于暴走边缘的刘春力，劝道，“我都回家了，你就不用再吃外面高盐高油的东西了，那不健康。我立即上楼帮你做早餐，买的就不要啦。”

“可是可是……”刘春力气不打一处来。

路小凡不理他，只用力把他往家里拉，最终把他拖了回去。

当刘春力吃了美味丰盛的早餐后，情绪安定了下来。

路小凡突然来了一句：“我想报答他。”

刘春力知道她说的是谁，不禁叹了口气：“这个我不阻止你，做人就应该这样。滴水之恩，涌泉相报。何况，他救了你的命。他不仅对你有恩，对我们全家都有恩。但是，你要怎么报答？毕竟他人已经……”

“我不是告诉过你他妈妈还住在疗养院吗？或许，我可以帮他尽孝。”路小凡低下头，“还有傅敏，我也可以尝试着和她做好朋友。”

“这两天我也没闲着，打听过那家疗养院。”刘春力又叹了口气，“那边收费贵得吓死人。你也知道，计肇钧承担了傅敏的一切生活费用和疗养院的费用。说白了，我们恩人的母亲已经得到了最好的照顾，你纵然有心，也插不上手的。”

“你不了解。”路小凡摇摇头，脑海里浮现计维之的模样，“再完美的医疗环境，再体贴温柔的医护人员，也比不上亲朋好友的关怀。我是没有钱，可是我能尽一份力。我不能得知了他母亲的现状，却不闻不问。”

“那你打算怎么做？”刘春力摊手，“我查过，那家疗养院里住的病人非富即贵，所以安保严密，不在访问名单上的人，根本进不去，更不用说近身伺候了。”

“你帮我想办法。”路小凡焦急，猛拉刘春力的手臂，“小舅，帮我想办法！”

望着外甥女那可怜巴巴的眼神，刘春力真是无奈：“好啦，别摇了，虽然不一定能成功，但我会想办法。”

刘春力的打算只有一个，就是逼陆瑜出手。

本来晚上八点之约他是不想去的，现在为了小凡，又不得不去了。刘春力心里转着念头，忽然心乱如麻起来。他一侧头，见路小凡露出微笑，又觉得是自己太纠结了。

“你看看，当人家舅舅多不容易。”刘春力使劲点了路小凡的额头一下。

路小凡“咝咝”吸着冷气，一手来回抚着被点的地方：“我承认，你是个好小舅。那不如好舅舅当到底，再帮我拿个主意啊。”

“你又要干什么？”刘春力简直无力了。

“我还是想向傅敏打听她哥哥的事。”路小凡说着，心里突然涌上一股酸涩的温柔感觉，“我想知道他是个什么样的人，在活着的时候都做过什么。一点点就好，也不枉我……不枉我想了他十年。”

“你这熊孩子，怎么就不能放开心胸呢？以前，你是找不到人。如今，是阴阳两隔，有什么好问的啊。知道得太多，反而会让自己更难过，何苦呢？”

“我想让他活在我心里。”路小凡坚持地说道，“所以我得知道他的一点儿基本信息。不过你说得也对，我不好直截了当地跟人家傅敏打听一个已经去世的人，这也太奇怪了。”

“笨！”刘春力又点了一下路小凡的额头，知道劝不住这个外甥女，只得给她出主意，“不能直接打听，你就不会拐弯抹角吗？当年咱们那个民风淳朴的小地方发生那么恶劣的命案，是城镇上所有人谈论了几年的事。你不会以这件事为话引子，跟傅敏聊聊，再从她的话中提取有用信息吗？”

“这个好，这个好。”路小凡怔了怔，随即点头，又讨好地抱了下刘春力的脖子，“我小舅最厉害，简直太聪明了！”

“那聪明人问你一句，你说为了救命恩人要和傅敏做朋友，可傅敏对计肇钧有什么心思，大家都看得出来。她若跟你抢计肇钧，你还能把她当朋友看吗？”

路小凡愣了，好半天后，她几乎是强撑着说：“我和计肇钧又没关系……”

“自己不要，就祝福别人是吧？”刘春力挑了挑大拇指，“潇洒！大方！不过外甥女啊，你得做到才行呀。你问问自己的心，真的放得下计大少吗？我倒是希望你能！”

“我能。”路小凡声音小小的，根本没有底气。

刘春力又叹了口气：“小凡，我这样问不是想刁难你，也不是想在你失恋的时候，在你的伤口上撒盐。我只是提醒你，你得有个心理准备。很多事，不是你凭热心和善良就能顺利办成的。”

“我懂。”路小凡认真点头。

“你的手受伤了，怎么搞的？”由于路小凡刻意掩饰，刘春力这才看到她的两根手指上裹着创可贴。而且是那种包裹大创面用的，证明伤口不小。

“切菜的时候不小心碰到的。”路小凡把手背在身后，不让刘春力看，“只是小伤而已，你别又把一点儿小事往大里闹，跟计家嚷嚷我这算工伤啊。”

“这本来就是工伤！”刘春力不满，“资本家应该赔偿。”

“真的是小伤口啦，不过包扎得有些夸张，看起来吓人。如果手这么疼，我怎么可能还给你做早餐？”她才不会告诉小舅，伤口真的有点儿深，而且也长，稍用力就会一跳一跳地疼。

“臭丫头，一向报喜不报忧。”刘春力并没有坚持要看伤口，心里正琢磨着晚上要怎么逼陆瑜答应帮忙。

到了晚上，他提前十分钟到了，却先到街对面的小店里躲了起来，偷偷观察。八点整，他看到陆瑜准时来了，还选了和上次一样的位子，点完东西后，就坐在那里耐心地等。

“这个家伙，连表也不看，笃定老子会来是吗？今天老子还偏就不出现了。”刘春力也不知自己在不满什么，低声骂骂咧咧的。

他猛抬起头，看到几位顾客和店主正用异样的目光看着自己。

刘春力顿时大怒，刚要乱发脾气，骤然发现自己居然是在女士内衣店里。为了遮盖脸部，他抱着一个塑料模特，头还在上面蹭来蹭去的。

“别害怕，我不是变态。”他连忙放下手里的东西，站直身子，一本正经地说，“我只是娘娘腔而已。”随后，他板着脸，以最端正和优雅的姿态缓步走出内衣店。出了店后，他近乎仓皇地逃走。

“咦，你来了？”陆瑜看到刘春力气喘吁吁地出现在跟前，还以为他是怕迟到，才用跑的，心里还挺感动，连忙指着对面说，“坐坐，先喘喘。你真是的，跑什么啊，我又没什么事，等等也没什么呀。”

刘春力既不能说自己遇到的尴尬事，又不想显得好像是很急切要与陆瑜见面，张了半天嘴都发不了声，干脆气呼呼地直接坐下。

“找我又有什么事啊？我时间很紧张的，哪有空跟你闲聊。”他把陆瑜给倒的大杯啤酒一饮而尽。

“别喝那么急，很容易醉的。”陆瑜好心地提醒了一句。

这话却让刘春力想起两人“睡”在一起的事，当下感觉有一口气堵在喉咙里，再度被噎得说不出话来。

他这模样，在陆瑜看来，是心情很好的表现，于是陆瑜也没掩饰情绪，直接叹了口气道:“你听路小姐说了吧,傅敏办了休学,住到计宅了。你说,她这样,我该怎么办?”

“简单啊。”刘春力一听“傅敏”两个字就气不打一处来,“你去死吧。”

“你能不在我心上戳刀子吗?”陆瑜被刘春力呛声习惯了,倒不生气,只是无奈地苦笑。

“那你看我这样子,像个恋爱顾问吗?”

“我心里闷得慌,就是和你念叨一下,朋友不就是为了互相说心事的吗?”

“你直接说你要找个心情垃圾桶就得了。”刘春力抓起肉串,泄愤似的咬着。

“我就不明白了,我那么喜欢她,都好多年了,她就算是块石头,也能焐热了吧?可是她呢,正眼都没看过我一次。不怕你笑话,我为了她还守身如玉呢。”

刘春力正在喝第二杯酒,闻言呛得直咳嗽。

陆瑜看到他的反应,有点儿不好意思,脸上居然红了红:“我没毛病,我不过就是为了等着她。这说明什么?我忠贞不二!”

“呸!我请问了,傅敏现在才多大?比我家小凡还小两岁!”刘春力好不容易才止了咳,“你还敢说喜欢人家好多年?你看中人家的时候,人家还是未成年的小姑娘吧?等她长大?说得好像多浪漫似的,实际上很变态,你知道吗?”

陆瑜翻着白眼,手指掐了几掐,然后有点儿不好意思地说道:“我算了下,那年她十七岁差一点点,确实不算成年。可是,也算是少女了啊,懂得爱情了啊,因为她从那时候就喜欢我老板。再说,那时候我也是正经的二十二岁青涩少年啊。”

刘春力做了个呕吐的动作,不过转念想起自家外甥女还是少女时就喜欢上一个仅一面之缘的男人,而且还一喜欢就是十年,又该怎么算呢?

“我也不是要和我老板抢,若人家两情相悦,我也是能安然退场的。关键是,我老板对她只有兄妹之情啊,她干吗就不能回头看看一直守在她身边的我呢?”

“女孩子都很奇怪的。”刘春力撑着头,因为这些复杂的感情问题让他非常头疼,“初恋总是难忘,第一个喜欢的总是最好的。要想赢得她的心,你这样老实地下死力气追是不行的,一定要玩把戏才可以。”给陆瑜出主意追傅敏,刘春力总觉得心里好像堵着什么,不过为了自家外甥女,他也是拼了。

“什么把戏?力哥教我!”陆瑜连忙虚心求教。

“别叫力哥。”刘春力拉开陆瑜伸过来拍他胳膊的爪子,“我比你小。我是说年纪,可不是指别的方面。”

“好好,那小力,阿力,力力,你就别卖关子了,说吧。”

这几个称呼叫得刘春力连抖了好几下,鸡皮疙瘩掉一地,连忙道:“我发现你们总是把简单的事情复杂化,凡事就直指中心多好。我的把戏就是两个:欲擒故纵加声东击西。”

“求详解。”陆瑜一脸狗腿相地倒酒夹菜。

“欲擒故纵很简单啊,就是假装放弃傅敏。”刘春力摆出一副苦口婆心的样子,眼神不停闪动，考虑着怎么把话题拐带到路小凡想去疗养院的事上，“你平时对她那么好，可以说照顾得面面俱到，舍不得她受一点儿苦，是不是？”

“绝对的。”陆瑜拍胸脯，“不是我说嘴自夸，就算她亲生父亲还在，也未必像我那么疼她……”

“你这是什么破比喻！”刘春力摆摆手，阻止陆瑜的自吹自擂，突然又灵机一动，“话说回来，我也听我家小凡提过傅家的事，但只听说哥哥是没了，母亲现在住在疗养院，那她父亲是怎么个情况？”

这本来只是平常的问话，刘春力也是一时好奇，陆瑜却怔了怔，似乎有什么难言之隐，好半天才说：“她爸爸不是个东西，早年抛妻弃子，跑得不知所终。”

刘春力一愣，随即就又心软了：“那傅敏也真的是有点儿可怜，我家小凡虽然从小辛苦，我们家虽然穷，可好歹一家人团团圆圆，亲亲热热地在一处。”

“可不是？”陆瑜叹息。

“到底是什么男人啊，这么不负责。”刘春力忍不住义愤填膺起来。

陆瑜又犹豫了一下，还是觉得有些事也未必不能说，叹了口气道：“傅家母子三个，其实都挺可怜的。傅爸爸好像叫傅昆，是个开救护车的，因为总是酗酒闯祸，没一个工作做得长，老婆孩子就跟着他四处跑，没个安定的家。这也就算了，只当读万卷书不如行万里路了，可恶的是他还家暴。小敏……其实还好，她哥哥妈妈总是护着她，那母子俩可就惨了。后来也不知他又惹了什么事，干脆一走了之，到现在十年了也找不到人。就冲那人品，十之八九是死在外头了。”

刘春力听得目瞪口呆。他嘴巴毒，心肠却和路小凡一样善良温软。听陆瑜讲这种事，心里难受得很，对傅敏的同情又深了一层：“傅敏看起来是个娇娇女啊，哪想到还有这种童年往事。从小遭遇家暴的孩子大多没有安全感，怪不得她拼命也要追计肇钧。”

“他们根本不可能的！”陆瑜挥挥手，想也不想地说，紧接着，他又补了一句，“我老板真的只是拿她当妹妹，亲妹妹。不过等等，你刚才是说我不能给她安全感吗？”

“歪楼了啊。”刘春力拿筷子敲了敲碗，“不是正说到欲擒故纵吗？再跑题到傅敏的家世上，我心一软，说不定改做她的军师，教她怎么摆脱你。”

“别别！”陆瑜赶紧恳求，“力力，你这次必须帮哥。”

“别叫力力，恶心死了！再搭配上你那语气和表情，害得我差点儿小便失禁！”刘春力气不打一处来，伤春悲秋之心倒给冲淡了，“我告诉你，习惯是一种非常可怕的东西，一旦习惯了，再改变就是非常痛苦的。我的意思是，傅敏习惯了你的关爱和照顾，你现在狠狠心，对她不闻不问……”

“我狠不下心啊，做不到不闻不问。”陆瑜很苦恼。

刘春力改用筷子敲他的头：“假装的！假装的，懂不懂？你和她之间最大的问题是，你的付出，她视为理所当然，没有看出有多么珍贵。你再想想，什么东西会让人觉得特别珍贵？”

“什么东西？”陆瑜愣头愣脑的，完全没进入状态。

“看出来了，你跟猪一起上学，做学霸的一定是猪。”刘春力很泄气。

“春力，你别绕弯子了成吗？我脑子不够用。”

“那你别叫我春力，会让我想起街霸。”

“你太难伺候了，叫你什么都不乐意。咱俩都是朋友了，总不能这么喂来喂去吧？算了算了，叫阿力，阿力总成了吧？”陆瑜不断妥协。

对这个称呼，刘春力终于不那么抗拒了，勉强接受，按捺住性子说：“世上什么最珍贵？失去的东西最珍贵！你要让她觉得失去了你，或者失去了你的宠和疼爱，她就会明白你以前对她有多好了，也将会知道她其实是离不开你的。”说完，他望着陆瑜。

陆瑜半张着嘴，双手前伸，就像被施了定身法一样，保持这姿势和表情足足几十秒，这才猛一拍桌子：“这个办法可以有！”

“这法子虽然俗气又简单，但胜在一定管用，前提是你要做到才行。”刘春力上下打量着陆瑜，满是不信任的样子，“别回头人家姑娘一委屈，你这边就先绷不住了。你要记住，狠心一时，幸福一辈子，何去何从，你自己掂量着办。”

“我听你的，阿力。这不是算计她，是让她看清自己的心。”陆瑜难得地坚定起来，“别的不敢说，但我敢打包票，没有别的男人会比我对她更好！”

刘春力撇了撇嘴，因为听到陆瑜这么说，心里忽然酸溜溜的，只借着大碗喝酒、大块吃肉的动作掩饰了过去。

陆瑜还在那里乱兴奋，因为他追了傅敏这么多年，却从来没得到过反馈。计肇钧虽然努力撮合他们，也从未出过什么主意。三番五次下来，他的个性就算再顽强也有心灰意懒的时候。现在看来，爱情要有勇有谋才行啊。

“那‘声东击西’之计又是怎么回事？”陆瑜把欲擒故纵的要领在心里念叨几遍，又想起了第二计。

“哦，这个啊，就更简单了。一句话，追求我们家小凡。”刘春力顺嘴说道。

陆瑜开始时没有反应过来，随即就蹦了起来，屁股底下猛然烧了一把火似的。

“我对路小姐从来没有过邪念！”他几乎赌咒发誓，恨不得指天为证，“我的身心都纯洁地向着傅敏，平时和路小姐的接触，全是奉我老板之命！是纯粹的工作关系，我敢保证！”

“什么叫邪念？窈窕淑女，君子好逑。那嫌弃的表情是怎么回事？我家小凡配不上你吗？也不看看你那傻模样。”刘春力立即不乐意了。

“没有没有，是我不配！”陆瑜连忙解释道，双手摇得像失控的电风扇，“好吧，就算我是癞蛤蟆想吃天鹅肉，我也怕我老板把我活拆了啊。”

“他不是和我家小凡分手了吗？”刘春力翻翻白眼，“他有个屁的立场。”

陆瑜整个人都处于混乱状态了。阿力不是想要撮合他和路小凡吧？他就知道，他人见人爱，花见花开！之前钧哥不也一直撮合他跟傅敏吗？可见他是多好的男人啊，可是傅敏为什么就视而不见呢？路小凡是非常可爱，但他喜欢的是傅敏啊。

“男人嘛，忠贞不二是第一品质。”陆瑜咽了咽唾沫，艰难地说道，生怕惹毛了刘春力，带着无比的小心翼翼，“再说，我老板虽然和路小姐分手了。可是我看得出来，他余情未了。谁知道他将来想不想复合？回头他打算重温旧情，结果发现我给他半路截和了，我还有命吗？阿力，求你放过哥吧，哥还想留着脑袋吃糠咽菜，好死不如赖活着。”

“呸！看你吓得那德行，这事根本就和计肇钧没关系！”刘春力不满，“他想分手就分手，想复合就复合？拿我家小凡当什么了？招之即来挥之即去的。小凡跟那些为了他的钱扑上去的贱人一样吗？”

“我不是那个意思……”

“嘁，我管你是什么意思！今天话说到这儿了，你最好把话递给计肇钧。他无缘无故闹分手，伤透了我家小凡的心，害得她就跟脱了层皮似的。既然如此，趁早一刀两断，少来藕断丝连，缠缠绵绵到天涯那一套。”

“你看，又歪楼了。”陆瑜见喜怒无常的刘春力有要暴走的趋势，连忙把话题扯回来，“刚才不是说要我追求路小凡的事吗？”说完，他恨不得把自己的舌头割下来。

“我是说让你假追。就算你真愿意做我外甥女婿，我还不乐意呢，想得美啊你。”刘春力的话给陆瑜吃了定心丸，

“为什么要假追呢？引起傅敏的妒忌？让她不要以为，我非得在她这棵树上吊死。虽然事实上，我就是想吊死在她这棵树上。”陆瑜的脑袋突然灵光起来，“咦，这个也不错啊。”

“是要让傅敏知道，这世上不只有她一个女人，值得爱的女孩多的是。还有啊，她喜欢计肇钧，可计肇钧毕竟跟我家小凡订过婚。她认为你喜欢她，可你也掉转视线到我家小凡身上了。这样的双重失败，会让伤害点数翻倍。”

“太狠了吧？”陆瑜心疼傅敏了。

“你们俩之间这潭死水，不下点儿猛药治得了吗？”刘春力白了陆瑜一眼，“你别得了便宜还卖乖，我家小凡要配合你，纯粹是助人为乐，你还敢嫌？”

陆瑜想了想，越想越觉得刘春力的计策可行，于是连忙举着酒杯说：“就这么说定了，我全听你的。不过不管这事最终成不成，哥都谢你的相助之恩。”

“你就照我说的做，被拆穿了也要坚持住。”刘春力挥手，自信满满，而后话题毫无征兆地猛然一转，“我就算了，不用你谢。可是我家小凡为你做出这么大的贡献，你要怎么谢她？”

“你说，但凡我做得到，一定答应！”陆瑜豪气干云。

“有你这句话就成。”刘春力顿了顿，“我知道傅敏的妈妈住在疗养院，平常你经常去探望吧？”

陆瑜没料到他会问这种八竿子打不着的事，愣了一下，点头道：“是，想必路小姐跟你说过，我老板和诚哥是好友。诚哥又对我老板有恩，所以傅家母女是他一直照顾的。不过他平时工作特别忙，好多事是交给我办的，包括跑疗养院这件事。”

“那就好办了。”刘春力有点儿心虚，却还是硬着头皮说，“下回你再去疗养院的时候，带我家小凡一起去。”

“啊，为什么？”陆瑜更意外了，产生了一丝警惕。

“为什么？我要知道她那脑回路是怎么回事就好了。”刘春力摆出自己也不知情的模样，“你想，她和计肇钧都分手了，计维之又不是她未来的公爹，他是死是活，跟她有半点儿关系吗？她还不是看那老爷子可怜，被江东明拐去做了驻家营养师。对傅家妈妈，她必定又是滥好心了，想帮忙照顾下呗。不然你以为她有什么企图？你觉得，她是那种有企图心的人吗？告诉你，我们家小凡小时候没发育好，根本没长这根筋。”

陆瑜想想，还真没有！但是，这也很奇怪，就算路小凡对计维之心软，那是因为他们见过面。而兰淑云，路小凡与之是根本没有过任何交集啊。

“兰姨那边的医疗条件很好，我和傅敏也经常过去的。”陆瑜想婉拒。

刘春力在路小凡面前夸了海口，现在只得硬着头皮逼陆瑜：“医护人员再好，也比不得亲戚朋友。”他照搬路小凡的话，“探视的人多点儿，病人心情也会好，你了解病床上的人有多寂寞吗？再说，我家小凡毕竟和计肇钧有过一段，虽然结局很烂，但她大约是想为前男友尽一份心意。”

“若你不答应……”刘春力最后威胁道，“第一，我家小凡不会配合你，绝不会假装跟你发展感情。第二，我会去找傅敏，把你的阴谋全盘托出！”

陆瑜没生气，反而犹豫了。他当然不是在考虑自己，虽然傅敏是他这一生都要实现的梦，但他不会为了自己的美梦而背叛计肇钧。让他犹豫的是计肇钧和路小凡的关系。

“那好吧，下周我再去疗养院的时候，会偷偷叫上路小姐。”陆瑜虽然有点儿犹豫，但想想还是应了下来，“正好装成约个会，看个电影什么的。”

“你同意了？你这么轻易就答应了？搞得我好没有心理准备啊。”刘春力反而意外起来。

“因为你说得对啊，兰姨多个人照顾没什么不好的，我干吗死拦着？”陆瑜耸了耸肩，“不过我怕我老板不高兴，所以吧，这事最好先瞒着他，成吗？”

“嗯，傅敏一定会当小叛徒，也不能告诉她。对了，还得嘱咐兰姨，还有医护人员……”刘春力立即操心起可行性来。

对于刘春力来说，和外甥女夸下海口的事解决了，他心情大好。于是两人一边吃吃喝喝，一边讨论一些细节问题。

两人正聊得开心，一个从摊子边经过的男人停下脚步，疑惑地看了陆瑜半天，才惊喜地喊道：“陆哥？你是陆哥吧？真是啊！你不认得我了吗？小武。我是小武啊，咱们以前住一间……”

陆瑜一转头，见面前站着个和他年纪相仿的人，瘦，中等个头，裸露的胳膊上描龙刺凤的，其实长得还算周正。他一眼就认出对方，但觉得也很意外：“小武，你怎么在这儿？”

“大城市的日子好过嘛。”小武挺高兴，上前抱抱陆瑜，“咱哥俩儿真是有缘啊，离家这么远也能见着。怎么着，陆哥，最近在哪儿混啊？”

烧烤摊周围没有停车位，所以陆瑜是把车停在远处，自己走过来的。正好他身上也穿得随意，并不像平时西装革履的样子，完全看不出是大公司的中层白领。

“瞎混。”陆瑜随口敷衍道。

“这位是谁啊？”小武看向刘春力，很想上前认识一番。

陆瑜却在此时站起身，巧妙地阻隔了他的视线，同时把他往一边拉去：“小武，我现在有正事要谈，不方便说话，你不如先回去。把你电话给我，回头我打给你，咱们单独聚聚。”

小武被陆瑜推得渐渐远离烧烤摊子，但他仍然伸长脖子，回头望去。可惜虽然好奇，却再看不到刘春力的模样，不禁开玩笑：“陆哥，不给引见就算了，何必赶我走？你这是有了新人忘旧人啊。”

“别闹，哥真有事。”陆瑜严肃起来，把手机拿出来，递给小武，“把号码输在里面，过两天我闲下来就约你。”

小武嘿嘿笑着，把电话号码输进去。

陆瑜趁这个时间把钱包里的现金全拿了出来，递给小武：“今天不能请你吃饭，你自己去。还有啊，闲着没事多识几个字吧，话都不会说，将来也没办法转正行、找个好工作。”

“陆哥现在做正行？”小武不客气地拿过钱，因为钱的厚度很令人开心，他笑得更加灿烂了。

“别问了，你先走吧。”陆瑜拍拍小武的肩。

小武这才挥手走了。

等他的身影消失在街道的拐角，陆瑜转身，很快掩饰掉眼中的担忧。

遇见熟人的本能喜悦过去后，他开始觉得不妥当，犹豫了一下还是删掉了刚才录入的号码。并非他不敢面对过去，他也不是怕被追查，他只是怕由此牵连出计肇钧。毕竟计肇钧有太多秘密，揭出来就是石破天惊。

陆瑜重回到摊子边，继续与刘春力喝酒聊天，心情却彻底坏了，再也轻松不起来。他并不知道，刚才那一幕偶遇，被另外两个人看在了眼里。

第二十六章　一拍即合

烧烤摊的对面，站着江东明和老钱。

因为周末有事，江东明也回了市区。又因为要和老钱密谋一些事情，他故意摆谱自己不开车，非要家庭司机送他。

计肇钧虽然讨厌他这副嘴脸，却也不乐意跟他多说，随他去了。反正计家所谓的家庭司机就是个摆设，老钱大部分的职责是看大门和帮老冯料理花园，只有朱迪出门时才用得上。若非路小凡和老钱关系好，经常去给他送饭什么的，计肇钧甚至都不知道有老钱这号人物的存在。

“这样真的不会引起怀疑吗？”路上，老钱还有些担心。

“放心吧，我纨绔惯了，做什么讨厌的事都理所当然。”江东明很自信，“我需要和你研究研究下面的计划，不是一句半句说得完的。在计家虽然也可以聊几句，但时间长了就容易被人注意。朱迪在计宅待得太久，整天神出鬼没的，谁也不知道她躲在哪里，盯着什么。否则，路小凡也不会被她玩弄于股掌之间。”

“也是，我们并不需要防着计肇钧。他似乎很忙，又不屑这些小手段，所以对你一直采取的是防御姿态。”

“对啊。”江东明点头，“朱迪就不同了，这个女人喜欢出台面下的阴险招数。她虽然大事上愚蠢，但各种小花样堆起来，还真令人防不胜防。”

一路上江东明和老钱聊完，也办好了事，江东明临时想要来看看路小凡，给她个惊喜。可惜他记路的能力实在不强，上回来是白天，到了晚上，这边复杂狭窄又混乱的路况被灯光一照，他迷路了。

不得已，他们只好停车问路，逗留之地就在陆瑜和刘春力相约的那家烧烤摊对面的内衣店门口。好巧不巧，江东明目睹了小武和陆瑜相认的那一幕。

“那不是陆瑜和小凡的小舅？他们什么时候关系好到可以一起喝酒聊天了？”

老钱望过去，什么也没说，眼睛一闪，眉头也习惯性地皱了起来。

“那人你认识？”江东明觑着老钱的脸色问。

“还真认识。”老钱一边说，一边挥手让江东明上车，把车子掉头，也不问路了，直接跟上了小武。

过了一条街，老钱把车停下，快走两步，绕到小武的前面。

小武正摸着衣袋里厚厚的一沓钱暗爽，抬头就发现路灯映出的人影挡在了他面前。他张口要骂，眼里却撞进一张熟悉的脸。

此时老钱身着便装，但那张脸上透出的气势，还有当年当警察的威严模样。

“钱……钱队，您老怎么在这儿？”小武吃惊得结结巴巴，插在口袋里的手紧了紧。这些钱，不会被误会是偷的吧？

哪想到老钱和颜悦色的，完全没有审问他的意思：“别叫钱队，我三年前已经退休了。”

“您怎么退休了？您是神探啊，一出手就令坏人闻风丧胆。再说，您还不到年纪吧？”小武堆着笑，满脸的讨好。

老钱按了按心脏部位：“身体不好，三年前做了心脏搭桥手术，不适应高强度工作了。倒是你，怎么跑这儿来了？”

“大城市工作机会多，我都来半年多了。”小武嘿嘿笑着，“但我保证没干过坏事，一直老老实实，任劳任怨地工作。钱队教育我这么多次，我长记性的。”

老钱上下打量了一下小武，强迫自己把注意力转移，直入主题道：“你说得很对，大城市工作机会多，那你就好好做人，别再作奸犯科被抓起来了。”

“您放心，我早就痛改前非了。”小武嘴上说得漂亮，但被老钱的目光盯得心虚，也连忙转移话题，“那这么晚了，您这是……”

“晚锻炼，走得离家远了点儿。”老钱似乎很随意地说，“刚才我在那边的烧烤摊子前就看到你了，你和两个人正说话，挺亲热的样子，是什么人啊，是不是过去一起‘合作’的？”

小武本能地想撒谎，想说与陆瑜根本不认识。但看老钱虽然目光平静，语气温和，可长年形成的威严仍在，他居然不敢。又想，他和陆瑜只是旧识，并没有合谋做什么坏事，不用怕啊。所以他干脆直说道：“那两人，我只认识一个，是多年前认识的朋友，刚才也是巧了，就这么在街上遇到，就聊了几句。”

“长得有点儿壮的那个叫陆瑜对吧？”老钱直接点破姓名。

小武吓了一跳，随即明白了是怎么回事：“您老没退休是不是？或者就算退休了，还在局里发挥余热。陆瑜那小子是犯事了吧？您是盯他的，这才看到我对不对？我就知道他狗改不了吃屎！”

“说重点！”老钱不承认也不否认，直接问。

“重点就是……重点就是，我真的只是偶然遇到他啊，之前有七八年没联络过了。”小武有点儿发急，生怕有什么事连累自己，“我跟他私交也不怎么好，就是之前坐牢的时候跟他住过一间房。”

“狱友？”

“纯粹狱友！”

“他为什么事进去的？”

“打架，失手伤了人。”

“哪个监狱？我知道你是流窜作案的，全国很多大地方都待过。”

小武假装听不懂老钱语气中的讽刺之意，连忙报了监狱的名字，表明自己和陆瑜就只是住在一起几个月而已。甚至，他连认识的时间都主动交代了，还说了些在监狱里的事。

老钱耐心听了几句就打断他：“既然你和他没有关系，也就别往他跟前凑了。记住，这世上大道千万条，哪条都能通到好日子上，就是别走进监狱那条。”

“一定一定！谢谢钱队教诲。”小武胆小，听老钱说得郑重，就有些额头冒汗。当老钱挥手让他走的时候，他立即一溜烟儿跑了，特别后悔和陆瑜打招呼，并下定决心，从此不认识陆瑜这个人。至于口袋里的钱，那是不还的。

这边，老钱一回到车里，江东明就好奇地问：“什么情况？”

“是我以前抓过的小混混，几进宫了，也没大罪，就是小偷小摸。”老钱系好安全带，平静地启动车子，“他说陆瑜跟他住过同一间牢房，也就是说，陆瑜有前科，因为打架伤人进过监狱。”

江东明有些吃惊：“我查过陆瑜，没发现他有过特殊经历啊。”

“你是怎么查的？调公司的人事档案看？”老钱笑笑，“人事部不仔细核实的话，简历就很容易作假。而且如果我没猜错，陆瑜必定是计肇钧亲自点名收下的。公司总裁发了话，人事部和其他部门自然是一路绿灯，那样你就看不到真相了。”

“陆瑜可是计肇钧的一等心腹，最信任的人。”江东明意识到了什么，眯了眯眼，“若真是他亲自招进公司的，那他们的关系就耐人寻味了。我那表弟从小锦衣玉食，去哪里认识个有前科的混子？陆瑜进公司的时间并不长，只怕是之前的交情不浅，否则他们是从哪里有交集的呢？”

“我会查的，可以顺着小武这条线。”老钱的眸色也深沉了些，“还有傅家母女，听说因为傅家的儿子和计肇钧是朋友，在车祸中又是因他而死，所以他一直照顾那家人。可是就像你刚才说的，计肇钧从小是含着金汤匙长大的，怎么会认识出身底层的朋友？”

“这个倒有可能。”江东明耸耸肩，“计家旗下有地产公司，我表弟有一阵子特别迷恋拆房子。注意，他不是喜欢建筑，就是喜欢看东西轰然倒塌、四分五裂的状态。那时候他常跑工地，听说傅家那个儿子以前就是个搬砖的。那么，他们偶然认识后，傅家儿子巴结上来也很自然。”

“这些你也调查过？”老钱一边开车，一边问。

江东明点点头：“我要查计肇钧，自然把他身边的人也梳理了一遍。不过现在我不自信了，因为我的调查有可能受到了计肇钧的误导。怪不得，咱们查了四年，也没查出个所以然来。”

“是你查了四年吧，不是我。”老钱又笑了，“我只是负责四年前的戴欣荣失踪案，可惜还没查出什么，身体就出了问题，休养、手术……折腾了几年直接从局里病退，到你这儿发挥余热才几个月。”

“你肯帮我，也是觉得戴欣荣失踪得蹊跷吧？”江东明不觉得丢脸，毕竟他只是个普通人，不是专业刑侦人员，侦查力量也有限，所以有疏忽也正常。

“我这样跟你讲，这世上的疑案很多，冤沉大海的也不是没有，古今中外都一样。不过戴欣荣案是我过手的，无论如何，我不想留下疑点。正好你有这方面的诉求，我们做搭档也不错。”说到这儿，老钱打了个哈哈，“实际上，不管是被你安排进计氏的车场当保安，还是到计家做专职司机，薪水都不错。我也确实要赚钱，给儿子买房结婚呢。”

江东明扶了扶眼镜，脸上露出笑容，却没说话。

他想起他为了戴欣荣失踪案和计肇钧身份案，把手都伸到了公安局，想暗中查阅各种调查档案，还想通过权威机关做 DNA 鉴定。他觉得自己做得挺隐秘，直到老钱找上门来，点破他的动机和行为。

他总感觉戴欣荣没有死，所以他要找到她。这其中有多少是因为爱，他说不清楚，就算还有爱情，也很淡了吧？他想拉下计肇钧，有多少是因为利益，他也糊涂了。或者，只是为了赌一口气，执拗地想赢对方一次。

在这种情况下，他自然欢迎专业人员的加入。老钱做了刑警几十年，虽然因为性格没有升职，但破案率很高，只是因病提早退休了，但人脉在、技能在，总比他一个人像没头的苍蝇那样乱撞的好。

真相之路的入口，在迷雾重重之中，影影绰绰地露出了影子。江东明和老钱心中都有一丝兴奋，其他人却还蒙在鼓里。

尤其是路小凡，得知陆瑜答应带她去疗养院看兰淑云，很是高兴。

但刘春力没告诉她还要配合陆瑜假装交往。不然，她哪里还好意思在这边和傅敏交朋友呢？

回到计宅后，她还以为傅敏不太好接近，哪知道傅敏接了计肇钧的任务，正要跟她表示友好。两个傻兮兮的姑娘一拍即合，都觉得自己是在算计别人，并不知道其实对方也在算计自己。

这天午饭后，计维之睡了，路小凡要准备下午的营养餐，傅敏就自告奋勇地来帮忙。两人坐在厨房，一个剥豆子，一个仔细地给鱼挑刺，给肉剔骨。

“要这么仔细吗？”傅敏有点儿惊讶。

“当然了，必须的！”路小凡相当郑重，“计伯伯吞咽功能不好，有时候要靠饲食，有一丁点儿异物卡在喉咙或者气管里，都会造成很大的痛苦。可是，还要保证他的营养，不能只给他喝米糊加维生素什么的。食补，永远是最好的办法。”

两个人貌似有一搭没一搭地闲聊，实际上都想把话题往自己想要了解的地方引。

这一次，路小凡掌握了主动权。

“你们家里人的口味是怎么样的？”路小凡问，其实她是想改天给傅家妈妈做点儿好吃的，因为不好细问，干脆笼统些。

“我妈是南方人，喜欢清淡绵软的。我随我妈，甜系的菜我也蛮喜欢。可我哥的口味比较北方，大约男人都这样？”傅敏无所谓地耸耸肩。

不知为什么，路小凡想起计肇钧也喜欢咸鲜的口感。难道真的是男人都差不多吗？或许，好友之间的口味也相互有影响？

“你喜欢甜的啊？那下回我做些西点给你当零食。不要小看我哦，我正经上过点心学校学过的。”路小凡努力表示友好。

傅敏很高兴：“那好那好，我等着尝你的手艺。”因为聊天的气氛轻松，傅敏又说起她的家人，“我妈也很会做甜食，可是她不是为我做，是为我哥。”

“你哥也喜欢甜？”

“不喜欢啊。”傅敏有点儿嫉妒，“但我哥容易低血糖，我妈就总是做甜食让他随身带着。不过嘛，最后都便宜了我，我哥会偷偷给我吃啊。”

后面那句，路小凡没听见，因为她感觉脑袋像被什么敲了一下：朋友之间连身体也会互相影响吗？计肇钧也容易低血糖啊。若非这个情况，她和他，也不可能有机会相识和相处。

“对了，你小时候在我家乡待过半年，还记得那件可怕的事吗？”路小凡没把这些问题往深处想，而是转了话题。

“哪一件？”傅敏不以为意，反而有些好奇。

“就是废弃工地碎尸案。”路小凡现在想想还心有余悸，“在我们那个小地方很轰动的。”

“没印象。”傅敏茫然地摇摇头。

“这么大的事，你居然不知道吗？”路小凡很惊讶。

傅敏又想了想，还是摇头：“具体时间是什么时候？也许，那时候我们已经离开了。”

“案件发生时是十年前的九月二号，尸体被发现是九月三号，九月四号见的报。”路小凡回忆道，“但破案很快，差不多只用了一周的时间，当地警察后来得到全国通报表彰。”

“哇，记得这么清楚，你记忆力很好啊。”

“不是记忆力的问题，是这件事闹得比较大，而且那时候刚开学，日子比较特殊。当时报纸之所以快速报道，据说是要找目击证人。”

本来她可以去作证的，可是那晚之后她因为惊吓过度生病了，烧得糊里糊涂的。而且父母考虑到她的名声，犹豫了一阵子。毕竟是小地方，风气很保守，怕这种说不清楚的事情会影响她的人生。当后来父母想通了的时候，案子已经神速告破，再不需要她。

于是，这件凶案成了她和他们家的秘密。

“哦，那我应该是不知道的。”傅敏想了想，“因为那年八月底，我得了急性阑尾炎，需要手术。医生说我的病理变化比较复杂，我妈担心小医院的条件有限，就送我到省会大医院去了。”

“那么巧？”路小凡愕然。

“这不算巧，最巧的是九月二号是我哥的生日。所以，我记得清清楚楚的。”傅敏神色坦荡，不像有所隐瞒的样子，“可惜我哥单独留在家里，我没能给他过生日。”

说到哥哥的时候，傅敏再度陷入回忆，脸上流露出真切的哀伤，“我哥从小到大都没过过生日，那年他十八岁，我妈就偷偷跟我说，要给他过一个，让他有所纪念。结果因为我，我妈一个人匆匆回去了一趟。然后，我哥转天就去海外打工了。真是的，他有什么打算都不告诉家里，害得我直到两年后才再见到他。”

“那之后你们就搬家了吗？”

“对，我出了院就直接跟我妈来了这座城市。至于退租房子啊，整理东西托运啊什么的，都是我妈一手办的，所以我真没听说过那件可怕的事。我妈大约知道，可她肯定不会讲给我听。我爸……”傅敏顿了顿，没有说下去，忽然扔下手中的豆荚道，“呀，我想起有件事没做，不能帮你了，回头聊哈。”

“好，你去吧。”路小凡笑笑，目送傅敏离开，心里酸酸涩涩的。

怪不得，后来无论父母如何找，也找不到恩人！

那天他匆匆离开，一定是因为要赶回家，和妈妈过从小到大的唯一一次的生日。结果带着一身因救她而受的伤回去。傅家妈妈看到的话，一定会非常心疼的。

可是等等，傅敏的话，为什么总让她觉得别扭呢？

这在时间上也太紧凑了吧？傅敏的哥哥二号晚上救了她，赶回家和母亲过生日，转天就去海外打工了……那天后傅敏再没回到她的家乡小城，傅家妈妈独自操办了一切，远走到现在这座大城市，傅家爸爸从此离家出走……

他真去海外打工了吗？还是有什么别的事情？还是说，她与他的缘分，真的只有那短短的一个小时？所有的所有，充满了一种诡异的巧合感。

至于傅家爸爸傅昆的情况，小舅之前给她转述了陆瑜的话，所以她觉得，傅敏是因为父亲出走的话题太沉重，才选择忽略，突然就跑掉了。

今年夏天，路小凡所在的城市，因那场暴雨而经历了“看海”的过程。当时那雨大到连山路都冲垮了，害得她被困在计宅出不去，外面的人也进不来。

到了秋天的时候，雨水来到了千里之外的死人湾。

“秋天下这么大的雨，难道要有妖异？”老董关紧自己坐落在河边的破旧棚屋门，拎着酒瓶，猛灌了一口劣质烈酒，呛得咳嗽起来。

暴雨倾盆。

天黑得像锅底，加上本来就已经入夜，更是令整个世界都淹没在水色的暗沉之中。

“这雨要是来得再晚些日子就好了。那时，正赶上国庆长假，上游会来不少游人。嘿嘿，因贪玩落水的也很多啊，我们发死人财的就能捞上一笔。”老董唠唠叨叨地自言自语，似乎周围有看不见的幽灵在听他说话，“就算是满城贴告示，也有不认识字的。注意安全？屁！这人啊，只有死的时候才知道怕。可是啊，晚喽！”

他站在屋子正中，又连灌了几口酒。

虽说雨大，也入了秋，可小屋低矮，他又喝多了酒，只感觉闷热无比。他左右看看，从桌上拎出一块脏兮兮已经看不出颜色的书本大小的布，走到水盆旁边浸湿，不耐烦地拧了拧，然后一边抹着脸，一边顺势歪倒在旁边的小床上。

雨声规律，哗哗哗的，很有催眠的作用。偏偏奇怪得很，这场雨并没有伴随着雷电，一直闷声闷气地从天际倾倒下来。

于是，老董的意识很快模糊了。

可就在他半梦半醒之间，他忽然感觉棚屋破烂的铁门动了一下。只是轻轻动了动，并没有打开，也没发出平日里那样嘎吱嘎吱的声响。

然后，他瞬间就惊醒了，感觉浑身的汗毛全竖了起来，有一股说不出的寒意从他的脚底一直升到天灵盖上。

屋里有“人”！

他忽然意识到这一点，仅凭感觉就知道。那是他在接近恶煞之物时特有的敏感，那是他几十年和尸体打交道养成的直觉！多年的职业生涯令他胆子很大了，很多时候他根本不会害怕，但绝不包括这一刻。

“你是谁？”他壮着胆子问。

一团黑乎乎、似人形又似雾气的东西飘了过来，令桌上的油灯都缩了缩，只剩下一豆微光，将灭不灭，将明不明。

“冤有头，债有主，能帮的我会帮，请直言吩咐，但请不要害命！”老董听到自己的声音都哆嗦了。

“冷啊，我好冷啊，冷啊……”黑雾扭曲着，不断变幻着诡异的形状，就像被人揉搓、拉断又折叠一般，“你把我卖给别人，快要回来！快要回来！快要回来！”

“在哪儿？找谁？我帮你要！”老董知道要想活命，就必须服从。

“来不及了。”黑雾哭了起来，随后又咯咯地笑，“不如，你也尝尝这滋味如何？”

话音未落，那雾气以肉眼无法反应的速度，猛地扑在老董身上！

老董只觉得身上被覆了一座山，压得他无法呼吸也无法移动。寒冷，潮湿，夹杂着尸臭，还有水底泥沙和烂草的味道，通过他的七窍，倒灌进他的身体，眨眼间就充满了他的肺部。他感觉他的肺就像气球那样越胀越大，围绕着黑漆漆的气体，很快就会爆炸。

他拼命挣扎，却半点儿也动弹不得，就像有人死死掐着他的脖子！

“我被魇住了！我被鬼压了床！”猛然间，他意识到这一点。

做他这一行的，用当地迷信的说法来说，就像是走在阴阳界的人，和他们打交道的都是在尸体彻底腐烂后才离体的“守尸魂”。平日里他们难免沾上阴秽，所以他们私底下都自我训练了些逃脱的手段。此时老董的脑海里有片刻清醒，他连忙用力朝自己的舌尖咬下去。

疼痛和血腥味几乎同时袭来，他拼命一挣，终于从床上坐了起来。但怎么回事？那股子湿寒之意并没有散去。他坐在自己的屋里，自己的床上，却感觉像被沉在水中，身上还坠着石块。

咣当咣当咣当……

门剧烈地抖动，就像外面有什么人在拼命撞门，想要闯进来！雨声没了，整个世界就只有那咣当声。而这么大的动静，狗居然没有反应。最后，那外界的大力似乎连棚屋也给扯动了，连天地都震颤起来。

不对，还没醒！他还没醒！这是梦中梦！

老董想大喊大叫，喉咙里却只发出吭哧吭哧的声音。他从来不信神佛，这时候却把满天神佛称颂了个遍！

“我冷啊……我要回家……你卖了我……我不舒服……放我进去……”各种破碎的声音齐齐涌进他的脑子，像万针穿刺，疼得他无法形容。

砰的一声，仿佛有奇异的大力从地面传来，把他掀翻，又重重跌落。他感觉半边身子的骨头都要碎了，睁开眼，才发现自己从床上滚了下来。他大口喘着气，才发现棚屋内连污浊的空气都是那么难得。

终于，他从床上掉下来的声音，惊动了外面狗舍的几只狗。那响亮吠声，穿透了风雨，穿透了黑暗，是如此动听。因为那意味着，这一次他终于彻底从噩梦中挣脱出来。

他抬头，在恢复跳动光线的油灯映照下，看到屋顶有水渗了下来，一滴一滴的。再摸摸睡前盖在脸上的布巾，居然被那漏下的雨水浸透了。

这么说，他是差点儿在自己的床上被淹死吗？

凡事有因果，听说屠夫若不虔诚拜神，死时必为万灵所噬。他们这一行，对尸体也应该如是。他是太贪了吗？所以每天水里来水里去，最后也要死于水中？

老董站起来，推开铁门，望着远处起伏不定的黑色山峦。

然而就在他看不到的某处山坡背阴处，由于大雨的冲刷，山地塌了一大片，一只巨大的行李箱渐渐露出了泥土。就像地底的冤魂向阳间伸出一只手，发出无声的呐喊和控诉一样。

“你怎么来了？”几天后，当傅敏看到陆瑜晃荡进了厨房，不禁问道。

陆瑜想说想她，可脑海里却出现了刘春力的脸，他赶紧平静下表情，淡淡地说道：“哦，我找路小……呃，路小凡。”

“你找小凡干什么？”

“请她看电影。”陆瑜耸耸肩，“一个人看电影太傻了。”

傅敏愣了愣，随即无所谓地说道：“也得看人家小凡有没有时间。”

“现在是周五的三点钟。”陆瑜看了看表，“五点计家吃晚饭，差不多七点计老先生就睡下了。我买了十一点的晚场票，看完了送她回家，或者再吃个消夜。明天是她的休息日，打算明天再去逛逛街什么的。周一早上，我会把她再送回来。”

“怎么感觉你在假公济私呢？”傅敏哼了声。

陆瑜摸摸鼻子，没回话。

“咦，你来啦？”气氛正有点儿尴尬，路小凡恰好出现了。她刚去菜园中拔了点儿蔬菜回来，菜篮里的菜还挂着一点儿泥土。

“他说约了你看周末场电影。”傅敏抢先道。路小凡看到陆瑜，貌似有点儿惊讶，完全不像是两人提前约好的样子。为此，傅敏有点儿怀疑陆瑜在撒谎。

路小凡确实很意外，但她看到陆瑜绕到傅敏身后，拼命向她眨眼睛，还双手高举过头，比画了个尖尖屋顶的样子，立即明白这是要带她去疗养院。

这让路小凡有点儿激动，高兴得直点头道：“是呀是呀，约好了的。”

陆瑜暗松了一口气，傅敏胸口的气却提了起来。不过事情太突然，她不方便表示什么，就撇下了陆瑜，过去给路小凡帮忙。没想到陆瑜也殷勤地上手，而且看来和路小凡很熟悉的样子，一个择菜，一个不用说就自动在水池边冲洗，配合良好。倒把她给挤到一边，无所事事了。

傅敏有点儿郁闷，犹豫了片刻，没打招呼就自行离开了厨房。她以为陆瑜没注意到她，其实陆瑜的每一根神经都系在她身上。

傅敏刚走开，陆瑜马上轻手轻脚地追过去，凝视着她高挑纤细、长发飘飘的背影穿过计宅长长的华丽走廊。

如今是初秋，傅敏不像路小凡要整天在厨房忙碌，还要伺候病人，所以不得不穿着家居服。因为计肇钧给的零用钱和生活费一直很充足，傅敏在置衣方面相当舍得，每时每刻都打扮得漂漂亮亮的。此时，她穿着黑白相间的棒球外套，搭配着A字破洞牛仔裙，露出一双漂亮的大长腿。本来这身打扮颇有街头风格，偏偏她配了双尖头的小短靴，看起来优雅了不少。

“她真的很美，是不是？”感觉到路小凡也走到厨房门外，陆瑜感叹，就差两眼冒星星了。

路小凡笑着点头。

傅敏不犯二的时候，本身就气质超群，再加上那身高和长发，走在街上，回头率绝对是百分百。也难怪陆瑜会这么紧张她。

“可我不是因为她长得漂亮才喜欢她的。”陆瑜又连忙补充，唯恐自己的爱情被人家理解成肤浅的感情。

“喜欢美的事物没有什么错。”她对计肇钧一见钟情，还不是因为他长得特别帅？只是相处之后，她爱的不再只是他的脸了。

“路小姐你真是……发自内心的善良。”陆瑜由衷地赞道，“无论说话还是办事，你都会努力让别人觉得舒服。”他此时觉得带路小凡去疗养院见兰姨，绝对是个正确的决定。

“叫我小凡好啦。”两人转回厨房，路小凡一边揉面一边道。

陆瑜连忙摇头：“我可不敢，还是叫路小姐顺嘴些。”

路小凡听他这么说也不勉强，只低声问：“是要带我去那里吗？”她压低声音，还说得那么隐晦，就好像疗养院是个禁忌的话题。

“对。不过……”陆瑜咳了两声说，“兰姨的精神状态不是很稳定，如果有什么突发状况，你不要害怕。”

路小凡怔了怔：“傅敏的妈妈……我是说兰姨，病得这样重吗？”

“平时还好，只要不提起钧哥，还有她去世的儿子……”

陆瑜吞吞吐吐地说着，可这话就像重锤，重重砸在路小凡心上，令她整个人都呆住了。

陆瑜见状又连忙安慰道：“不要想得太可怕，我就是提醒一些注意事项。还有，虽然不限制探视时间，也不特别限定探视的人员，但进去的人必须在名单上，还必须有必要的联系。所以明面上……你是我的女朋友。当然这只是一种对外的说法，你别觉得被冒犯了就好。”

“怎么会冒犯？就算是名义上的，我也很荣幸。”路小凡开了个玩笑。

陆瑜听到这话都要哭了，但也不好说出来，憋得脸颊通红。

而路小凡没注意到陆瑜的反应，满脑子都是明天去疗养院的事。虽然还有半天多的时间，但她心里已经开始有些忐忑不安了。

当她第二天早上终于见到兰淑云时，居然紧张到手足无措的地步。

她没想到，兰淑云长得那么美丽。尽管年纪大了，而且病得憔悴，甚至是有点儿脱形，但仍然看得出兰淑云年轻时的模样。傅敏除了笔直高挺的鼻子，以及高挑苗条的身材外，没有一样长得像母亲。

“兰姨，这是我女朋友。路……呃，路……这是兰姨。”陆瑜结结巴巴地介绍。

“鹿鹿啊，这个名字可爱。”兰淑云比画了个头上长角的动作，“跟你的姓氏还是谐音，很好听啊。”

兰淑云误会了陆瑜断断续续的发声，把“路”字理解为“鹿”字。不过，她真的挺喜欢路小凡的。

路小凡今天穿的是白色修身连衣裙，外面套着米色薄款的长开衫，脚上是裸色的高跟鞋，整个人显得清爽而淡雅，很能让人产生好感。

“兰姨，您好。”路小凡规规矩矩地问好。

兰淑云露出微笑，拉过路小凡的手拍了拍。

陆瑜暗松了口气，借着转过头的机会，以极低的声音和路小凡耳语:“兰姨喜欢你啊，太好了！”

路小凡疑惑地扬眉。

“她不愿意见陌生的人，经常会戒备，还会紧张，甚至害怕。刚见面就能接受的，你是第一个！”

路小凡笑了，整个人瞬间放松，很快就恢复了自然的神态。

路小凡从小照顾病重在床的外婆，现在又伺候计维之，耐心和温柔自不必说，自带的特殊气场，极容易让病患信任她、喜欢她。这是自内而外散发出的气息，就像快乐善良的人特别容易吸引小动物和小朋友一样。

于是，兰淑云很轻易地就答应由路小凡推着她到花园去散散步。其间，一老一少聊得很是热闹。在路小凡的诱导下，兰淑云甚至还聊了一些自己的事情。到晚上他们要离开时，兰淑云依依不舍，嘱咐路小凡以后常来。

“我真服了你，你果然是超级治愈系的。”陆瑜对路小凡简直佩服得五体投地，“计老爷子才让你照顾几天啊，我看他的精神头比以前强多了。这边呢，小敏过来的时候，兰姨也没这样高兴，那还是亲生闺女啊。今天兰姨的气色都比平时好些，话说得多，饭也多吃了小半碗。”

“其实照顾病人也没什么窍门，只要设身处地为他们想想就行了。”路小凡并没有自得自满，心里想的都是怎么改善兰淑云的生活。

这间疗养院无论在医疗、饮食、环境和私人照顾方面，真的都是无可挑剔。只是这样一来，路小凡就觉得自己根本帮不上什么忙了。这里有专门且专业的临床营养师和大厨，为每位病人定制美味的餐食。生活上，也有专职的护士伺候。甚至，院里还配有心理医生，定期和病人聊天，做心理关怀。

“其实，生病养病是很寂寞的。”她回忆了一下兰淑云的状态，“人还是得有点儿目标和爱好，才能活得更幸福。无事可做的话，很容易对生命感到厌倦。”

心灵，终究该有所寄托才对，她觉得这是兰淑云目前唯一的问题。

“那要怎么办？”陆瑜摊开手，“虽然疗养院不限制探视，但是绝不会让家属留下来贴身照顾。再说兰姨的身体不是一时半会儿就能养好的，就算大家轮流排班过来，要长期坚持也不太现实。小敏还要上学，我要工作，钧哥……兰姨不太能见他的，不然很容易发病。”

“那他……怎么还来探望？”

“兰姨情况好的时候，他就来问个安，说两句话就闪人。大多数情况下，他只是躲在一边看几眼而已。”

路小凡心里一抽，她觉得计肇钧好可怜、好委屈。

“我不是说要找人每天和兰姨在一起啦，那样你不烦，兰姨也烦了啊，人都是需要有自己的空间的。”路小凡提出自己的想法，“今天我推兰姨去散步的时候，她说她年轻时很爱画画，可惜没有正经学过。小敏就是得了她热爱美术的基因，才选择上美院的，据说还很有天赋。所以我想，能不能让她把爱好重拾起来。”

“这个恐怕不行。”陆瑜扒了扒头发道，“不是说了，兰姨情绪不稳定，有时候会特别消极悲观，曾经试图自杀……”

路小凡想到兰淑云手腕上那几道长长的疤痕，终于知道是怎么造成的了。

“你知道的，画画需要工具。”陆瑜继续说，“无论是国画还是西画、水彩画或者蜡笔画，都需要的吧？可是那些工具，纸和颜料就算了，画笔在某些时候就是危险的利器。疗养院不能保证二十四小时不间断陪护，又不能限制病人的绝对自由，毕竟只是疗养院，不是那些特殊的病院，所以不会承担风险。”

“明白了。”路小凡点点头，眉头也皱了起来。

她记起兰淑云跟她聊起绘画时眼睛都亮了，整个人都焕发出了光彩。她很想帮对方实现愿望，也相信那样做对病情有好处。她能感觉到，兰淑云心里有很多痛苦需要倾诉，就算疗养院给配了心理医生，有些话大概也是无法吐露的。既然疗养院不允许使用绘画器具的话，要想个什么办法呢？

“其实画画也未必要用笔呀。”她灵机一动，兴奋地说道，“我听说有一种画叫指画，只要用纸和颜料就行了，手指就是作画工具！”

“我看这个行！”陆瑜也高兴起来，“那我这周抽时间过来和医生商量，如果可以的话，咱们下周过来的时候就把事情给办了！”

两人又商量了一下细节，陆瑜就送路小凡回家了。

接下来的一周里，陆瑜和路小凡之间的交流就多了起来。开始时，傅敏觉得陆瑜是为了故意气她才接近路小凡的。后来她就有点儿拿不准了，最后她发现自己表现出来的那点儿气急败坏，完全是因为妒忌。

“钧哥真的不喜欢路小凡了吧？那陆瑜再追她的话，应该没关系喽？”她这样对自己说。其实陆瑜追路小凡不是更好吗？这样就断了钧哥的后路，她就有机会和他在一起了。钧哥是她的梦想，不是吗？

第二十七章　可是他死了

计肇钧从文件中抬起头来。

此时，他正坐在书房的沙发上工作，周围的茶几、地毯和身边的座位，全散落着各种报表。

“我不喜欢别人说话拐弯抹角。”他按了按额头，捺着性子说。

又是周末了，他照例回到计家大宅来住，路小凡却要回到市区去。两人就像是白天与黑夜，只在片刻交会，惊鸿一瞥。

“我是说……”傅敏下意识地踢着地毯上的花纹，“陆瑜最近和路小凡走得很近，我觉得陆瑜不怀好意。”

“是我吩咐他接送路小姐的。”计肇钧嘴里这么说，心尖上却似被什么锋利的东西割了一下，又快又准。

“可他也太殷勤了，明显超出了工作范围。”傅敏嘟着嘴，“听说他们周末还去约会来着，这也是钧哥吩咐的？”

“非工作时间做什么是他们的自由，别人无权干涉。”计肇钧面色平静，甚至是漠然的，视线重新回到文件上。可是有谁知道，他心底正冒出一股子浓烈的酸意，哪怕他非常用力去压制也不管用。

陆瑜不会挖他的墙脚，哪怕她不再属于他。至于约会什么的，大约也只是想陪陪她吧？计肇钧明明知道是这样，却仍然无法控制纷乱的心绪。

“你发现自己喜欢陆瑜是不是？”当傅敏转身要走，他头也不抬地问。

“没有！不是！”傅敏想也不想，激烈反驳。

“你不需要这么大声地告诉我。”计肇钧翻着文件道，“你只要说服自己的心就可以了。但你要明白，好男人不会等太久，你不抓住，他就可能不再回来了。”

“我喜欢你，不喜欢他！信不信，由你！”傅敏跺了跺脚，气鼓鼓地走了。

计肇钧身子不动，看起来还在专心工作，其实心思早不知飞出了多远。

他脑海里反复闪着一个念头：小凡和陆瑜在做什么？

其实此刻，被计肇钧念叨的两个人正在城市那一端的疗养院里，被兰淑云的喜悦情绪所感染，相视微笑着。

他们两人尽管决定了让兰淑云重拾爱好，并且这一周都在为此做着种种努力，但他们没料到兰淑云居然会高兴成这样，就像见到了多年没联络的老友那样惊喜。

“指画我是知道的，是中国传统画法的一种，需要特殊的技巧。”他们更没想到的是兰淑云居然熟悉此道，完全不用他们再解释。

“你们去玩吧，不用管我，我先试试手法有没有生疏。”兰淑云直接赶他们了，“我记得以前学过。你们在旁边戳着，我有点儿画不出来。”

“好，正好我们去散散步。”路小凡温和地笑着说，同时拿起围裙，“我帮您系上这个吧，免得弄脏了衣服。”

兰淑云顺从地转过身，激动得身子都有点儿发抖了。

路小凡心细，不仅准备了围裙和袖套，还有画架、各种纸张、颜料，甚至连暖色灯和专门洗颜料的洗手液都预备好了，还置办了个放置这些东西的塑料柜。

“你说她会画什么？”在花园里消磨了很长时间后，路小凡抬头，眯着眼睛，望着快爬向头顶的太阳问陆瑜。

“很难猜。”陆瑜摊开手，“我估计她得有二十年没画画了，因为我从没听小敏提过这件事。所以，真的谢谢你。”陆瑜由衷地说，眼圈有点儿红，“若是钧哥看到兰姨这么快乐，不知道得有多开心。”

“我们说好暂时不让他知道的。”路小凡低下头，生怕一提起计肇钧自己就会泄露内心的想法。

好在陆瑜大大咧咧的，什么也没发觉，他抬腕看了看手表说：“快中午了，我去配餐室看看，把兰姨的午餐取回来，顺便点两份客餐。你要什么？鸡肉饭还是牛肉饭？不然拉面？这里的拉面超美味的。”

“鸡肉饭好了。”

“好。那不如你先回去，看看兰姨画了些什么，再收拾一下。虽说培养爱好是好事，但休息和运动也很重要，不能总是画啊画的。”

路小凡点点头，对陆瑜挥挥手，起身回病房。可当她回到兰淑云的病房时，整个人都呆住了。

之前她想过兰淑云会画什么，以为无非画些花草风景之类的。她没想到，兰淑云居然画了人物。

确切地说，是画了一个人。

那么多种颜色的颜料中，她却只用了黑色。整张画纸的周围都涂得黑漆漆的，于是空白的部分就形成了一个人形。没有五官，没画衣物，只看得出是个身材高大的男人。他在黑暗中努力前行，似乎顶着风，迎着雪，奋争之态是那么生动，好像要从纸上跳下来。从他矫健有力的身姿看，应该还很年轻。

“我画了我儿子。”兰淑云已经洗干净手，正背对着门口，面对着画纸，静静地站着。她感觉到路小凡回来了，就轻轻地说。

路小凡屏住呼吸，不敢答话。因为陆瑜说过，对兰淑云来说，那横死于车祸中的儿子是禁忌，是不能提的。现在兰淑云主动说起，她应该怎么反应呢？

“你不认识我儿子吧？”就在紧张的沉默中，兰淑云接着道，“他叫傅诚，我的小诚。他是个好孩子，从小到大受了那么多苦，都是我害的，可他为什么还要为我努力呢？如果没有我的拖累，他就能自由了。他是个好孩子，他是个好孩子……”说着，兰淑云纤瘦如一把枯骨的身子轻轻地颤抖起来。

路小凡知道她在哭，心中也跟着酸得厉害，再也顾不得陆瑜的嘱咐，走上两步，搂着兰淑云的手臂，无声地安慰着。

原来，她的救命恩人叫傅诚，听傅诚妈妈亲口说出来，她就好像是得到了正式的确认。那个高大而瘦削的疤面少年，忽然就在她心里清晰起来。

“可是……他死了！”兰淑云又说。

路小凡也跟着红了眼睛。

“人都会死的。”路小凡坐在兰淑云身边，想起了十年前的那个夜，落泪了。“我喜欢过一个男人，他也离开了人世。但我常常对自己说，他只是提前到了天堂。我将来也会去的，只是不要太早也不要太急，平平稳稳的，终究会再见面。”

“说得是啊。”兰淑云叹了口气，眼泪还是不断滑落。

看得出来，兰淑云虽然很爱傅敏，但傅诚才是她最爱的孩子，是她生命的寄托。当这寄托突然断绝，而且是以那样一种惨烈的方式，她的世界也就整个毁掉了。

“兰姨您尽管想念傅大哥。”路小凡并不劝兰淑云淡忘，“我会帮您一起想念的。”她接着说，“人世间但凡有念想，他就没有白活这一场，在天上也会很快乐的。”

“真的吗？”兰淑云含泪的眼睛里很是迷茫，又有一丝急切，努力想要确认小凡的话。

“真的。”路小凡很认真地点头，“所以我们要好好活着，好好想着他。其实我是这样觉得，死亡不是结束，而是活在了另一个地方。所以他仍然在，只是离我们太远，暂时见不到罢了。可是那又怎么样呢？以温柔的心情想着他就好了嘛。”

兰淑云沉默了。

一老一少并排坐在床上，一起凝视着眼前那幅以单纯的黑颜料勾勒出的画作。

好半天后，兰淑云像是说服了自己，很用力地点头：“你说得对，他就是活在遥远的地方。我要想着他，我要想着他，他一定感觉得到。”她转头，殷切地望着路小凡，“你会陪我想吗，鹿鹿？你会吧？”

“我会！我坚决坚定以及坚持着想！”路小凡郑重承诺。

因为，不管傅诚有什么样的过去，他都是她的救命恩人，她的英雄，她的初恋。他喜欢了十年的男人。

兰淑云笑了，有些如释重负，似乎也没那么孤单和无助了。

“你还不认识我家小诚呢。”她气息很弱，但笑容舒心，“我给你讲讲他的事啊。哦对，我还有照片呢。”

兰淑云麻利地掀开床垫，拿出一个大信封打开，里面全是照片。从她的动作和神情可以看出，她始终把照片放在离自己最近的地方，却不敢去看，每天承受着煎熬，直到今天、此时她才敢面对。

“你看，这是他小时候，才两岁，可爱吧？”兰淑云拿出一张照片，满脸爱意地凝视着，还用食指轻轻抚摸，“那时我们家环境不好，连满月和周岁照都没有，最早的就是两岁时的这张了。”

路小凡看了看，照片上胖嘟嘟的宝宝确实很可爱。她再看看照片反面，见上面被用心地记录了时间，还有个大大的“1”字。

“您还编了号码？”她惊讶地问。

兰淑云点头，并叹了口气：“有编号的，全是我家小诚的照片。他从小到大不喜欢照相，这么多家庭照片中，有他的不过几张。看这个，那时他已经七岁了。”

照片上的傅诚已经有了小少年的样子，年纪小小就个子高高瘦瘦。可惜，这时候他脸上已经有了一大块伤疤。再比照两岁时小脸上的纯净无瑕，可以确定那是后天的伤害。

“他的脸……”路小凡试探着问。

“觉得丑吗？”兰淑云露出伤心的神情，把看过的照片又妥妥当当地重新放进信封里，很是小心翼翼，好像那是极珍贵的东西。

路小凡用力摇头：“不丑，真的不丑。就是……有点儿心疼，他还这么小……”

路小凡说得如此真诚，打破了兰淑云脆弱的心防，她居然吐露了实情：“他爸爸生起气来会打我的……经常会……他想保护我，可是他太小了。那年，他就这样被推倒在酒精炉上……”

路小凡倒吸一口凉气，用双手按住嘴，才没有惊呼出声。

“小诚很疼我的，是最好的儿子。”伤口一被揭开，兰淑云就停不了口，眼泪也重新落了下来，“可惜他命不好，摊上我这样没本事的妈，还有那样不讲理的爸爸。他要保护我，后来有了小敏又要保护妹妹，我们被他爸爸打，他反抗不了就只能替我们挨。十二岁的时候，他被打断过一条胳膊……”

“为什么不报警？为什么不报警？”路小凡已经心痛到没办法说别的，只重复着这一句。

“他爸爸……他爸爸本质上也不坏的。”兰淑云流着泪摇头，“不然，我们母子怎么活得下来？他为我们牺牲了很多，我却还对不起他，害了他，他生气也是应该的。只是小诚……不应该护着我的。为什么要护着我呢？一切全是我的错啊。”

兰淑云捂住了脸，哭得哽咽了起来。

路小凡知道，兰淑云这一次宣泄的情绪太多了，不能再回忆，也不能再说下去，尽管她非常急于想知道傅诚生活的一切。

“好了兰姨，今天不说这些不开心的。”她轻轻抚着兰淑云的背，只感觉那脊背瘦得可怜，脊椎骨一节一节的，摸起来都硌手，“下回我来，您再给我讲过去的事情好不好？还有啊，您要答应我每天只画两个小时，不然医生要反对的。”

“好好，我答应你。”兰淑云忙不迭地点头，被转移了注意力。

这时候，恰巧陆瑜推着装饭的小车回来了。他看到兰淑云和路小凡的眼睛都是红肿的，显然是哭过，不禁吓了一跳。不过当路小凡递给他一个安心的眼神后，他打算装作不知情。他算看明白了，强力治愈系的路小凡如果想，就能接近任何人的内心。包括活死人般的计维之，也包括脆弱得受不了一丁点儿风雨的兰姨，还包括外表坚强如岩、但内心痛楚不堪的钧哥……

“兰姨，今天的饭菜很不错哦，有您最爱吃的清蒸糟白鱼啊。”他把饭菜一样样摆好，“我要了牛肉饭，不过我想偷吃您的这份。”

“一起吃嘛，反正我也吃不完。”兰淑云露出笑容，那神态就像妈妈对儿子一样宠溺，“这个鱼虽然好吃，但刺有点儿多，你要小心哦。”

“我帮您挑刺吧？”路小凡手脚麻利地上前伺候。

兰淑云看着她，心中欢喜，又转头看看那幅画，无意识地说道：“小诚就很喜欢吃鱼虾的，可是又特别怕麻烦，不喜欢挑刺、剥壳，有时候宁愿不吃。”

陆瑜正在认真对付牛肉饭，根本没听到，路小凡却整个人都僵住了。

计肇钧也是这样啊，难道他和傅诚身份地位差异这么大，却能成为好友，就是因为生活习惯完全相同？那还真是巧！

“你下周还会来看我吧？”兰淑云的问话，打断了路小凡的思绪。

“您不烦我的话，我每周都会来。”

“我怎么会烦你？鹿鹿你是个好姑娘，陆瑜傻人有傻福，才能在将来娶到你。”

两个被点名的人听到这话，几乎同时噎住了。

路小凡很尴尬，陆瑜却想这话要是被钧哥知道了，可怜的自己不知要被斩成几段了。

“我想小敏了。”幸好，兰淑云很快改变话题。

“她说明天就来看您，因为整个周末都有事呢。”陆瑜回话，“不过兰姨，咱们说好，路……呃，路，来看您的事不要告诉小敏哦。她会妒忌的，怕您疼别人。”

这一句话，逗得兰淑云笑了起来。

一连数周，路小凡都在计宅和疗养院之间奔波。

开始时，陆瑜还和她一起，后来因为还有各种公事私事，忙了起来，没有太多空闲。他想，反正路小凡也加入了探访人员的名单，干脆由着她自己去了。其实傅敏也每周都去疗养院，但因为兰淑云保密了，医护人员又不多嘴，重要的是时间对不上，两个姑娘从没碰过面。

计肇钧呢？之前他偶尔会过来，来了也只是站一下就走，所以，就更加遇不到路小凡了。

不过对于路小凡来说，照顾自己救命恩人的母亲，替初恋情人尽孝这件事总算做到了，让她有一种报答后的舒心感，也从兰淑云那里听到了好多傅诚小时候的琐事。

但每当她试图打听傅家爸爸傅昆为什么抛妻弃子玩失踪、傅诚外劳回来做了什么时，兰淑云的心门就又立即关闭，一丝信息也不透露，显然对那些事情讳莫如深。

路小凡也不逼她，就以一个晚辈的心态温柔地照料着。兰淑云感觉得出来路小凡对她是发自心底地好，所以对路小凡就更加喜爱了。有一次她甚至感叹着说："如果我们家傅诚还活着，我一定要他娶你做媳妇。"

这话，让路小凡很是辛酸难过。

好在兰淑云很听路小凡的话，每天早晚都会到花园里去运动一下，每天也只画两小时的画，于是这些日子以来，她不仅精神状况好了很多，身体似乎也健康了些。

至于她画的画……她年轻时大约真的学习过指画，熟悉了没几天，水准和技巧就显示出高超的水平来。在她的画作中，有一些是风景、静物，但大部分是人像，且只是那一个人的人像——傅诚。

画中有他小时候、他的少年时代、他成年后的样子。画中的他在走路、在沉默、在睡觉、在吃饭、在发脾气、在窗前静静地吸烟，或静或动……总之，傅诚的一切生活都展现在兰淑云的画里，好像他在母亲的画纸上重新活了一遍。

但奇怪的是，所有的人像都是没有五官的。也就是说，看不到傅诚的脸。

路小凡不知道为什么会这样。母亲对儿子的相貌应该是再熟悉不过吧，她为什么不画呢？是心理上的恐惧，觉得画得太真实就会联想到实际的失去？还是觉得傅诚小时候被酒精炉烧伤的脸太可怕？又或是她的精神或记忆在某个时间和地点发生了混乱，以致她分不清楚？

每回路小凡来，兰淑云都要和她一起反复看傅诚各个时期的照片。但路小凡其实很渴望兰淑云能画傅诚的脸。仿佛傅诚若能活灵活现地跃然纸上，他就更加清晰，他们也更加接近，就像他再度出现在了她的生命里。

最近，她经常会有一种非常奇异的感觉，觉得自己在计肇钧和傅诚之间难以抉择。

她确定自己还深爱着计肇钧，仅仅是想到他，仅仅是每天晚饭时见上一面，她的心都会跟着他发颤。她之所以在疗养院遇不到傅敏，不就是因为傅敏每周末都留在计家吗？傅敏如此，不就是为了和计肇钧相处吗？他们有多年的交情，傅敏一往情深，还是气质美女，很有相爱的可能吧？每当她想到这一点，心里就特别难过。

傅诚是她的初恋。她一直在心里最深的地方放着这个仅见过一面的男人——她的英雄。那种感觉难以磨灭，加上这些日子兰淑云和她讲傅诚的事，她就好像首次认识了他，和他近距离接触。

于是她感觉，自己爱上了两个男人，她甚至无法断定她的心该何去何从。其实想想，她又觉得好笑，一个是已经离开人世的男人，一个是已经放弃她的男人，她纠结个什么劲儿呢？就好像她有的选一样。

她又经常会觉得傅诚和计肇钧是一个人。

他们有那么多相同的爱好和习惯，虽然只是细节上的，却那么真实。

傅诚的脸虽然毁了，但从他成年后的照片来看，身高比例什么的，也和计肇钧非常相像。仅仅是他比较瘦罢了，没有计肇钧那种长年锻炼后的矫健体格，也没有那身精英商务西装的包装。

她这是疯了吗？因为太想念前一个，又太放不下后一个，所以混乱了吗？她没有任何证据，但感觉强烈。她有点儿恐惧，她是不是需要看一下心理医生或者直接看精神科医生？

“鹿鹿……”兰淑云到现在还这么叫她，“你上回带的山楂酪很好吃，酸酸甜甜，消食又开胃，下回再带点儿吧。”

“您喜欢啊？那好啊。”路小凡点头答应，“不过现在已经是深秋了，您不能从冰箱里拿出来就吃哦，太凉了，会消耗身体里的阳气。”

“凉丝丝的比较好吃。”兰淑云有点儿不满，“我最近感觉身体里热得很，恨不得啃几块冰才能舒服。”

“身体不适要告诉医生，做个全面的身体检查，不能乱吃东西呀。”路小凡很坚持，不等兰淑云反驳就又转了话题，“快中午了，不如我去取饭，免得护士们送过来了，好不好？”

“好吧。”兰淑云有点儿郁闷。

路小凡笑笑，转身去配餐室了。她知道病人、老人和小孩都是一样的，需要耐心哄，所以决定以后慢慢再劝。

从走廊通过的时候，她从玻璃窗看到外面似乎下雨了，又看离取餐时间还有十五分钟，就决定到僻静的侧门去呼吸一下新鲜空气。

疗养院的病人有很多在精神上都不是太稳定，很情绪化，所以楼上病房和走廊的窗子全是封死的，根本推不开。换气，以及温度、湿度调节，全靠专业设备。

深秋的雨已经有些冷意了。但雨水带来的湿润清凉感觉，还有空气中泥土的芬芳都让人觉得很舒服。

路小凡深深呼吸，见周围没什么人，便很没有形象地伸了个懒腰。但这个懒腰伸到一半，她整个人都僵住了，保持着这个姿势，惊讶地望向不远处。

计肇钧！

他怎么来了？此时他不是应该在计宅照顾计维之吗？

路小凡惊了，用力眨了两下眼睛。

他就站在五步之外的地方，似乎她的出现也完全出乎他的预料。

雨不大，但雨丝细密，带着深秋的缠绵冷意。

他不像平常那样穿着精致的西装，而是牛仔布的复古风衬衣和裤子，一件白色休闲外套。他穿衣从来不像江东明那样花哨华丽，却把低调的奢华与时尚高贵结合得相当好。

他就那样站在雨帘下，身后衬着叶子开始发黄变红的不知名树木，头顶是灰蒙蒙的天空。他的头发有点儿湿了，黑得发蓝，他的面色因为冷雨而有些苍白，但他宽阔的肩膀依然倔强而坚强。

他向前走了一步。

路小凡下意识地后退一步。

他再向前，一步一步。她不断向后，一步一步。其实她很想掉头就跑，虽然不知道为什么要跑，她发现此时大脑根本指挥不了身体。而他身高腿长，几步下来就拉近了与她这个小短腿的距离。

她一直退，直到倚上身后的门，偏偏那门还是旋转的，于是她整个人往后倒了下去，差点儿摔个面朝天。幸好他长腿一伸，脚就卡在了那里，避免了路小凡倒地。

“你怎么在这儿？”他沉着声音问，眼眸也黑沉沉的。

“我……我来看兰姨……”路小凡站好，低下头。

“谁带你来的？”计肇钧又向前一步，站到路小凡面前。

两人一起挤在旋转门的隔断之中，就像是共同被困在透明的盒子里。

“我求了陆瑜，他……我冒充了他的女朋友，现在已经在访客名单上了。”

“你为什么要求他带你来看兰姨？”计肇钧加重了语气。

“因为……兰姨的儿子，你那个朋友傅诚跟我有渊源。”

“什么渊源？”计肇钧的声音高了一度。

路小凡没留意到这个细节，只原原本本地把她和傅诚在十年前奇遇般的交集说了出来，表明她现在想替傅诚尽孝的心意。

还好，她仅剩的理智，令她把暗恋傅诚十年的秘密保住了。不然，她在计肇钧面前简直无地自容。

她低着头，像犯了错的小学生，低声吐露自己的隐秘事，却没看到计肇钧越来越白的脸色，眼睛里似有星光闪烁。

“再说一遍。”他命令，“给我说说傅诚到底是怎么救你的，要细节！”

路小凡不知他为什么要这样要求，但还是顺从地详细说了一遍。

“你记得清楚他的样子吗？”计肇钧的声音里有一丝喑哑，因为路小凡仍然低着头，衣领下露出的那截雪白脖颈在毛茸茸的黑发下若隐若现，他需要强力克制住才没有吻上去，或者把她拥进怀里。

两人离得太近了，他有点儿受不了。

但他很快轻咳了两声，调整过来。

路小凡终于抬头，有点儿茫然地摇摇头。

她确实记不太清楚傅诚当时的样子，十年来他更像是一个符号，一个她心里的神，只有模糊的形象，并无具体的容颜。就算这些日子她经常看傅诚的照片，似乎也隔着遥远的时间和空间。

但太奇怪了！她这时候抬头看着计肇钧，突然觉得这两个男人好像！疤痕什么的是后天形成，五官轮廓却是天生的。难道，不仅是夫妻，朋友之间也会越长越像吗？不不，她简直魔怔了，这世上长得像的人有很多啊，不然为什么选秀节目中会有那么多明星脸？

"阿钧，你怎么来了？"路小凡正发愣，旁边突然传来一个声音。

路小凡和计肇钧同时循声望去，愕然发现兰淑云就站在不远处。

而此时，他们两个仍然站在那个旋转门的隔断里，因为回身余地小，两人的距离就有些近，从旁边的角度看，好像一对情人相拥在一起。

"兰姨，您干吗出来啊，还穿这么少！"这一次，路小凡居然比计肇钧更早回过神来，也终于通过旋转门，走进大厅。

计肇钧被动地跟出来。

路小凡上前握住兰淑云的手，只觉得入手冰凉，不禁埋怨道："怎么不加上那件厚外套啊，我不是给您拿出来了？现在是深秋了，今天又下了雨，冷呢。"

"我看你很久没回去,就出来看看。"兰淑云带点儿歉意和讨好道,"也没有多冷啊，我其实就是借机活动一下腿脚。"说着，她又转过头，看见计肇钧还在一边傻站着，半湿的黑发更衬得脸色异常苍白，不禁放软了声音道，"阿钧，快跟我进去，你身上湿了，得快点儿擦干。就算身体好，也不能这样折腾，会感冒的。"

路小凡这才注意到计肇钧身上湿漉漉的，又见他仍然不动，难得那样傻气，也不知自己怎么就突然勇敢了，上前一把拉住他，另一手又拉住兰淑云，一手一个，拉着他们向楼上的病房走去。

这两个人的手都好冰啊！那只枯瘦的手好歹还软软的，那只大手却潮湿且冰冷。这让路小凡觉得，自己就算调动全身的能量也温暖不过来。

取饭的事倒不急，她不去，自然有护士会送过来。所以进了病房，她就忙着帮计肇钧把外套脱下来。好在雨并不大，他淋的时间也不长，里面的衬衣并没有湿，但她还是找了干毛巾，帮计肇钧擦干头发。

同时，兰淑云还亲手倒了热水，塞到计肇钧手里。

计肇钧一直很安静，很配合，一声不吭。到吃饭的时候，三个人平分两人份，吃了个精光。其间兰淑云还笑眯眯地给计肇钧夹菜，计肇钧也不拒绝，沉默地吃了下去，包括他平时绝不沾口的苦瓜。

饭后，当护士来收了餐具，兰淑云照例午睡时，路小凡才找到站在走廊上发呆般看着窗外细雨的计肇钧，忍不住问：“陆瑜说，兰姨不太喜欢见你，可今天看来完全不是这样啊。”

“你对她施了什么魔法吗？”计肇钧忽然问。他没有低下头看路小凡，而是笔直地站着，双手插在裤袋里，眼睛盯着玻璃。因为光线和雨水的反射，窗玻璃变成了一面镜子，模糊地映出两个人的影子和脸庞。

路小凡吃惊又不解地望向计肇钧。

“陆瑜没有骗你。”计肇钧表面平静地说，“她从未对我如此友好，我也从来不能在她面前留这么长时间。所以我想，这是你的功劳。”

路小凡忽然有点儿想笑，又有点儿可怜他。这样性格强势的男人，却在兰姨这样的精神障碍者面前如此小心翼翼，他对傅诚的死是有多愧疚？

“没有魔法啦，也没怎么照顾她。我其实……只是提议让她画指画。”她想了想说，“人的心灵有了寄托，就会慢慢放下悲伤的事。虽然忘记痛苦是不可能的，但至少，可以坦然接受。”

“你能接受吗？关于傅诚的死？”计肇钧沉默了一会儿，又问。

“他死了，这是事实。”虽然她一想到他的离世就心疼。

“是啊，事实。”计肇钧忽然呼出一口气，就像心里有什么东西垮了，又有什么东西树立了起来，“但是你难道都不怪我吗？他是为我死的。”

“那又不是你的错，我为什么怪你呢？”

“假如就是我的错呢？”

路小凡的心紧了一下。

计肇钧很少跟她提及五年前那场车祸，但她还是能感觉到那件事给了他巨大的心理压力和心灵折磨。现在他忽然这样问，她简直不知要怎么回答。她很想说那不是你的错，你也不想，过去了就让它过去吧之类的话，但又知道那些话是多么无力无用和苍白。

“错都错了，再纠结也没有用。”她想了想，终于深吸一口气，很认真地说道，“虽然我还不懂什么是人生，可我觉得人生大概就是这样，犯错，改正，再犯错，再改正。”

“是这样吗？”计肇钧终于侧过头来。

“我觉得是。”路小凡用力点头，也侧过头来，对着计肇钧微笑，“就算不是也没关系，想错了，以后再改就行。”

“那是因为你还纯洁无瑕。”计肇钧微微摇头，也露出一点儿笑容，看起来却满是疲惫和无奈，“有些事，会来不及。”

他沉默片刻，又轻吸一口气：“可你说得也对，错都错了，就这样走下去吧。”

他转身离开，不过还没走两步，路小凡又追上来，鼓足勇气似的问他：“你和傅诚是好朋友，那他的事，你也知道一点儿吧？”

他蹙眉。

路小凡有点儿局促：“其实兰姨给我讲了很多他的事，但我还想多知道一些。”

“为什么对他感兴趣呢？”计肇钧的眼里闪着异样的光。

“因为他是我的救命恩人啊。”路小凡小心翼翼地说，“如果没有他，我的人生会走向很黑暗的地方。所以我想了解他，我想知道是什么样的人保护了我。”

“既然兰姨说了很多，你觉得我还能补充什么呢？”计肇钧挑了挑眉。

“我想知道更多事情。”

“比如，他喜欢什么姑娘？有没有爱过谁？”

路小凡怔住了，只觉得热血上涌，脸都涨红了。她张了张嘴，却没办法说出话来，心里恨死自己了，恨自己不该向计肇钧打听这些事。

奇怪的是，计肇钧似乎完全没有生气。他很高兴，似乎有一种淡淡的愉悦感。不过，他也没有继续说下去，就那么扔下路小凡，回了病房。

然后破天荒地，计肇钧在疗养院待了一整天，下午甚至陪着兰淑云去花园散了步。晚上，在规定的探视时间结束时才和路小凡一起离开。

兰淑云的专职护士小胡目送他们的身影离开病房，拿起电话：“告诉你一个新情况，兰淑云的探访名单中多了一个人。”

“谁？”朱迪问。

“名字叫路小凡，登记时记录的关系是陆瑜的女朋友。”

“她？”朱迪吃惊，完全没料到会有这种情况。

“兰淑云似乎很喜欢路小凡，自从这个人出现后，她的情况就在好转，不管是生理上还是心理上。路小凡还建议兰淑云开始画画……”小胡语调平平，完全只是叙述事实，“今天计肇钧也来了，兰淑云难得地没有见到他就发病，也没有表现出平时的排斥反应。”

“怎么可能？”朱迪再惊。

“这种情况是非常意外的，但依我看，是路小凡带来的积极作用。主治医生认为这是乐观的进步，可能要调整治疗方案了。而且据我冷眼旁观，好像计肇钧对陆瑜女朋友的态度很不一般。”

“何止不一般？”朱迪摇头冷笑。

当然，她也没必要和小胡说明路小凡其实是计肇钧放在心尖上的人，跟陆瑜没有半点儿特殊关系的。

“帮我盯紧一点儿。”她想了想，吩咐。

“放心，我不会白拿钱的。那么这个月的……”

“你也放心。”朱迪打断小胡，露出轻蔑的笑意。

挂掉电话后，朱迪转过头凝视着梳妆镜中的自己，渐渐露出凶狠又烦躁的神情。

“我就知道，路小凡是来破坏我的计划的！”沉默片刻后，她忽然挥手把手机狠狠掼在了地上，“因为她，快死的计维之还能继续苟延残喘；因为她，快被逼疯的兰淑云竟然能恢复神志。如果不能控制住兰淑云，计肇钧就会彻底没了顾忌！如果他们之间不反目，计肇钧就会反攻，那样我会全盘皆输！路小凡，路小凡！你为什么出现？你为什么不去死？”

她恨得无以复加，手边又没有东西泄愤，恰好穿着一件胸前带飘带的衣服，就顺手抓起飘带，放在嘴里狠狠嘶咬，恨不得就这样把路小凡咬死。她一向自诩美丽文雅的脸映在镜中，狰狞至极。

而被她不断诅咒的路小凡，此时正和计肇钧走出疗养院。

深秋时节，天黑得早了。

华灯初上的傍晚，雨后蒸腾起的浅黛色雾霭把天地都笼罩了，令整个世界都带着一丝清冷孤单之感。

“冷吗？”路小凡正想着怎么开口道别，计肇钧却率先问。

“不冷……”

话音未落，那件白色外套已经带着他的体温、他的气息，一并裹在了路小凡身上，并迅速穿透她的骨与肉，令她本有些瑟缩的身体顿时暖和起来。

“我送你回家。”计肇钧紧接着说。

“不必了吧？这边通公交车，只坐五站就可以转地铁，交通还挺方便的。”路小凡婉拒，抓紧外套的双手犹豫着要不要放开。

他的外套对于她来说特别大，盖过了大腿，真的很暖和。

路小凡在纠结，计肇钧却没有跟她继续讨论的意思，无视她的推辞，拉起她直接往停车场走。

这是两人在今天内的第二次牵手，第一次是路小凡主动，当时她也没多想，只觉得他的手就像一块冰，很想把它焐过来。可这次不同，这次是计肇钧主动，大而温暖的手掌紧紧包裹住她的，烫得她的心都火热起来。

好在停车场不远，他很快放开她。

当她坐进车里时，心跳在不断加快。

“平常你来这里，都是坐公交车吗？”车子启动后，计肇钧盯着路面问。

“这几次过来是，因为陆瑜没有时间。”

“他会有时间的。”计肇钧说得很肯定，“这边是郊区，白天都人烟稀少。你不是遇到过可怕的事吗，为什么还不小心？”

“我……会小心的。”

“以后不许你自己过来。”计肇钧宣布，“陆瑜没时间的话，家里还有司机。”

路小凡张张嘴，想说她可以打车，但终究没说话。他决定的事，就没有办法更改，干吗浪费口舌啊。

而她不出声，计肇钧这种本来就话少的人就更加闭口不语。

于是，两人全程沉默。

路小凡歪过头，一路看着外面单调的街景，逃避车内渐渐升高的温度和尴尬。

计肇钧则忍耐了片刻，最终打开车内音乐。

明明互相渴望，心里还彼此爱着，好不容易得来的相处时光，却又让他们度日如年。在那痛并快乐着的感觉中，车子好不容易到了路小凡家楼下。

“谢谢你送我。”路小凡一边解安全带一边说，想快点儿逃走。

可是奇怪了，怎么解不开呢？还是哪里卡住了？

路小凡越乱，就越无措，搞得像在和安全带拔河似的。

计肇钧旁观片刻，最终无奈地伸手相帮。

然而，当他侧过身子，两人突然接近，他的心猛然一跳，无意识地就涌出心底的话：“他交往过一两个女友，毕竟他去世的时候是成年男人了。”

“什么？”路小凡愣住，觉得这话有点儿没头没脑。

“我是说傅诚。”计肇钧的声音和缓地传来，“刚才在疗养院，你不是想问他的感情生活吗？我现在回答你，他有过女友。但，他从未真正爱上过谁。”

“哦。”路小凡应着，因为计肇钧的脸就在离她不足几寸的地方，不禁有点儿心烦意乱。不过听到傅诚没有心上人，她感到很开心。

可是计肇钧马上又更正道：“不对，也不能这样说。有这样一个女孩，对他来说是特别的。”

“她是谁？”路小凡几乎本能地问。

计肇钧凝视着她的眼睛：“那女孩没什么心机，也没什么要求，就是单纯地想对他好一点儿，就那么不声不响地走到他身边来，还很赖皮地没有走开。他不小心接受了那姑娘的好心，又一时没有留意，等他发现的时候，等他开始重视这段感情的时候，他已经爱上这个女孩了。而且，没办法回头，也没办法不爱她。可惜，他终究无法拥有……”

路小凡听清楚了这些话，眼里心里却被计肇钧占据了，连一个字也说不出，只回望着他。

他们似乎忘记了那个可怕的八秒钟定律，忘记了这样互相望进对方心灵深处有多么危险，更没注意到两人的头越来越接近，仿佛有无形之力，以他们感觉不到的方式和速度，慢慢推近了他们，直到气息相闻。

唇，就要相接……

然而这时，车窗玻璃被人猛烈敲击，带着一股要把窗子砸开的劲头。

计肇钧和路小凡都被惊到了，这才发现自己在做什么，不禁又是尴尬又是慌乱。他们同时转过头，发现刘春力正拎着买来的晚餐，气急败坏地站在车前。若他们再没有反应，估计他真会砸车的。

“路小凡，你给我下车来！”刘春力很生气，“计肇钧，趁我没打人之前，有多远滚多远，有多快滚多快。立即，马上，Now!”

路小凡知道刘春力的暴脾气一上来就拦不住，连忙下车。哪想到计肇钧也跟了下来，对刘春力说：“你别为难她。”

“要你管？这是我亲外甥女！”刘春力气得要把晚餐丢在计肇钧脸上，想想又怕晚上没吃的，没舍得，“我不会为难自己人，但我会为难你。我现在正式通知你，我们家小凡不做计家那什么破营养师的工作了！你另请高明吧。”

“小舅！”路小凡紧紧拉着刘春力，不让他发作。

“别叫我小舅，你是我祖宗行不行？简直让人操心死了！一眼看不到，你就给我出状况。”他使劲点了路小凡的额头一下。

计肇钧下意识地抬臂，想给路小凡揉揉脑门，好在他够克制，没有真的动手。

路小凡拦腰抱住刘春力，对计肇钧说：“你先回去吧，周一我会回计家。”

“我说的话，你当耳边风是不是？”刘春力不愿意了，“你回去干吗？现在你和计肇钧是工作关系，顶多算是上下级！他刚才是什么行为？”

“小舅，你这样……难堪的是我好不好？”路小凡急得泪花闪闪。

幸好这些日子天气冷了，今天又下了雨，街上很冷清。不然刘春力这么不依不饶地大声嚷嚷，被别人围观起来，她会更加丢脸和尴尬。

计肇钧绝非好脾气的人，不会容忍别人如此冒犯。可看路小凡这样焦急，他心疼得不得了，于是一咬牙，矮身进了车子，扬长而去。

这边刘春力也拉着路小凡，回到家里才再发作：“别跟我说是我误会了，也别说不是我看到的那样！我再晚一秒，你们就亲上了！”

“又没亲上……”

“怎么，听你的语气还很遗憾？”刘春力怒其不争，“你没忘记吧，你们已经分手了。而且你给我保证过，与他再没有瓜葛，我才允许你回计家工作。现在你告诉我，你们那样像是没有瓜葛吗？”

“只是个意外，以后我不跟他单独相处就行了。”路小凡保证。

“路小凡，我不相信你了。”刘春力连名带姓地叫，那说明真怒了。

“真的真的。”路小凡连忙上前，很狗腿地把刘春力还拎在手里的晚餐拿过来，放在桌子上，“今天真是没料到，他去了疗养院，正好遇到我。他本是好意，怕我回来太晚，半路遇到坏人。”

“他就是坏人！防的就是他呀！”

“再相信我这一次。”路小凡哀求，“我如果辞职，就没有立场去疗养院看兰姨了。兰姨最近才好了些，计伯伯的身体状况也有一丁点儿改善，我不想半途而废。”

刘春力最受不了路小凡求他，面对那样恳切的表情，他真的没办法拒绝。

“这是你说的，我相信你最后一次！”他不禁有点儿泄气，“好不容易和计肇钧两清了，就当我求你，别再让自己陷进去了，于你没好处的。”

路小凡赶紧点头，心里其实并不那么确定。

第二十八章　永远无法言明的告白

第二天是周一，路小凡起了个大早，帮刘春力做了很多好吃的放进那台破冰箱里，准时到达楼下时，发现陆瑜已经停好车子等在那儿了。

“我被老板骂了。”陆瑜上来就告诉路小凡，有些垂头丧气。显然，计肇钧已经把他们在疗养院相遇的事告诉了陆瑜。

“对不起，害你被骂。”路小凡有些内疚。

陆瑜笑了下：“干吗道歉啊，又不是你的错。我老板说得对，你是个生活在道歉里的姑娘。”

路小凡有些意外，瞥了陆瑜一眼，没想到计肇钧会和别人说起自己。

“奇怪的是，他并没有怪我自作主张，把你带去看兰姨。只是叫我再忙也要先完成接送你的任务。”陆瑜接着说，“我在想，这算不算特别关心？”

“小心开车。”路小凡只回了四个字，不想继续纠缠这个问题，也不想再听到计肇钧的名字，因为只是想想他，她的心就很乱很乱。

陆瑜耸耸肩，果然不再说话了。但他们都没想到的是，到了计家看到的第一个人居然是计肇钧！

“老板你没去上班吗？”陆瑜追着计肇钧跑，“周一啊，最忙的时候。再说早上还有公司例会，你如果不出差，就雷打不动会出席的。今天怎么啦，为什么？老板你就告诉我吧。”

“不舒服，不可以吗？”计肇钧被缠得没办法，随便回了一句。

路小凡在一旁听到这话有些担心，趁人不备，赶紧偷瞄计肇钧。

昨天他是淋了雨的，虽然下的是小雨，他也并没有湿透，但深秋的雨有一股凉意。后来他还把外套给了她，在气温骤降的晚上，他上身只穿着件薄衬衣就离开了，还要开很远的路到山区，还惹了一肚子气……

他的脸色还好，并没有病态，听他说话鼻音不重，应该也没有受凉感冒。昨晚他的嘴唇，差点儿吻到她的唇……她的目光落在他的唇上。

似乎有强烈的心灵感应，她才偷看了两眼，计肇钧立即感受到了，瞬间也望了过来。

路小凡有一种做小贼被抓个正着的感觉，慌乱地解释道：“对不起计先生，你的外套……我忘记带来了。”

“不重要。”计肇钧想把目光从路小凡身上移开。

陆瑜瞪大眼睛。外套？他们之间难道发生了需要脱衣服的事情吗？

路小凡感觉到气氛有些异样，心头不禁打鼓，连忙借口要去给计维之准备吃的东西，逃似的离开了。

“你赶紧回公司，有什么意外情况立即告诉我。”计肇钧吩咐陆瑜，而后不理会对方一脸八卦的表情，转身回书房去工作了。

计肇钧确实是不放心，所以破天荒地没去公司。他发现自从认识了路小凡，自己就经常做违背心意且矛盾反复的事。这是他从前最不屑的，因为他向来坚定果决，哪怕是做错了也不会回头。

他坐在书房里，打开电脑工作，却始终静不下心，于是干脆先到家庭健身房去彻底流了一身汗。身体疲惫了，就不会胡思乱想了吧？最近他下了班就往郊区的大宅跑，运动的时间只有周末，骨头都有点儿僵了。

计肇钧在这边跟自己过不去，那边的路小凡在厨房忙碌了起来。朱迪是从来不会帮忙的，总是一副十指不沾阳春水的高冷范儿。傅敏早上又叫了老钱送她去疗养院看望母亲，不在家。幸好她做惯了，中午吃饭的人又少，所以还应付得来。甚至，她中间还抽空到楼上去，向计维之报了个到。

计维之的身体状况，并没有因为她的精心照顾而产生立竿见影的效果，毕竟他病了这么多年，又病得这么重。但起码，他的脸色没有继续灰败下去，包着骨头的那层皱巴巴的皮肤也渐渐有了些光泽和颜色。他偶尔会目光活动，让人能看出他还活着。

“这样再过几个月，您就能用这根食指慢慢打字了。”路小凡欣喜地鼓励。

计维之无语，但眼中的坚定之色更重了。

奇怪的是，这天朱迪没有下楼吃午饭，于是只有路小凡和计肇钧两个人在餐厅。而计肇钧在健身房玩命运动了一个上午，才洗过澡的头发还没干，衬衣的扣子又无意中没有扣好，露出强壮的胸膛，整个人带着一种别样的魅力，令路小凡有点儿坐立难安。

一顿午饭吃下来路小凡就像在受刑，好不容易熬过去了，她想起计肇钧说自己有些不舒服的话，转身去煮了助消化并驱寒的姜茶，鼓了半天勇气后，送到了书房。

“茶。”敲门被回应后，路小凡轻巧地打开门，举了举手中的托盘。

热腾腾的姜茶的香气立即弥漫了整个大书房，赶走了孤冷和凄清感。

“放着吧。”计肇钧头也不抬地说道。

路小凡把茶具放到他伸手能够到的地方，随后不声不响地退下去，走到门边时，计肇钧的声音却突然从身后传了过来：“如果需要，你可以请个帮手。”

路小凡愕然回头，见他的眼睛仍然盯在电脑上道：“你是营养师，端茶倒水这种工作不需要做。”

路小凡瞬间明白了他的意思，心中流过重重暖意。她摇了摇头：“这只是回报，你不用介意。昨天晚上你照顾了我，所以我也应该照顾你。”

计肇钧终于抬起头，看向路小凡。

她穿着工装牛仔裤，普通的白色V领T恤，脚下是黄绿格子球鞋，头上侧绑了个麻花辫子，整个人看起来平凡如邻家少女，清新又可爱。

他动了动喉头，终究什么也没说出来，重新将视线放到文件上。

路小凡却像是被什么粘住了脚，磨蹭了半天也没迈出半步，手就搭在书房的门把手上，流连不去。

“还有事？”

“我有个问题，其实昨天就想问的。”路小凡犹豫了一下，还是开口，“不过我没敢，怕你觉得我打听得太多。”

“现在敢了？”

“顶多你不回答我，不至于会生气吧？”路小凡有些忐忑。

“还是关于傅诚吗？”

“是。”路小凡老实承认，“我听傅敏说，他满十八岁生日的第二天就去做海外劳工了。我听人家说那种工作危险又辛苦，不知道他有没有和你提起过？”

“想知道他的一切，嗯？”计肇钧终于扔掉手中的文件，“就这么喜欢他吗？”

路小凡点点头，也不知是承认想知道一切，还是承认喜欢傅诚。

计肇钧心里涌上一股甜意，身子后仰，深深陷在宽大的椅背中：“好友之间是无话不谈的，所以他的事都告诉了我。你想知道什么，尽管问。”

“那……他离开的那两年，过得很苦吗？”

“算不上。”计肇钧轻轻摇头，“实际上，他并没有去海外做苦工，那种说法只是兰姨用来骗骗傅敏的。当年傅敏还小，又住在医院里，不能让她知道太多。”

“那他去哪儿了？在干什么？”路小凡惊讶，没来由地紧张起来。

“他在监狱，蹲了两年大牢。”计肇钧神情淡淡的，“所以说算不得苦和危险，只是失去了自由。”

路小凡倒吸一口凉气，整个人都呆住了，根本没想过这种可能！

太突然了，头天晚上他还救了她，第二天就进了监狱？为什么？虽然很巧合，但绝对不会与那起凶杀案有关，因为太快了，时间上来不及……

“他是被陷害的吗？”这是她唯一想到的可能。

“没有。”计肇钧仍然摇头，“他罪有应得，因为他差点儿打死了他爸爸。还好，只是差点儿打死而已。傅昆虽然腿断了，肋骨也断了三根，但至少没死。这样暴戾忤逆的他，你还喜欢吗？”

他语气中淡淡的嘲讽刺痛了路小凡的心。她慢慢走过去，轻轻地坐在沙发上，坐到计肇钧的对面。事实上，她是腿都软了，不知道还会听到什么更意外的消息。

“兰姨说过，傅昆家暴。”她深吸一口气，让自己平静下来，“傅诚的脸就是七岁时被推倒在酒精炉上烧的，他的胳膊十二岁时也被打断过。虽说他小学快毕业时就长到快一米八了，但他毕竟是个孩子，还那么瘦，傅昆怎么下得去手？所以我很确定，傅昆一定是做了什么十恶不赦的事，他才会反抗！”

“你确定？”计肇钧挑了挑眉。他没想到兰淑云会把这些事都告诉路小凡。而路小凡那样坚信的语气，令他那些痛苦、愤怒和不甘，都在瞬间平复。

“他救了我，我却不认识他。可那又怎么样？我就是相信他。”路小凡眼神坚定，“如果你知道，请你告诉我，那天晚上，他十八岁生日的晚上，到底发生了什么？”

“是啊，那天是他的生日，他刚刚满十八岁，刚刚成年，刚好要承担成年人的法律责任了。”计肇钧伸出手，轻轻碰着茶杯。茶水还温热着，散发出微辛的姜味和冰糖的甜味，焐着他微冷的手，也熨帖着他的心。

“那时候傅敏生病，住在省城的大医院，父母都在医院陪着傅敏，只有傅诚一个人在家里，因为他要打工赚钱啊。”计肇钧神情漠然地说，“他很奇怪的，家里那么穷，家庭关系那么紧张，他居然还是个学霸，考上了全国重点大学。可是上大学需要钱的，是不是？他也知道傅昆绝不会出这笔钱，他从上高中的第一天起，就四处打小工，为自己的未来积攒资金。”

路小凡简直不知说什么好了，若是别人家有这样的儿子，父亲不知道有多高兴，为什么傅昆会这样？他是人品天生差，还是喝了酒就变了个人？再或者是有其他什么原因？比如，傅诚不是他的亲生儿子……

想到这个可能，路小凡把自己吓了一跳。

她的表情没有逃过计肇钧的眼睛，他侧过脸，感叹道：“傅诚这个人……我实在没办法形容他，明明活在社会的最底层，满眼看的都是肮脏和黑暗，可不管别人怎么压他、踩他、嘲笑他、想制服他，他就是不肯低头，就是要拼命挣扎，想走到外面去，为了呼吸一口干净自由的空气，想给妈妈和妹妹很好的生活。可是，人是挣脱不了命运的，他始终不懂。”

“那是因为他的心是光明的！”路小凡忍不住维护傅诚，“是兰姨教得好。就算活在泥里，也让他成了一个最骄傲的人！”

“到头来，还是没有用的。”计肇钧摇摇头，语气里有淡淡的讽刺，“本来他可以去大学报到，他已经晚了。但是兰姨想给他过个生日，从小到大唯一的生日。于是他在家等兰姨回来，同时再多工作两天，想给出院的妹妹买份礼物。那天他很开心……”

“他告诉你的？”路小凡突然插嘴。

“是，他什么都告诉过我，除了救你那件事。”计肇钧看看路小凡，“大约他把这件事忘记了。对他来说，那只是人生中微不足道的事吧？举手之劳。”

“这怎么是举手之劳？他拼命救我，自己还受了很重的伤！有多少人能做到这一点？能打电话报警的都算见义勇为了！”当时，傅诚头破血流，背着她的身体虽然很瘦，但是脊背宽广温暖，双腿稳当有力，“他可能忘记了这件事，那是他施恩不图报。他可能没当回事，那是他人品高贵。可是，他改变了我的整个人生！他是我的英雄！”她激动起来。

“你的英雄啊。”计肇钧叹了口气，落在路小凡脸上又很快移开的目光出奇温柔，“他九泉之下听到你的话，会觉得欣慰的。能救下你，他这辈子也够了。”

路小凡努力瞪大眼睛，努力不哭，但眼泪还是一下子掉了下来。

计肇钧别过头:“总之,那天他很开心,救了你之后突然消失,也是因为急着赶回家。他知道，兰姨在等他，为了给他过生日，兰姨是特意从省城的医院偷偷连夜跑回来的。虽然妹妹不在身边，有点儿遗憾。那是他第一次过生日。其意义并不在于礼物，不在于庆祝，只在于……他觉得，终于有人感谢十八年前他的出生，他活在这个世上，并不是对任何人都没有意义的。”

“可是他生日那天出了太多意外，对吗？”路小凡接口，尽管隔了十年，还是觉得很内疚，“我是他在那么重要的日子里的第一个意外，也许沾了血腥，真的有点儿不吉利……”

“跟你有什么关系呢？别随便责怪自己，我跟你说过很多次了。”计肇钧打断路小凡，“你就没想过，为什么傅诚从来没过过生日吗？即便是十八岁的成人礼，也要偷偷摸摸的吗？”他问，没等路小凡回答，又说，“因为傅昆不允许，他憎恨、讨厌这个儿子。兰姨却偏疼傅诚，于是更增加了怨恨。可是兰姨的性格不强硬，她护不住傅诚。”

“反而需要傅诚护着她和傅敏对不对？”路小凡想起兰淑云说的话，“不然傅诚的脸怎么会烧伤，他的胳膊又是怎么断的？我想问一句很不礼貌的话，傅诚真的是傅昆的亲生儿子吗？哪有人对自己的孩子这样的，简直……禽兽不如！”

“是吧？你也猜出来了，对不对？”计肇钧又恢复了那种漠然，“其实，傅诚小时候努力把各种事情都做好，就是渴望得到父亲的承认，哪怕这个所谓的父亲动辄打骂他，从来没给过他半分父爱和笑脸。人都是非常敏感的，别人对你是真心还是假意，用了心就能感受到。所以懂事后，他曾经有过各种怀疑。然后，就在他烧伤脸的那次，傅昆喝醉了打兰姨时说漏了嘴，他才知道他是兰姨带着他嫁给傅昆的，他本来就是个拖油瓶。”

“他才不是拖油瓶，是傅昆太贱了！”路小凡为傅诚的遭遇愤怒，“他要么就不要娶，娶了就不要再这么无耻。自己人生失败，打女人孩子出气算什么男人！”

"至少他还养了老婆孩子，总比傅诚的亲生父亲好。"计肇钧耸耸肩，那种无所谓的态度看起来很是刺眼，"所以就算傅诚十四五岁时已经非常高大，从小到大打架的经验丰富，完全可以把瘦小的傅昆揍趴下，对傅昆的棍棒也只是忍耐，没有反抗。在他心里，傅昆至少给了他姓氏，也给了他温饱和片瓦遮身，一切都只当是还傅昆的债。人要懂得感恩，兰姨一直这样对他说。"

"难道傅诚的入狱和傅昆有关？"路小凡敏锐地抓住了重点。

"聪明。"计肇钧点点头，"刚才说了，兰姨是偷跑回来给儿子过十八岁生日的，结果却还是被傅昆发现了。所以当傅诚赶回家的时候，正看到傅昆在暴打兰姨。傅昆责怪兰姨放着在医院的女儿不管，却来看顾一个野种、杂种。"

"他怎么能这样！"路小凡几乎喊了出来，"傅敏是傅昆亲生的吗？"

"是。"计肇钧点头，神情平静得可怕，转回刚才的话题，"那一次，傅昆打得特别特别狠，揪着兰姨的头发往墙上撞，把兰姨偷偷买的生日蛋糕、做的一桌子菜全掀翻在地上，碎掉的碗盘碴子，把摔倒的兰姨的背和腿全割伤了。傅诚还没进门就听到哭叫求饶声，进屋后就看到披头散发血人一般的兰姨。"

说到这儿，计肇钧闭上了眼睛，仿佛那一幕是他亲眼所见，而今连回忆起来都能感觉到深刻的痛。

"傅诚看到这样的母亲，长年压抑在心头的愤怒就全爆发了。他当年只有十八岁，还没有学会控制情绪，从前的忍耐已经是他能做到的极限。当这种极限被打破，他就没什么好顾忌的了。"计肇钧深吸一口气，"当时的场景很混乱，傅诚已经记不得什么了，只有拳头打在肉上的声音、骨头断裂的声音，哀号声比平时那母子三人的求饶还要怯懦。那一瞬间，他第一次感觉到生命也可以如此痛快和肆意，第一次明白他可以用拳头反击那些侮辱和伤害他的人，他觉得傅昆的哀求声是那么好听。就这样，直到兰姨哭泣着劝阻，才令他清醒过来。不过多年之后，他也从来没为那一天后悔过。尽管，他为此进了监狱，毁了前程。甚至，算是毁了整个人生。"

"那傅昆呢？"

"傅昆？哈，他在医院养好了伤，又眼看着傅诚进了监狱后就跑了，跑得无影无踪。"计肇钧露出嘲讽和轻蔑的笑意，"有的人就是这样，欺软怕硬，欺善怕恶。傅昆被傅诚打得吓破了胆，大概他也厌倦了对兰姨母女的责任，只能选择消失，还卷走了全部家当。傅诚当年对他说过'你再敢加一指于我母亲身上，就洗干净了脖子，等我回来'的话。傅昆被打了个半死，又吓了个半死，不逃走又能如何呢？"

"这样的傅诚，你还喜欢吗？"计肇钧说着说着站了起来，走到路小凡面前，居高临下地望着她。

路小凡也站了起来。

从没有一次，她敢这样直面他。以前因为太爱他，因为自卑，她在他面前总是慌乱。

可这一次，她仿佛感觉傅诚的灵魂就站在她身后支持着她。

“我喜欢！为什么不喜欢呢？因为他在被伤害时还记得别人的恩情，因为他为了保护母亲而反抗,因为他在生日当天还多管闲事,救下了我。暴力其实一点儿也不可怕，因为他的心是温柔的！”

“你这是在给他辩护？”计肇钧似在反驳，心里却满溢着说不清的情绪，让他想把她抱在怀中。

“他是世上最好的男人,他根本不需要我给他辩护！”路小凡高昂着头,为了傅诚,像个斗士一样。

“你这是爱情？”计肇钧又问，心里有点儿紧张。

路小凡怔了怔，最后还是勇敢地点头：“我知道你会笑我，但这就是爱情！”

“可是……”计肇钧嘴角轻扬，“你不是爱我吗？难道刚分手就不爱了？你能同时爱两个男人吗？那我想知道，你到底最爱哪一个？”

路小凡瞠目结舌，完全料不到冷漠而拘谨的计肇钧会说出这样一番话来。他这样的闷骚男，不是应该爱在心口难开吗，或者不屑这种小情小爱的表达吗？

“这两个人……”她想了半天才避重就轻地回答，“一个已经离开了人世，一个已经放弃了我。他们虽然都很好，可是我一个也爱不了。这两段爱情，并不是我可以决定的，主动权也都不在我这里。”

“假如他们都在，你选谁？”计肇钧不依不饶地追问。

“那要看，他们谁会先来到我身边。”路小凡说完，表面上假装镇定，却心慌意乱地离开了。

“这小东西，学得狡猾了。”望着书房的门关上，计肇钧露出笑容。

他回到书桌边,伸手端起茶杯,并没有注意到书桌下面放着的非常小的窃听设备。这设备一直连线到三楼朱迪房间的夹层里。

这就是为什么路小凡总觉得朱迪的房间有什么地方不对劲，隐约觉得格局上与自己的房间不同。朱迪的房间里，在梳妆台后面，有一扇隐蔽的矮门，狭小的空间内放着很多高科技设备，令朱迪可以监视到她想监视的任何角落。

大书房中计肇钧和路小凡的对话,被朱迪全部听在了耳朵里。当她从密室出来后,立即拨打了那部座机。

“今天真令我震惊,得知了很多意外的情况。”不等对方开口,朱迪就急声道,“你知道的，我利用五年前负责计宅装修的机会，在房子里做了些手脚。”

“不就是安装窃听和监视设备吗？”哑嗓子有点儿不屑，“又没遍布全宅，计家又大部分时间没什么人，你监视鬼啊。”

“计家那么大，监视的范围却不需要这么广泛。手伸得长，被发现的概率就大，所以我只要盯着二楼主卧和大小书房就可以了。就连三楼主卧我都没下手，毕竟经常有专业医生来检查计维之的情况，人来人往的，容易出现控制不了的意外事件。”朱迪很得意，“正所谓养兵千日，用兵一时，我也不需要时时监听。那时布下天罗地网的目的，就是等计肇钧归来，我需要随时掌握他的动向。反正我的房间又没有人会注意到，怕什么呢？”

“也对，那男人脖子硬，很难低头的。不过你这么兴奋，到底听到了什么？”

“哈哈，是你绝对猜不到的事！你该记得，我们之前也调查过傅诚，得到的却只是表面上的信息。你绝对想不到，傅诚和路小凡早有渊源，好像很早前傅诚救过路小凡！至于傅诚进过监狱的事，我们知道，傅诚不是傅昆亲生儿子的事，我们也知道，但我一直以为那只是普通的打架斗殴和家庭琐事，绝料不到其中还有那么多曲折和缘由！”说着，她把听到的对话复述了一遍。

“他们这算什么？缘分天注定？”哑嗓子听完，忽然笑起来，“朱迪，要不然还是放弃吧？他们俩明显是命运指定的有缘人，隔了这么多年，跨越了几座城市，换了不一样的脸和身份还会相爱，那就是破坏不了的，不如还是算了吧！”

“不！”朱迪激烈反对，脸上露出怒意。

“何必这么执着呢？放弃，我们也未必竹篮打水一场空。”哑嗓子劝道，“至少我们可以用掌握的秘密，和计肇钧换取一大笔钱，足够我们生活两辈子的。”

“不！我钱也要，人也要！”

“可你明知道，你根本得不到人！不管是以前还是现在，计肇钧都是不好糊弄的。而且，他从来没有爱过你，将来也不会！或许我说得有点儿刺耳，但事实就是如此。”

“我知道啊。”朱迪慢慢坐下，一只手不断轻抚自己的头发和面颊，“可是我得不到的，别人也休想得到！若他真不给我机会，大不了我就毁了他。那时他只剩下了残渣，照样只有我看顾着。”

“不必控制欲这么强吧？你这心理有点儿问题啊。”哑嗓子道，不像劝，倒像是嘲讽和加深刺激，“亏你还学过精神病学，你怎么不梳理一下自己的情绪呢？给爱一条生路。我看，你还是放手吧。”

“生路？谁又给过我生路？”朱迪冷哼，“别废话了小红，现在想回头，不嫌晚了点儿吗？你是我的人，就要帮我帮到底。若是我死了，你也好过不了。现在还是帮我想想，要怎么对付路小凡吧。她本来就是绊脚石，现在又和计肇钧的缘分这么深，就更应该除掉！”她第一次叫出了哑嗓子的名字。

“你的地盘意识真强啊，地盘也划得真大，这算什么？纯动物性？”叫小红的哑嗓子讽刺道，然后不等朱迪发脾气，又转了话题道，“不过你不是安分了很多天吗？难道没有暗中观察，再偷偷想办法？别告诉我，你还没有计划。”

“我的计划？”朱迪笑了出来，“我早说过，我不想双手再沾上鲜血，所以有的人我一直留到现在，也没把他们怎么样。对路小凡，我也会先礼后兵。附耳过来，我告诉你……”

朱迪压低声音对电话那边的小红说着什么，她的语速又快又急，搭配着不断闪烁的目光和时而发出的诡笑，显得无比阴森可怕。

第二十九章　缘分天注定

市区里的江东明利用午餐时间和老钱碰了面，地点是街心花园。

江东明坐在树荫下的长椅上，一边啃汉堡，一边埋怨："怎么找了个这样的地方，不如选一家像样点儿的餐厅，边吃边说。"

"去高级餐厅，我这身衣服格格不入。去路边小店，你穿得又太扎眼，还是这里好，什么人都能来，中午又清静，方便说话。"老钱笑笑，手中的肉夹馍倒是吃得津津有味。

"我主要是怕被计肇钧的人看到。"江东明咬了口手里的午餐，不禁嫌弃地皱眉，"我找人盯着他，他可不是吃素的。"

"你盯着他是因为你怀疑他，你要找到戴欣荣。但，我不觉得他有心情盯着你。他有太多秘密，我感觉……以他的性格而言，不会被动防守，他似乎暗中还有什么动作，所以他根本没时间，你也根本没被他放在眼里。"

"这话太伤人了。"江东明不满。

"从另一方面来说，江先生，你伪装花花公子是很成功的。"

"我没有伪装，我就是纯粹的花花公子。只是花花公子也不是没智商的，要认真的时候也可以做成大事。"江东明耸耸肩，终于放弃了那个汉堡，"我倒宁愿认为是路小凡的出现吸引了计肇钧的大部分心力，损害了他的定力。英雄难过美人关，以前他无情，四年时间我都没办法对付他，现在他多情，简直处处是破绽。"

"我来，不是和你讨论这个的。"

"那么是你调查到陆瑜的什么事了？看样子，有重大进展啊。"

"既然知道陆瑜是有案底的，接下来再查就方便多了。"但凡说起正事，老钱就严肃起来，"陆瑜和计肇钧并没有直接联系，可是他曾经和傅诚在同一个监狱服过刑。"

"哦，还有这种事？傅诚也有前科啊。"江东明来了精神。

"是的，傅诚坐过牢。他和陆瑜在狱里关系非常好。有人的地方就有江湖，他们是同一个阵营里的。"

"原来，陆瑜和傅诚早就是一伙儿的。"江东明插嘴。

"显然。"老钱点点头，"我通过旧同事向当地的狱警打听过，因为傅诚脸上有一处很醒目的伤疤，为人又很沉默，很能打，所以到哪儿都引人注目，令人记忆深刻，很容易回忆起来。可以说，傅诚是陆瑜的保护者。要知道，陆瑜头几年是有点儿愣头青的，爱惹事……”

“他现在也很二。”江东明露出啼笑皆非的神情，“很多人不明白，以冷酷无情、精明寡言著称的计大少，怎么会用这样一个没学历、没能力、没资历的‘三无’助理，还那么信任。这不，找出渊源来了。”

“当年陆瑜和傅诚本无交集，在狱外时不认识，在狱中也不同牢，更不亲近。但有一次陆瑜得罪了人，在狱中被人狠狠修理，牵连到了傅诚。那些人以为他们是一路的，就向傅诚也下了手。”

“我猜猜，结果傅诚把他们都揍趴下了是不是？”江东明的眼睛突然闪过一道光，“你记得吗？之前我怀疑计肇钧是被冒充的，就是因为我那表弟之前完全不喜欢泡健身房，一有时间就去泡妞和泡酒吧。他从车祸中捡回一条命后，业余时间几乎都在健身房度过，戒酒戒妞，清心寡欲。这就算了，我可以理解为在生死边缘走过一回，比较重视保护身体。可是他喜欢的是什么你知道吗？各种格斗类的训练！拳击、散打、柔道这些东西。我表弟从前喜欢玩阴的，对付别人都是找打手，真正的㞞包一个。我觉得江山易改，本性难移，再大的变故也不会让一个人彻底改变掉习惯和喜好，何况还这么快。”

“别忘记那不止一次的 DNA 测试。”老钱提醒他，“现在的计肇钧和计维之确实是亲子关系，而且他和之前计肇钧的头发比对也完全一致。而你又否定了同卵双胞胎的推定……”

“难道我忽略了什么？”江东明皱眉，“对双胞胎的说法我是推测，可惜现在我姑父完全没办法表达情绪和思想，不然我真想问问他有没有什么大明湖畔的夏雨荷，有没有遗落在外的还珠阿哥。”

老钱被他的说法逗得笑了笑，继续说：“你猜得没错，傅诚把那些恶霸打得满地找牙，救了陆瑜的命。陆瑜知恩图报，到处跟人家说他的命是傅诚的，傅诚这一辈子都是他老大，让他去死，他都不会皱眉。”

“那么陆瑜现在忠诚于计肇钧是死去的傅诚让他这么做的？”

老钱不置可否：“因为这件事，傅诚本来可以如期出狱的，结果被加刑六个月，所以陆瑜更愧疚吧。其实在那种地方，傅诚的打斗能力不算最强，毕竟当时他才二十岁，还很瘦，但他最可怕的地方就是他根本不在乎自己的命，一打架就是以命相搏。”

“在傅诚身上到底发生了什么事，让他这么年轻就如此绝望？”江东明越发好奇了，“只有绝望的人才会不珍惜生命吧？他到底是为了什么事进的监狱？”

老钱是警察出身，做事自然严谨，既然调查了，就事无巨细，全部搞清楚了。他告诉江东明傅诚进监狱是因为傅昆家暴，傅诚为了保护母亲和自己，对傅昆大打出手，把傅昆打得半死。

听他这么说，江东明忍不住有些唏嘘。想想，傅诚前二十年还真是怪不容易的。但他随即想到了他更感兴趣的问题："虽然傅诚死了，但他有案底，警方的数据库里，应该保留着他的个人信息吧？"

"如果你是指 DNA 的记录，是没有的。再说，他当时犯下的又不是什么十恶不赦的罪行，不需要验 DNA 。"

听到这个答案，江东明还不死心："那其他记录资料呢？比如指纹？我听说指纹具有唯一性，就算是同卵双胞胎，指纹相似度虽高，却还是有区别的。"

"你说得对。"老钱有点儿无奈，"但是计肇钧出车祸距今已经五年多了，当时他没留下指纹，现在再检测也没有意义，毕竟无法比对。如果你说血型，这个真的没有证明作用。我记得计家父子全是 O 型血，太普遍了。"

"就是说调查了这么久，除了连上了傅诚、陆瑜和计肇钧这条线之外，并没有很大的突破？"江东明很是失望。

老钱并不同意他的说法："这个发现，就是很大的突破。你知道吗？任何犯罪都会留下痕迹，只要找到痕迹，就能很快找出源头。"

"那你还要追踪陆瑜吗？"

"不需要。"老钱摇头，"我打算调查一下失踪人口。"

"干吗？"江东明意外。

"找找傅昆。"老钱神情坚定，"我有一种预感，他应该知道些什么。"

江东明怔了怔，随即有种豁然开朗的感觉，"我真的很庆幸找到你。若还是我自己暗中调查，只怕再过一百年，谜还是谜。"

事实上，陷入计氏谜团，怀疑计肇钧身份的人，从今天开始又多了一个路小凡。

她并没有什么具体的想法，就是通过和兰姨的接触，还有和计肇钧两天来的相处，在渐渐了解傅诚的同时，有了一种怪异的感觉，计肇钧和傅诚的身影经常在她脑子里融为一体。

这一天傅敏要去疗养院看兰姨，见陆瑜恰巧在，就叫他送自己去。陆瑜却以计肇钧让他暂时做路小凡的助理，不能随意离开为由拒绝了，让她叫老钱送。

傅敏被宠坏了，无法习惯陆瑜突然的冷淡，气得差点儿暴跳，和陆瑜玩起了冷战。傅敏还把路小凡当成了假想敌，路小凡夹在两人中间尴尬为难到不行。

"你别再这样对傅敏了好不好？"路小凡烦恼地劝陆瑜，"你明明是很喜欢她的，干吗搞成移情别恋的样子啊？"

"阿力说了，事情正向好的方向发展。至少，傅敏意识到了我有多重要，是不是？"

"天哪，你干吗听他的？"路小凡简直无语，"他自己都没恋爱过，比我还大半岁呢，至今连自己是直是弯都搞不清楚。你让他当恋爱顾问，这是自寻死路的节奏吗？你找死没关系，别拉我垫背啊。"

“垫一下有什么关系？”陆瑜不知道哪根筋搭错了，对刘春力深信不疑，“再说，配合我演戏是带你去看兰姨的条件，你不会反悔吧？”

路小凡愣了半天没说出话，最后长叹一口气，垂下头去，继续做饭。

此时他们是在厨房，陆瑜在打下手，又因为要说这种秘密的话，两人离得就有些近，从门外看起来，就像是头挨着头窃窃私语。

这一幕正好被来厨房拿饮料的傅敏看到，然后还没等路小凡说话，她就重重哼了声跑掉了。而且看样子是出门了，因为她拎着电动滑板车。

“你还不去追？”路小凡推了陆瑜一把。

陆瑜不动，只烦躁地抓抓头发：“不能追，这时候投降，之前的坚持就没意义了。她不会有事的，看样子是去山脚的商业街购物泄愤，如果是回市区，不可能用那种小破滑板车。”

“我觉得你戏演得过头了。”路小凡有点儿发急。

陆瑜却拧了起来：“你不懂男人的，我们有时候就算心里爱得不得了，也可能为了某些原因而闭口不提。或者因为苦衷而故意疏远，我老板不就是这样？”

他顺口说出来，自己没留意，却搞得路小凡心里怦怦乱跳起来。

可令路小凡和陆瑜没想到的是，直到晚饭后，傅敏还没回来，打她的电话也不接。这下子，两人都坐立不安起来。

“不行，得出去找找。”眼看天擦黑了，路小凡再也坐不住。

“她肯定没事，我跟她有心灵感应的。”陆瑜嘴硬，“你看，我都不紧张，说明她平平安安的。”

“那你的手哆嗦什么？”路小凡指着陆瑜放在桌上的那只手。

“因为我脑子里全是……”他想说全是各种可怕的画面。

“我也是。”路小凡理解。

接着，两人对视，而后同时跳起来，一起急忙往门外跑。

“我去开车！”陆瑜边大声叫，边向车库方向跑。

“到了商业街，我们从两边分头找起，中间会合！”路小凡大声回答。

在一大群非主流青年的包围下，路小凡找到了傅敏。

傅敏喝多了，正口齿不清、手舞足蹈、荒腔走板地唱歌。她的脸红扑扑的，看起来异常可爱。再加上本身的气质和打扮都很出众，在整个小酒吧里耀眼无比。

路小凡想把傅敏拉走，可她不配合，嚷嚷着要酒醉到天明。路小凡人单力弱，自己还是个女孩子，差点儿也被强留下。幸好她留了心眼，在看到傅敏的时候就呼叫了陆瑜。

陆瑜人高马大，赶到得及时，三两下就摆平了连站都站不稳的几个青年，带着两个姑娘离开。

“还有没有基本人权了？”坐进车里，傅敏还要借酒撒疯，“都要管我，钧哥管我，死陆瑜管我，现在你算哪根葱，居然也管我！”

“好啦好啦，你现在没力气，明天早上再找我报仇好了。”路小凡哄着，因为两人都坐在车后座上，傅敏又闹起来没完，占了大部分地方，她很受气地缩在一角。

傅敏却哭起来：“假惺惺！你这么好脾气干什么？是不是都是装出来的，给男人看的对不对？温柔、善解人意？假的！全是假的！你已经赢了，你已经是胜利者了，怎么还不现出原形？”

“我不是胜利者。”路小凡低声反驳，因为她由衷觉得自己的人生非常失败。

傅敏却听到了，还是很愤怒：“你还不是胜利者吗，你要怎么赢才算？你先是得到了钧哥的心，现在又得到了陆瑜的追求，还不承认赢了吗？难道你非要我死相难看，你才能高兴是不是？”

“没有啊。”路小凡从后视镜里瞪了陆瑜一眼。

“怎么没有？”傅敏又哭，“你知道我爱了钧哥多少年吗？是，他对我一直没有其他心思，可是……可是有一种事叫日久生情啊。只要他不爱上别人，我就是他最亲近的异性，早晚我都有机会的。为什么你要出现？”

提及计肇钧，路小凡就沉默了，因为她无法回答。

“爱一个人有什么错？为什么陆瑜看我像看傻子，钧哥甚至威胁我，说如果我跨过那条亲情和友情线，就宁愿再不相见。我的朋友也提醒我，计大少花名在外，看看他的情史，真是很风流的。”傅敏絮絮叨叨地继续说道，“可是，钧哥从前花心的时候我不认识，我认识的只是一个不近女色，对我和我妈妈格外亲近又照顾的男人。他以哥哥朋友的名义出现，承担了兄长，以及家庭中男人的责任，偏偏他还那么帅，给予我那么多的呵护。你说，这让我怎么能只把他当成哥哥？这太难了，太难了！太强人所难了！”最后一句，她干脆大叫起来。

路小凡再度瞄了眼后视镜，在镜中，她看到陆瑜黯淡的眼神。

“别说了好吗？”路小凡试图让傅敏闭嘴。

“不，我就要说！这世上有多少人是以朋友的名义爱着另一个人的？这话很虐吧？但你们又有谁知道，以妹妹的名义爱着一个人有多难过、多绝望？”傅敏开始乱扯路小凡的衣服，又拼命拍打前面司机位的座椅。

“那我呢，我算什么？”陆瑜像被惊动了，突然开口。他毫不情绪化，平静地开着车，平静地问出这句话。

“你啊？你……你是谁啊？跟我有什么关系？不认识的人凭什么问我！”傅敏又开始笑，并从后面抓住陆瑜的肩膀，同时身体摇摇晃晃的，还打酒嗝。

“原来我都不在你眼里。”陆瑜也笑了，“我本来还想，你若好歹知道我是谁，我也不演戏了，干脆就当备胎又怎么样呢？我不介意的。小敏，你爱了钧哥多少年，我就爱了你多少年。所以我知道，那种感情很难舍弃。我既然做不到，干吗要强求你？可是你连我都认不出，那我就连当备胎的资格都没有了。小敏，比可怜，你比不上我。所以坐回去，别又哭又笑的，我知道酒醉的人是怎样的，脑子糊涂，身体和语言都不受控制，可心里明白得很。”

“陆瑜，陆瑜你不要我了吗？”傅敏乖乖坐回后座，恢复哭泣模式，“你也爱上路小凡了，是不是？她有什么好的？你回来吧，你留在我身边好不好？我们做朋友，做一辈子最好的朋友……”

“好，做朋友。”陆瑜很认真地点头答应，“做朋友会随叫随到，却不会再赖在你身边了。”

傅敏没回答，瞬间就睡着了。

然而，路小凡满心震惊与遗憾。

每个人都有自己的极限。计肇钧有，她有，陆瑜也有。

陆瑜看起来是个二货，但对认准的事就非常投入。对计肇钧的忠诚是如此，对傅敏的感情也是如此。他这种人的忍耐力很强，一旦放弃也非常决绝。他曾经为了傅敏，做到了所能做的一切，心里的弦也绷得紧紧的，这次狠下心来演戏，就说明已经到了崩溃边缘。

她看得出，傅敏的酒后真言真的伤了陆瑜。此时他的眼神太过于平静，与他跳脱爽朗的本性不符，这意味着他已心如死灰，想要彻底放弃了。所以，他才说以后不演戏了，因为再没有演戏的必要了。

“陆瑜……”

“我没糊涂。”陆瑜抬手，阻止路小凡想劝的举动，“我只是……醒了。”

通过后视镜，路小凡再次看向陆瑜的眼睛，心中不禁替傅敏可惜，傅敏知道自己将要失去什么吗？

这一晚，仿佛醉酒事件只是个无关紧要的插曲，但对陆瑜来说是痛苦地斩断情丝的夜晚，对路小凡来说是为朋友遗憾的夜晚，对傅敏来说是酒醉后头疼的夜晚。

“昨晚我是不是说了什么、做了什么？”早饭后，趁着陆瑜不在，路小凡忙着收拾厨房，傅敏揉着眉心问。

“你完全不记得了吗？”路小凡愕然，但看傅敏的样子又不像是假话。

傅敏点头，只觉得嘴里发苦。

路小凡看她这样子，只好把昨晚发生的事说了一遍，包括她说过的每一个字。

傅敏听得脸都白了，嘴苦也变成了心苦。

她很想说她其实并不是那个意思，可她的骄傲让她在路小凡面前不能示弱，于是嘴硬道：“也好，本来有些话我说不出口的，太伤人了。既然借着酒劲表达了出来，也免得纠缠个没完没了，害人害己。”她说完，仰着下巴，转身离开。没料到陆瑜就站在厨房门边，也不知听了多少去。可现在她心里乱得什么也顾不得了，解释的话也只是越描越黑，干脆点了点头，努力保持着平静的样子离开了。

“那个……其实她的意思可能是……”路小凡试图安慰。

陆瑜却摆摆手：“她说得对，彻底死心了也好。哎，这周我老板出差，咱们不能回市区，不然我要约你小舅出来。”

“干吗？”路小凡顿时紧张起来。

“还能干吗，找人吐槽呗。我需要有人陪我喝酒，疗疗我的情伤啊。”陆瑜故作轻松地笑笑，心里却有如刀绞，“要不，我让他来计宅好了。”

“他周末要上班。”路小凡答道。

现在是什么情况？分属她与计肇钧的两大阵营主力，要成为好友了吗？那以后她和计肇钧再有矛盾，这两人到底站在哪一边？她越想越惊悚，于是赶紧转移了话题：“虽然我不回市区，但兰姨那里还是要去。我答应她每周都去看她的，不能食言。”

“那个老……计老先生要怎么办？”陆瑜差点儿就顺嘴说出“老家伙”几个字来，幸好及时稳住。他心里对计维之没有半点儿尊敬，态度上自然就很怠慢。只是，这些不能在除了钧哥以外的任何人面前显露出来。另一方面，路小凡和兰姨相处得这么好，可说是亲如母女了，他还是乐见其成的。

“我会提前准备好营养餐，到了饭点，你去照顾他。平时我不在的时候，都是计先生自己做的。”

“我不会……”

“傅敏经常帮我，她会的，而且她也知道营养餐要保持的温度。”

陆瑜怔了怔，之后怀疑地看着路小凡道：“你不是要给我和小敏创造见面机会吧？我劝你，不要多事了。”

“我没别的意思，也没时间管你的闲事，就是在安排计伯伯的生活。”路小凡拍拍陆瑜的手臂，一脸公事公办的神情，“你真决定要放手的话，不如大方些。就算不能成为恋人，碍着计先生的关系，你们也不要搞得太僵。所以，正常的见面和交流还是应该有的，是不是？”

陆瑜一想还真是，钧哥还指望他和小敏一起移民呢，只能咬牙点头。

路小凡安排好计家的事，周末就由老钱送她去了疗养院。

“计先生的……好友的母亲，身体怎么样了？”老钱试探着问。

“她是长年身体不好，加上精神上很压抑，过度悲伤，所以……”路小凡无法形容兰姨那种脆弱的状态，“不过最近好多了，很久没有情绪波动过了。”

到达疗养院后，路小凡和老钱约好晚上来接她的时间，老钱就走了，路小凡则直接去了病房。

每天这个时候是兰姨画画的时间，路小凡一进门就看到她仍然在画年轻男人的人像，也仍然是没有五官的。

当路小凡绕到兰淑云对面时，蓦然发现她正泪流满面，神情悲伤。

“您怎么啦？哪里不舒服吗？还是心里想到什么事了？您别难过，可以和我说的，都可以和我说的！”路小凡吓了一跳，生怕兰淑云发病，连忙抱紧她的胳膊，轻轻摇晃。

“我想不起来！怎么办？我想不起来！”

兰淑云反手抱住路小凡的肩膀，因为在做指画，没有洗手，颜料弄了路小凡一身，但她根本不在意。

“什么想不起来呀？没关系，想不起来就慢慢想，早晚会成功的。”路小凡轻轻抚着兰淑云的背安慰。

“小诚！我家小诚的脸！我想不起来了！我想画他，可就是想不起来了！对着照片也画不出。我真是个不合格的母亲，是世上最没用的妈妈！我护不了他，还拖累他，到现在连他长什么样子也想不起！”兰淑云不知想到了什么，要崩溃似的浑身哆嗦起来。

“怎么会想不起？他一定就藏在您心里，只是藏得太深了而已。”路小凡蓦然感觉一阵鼻酸。

“那怎么办？怎么办？他为什么不出来？为什么？”

“兰姨不要急嘛。”路小凡只得继续哄劝，“您要这样想呀，有时候我们越是找一件东西就越是找不到，对不对？倒不如不管，说不定改天自己就跑出来了。这种事您想想，有没有过？”

兰淑云止了泪，若有所思地点了点头。

路小凡看着这样的兰淑云，突然灵机一动，那个念头在心里挣扎了片刻才小心翼翼地问出来：“画不了脸，不如我们画点儿别的。比如说，傅大哥的特殊体征，胎记啊，疤痕啊，特殊的暗记啊……”

“伤疤！”路小凡还没说完，兰淑云就突然大叫了声，“小诚身上有一块伤疤，看起来比脸上那块还吓人！”

兰淑云甩下路小凡，快步走到画架前，又铺上一张纸，指尖蘸了墨，想也不想就画了起来。

很快，一幅疤痕的图案跃然纸上。

路小凡只感觉天上有一道闪电，从她的头顶灌进去，直击到她的脚底，令她整个人都蒙了！

因为，她见过那图案，在计肇钧身上！

确切地说，在她第一眼看到计肇钧的时候就见过了，那就在他的左肋下和背部盘绕，像一个狰狞的鬼脸。

“看着很吓人是不是？”兰淑云的声音再度在路小凡耳边响起，“在他小时候看起来更吓人呢。”

“这是傅大哥身上的？”路小凡努力找回自己的声音和差不多要脱窍的灵魂。

“是小诚身上的。”

“您确定吗？没有记错吗？”

“我怎么会记错，小诚是我的儿子，亲生儿子！”兰淑云很肯定，对路小凡的怀疑还有点儿不满，“是烧坏脸的那次，那酒精炉一并作的恶！”

“这烧伤……在哪个部位？”路小凡再问，要继续确定。

“左肋，背部也有一点儿。”兰淑云露出很心疼的神情，“刚受伤的时候他个子小，那伤疤几乎遍布他半个身子。后来他长高了，伤疤似乎就变小了，也变淡了不少。”说到这儿，她有一丝骄傲，可很快，眼里的光芒又迅速黯淡下来，“当时他伤得那么严重，我以为他活不下去了。”

“这么多年，没给他做过整形手术吗？”路小凡已经不知道自己在说什么了。

“伤在身上就没必要了，再说我们家又没钱。”兰淑云很愧疚，“所以他后来不管多热的天，也要把身上捂得严严实实的。”

“鹿鹿，你怎么了，脸色忽然这么差！”兰淑云见路小凡双手揪着胸口的衣服，似乎连气也不喘了，吓了一大跳，连忙关切地问。

“我没事，真没事。”路小凡努力掩饰着情绪，“我就是突然有点儿憋气，到花园去呼吸一下新鲜空气就好了。”

“那快去！”兰淑云担心地握了握路小凡的手，“如果哪里不舒服，立即找医生帮你看看。养病如养虎，真的耽误不得。”

“好，我知道了。”路小凡胡乱应着，转身出了病房。等离开了兰淑云的视线，一路狂奔到花园里。

计肇钧就是傅诚！

傅诚就是计肇钧！

他就是他！

虽然她一直有模模糊糊的怀疑，但一旦真的确定，她发现她根本无法消化这个能令人错乱的消息！她甚至还有侥幸心理，万一是兰姨搞错了呢？万一世上就有巧合呢？

事实上，她心里已经信了。

先是生活习惯和细节：傅敏说她哥哥有低血糖症，而她知道计肇钧也有这种病症。傅敏还告诉她，傅诚吃饭的口味重，喜欢咸鲜，这一点与计肇钧也完全相同。

然后，是计肇钧和她讲起傅诚往事时的感觉。尽管他说明一切都是傅诚告诉他的，但他的神情和语气完全就像是在说自己的事。

最后，就是今天关于那个伤疤的确定。那么独特的形状，那样大的面积，那样相同的部位，这能说明什么呢?

她心疼他，在短短的二十多年，经历过烧伤，经历过车祸，两次徘徊在生死边缘。经历过家暴，经历过同歹徒搏斗，经历过牢狱之灾，如今又在经历着怎样的心灵折磨，去冒充另外一个人?

现在她终于明白为什么对他一见钟情了，不是因为他帅而多金，不是因为他多么冷酷有型，而是他们在十年前就有缘分。

她自始至终爱的就是他一个人!

第三十章　细设恐局

路小凡不知道自己是怎么回到病房的，进屋后发现那张伤疤的画纸还在画架上，她趁着兰淑云不备，掏出手机偷拍了下来。

有了这张照片，哪天找机会脱掉计肇钧的衣服，她要做最后的对照。

她还很好奇，计肇钧若真的是傅诚，真正的计肇钧又去了哪里呢？傅诚又为什么要冒充是计肇钧的朋友呢？这样性格和行事都反差强烈的两个人，真的可能成为朋友吗？还有，若说傅诚之前因为家贫而无法做伤疤的整形手术，他后来成了集团总裁，拥有那么多财富，为什么不彻底抹去一切与从前有关的痕迹？那场造成一人死亡的车祸，到底是怎么回事？是意外，还是人为？他到底还有多少秘密？

就这样带着一颗沉重的心，路小凡在努力表现正常地和兰淑云吃过晚饭后，匆匆离开了疗养院。

“你有心事？”由于路小凡一路上都在沉默，老钱不禁问道。

“可能有点儿累了，又有点儿感冒。”路小凡望着窗外急速后退的景色，心不在焉地说，“快入冬了，还真有些冷呢。”

老钱直觉她必然有事，不好直接问，也只能沉默下来。等到了计宅，路小凡刚下车，身边就快速窜过一条黑影，吓得她差点儿跳起来。

“是那只黑猫。”老钱眼尖，看清楚之后说，“这猫有点儿不吉利，它一来，总会有坏事情发生。”他仿佛说得漫不经心，其实意有所指，是间接提醒路小凡在计家要小心。

“其实挺可爱的。我上回给它戴了驱虫的颈环，它都老老实实的，没咬我，也没抓我。”路小凡平静下来说。

“我听江先生说，你还想收养它？”

“对啊。”路小凡点头，认真说道，“流浪动物最可怜了，这种宠物还是有主人会比较幸福一些。可惜，小黑的性子特别野，计家又太大，我给它买了舒服的猫窝、玩乐的猫爬架，它都不用，整天不知钻到哪里去，我只好每天在固定的地方给它放食物。我不在的时候，傅敏会帮忙。”

“你还给它起了名字？”

“是啊，小黑嘛。”

“你是想在计家长期待下去吗？”老钱沉吟了一下才说。

路小凡本来转身要走了，闻言停住脚步：“钱叔，你想说什么？”

“我的年纪够当你父亲了。”老钱想了想，终于还是说道，“说句托大的话，我还真把你当成亲闺女看了。你这丫头，心好、守礼、有家教，是难得的好姑娘。”

“钱叔，你夸得我有点儿不好意思了。”路小凡笑笑，其实她感觉得到，平时钱叔对她是相当友好的。她对钱叔也有一种尊敬和喜爱的感情。

“我说真的啊，如果我有你这样的女儿，就得放在身边，舍不得她到外面去闯荡。”老钱说得认真，“你这个年纪的女孩子，就应该四处旅行、谈谈恋爱，和朋友看电影、逛街，而不是守在郊区的别墅里，每天连人都见不到几个。没有人，怎么多交朋友呢？所以我觉得，计家的工作不适合你。”

“可是计老先生……”她想反驳。

“你都接手这么久了，跟计先生提一下，反正他给得起高薪，什么样的营养师和护士招不到呢？哪怕找两班人来轮换都行，不需要你把青春都葬送在这里。”

可是，那样就看不到计肇钧了啊。路小凡心里在喊，嘴上却不能说。

“钱叔是心疼你，你好好想想吧。”老钱拍拍路小凡的头，“人和地方也要气场相合才行的，你看你在计宅，就没遇到过什么好事，对吧？行了，赶紧进屋去，山区，入夜就冷得很。”

老钱说完，护送着路小凡穿过那条已经枯黄萧瑟的林荫路，再目送她走上大屋的台阶，进了门。

而路小凡直到进了自己的房间才感觉出异样：为什么老钱要让她离开计家呢？是老钱看到了什么，感觉到了什么？还是根本就知道什么？她要不要直接去找他问问呢？

心里有事，路小凡睡得极不安稳。偏偏这一夜，那只黑猫在花园里叫了一夜。它的叫声尖厉，还拖着长长的尾音，在暗夜里被山风传送到空荡荡的计宅里，真是令人瘆得慌。

早上路小凡给钱叔和老冯来送早餐时，遇到了江东明。

“是不是闹猫？”江东明顶着一对熊猫眼问。

“这时节闹猫？”老钱乐了。

“这年头大气污染，全球变暖，海平面上升，连节气都乱了，何况猫狗繁衍这种事，早没规律了好吗？”江东明不服气地指指不远处花木下的半条生鱼，“看那个，那死猫正在发情期，需要补充营养，那条鱼肯定是它从厨房偷的！”

“它有名字的，叫小黑。”路小凡忍不住上前辩护，“而且，你不能证明那条鱼是小黑叼来的。”

“除了猫，谁会吃生鱼？”江东明继续不服气，“整个计宅，也只有它一只野猫而已，事情明摆着的。”

路小凡跟他杠上了：“首先，你怎么知道整个计宅就只有小黑一只野猫呢？计家这么大，空的地方那么多，谁知道什么地方藏着什么东西？第二，你不知道冰箱中有什么食材，又怎么断定是从厨房偷的？第三，我确定小黑从来不吃生食，特别是生鱼。”

“一只野猫还不吃生食？”

路小凡很严肃地提醒他：“小黑已经不能算是野猫了，我和傅敏收养了它，它顶多就是喜欢到处跑，算散养家猫。而且，别说你只是推测，就算你亲眼看到小黑把生鱼叼到树下，还啃了半条下去，也未必是真的。因为，你可能眼花，更可能看错了呀。”

“小凡，你这是不讲理。”江东明气乐了。

“不是，我这才是真正的推理。”路小凡很是理直气壮，“动物和人是一样的，行为总是有迹可循，习惯了怎么做就不会轻易改变。你判断一只猫是不是闯祸，就要看它平时会怎么样，它的性格是什么样的。如果没有特殊情况，它以前如何，以后还会如何。”

老钱站在一边看江东明和路小凡斗嘴，目光不禁一闪，也不知联想到了什么。

恰好在这时，老冯有点儿胆怯地承认：“那条鱼……那条鱼是我从山后的小溪里钓的。我没打算吃，可是扔了又可惜，就想把它埋在树下做肥料，那边有两棵树有点儿缺肥，我就分成了两份……”也不知他是什么时候、从什么地方过来的，走路悄无声息，鬼影子一般，把在场的人都吓了一跳。

“看，我赢了。”路小凡舒了口气，对江东明仰起下巴，得意地宣布胜利，同时还不忘记挥了挥拳头。

江东明啼笑皆非，做举手投降状，而后压低声音，以只有两个人听得见的声音耳语道：“你在计肇钧面前会这样轻松又活泼吗？这说明我们更合得来。怎么样，考虑一下我做你的新男朋友吧？我是认真的。”

“我没听到。”路小凡根本不信他的话，放下早餐，走了。

等老冯拿了早餐，高高兴兴地回了自己的房间，老钱拉了一下还在对着路小凡的背影张望的江东明，“昨天我提点了小凡两句，希望她能离开计家。可看样子她没听懂，话也没往心里去。”

“单纯的人想得少，恋爱的人智商低。她两样全占，根本不会走的。”江东明微微摇头，“不过我会盯着朱迪，除了她，也没人会对付小凡。计肇钧不管是真是假，对小凡却是真心，不会伤害她。不过说起计肇钧……上回你说要查查傅昆那边，有消息了吗？”

“还没有。”老钱摇摇头，“不过刚才你和小凡说的话提醒了我，我有了新的调查方向。”

“哦，是什么？”江东明挑眉，很是意外。

“小凡说，动物和人一样，行为总有迹可循。”老钱眨了眨眼，“我想，我需要研究一下计肇钧的性格。凡事有因果，先不管DNA的事如何，毕竟技术方面的问题，总有空子可钻。我们就先假设他就是傅诚，以他的性格和为人来看，照顾兰淑云母女是正当。那么，他会怎么对傅昆呢？”

“他不是把傅昆打到半死，自己进了监狱吗？还把那窝囊废吓得从此消失，再不敢露面了。”江东明嘘了口气。

“从另一方面来看，傅昆被酒精糟蹋了身体，以体力状况而言，也就欺负欺负女人和小孩。傅诚呢，很早之前就知道了自己的身世，也完全可以反抗，为什么要等到最不能容忍的一刻呢？”

“为什么？”江东明反问，完全不动脑子，因为他知道老钱已经有了答案。

“因为他是个知恩图报、恩怨分明的人。”老钱果然直接回答道，“我研究过他的卷宗，在青少年时期那样恶劣的家庭环境下，他的学习成绩特别好，考上了全国闻名的大学，而且没有任何不良记录。在服刑期间，任何对他有过帮助的人，不管是管教人员还是狱友，都得到过他的回报。”

“你是说，他会报答傅昆的养育之恩？”江东明终于明白了。

“如果不是因为养育之恩，他恐怕不会容忍傅昆这么多年的虐待。从他的品性来说，他应该会觉得傅昆就算再不好，却给了他们母子三餐温饱，也供他读书到高中毕业。所以他纵然威胁傅昆离开兰淑云母女，却未必会放任傅昆在外面流浪。”

“你觉得他会暗中寻找傅昆吗？”江东明惊讶。

“我推断他会！”老钱很肯定地点头，“我们现在调查失踪人口，就好比大海捞针。傅诚却不同，他如果从出狱后就开始找，就比我们提前了很多年。而且，他了解傅昆的习惯和人际关系，想要找到傅昆，比我们的线索多多了。”

“假设他已经找到了呢？”江东明突然有点儿兴奋，好像无意中抓到了一个最微不足道、小小的线头。

“所以我新的调查方向不是人，而是银行账目。要还养育之恩，又不愿意见到那张厌恶的脸，应该会给赡养费吧？”

“那你来查还是我来？”

老钱沉吟了下道：“戴欣荣的案子已经结了，非利害关系人经法定的程序申请，无法重启调查，我也已经退休了，局里的资源不能动用。不过……我想想办法，如果能从官方入手查银行账目往来，会比较方便。但我们最好双管齐下，你从公司内部也调查看看。”

“我试试。”江东明按了按额头，不太自信。

公司让计肇钧治理得像是他的独裁王国，很难渗透。上回为了黑进他的电子邮箱，把路小凡弄到计宅来，朱迪用过一次黑客了，相信计肇钧会亡羊补牢，很难再这样下手。

他这位表弟，真的很难搞啊。

“给我说说，傅昆到底是什么样的人？”江东明忽然好奇。

现在的兰淑云他并没有见过，但他看过她年轻时候的照片。不得不说，兰淑云年轻时是个大美人。他很好奇，这样的美女怎么会嫁给傅昆那样普通的男人呢？哪怕她是带着孩子嫁的。

美貌是稀缺资源，在任何年代、任何地方都是最引人注目的。若愿意，美貌可以换取最大的利益。若不愿意，美貌也逃脱不了贪婪者的觊觎。

“你不上班吗？”老钱没回答，而是反问道。

江东明耸耸肩：“我们部门本来就不是很忙，昨天我又工作了一整天，今天自然可以自我放假。当头头儿就有这点好处，自己说了算。”

“你先回去，我们下午视频。一会儿我要先帮着老冯整理花园和菜园，还要擦车，做好司机的本职工作。”老钱一面说，一面眼神示意身后的小屋和不远处的主屋。

小屋里有老冯，尽管是个曾经的精神病人，但他也听得懂人话。主屋里有朱迪，那是个神出鬼没的女人，不得不防。

“近在咫尺还得视频说话，真奇葩。”江东明低声抱怨，还是回了楼上自己的房间。

在江东明抓耳挠腮，好不容易熬到了午饭后，老钱终于连线了他。

“傅昆这个人，还真是有故事。”

“怎么呢？”江东明的八卦之心被高高吊了起来。

“他和兰淑云是同乡，高中同学，毕业后考上了医学院，年纪轻轻就已经是市医院小有名气的产科医生，大约还一直和同在本市的兰淑云保持着朋友关系。”

“你说的是傅昆？”江东明简直不相信自己的耳朵。

“查到他的资料时，我也吓了一跳。”老钱平静地说，“后来不知为什么，他突然辞职了，离开了本市，放弃了高薪且受人尊敬的工作。如果不是傅诚十八岁时的故意伤害事件，很难查出这么多年他去了哪儿。事实上，他一直辗转在各省市不入流的小卫生所里，后来因为酗酒无度，沦落到打各种杂工的地步。最后的半年，他在医学院朋友的帮助下，找了份救护车司机的工作，就在路小凡的家乡。”

“这么巧？”江东明愕然，“小凡和傅诚不是那时候就认识吧？”

“没发现他们有关联。”老钱摇头，“小凡前二十年虽然生活在社会底层，却过得很平顺，不像傅诚那样要挣扎着才能生存。他们之间怎么会有交集？”

“我好奇的是，傅昆为什么放弃大好前程？”江东明抓住重点。

“我也好奇，但原因查不出。因为年代久远，连人证也没了。我只知道，他离开医院时还没有成家，可随后的记录却是有妻有子的。”

“那傅诚的生日是多少？”江东明目光闪烁。

“如果你是想问，傅诚和计肇钧的生日是不是同一天，我可以负责任且明确地告诉你，相差了四个月之久。”老钱很确定，“但傅昆和兰淑云的结婚日，正是他辞职的当天，看起来像是辞了工作去结婚的。傅诚的生日，却在他们结婚之前的半个月。所以兰淑云是未婚先孕，生完孩子才嫁给了傅昆。”

“生日这种事，很容易造假吧？”

“的确，傅昆是妇产科医生，有能力在家里帮兰淑云接生，或者篡改婴儿的出生证明。”

“那么，能查查兰淑云的医保记录吗？做孕检什么的，应该会有医保吧？”

“年代太久远了，查起来非常困难。再说，若兰淑云没用医保卡呢？这不能作为突破口。”

“天哪，这也太烧脑了。”江东明扯了扯浓密的头发，“如果整件事都是一个阴谋，始作俑者到底要干什么？”

“我们可以假定和推论，看能不能勾画出一个完整的靠谱的故事。”

“洗耳恭听。”

“关于计肇钧的 DNA 一直检查无误的问题，如果计肇钧和傅诚是同一个人，那么计肇钧和傅诚就必须是同卵双胞胎，DNA 才会相同。”

“那我们就假定他们是！而且这样一假定，DNA 的比对结果完全相同就正常了，令人疑惑的只是他们是怎么成为双胞胎的。”江东明也认真起来，“也许，是在我姑父那里出了什么纰漏，整件事是连他也不知道的。不然以他的强势个性，不可能放任儿子流落在外而不管。”

“推定他们就是双胞胎！”老钱“唔”了一声，“但正如你说的，之所以傅诚遗落在外，是因为计维之根本就不知情。还有一点，计肇钧和傅诚在法律上的母亲不是同一个女人，那么谁才是双胞胎的真正母亲？”

“肯定是兰淑云。”江东明想也不想，“计家子嗣单薄，我姑父又是有名的道德典范，除了我姑妈之外没有别的女人。而我姑妈快四十才有了我表弟，若她生了一对儿子，乐也乐疯了，怎么会丢下一个？就算生下来有天生残疾，计家和江家也不会丢弃骨肉，只会想尽办法治疗，治疗不了也会养起来。”

“有没有可能是婴儿刚出生就被偷走了一个？比如说，兰淑云那时候看着宝宝太可爱了，就抱走了其中之一。”

“绝不可能！”江东明断言，“我姑妈生宝宝，一定会进高级的、私立的专科医院，不是那种一个房间住十个八个产妇的地方。那样的产科医院管理非常严格，闲杂人等难以接近。兰淑云又不是学医的，怎么可能有机会？”

“我觉得也是，但我必须提出各种可能，然后再排除。”老钱的态度很严谨。

江东明用力想了很久才道："当年我还小，但我应该没有记错，我姑妈二十八年前的某天声称身体出了问题，突然就去了国外。四五个月后，她宣布生下了一个儿子，并且在国外待到孩子快三岁才回国。现在看来，我姑父很可能是先有了私生子，然后安排我姑妈去国外再宣布怀孕，几个月后只说是早产儿，时间上应该没有人怀疑。我表弟在外国待到三岁，是为了掩人耳目，毕竟三岁还是三岁半，从外表上很难看出来吧？我姑妈没有生养，自然有些气弱，再者她也不介意我姑父在外面有那种上不得台面的女人，只要她有地位、有儿子，这儿子还是她亲手养大的，其他的又有什么好计较的呢？"

说到这儿，江东明忽然露出讽刺的笑容："女人们天天嚷嚷女性地位提高，到头来还不是和古时候深宅大院里的贵妇一样，儿子和地位最重要，老公可以不理会。"

"也可能是代孕生子。"老钱提出另一种可能，"有些孕母就算签订了协议，也拿了钱，可到底母子连心，到生出来的时候，她就舍不得了。又见生出的是两个孩子，私下扣留一个也有可能。别忘了，傅昆是市医院的产科医生，他若帮助做手脚就方便多了。"

"不不不。"江东明皱着眉，轻轻摇头，反驳道，"你还不了解我姑父。若是代孕，他那种控制欲极强的人，会随时监控孕母，怎么会连她怀的是双胎都不知道？而且我之前说了，想在我姑父面前要花样很难。"

"那，这个故事要这么讲。"老钱深吸一口气，脑子和眼神都很清明，"计维之和兰淑云相恋，不管这种恋爱是否正当，反正兰淑云怀孕了。兰淑云隐瞒了怀孕的事实，两人分手。可是随后，兰淑云生下了这对双生子。最后她把其中一个孩子送还给计维之，自己因为强烈的母爱而留下了另一个。大约接生的人是傅昆，孩子很有可能还不是在医院生的，所以你姑父查不出兰淑云生的是不是双胞胎。"

"而兰淑云一定很了解我姑父的个性，知道我姑父不可能离婚，也不可能容许自己的骨肉不在自己身边。那么为了防止仅剩的孩子被夺走，她只得离开这座城市，并不断改换居住的地方。"江东明分析着，"傅昆年轻的时候大约是个情圣，必定是暗恋兰淑云多年，毕竟兰淑云年轻的时候那么漂亮。所以，即使兰淑云是个带着孩子的女人，对傅昆来说也是个千载难逢的机会，于是宁愿放弃前程也要抱得美人归。他连工作都丢弃了，自然也是担心我那可怕的姑父，怕他的财力和势力，怕他睚眦必报的个性。傅昆可能一开始是打算到别的地方继续行医，哪想到最后竟然一事无成，毁了半辈子。"

老钱听完沉默了。想起考上名牌大学，最终却进了监狱，毁了受高等教育机会的傅诚和现在身在疗养院随时会发病的兰淑云，他不禁产生了同情之意，叹息道："傅昆此人，其实就是那种矛盾的人。他先是冲动之下，或者说是为了美色接受了那对母子，选择了放弃自己的事业，没有充分考虑后果。后来又经不起打击，后悔万分，继而把失败的沮丧和愤怒全发泄在妇孺身上。即便如此，他又不想承担抛妻的罪名，养大了孩子却也虐待了多年。他既不聪明，又不坚定，还没有男人的担当，结果害人害己，唉。”

“那现在怎么办呢？”理顺了整个事件，江东明却没有高兴之感，“我们就算推理出整个故事，也只是推理而已。我们没有证据，难道傅昆会成为我们的突破点？”

“目前并不确定,但至少应该试试。”老钱也皱了眉,“但你说得对,事情年代久远，就算我们的推测全是对的，也很难找到切实的证据。只要计肇钧一口咬定，法律就没办法制裁他，戴欣荣失踪案也很难继续进行……”

两人沉默了一会儿，最终还是江东明先缓过神来。他耸耸肩，乐观地说：“船到桥头自然直，现在的情况已经很好了。毕竟，无限接近事实了，不是吗？”

“我们之前一直没有进展，是因为没找到傅诚和陆瑜这两个关键点，所有的一切就串不起来。这两个人是隐藏在水面下的，貌似无关紧要，因此不容易引人注意。”

“这算是天网恢恢，还算是阴差阳错？”江东明嘴角一扯，露出嘲讽的笑意。

发生在计宅内部的这场秘密研讨会，并没有惊动任何人。因为朱迪完全没有监视江东明。

而路小凡猜测到计肇钧和傅诚是同一人，却又不能百分百确定。一来，她想把兰淑云所画的伤痕图和计肇钧身上的那一处对照着看。二来，她真的想，不，是必须听到计肇钧亲口解释，或者承认。

她心里压着这样大的事，又不敢对任何人吐露这致命的秘密，偏偏傅敏自从上次醉酒后就又变回了冷淡的态度，让她无从继续打听细节以寻找蛛丝马迹。路小凡的日子过得度日如年，她只盼着计肇钧快点儿出差归来。

“你最近睡得不好吗？”早饭时，江东明望着路小凡重重的黑眼圈，关切地问。

“因为秋燥？”路小凡也不知道该怎么解释。

“胡说！现在都快入冬了，还秋燥！”

“那就是因为换季。”

“又胡说。到了冬天，人更喜欢睡觉，连动物都冬眠了。”

“你把我比作动物？”

“没说你，干吗这么敏感？”

“你！你别吃我做的饭，冬眠去吧！”睡不好的路小凡有点儿火大，同时站起来，试图抢夺江东明的餐盘。

江东明自然不给，还愉悦地哈哈笑了起来。

坐在一边当透明人的朱迪敲了敲果汁杯：“大早上的不要调情好吗？头疼。”

“我没有啊。”路小凡立即反驳，又有点儿心虚，她自己也觉得和江东明这样打闹有点儿不好。虽然她是无心，可是这样子确实显得太过于亲近和亲密。

“你不用跟我解释。”朱迪摊开手，“语言是最具欺骗性的东西，这世上，只有感觉才能在你心里开花结果。”

路小凡抿紧了唇，果然不出声了。

“你最近是不是多梦？”朱迪见路小凡闭口，只得主动挑起话题。

路小凡不得不回答，只得含混地说：“也不是啦，就是睡不踏实，可能是最近太累了。”

“以你的年纪和良好的身体状况来说，疲劳会令你的睡眠更好。所以我猜，你是心累，白天思虑过重，才造成晚上多梦少眠。以科学的理论来说，梦是现实的反应，也是现实的延续。”朱迪说得意味深长，“现实是梦境的终结，梦是最真实和直接的，有时候反映了理智都不曾察觉的问题。”

“太复杂了，我智商低，听不懂。”路小凡很不客气地回答。同时，她站起身，开始收拾餐桌，结束这顿早餐。

江东明没见过这样的路小凡，倒是配合地放下了餐具。

“不懂没关系。”朱迪也站了起来，却并没有闭嘴，“因为有时候，你的梦比你更清醒。若你辨别不出事实的真伪时，相信你的梦总没错的。”

“我更相信自己的心。”

“是吗？”朱迪微笑，“那难度很高啊。话说回来，你睡不好，是不是因为想着奇怪的事又不能确定，所以心里纠结万分呢？”

路小凡和江东明心里都是一抖。不过江东明是笑面虎，很少喜怒形于色，脸上根本看不出什么来。难得的是路小凡，尽管朱迪这种突发性的问题很容易刺激人，但她居然能把情绪控制得近乎完美，还恰到好处地露出迷惑的样子。

朱迪快速打量了两人一眼，尤其是路小凡，随后转身出了餐厅。

回到楼上自己的房间，朱迪立即打电话给她唯一的同盟：“江东明无法预料，但路小凡肯定还什么也不知道。她那样没用又愚蠢的女人，任何情绪都逃不过我的眼睛。刚才我诈了她一下，她就算在计家待得再久，也完全不会怀疑计肇钧的身份。”

而今早的最佳女演员路小凡，在打发走江东明后，心事重重地度过了平静无波的一天。

只是，她晚上更加睡不着了。在考虑着真假计肇钧的问题之余，还在推测朱迪早上的话是有心还是无心？

假如现在的计肇钧真的是傅诚假冒的，那之前的计肇钧和朱迪又是什么关系呢？若朱迪洞悉了一切，她又为什么不出声呢？还是，她暗中正筹划着什么阴谋诡计？又或者，她根本就不知道？

照之前江东明的说法，最初确定躺在病床上重伤的人是计肇钧的，正是朱迪！

这让路小凡有一种奇怪的感觉，越是接近计家的人和事，就越觉得朱迪像个幽灵，所有的事情都有她的印迹。她真的，只是个单纯的护理人员吗？

江东明呢？真的只是看姻亲表弟不顺眼，所以习惯处处作对？他就没有心底的诉求吗？或者他就是单纯而狗血地为了争夺公司的控制权？为了报复初恋情人戴欣荣的移情别恋？他看似处处帮助她，难道就没有他自己的目的？若傅诚和计肇钧真的是同一个人，兰姨又和计家，以及计维之是什么关系？

还有，失踪的戴欣荣到底是和哪一个计肇钧有感情？她到底知不知道自己嫁的是哪一个？在失踪之前，她发现了什么蛛丝马迹吗？她的失踪，与真假计肇钧的秘密有关系吗？假如她发现了事情的真相，并且威胁要公之于众……

路小凡越想越害怕，只怕自己深爱的那个男人是个恐怖的恶魔。

不知为什么，路小凡忽然想起那次和朱迪在后花园看蜘蛛的情形。自由飞翔的小虫不经意落在蛛网中，结果无论怎么挣扎也无法逃脱，只能等死。现在她感觉计肇钧就像那只落入蛛网的小虫，在别人设计好的网中拼命挣扎。

看看表，发现已经是凌晨两点多了，路小凡觉得有必要强迫自己睡一会儿。她给自己催了一会儿眠，刚刚进入半梦半醒的状态，似乎听到了开门的声音，立即惊醒过来！

路小凡一骨碌坐起来。因为起身太猛，脑供血不足，她眼前一阵阵发黑，她的耳朵和心却系在门外。她断定那声音是开关门所引起的，并且与自己这里无关，确切地说来自隔壁计肇钧的房间。

第三十一章　神探伽利略

路小凡下床，轻手轻脚地走出自己的卧室。

“计先生，是你吗？”她极轻地唤了声。

隔壁的房门没有关紧，在她开口询问之后，啪一下，有微弱的灯光瞬间倾泻出来。

“进来。”计肇钧的声音有点儿哑，有点儿不像他。

可路小凡没有在意，轻轻推开了房门。

计宅大，作为主卧的房间当然也很大，加上房间内只亮了一盏沙发前的小壁灯，很多地方就处于光线照不到的昏暗之中。路小凡进屋后，并没有第一时间看到人。但计肇钧那张大床上很凌乱地堆着一些东西，显然有人来过。

奇怪，那并非行李，倒像是布团之类的，在暗淡的光线下，很容易让人看成是随意丢在床上的衣服。

“计先生，你在哪儿？”她又轻轻问了声，同时轻手轻脚地关上房间门，向里面走了几步，距离布置在中间的大床有几步之遥。

没有人回答她，半掩着门的浴室内又亮起了灯光，并伴有水流声。

路小凡不再出声打扰，静静地等在那儿。

路小凡看向了堆在床上的那堆东西，不知是不是眼花了，她觉得那东西动了动。

她吓了一跳，虽然有点儿恐惧，整颗心都悬了起来，但仍然在好奇心的驱使下向前走了两步，想看看那到底是什么。

两件衬衣凌乱地丢在大床正中央。衬衣下微微起伏，明显有其他东西。

路小凡鬼使神差地伸出手，轻轻揭开衬衣。

下面有一个人形东西，小臂长短，四肢俱全，雪白的脸上有黑漆漆的眉眼，浓密的头发扎成两个辫子。

居然是一个娃娃!

此时，它正咧嘴笑着，露出尖尖的牙齿，阴森之中带着凄厉凶恶之相。更可怕的是，它的身体被剖开了，里面作为填充的棉絮被扯得七零八落，肚子的“伤口”上插着一把匕首!

路小凡轻叫一声，连着倒退了好几步。

她本能地望向卫生间，期待计肇钧快出来救她。然而，卫生间的灯却啪一下灭了！

“嘿嘿嘿……”

有笑声传来，是女人的笑声。在惊恐的状态下，路小凡无法分清那笑声是从浴室传出来的，还是发自床上。

她被吓得动弹不得，似乎被那鬼娃娃死死盯住了。

突然，那娃娃起身了。

“来替我吧！”那娃娃颤着声音说，由于声音小，听起来像是哼哼。

“来替我吧！”它再说，向床尾走了一大步。

离得近了，路小凡看到鬼娃娃的身体上挂着淋漓的黑色液体，不用猜，也知道那是血迹。

“来替我吧！我好疼啊，你进来，进来，进来！”娃娃边说，边向前走。它行动的跨度很大，很快就要跳下床了，路小凡惊恐地后缩一步。随着这个动作，她被吓得僵掉的身体终于可以挪动。

她想跑！可是还没转身，那娃娃突然跃起，朝她猛扑过来！

她再度惊叫出声，但那娃娃的速度实在太快了，她根本来不及躲。

伴随着嘿嘿的笑声，娃娃一下子整个盖在路小凡的脸上，那绵软冰凉的东西整个捂在她的口鼻上，似乎要闷死她。

她本能地去拉扯，可娃娃的力量很大，她居然扯不开！耳边，还响着娃娃哭泣的声音：“来替我吧！很好玩的。”

极度惊恐中，路小凡晕了……

再睁眼时，路小凡只觉得光线刺目，天已经大亮。

几小时前那可怕的回忆有如冰冷的潮水，瞬间涌入脑海，令路小凡惊出一身冷汗，整个人跳了起来。

她这才发现自己是晕在地上的，初冬的夜，令只着睡衣的她，冷到了骨头缝里，好像血管里结了冰，怎么也暖和不起来。

路小凡再看向四周，房间里那样整洁，好像什么也没有发生过。正当她以为自己又出现了幻觉时，蓦然看到手上有红色的印迹，看起来像是血……

惊吓令她再也无法平静，慌乱地跑出计肇钧的房间。

走到走廊时，她愣住了，停在那里想了想。

好半天，她才鼓起勇气，回身看看那道房门，心中忽然生出一种被欺负之后的反抗之心。若真有鬼，它不能专挑软柿子捏。鬼要来就来吧，她要和鬼谈一谈！

路小凡努力让自己镇定下来，缓步走回自己的房间。

不过，虽然有了决定，心里还是乱得很。所以她根本没有注意到，自己搞出这么大的动静，全楼的人竟然没有一个有反应。

回到自己房间后，她直接进了浴室梳洗。她在镜子中看到一个比鬼还可怕的姑娘，又惊吓了一回。镜子中的她披头散发，脸色苍白，脸上有很多红色的、已经干了的“血迹”，额头上还有个一元硬币大小的血手印。

她剪了一小缕沾了血的头发下来，装在一个小塑料袋里，又拿手机给自己拍了照，然后才洗澡换衣，平静地下楼去工作。

她赶早给计维之做好营养餐。陆瑜一起床，她就要求他送她回家。

她必须立即、马上找刘春力商量某些事情。

这时候她才发现，她最爱的人是计肇钧，或者说是傅诚。最信任的人却是刘春力。

“你是要吓死我吗？”刘春力看到路小凡的自拍照，吓得把手机丢在了床上，差点儿跳起来。

“可怕吧？我也这么觉得。”路小凡拿回自己的手机，凝视着上面的照片。

“我再看看。”刘春力坐到路小凡身边，又把手机夺过去，翻看着自拍的正面照、侧面照以及几张特写，而后长叹，“你得换个新手机，这个像素太低了。”

“你认识在医院工作的朋友吗？”路小凡拿出那个小塑料袋，“帮我验验这头发上的红色物质是什么。”

“我哪儿认识医院的人？”刘春力有点儿犯愁，但马上眼睛一亮，“我想起来了，我有个客户是做化验的，我让她帮忙看看。要得急不？”他接过塑料袋问。

“急急急，特快加急。”路小凡催促，“你现在就去！”

刘春力收好塑料袋，站起身来：“真不明白，计家的事这么复杂，有人装鬼吓你，你居然还不肯辞职，非要耗下去，真不知道你图什么。”他抱怨，又警告，“别跟我说，你图的是人！”

“我是要真相！”

“计家的真相，和你有什么关系？”刘春力故意用刺激人的语气道，“你不是一向挺能忍耐的吗？这回不如也忍了算了。”

“忍忍忍，我都快忍成忍者神龟了，还忍？一切都有限度，我息事宁人，并不意味着我不会反抗。就算要离开计家，我也要坦然离开，而不是灰溜溜地跑走。不会带着疑问走，更不会被别人吓走！”路小凡怒气冲冲。

刘春力乐了：“来来，小乌龟，给小舅抱抱。不过话说回来，你真的认定是有人扮鬼吓你，而不是真的灵异事件？”

“我肯定。”路小凡用力点头，“你想，除非我做过什么坏事，不然灵异事件应该是随机的吧？可这些恐怖事件只针对我。我在，鬼在；我不在，鬼也消失。哪有这么巧合的，明显透着人为的故意感。还有，今天早上还有件奇怪的事。”

“什么？”

“除了我之外，全体人员都起晚了。”路小凡轻轻皱眉，“计家偏僻，晚上又没什么娱乐活动，所有人都是早睡早起的。傅敏甚至为了保持身材，天一亮就要到后山那条健身小道上晨跑。陆瑜觉得不安全，每次他都偷偷摸摸地随行。可是今天早上，都日上三竿了也没有一个人下楼。而且昨天半夜和今天早上，我也搞出了很大动静，惊叫、摔门，但他们都没听到。”

路小凡回忆起早上的情形。

“小凡，睡得好吗？”朱迪貌似关心，又貌似随口寒暄，“我怎么看你的脸色有点儿差呢？”

“是啊，没睡好，还做怪梦了。”路小凡也努力装作若无其事，“可能是有点儿冷，所以睡不踏实。”

“计宅有供暖设备，是老冯负责的。你的房间里有暖气开关，没有人告诉过你吗？你冷的话，可以自己调节。”朱迪好心地介绍。

“我知道这个，我只是没想到会这样冷。”最后三个字路小凡说得重了些。

“我睡得倒是蛮好。”江东明感觉气氛不对，就插嘴道，“事实上，昨晚是我这些日子以来睡得最香最沉的一次，一觉睡到大天亮。”

“那就好啊，山里最适合养生。”朱迪起身，“我吃饱了，你们慢用。”她结束了这场貌似早餐闲聊的对话，可在餐厅门口，差点儿撞上迷迷瞪瞪的傅敏和打着哈欠的陆瑜。

“所以，你觉得这也是疑点喽？”

刘春力的问话，拉回了路小凡的思绪。

“这不是很明显吗？”路小凡摊开手，“哪有全体突然好眠的道理？”

“也许整个宅子都被鬼迷了呢？除了你。”

“也许是朱迪给大家下迷药了呢？她就是学医的，想要让大家在不知不觉中多睡会儿，不是很方便吗？而且我睡眠一向非常好，你是知道的。”

“嗯，知道。你跟属猪的一样，头一着枕头就秒睡。就算失恋那么大的打击，也只是辗转反侧了几天而已。”

“可我最近一直睡不好，我曾经以为是思虑过重，但现在我有新怀疑了。”说着，路小凡从包里拿出两个矿泉水瓶，里面各有一点儿水，“这是我和陆瑜昨晚喝过的，幸好还有剩。我趁早上保洁阿姨还没过来收拾，就弄了一点儿，你让你做化验的朋友一起给验验。”

“这么说，你怀疑幕后黑手是朱迪？”刘春力接过水瓶。

“除了她，我实在想不出谁还会这样专门针对我。而且假如我们的饮用水有问题，朱迪最好下手不是吗？她成天神出鬼没的，悄悄拿点儿药品的机会也比平常人大。”

“动机！那也需要动机！”刘春力又坐回来。

路小凡轻呼一口气，让自己清醒些：“其实回家时，我在车上仔细理了理思路，想到了点儿东西。你看，自从我到计家，朱迪对我的态度最是和蔼亲切，曾经还令我感到非常暖心。但慢慢接触下来，就发现她其实是对我最有恶意的那个。我第一次到计宅，她故意说错餐厅的方向，害我在风雨夜被棺材吓了个半死。我落水，怎么这么巧是她救的我？我跟计肇钧分手，是因为我看到她倚在他怀里。这些事单独看起来，或许没什么，可以说是我多想了，甚至可以说我有被害妄想症，可如果关联起来，就不是巧合能解释的吧？”

“有点儿道理。”刘春力摸摸路小凡的头，“果然人的潜力是无穷的，环境最能锻炼人。我家单纯无害的小凡现在也学会提防别人了。”

“至于昨晚的鬼娃娃事件，回想起来有很多不对头的地方。”路小凡轻蹙着秀气的眉毛，继续说，“我大半夜听到动静，出去看，结果发现隔壁的门没有关紧，我出声询问，恍惚中听到有人回答我。那是计肇钧的房间，回应的声音很低沉，听起来是个男人，我便想当然地以为是他。之前朱迪莫名其妙地跟我说起梦境啊现实的问题，貌似是在对我进行心理暗示。你知道我很容易受到影响……”

“不用分析了，就是她！”刘春力断言，搂过路小凡的肩膀，“以我本来的意思呢，是让你离开那个是非之地。无论那鬼魂是真是假，我都不想你掺和计家那堆烂事了。”

“我……”

刘春力摆手，阻止路小凡辩解：“但我也知道，你这死丫头看着随和，其实不撞南墙不回头。你既然非要查出真相，我劝不了你，就只好帮你。”

“谢谢小舅。”路小凡高兴。

刘春力却点着她的额头说：“你这个叫亲情绑架。吃定我心疼你，所以就胡来。可你不能总这么任性，而且这也是我的底限了。”

路小凡张了张嘴，本来还想和他说“真假计肇钧”的事，突然就犹豫了。

如果刘春力知道计肇钧极有可能是傅诚假冒的，他一定会用尽办法把她从计家拎出来。可她不能回来，她不能这个时候抛弃计肇钧。何况，他还是她的救命恩人。这一次，轮到她救他了。

刘春力的办事效率很高，周一早上在路小凡回计家前，就拿到了结果。

“你头发上那种红色物质是血，鸡血。”刘春力做呕吐状，“感觉好恶心。”

“我就知道鬼娃娃是假的！”自己猜中了开始也猜中了结局，路小凡很高兴。

“至于水的化验……那一大堆化学和医学方面的术语，我听不懂，那些名词我也背不下来。”刘春力烦躁地抓抓头发，“总之那意思是，在标记着你的名字的水瓶里发现了能令人兴奋的物质，在卤鱼干的水瓶里却发现了令人安眠的化学成分。”

“她怎么能这样！”路小凡非常气愤。

“不气。”刘春力抚了两下路小凡的头发，“建议你别去找她的麻烦，因为没有证据，反而会打草惊蛇。对这种暗中下手的人，对付起来也必须暗中进行。”

“恐怕……”路小凡有点儿心虚地低头，“我已经惊了蛇了。”说完，又重重加了一句，“阴险的美女蛇！”

“你干什么了？”刘春力惊叫。

“我觉得我得进行现场调查啊！”路小凡解释，“当晚朱迪动完手脚后肯定清理过房间，可毕竟是半夜，视线不会太好，时间也不会太充裕。而且陆瑜他们就算睡熟了，可为了不引人怀疑，下的药量一定不大……”

“是很微量，刚才忘记告诉你了。”刘春力挥挥手中那张化验结果单，“这个和水样以及染血的头发，我得好好保存，万一哪天用得到，可是铁证。”

“是啊。”路小凡点头，“为了防止惊醒不必要的人，估计很多细节朱迪都没有仔细处理。”

“你美剧看多了。”刘春力断言，“所以呢？”

“所以我在计肇钧房间的门锁里塞了东西。咱们小时候淘气，在锁眼里灌点儿胶水什么的，那样锁就打不开了。”很少做坏事的路小凡有点儿不好意思，“计肇钧现在不在家，他房间也不是天天打扫通风的，朱迪没理由进去。如果偷偷摸摸地去，她就开不了门。进不去房间，现场就不会遭到破坏，我就很有机会找到蛛丝马迹。”

“怪不得你这两天都关在屋里，没日没夜地看柯南和‘卷福’，从二次元到三维世界都不肯放过，原来是现学现卖，想偷师啊。”刘春力看看外甥女的黑眼圈调侃，“你这是兔子急了要咬人的节奏吗？”

路小凡笑而不语，她其实是累的。

本来周末她是必去疗养院看兰淑云的，因为有心事，她就打了电话过去说自己生病了。兰淑云虽然想念她，但还是体贴地嘱咐她不要过去了，在家好好养病。

她是那晚穿着睡衣，躺在地上几个小时被冻到了。回家后，她就发现自己真的感冒了，给兰淑云的电话也不算是撒谎。

“就是说只要朱迪试图去计肇钧的房间，就会发现打不开门，就知道是你在搞怪，故意不让她进去，继而证明你怀疑她了。”刘春力终于想到问题的关键。

“是。”路小凡点点头。

“我听说朱迪学过精神病学和心理学啊。”刘春力撇撇嘴，“我很怀疑她考试时及格了吗？对人的心理把握这样差，居然没料到你会反抗？”

“她只是看不起我罢了。”路小凡根本无所谓朱迪如何看待她，“我让陆瑜这两天留在计宅，盯紧朱迪，最好缠着她说话做事。如果他任务完成得好，朱迪就没有机会进计肇钧的房间了。”

“你觉得那个卤鱼干能胜任吗？”刘春力斜过眼睛，“他自己不借机欢脱地追着傅敏跑就不错了，指望他？忍者神龟，你太天真了！”

“不啊，陆瑜做事很认真的。”路小凡为陆瑜辩护道，“而且他最大的优点是不问为什么，直接做事，也从不质疑。”

“他是计肇钧的头号萌宠，听从的是他主人的命令。”

“不要那样说他啦，他是个很好的人。”路小凡瞄了刘春力一眼，“你这么生气，是不是因为我让他这个周末留在计宅，耽误了你跟他出去喝酒啊？”

“嘁！”刘春力嗤之以鼻，“跟他喝酒，我不如找只小狗对饮！”

“我妈常说你是个怪胎，性格孤僻，从小到大都不交朋友，不管是男的还是女的。”路小凡轻轻笑起来，“我觉得陆瑜和你很合得来啊，别总对人家恶声恶气的啦，像个小学生。再说，他已经和傅敏分手了。咦，你怎么脸红了？”

“忍者神龟，你很无聊你知道吗？”刘春力瞪了路小凡一眼，“鼻塞得这么严重，嘴巴光喘气都不够用了，还要说那么多废话！”接着话锋一转，真正担忧起来，“要我看，不如你今天别回计家了。你这种笨蛋很少生病，病了就会半死不活。到时候我不在你身边，谁照顾你？”

“我不会生病的。”路小凡赶紧表现出很精神的样子，“一会儿钱叔就来接我了。”

“我不放心！你病着，身边还有个虎视眈眈不知道要干吗的人，多吓人啊！”

“朱迪要想下手早就下手了，不会只装神弄鬼地作怪。她不敢，她也有所顾忌，所以我的安全是有保证的。”路小凡详细解释，“你看，她用的办法不外乎吓人和下药两种。我已经知道她不怀好意了，自然吓不到我。下药？计家人一天的三餐全是我负责，她没机会下手。饮用水？那是从山上引来的山泉，直接通过自来水管接进室内，或者是瓶装的矿泉水。想来想去，她能动手脚的地方，就是每个房间里预备的冷水杯。那是保洁阿姨们烧开了水，凉凉，每天更换的。”

“那离开过你视线的水就不要喝，只喝瓶装且没开过封的！”刘春力嘱咐。

“对啊，我正是这么打算的。所以，她还能怎么害我呢？”路小凡拍拍刘春力的小臂，“我想她一定有其他目的，我要查出来。你实在不放心的话，跟我一起去计家？对了，你是不是想借机接近陆瑜？”路小凡是故意这么说的，是在激刘春力。

“嘁，谁要接近他！不去！”刘春力伸手摸了摸路小凡的额头道，“还好，现在没发烧。但你答应我不要逞强，身体不好或是有什么危险，立即打电话给我，并叫卤鱼干就近保护。如果你掉一根头发，不仅是我，连他老板也不会饶了他的！”

提到计肇钧，路小凡心头狂跳。

老钱去接路小凡的时候，朱迪正在自己的房间内和神秘的哑嗓人小红进行电话交流。

“你真愚蠢。”小红鄙视地说道，“同一招不要用两次，扮鬼吓路小凡这种事你做了多少次了，你以为还会奏效吗？哼，被怀疑了？真是活该。”

朱迪对小红的冷嘲热讽并没有生气，嘴角甚至漾出一丝笑纹道：“可不是吗，没想到路小凡比我想的聪明得多，也根本没那么胆小，这么快就发现了破绽。”

“她是胆小，可是她因为计肇钧变勇敢了。”小红哼了声，“而你，终于知道搬起石头砸自己脚的滋味了吧？”

“有时候，我真不知道你到底和谁是一边的。”朱迪问，“你这样讽刺和挖苦我，有什么意义呢？以为我会让你做主吗？咱们认识这么多年了，你怎么就不想想，我是故意让路小凡发现问题的呢？”

“什么意思？”小红愕然。

“我的目的并不是吓她。”朱迪顿了顿，像在卖关子，但没等催促就又开口道，“你当我的智商真的那么低吗？是，我是出过昏招，但我现在是故意让她怀疑我的。她那么想保护计肇钧，以她的性格，肯定会暗中盯着我、跟着我。这样，她就会在自以为得计的情况下，走进我的圈套！”

“我的天，你是想彻底除掉她！”小红很惊讶。

“不然怎样呢？”朱迪的笑容看起来阴森森的，“我给过她机会，但她就是不离开计家，非要死死拦在我前行的路上，我只能出此下策。”

“可是你说过，除了那一位，咱们手上再不沾血！”小红不满地嚷嚷。

看似平静的朱迪突然暴躁起来：“你以为我愿意吗？是她逼我的！这些人都在逼我！最早的计肇钧，后来的戴欣荣，现在的路小凡，甚至以后还会有计维之，全在逼我、害我！我也不想的，可你说我能怎么办？你说，你说！”

“你别激动！”朱迪叫喊起来，小红倒平静了，“我只是希望你手脚干净点儿，别像上一次，还得过后补救。现在我想起来，都觉得后患无穷。”

“你放心，‘意外’这种事，不管是之前还是现在，又有谁说得准呢？”朱迪又扬扬得意起来。

路小凡不知道朱迪对她产生了更大的恶意，尽管重感冒搞得她头疼无比，她还是强压着身体上的不舒服完成了本职工作。她怕把感冒传染给计维之，就把喂饭的工作交给了傅敏和陆瑜。

“你只是伤风感冒，又不是病毒性的，不会传染吧？”陆瑜有点儿想推诿。

“计伯伯身体那么差，承担不了任何风险。”路小凡还没说话，傅敏就不满地反驳道。

陆瑜虽说决定不再纠缠傅敏，但毕竟爱了这么多年，往后还得一起移民，所以在她面前还总是不自然，因此没有再多说。倒是一旁的朱迪问路小凡：“怎么会把自己冻病了呢？还没入冬呢。”

路小凡回答：“做了很不容易醒的噩梦，踢掉了被子就感冒了。”

两个人目光撞上。她们都心知肚明，不过谁也不想先撕破脸。一个是要找证据，另一个是要找机会。

于是午睡时间，路小凡翻过阳台，进了计肇钧的房间。

门锁还是坏的，朱迪没有破坏。房间里死寂无声，四处一片整洁，有灰尘在阳光照射的光柱里翩然起舞。

路小凡走到房间中央，半天也没想好从哪儿入手。

在静默了片刻后，她的大脑重新转动起来。

她把房间内所有的窗帘都密密实实地拉上了。

瞬间，房间内昏暗下来，但仍然比真正的黑夜要明亮得多，至少是可以看清东西的。在这种情况下，她只能大致模仿，还原现场。

她打开进门处的小壁灯。

她记得，那晚就是这盏灯被点亮。由于房间大，床侧就形成了三角形的阴影地带。她再去了卫生间，也把灯打开，并把门半掩着。这样一来，卫生间明亮的光线特别容易吸引人的视线，并造成视觉上的盲点。

至于她没看到开灯的人，其实并不要紧，因为室内所有灯都是遥控的。只要遥控器在手，躲在壁柜里都可以开关房间内所有的灯。

壁柜？

计肇钧房间里没有壁柜，应该说那是一间换衣间，比她和刘春力租的小房子都大，在里面藏个人，完全不成问题。

路小凡轻轻推开换衣间的门，侧着身子，一步一步蹭进去。

换衣间内没什么衣物，但各种柜子还是很齐全的。她又茫然地站了会儿，觉得自己非常可笑。这么小心翼翼干什么啊，难不成现在里面还藏着人吗？

她东张西望，不知道要找什么，若说当晚这里面藏了人，现在显然也不会留下什么痕迹了。地上铺着厚厚的地毯，若当时有人躲在这里，根本不会留下痕迹。

等等，放置领带和领带夹，以及手表袖扣什么的地柜脚下，为什么有一条压痕？路小凡蹲下来，小心地用手摸了摸，压痕不明显，紧挨着柜底，却真的有。

那木质柜子沉重，带着四个小轮子，长年放在一个地方的话，地毯上会有痕迹。这样看来，明显是有人动过柜子却没有完全归回原位。若是好早之前动过柜子，痕迹会慢慢消失。

“为什么要挪动柜子呢？”路小凡自言自语，慢慢抬起头来，看向门边，渐渐露出了笑意，“我不是名侦探柯南，我明显是神探伽利略嘛。”

换衣间正对着卧室的大床，其木门的上方有一个活动的采光窗。如果隐藏在换衣间内，踩着够高度的柜子，就可以从采光窗监视到整间卧室内的情况。而这个能移动的柜子齐腰高，是抽屉式的，顶盖并不是玻璃的，方便踩踏。

可是，这和那个鬼娃娃有什么关系呢？若朱迪真这样躲着，她又有什么目的呢？

路小凡猜不透。

她把柜子推到门边，爬上去。果然，房间内的景象都尽入眼底。她再小心地推开采光窗，看看窗框边有没有碰掉的灰尘，以及留下的指印之类的。

然而并没有。

她不禁想嘲笑自己，这里不是鬼屋，不是荒宅，也没有文学作品中那种非常故意的巧合。而且换衣间相对封闭，隔几天时间就有专门的人来打扫，哪里会有厚厚的灰尘?

于是，她反复检查那个柜子和换衣间的门及采光窗，这样爬上爬下很多回，终于让她发现了一丁点儿异常!

在窗子的五金件上，挂着一条断掉的线绳。也就一寸来长，似乎是不小心留下的，绕在金属的边角上。又因为颜色为深黑，细若发丝，若非反复仔细检查，根本就发现不了。

线绳是做什么用的?她扯了扯，线绳有一定的韧度，并不容易断掉。那么，它肯定不是无缘无故的残留，难道与鬼娃娃有关吗?

路小凡想不透，只好用笨办法，人在换衣间和大床之间来回穿梭。最后，她更是把自己想象成那个鬼娃娃，坐在大床中间。

娃娃，线绳……娃娃，线绳……

她闭上眼睛回忆当晚的情形。她忘了什么呢?当时娃娃猛然站起，又猛然扑在她脸上，然后紧紧贴着她，她一时没有扯开。

娃娃，线绳……娃娃，线绳……

提线的娃娃吗?就像提线木偶一样，可以用特制的线来控制!

路小凡脑海里闪过一道灵光，眼前仿佛还原出当晚的完整场景。

她大半夜听到动静，就过来看看。朱迪用遥控器开了壁灯，灯光从故意留下的门缝中倾泻出来，令她误以为房间里有人。于是她进了屋，又被浴室突然亮起的灯和水流声吸引，走得更深入。不可避免地，凌乱的床引起了她的注意。好奇心让她走近床。这时朱迪躲在换衣间里，站在柜子上，居高临下地从采光窗里关注着她的一举一动。

当时床的中央，乱七八糟堆成一团。她想当然地以为那是行李箱，上面随意搭了两件衣服。但现在仔细回忆，那可能是个机关类的东西，凌乱的衣物只是为了掩盖它。

这机关上绑了纤细如发，但强韧的黑色线绳，一直绷紧了延伸在采光窗的五金件上。由于光线昏暗，她根本就看不见线绳。

当她正好站在“靶位”上，躲在换衣间里的朱迪就拉动绳子，随后鬼娃娃像弩箭一般弹出，因为被她的脸挡住，就越勒越紧。偏偏线绳又不容易拉断，于是她扯了几下没见松动，就直接吓晕了。

那么是谁在另一端拉着绳子呢?难道朱迪有帮凶?

她进屋后明明听到卫生间内传来了水流的声音。那时朱迪若藏在换衣间里，卫生间里的人又是谁？

灯光可以遥控，但水龙头不行啊。

朱迪的帮凶会是谁？路小凡把整个计宅内的人都想了一遍，也没发现谁可疑。

路小凡坐在床边，梳理了半天混乱的思路，才能稳定住心绪和动作，把房间重新收拾好，移动的东西也归回原位，然后再爬回自己的房间。

知道了幕后人是谁，知道了是怎么做的，也有了点儿不算证据的证据，可她仍然什么也不能说，需要再周旋一段时间，等对方露出更多的马脚。

路小凡不知道，她在计肇钧的房间里虽然没有发出很大声响，但在三楼次卧夹层里监听的朱迪，还是听到了她搬动东西的声音。

当一切归于沉寂，朱迪才露出志得意满的笑容："太聪明了有什么好处？现在，你可以进入终局了。"

第三十二章　梦游

路小凡很不舒服。她被冻出重感冒的几天之后，症状变为持续低烧，浑身酸痛。但她觉得自己的身体一向好得很，感冒转发烧又是正常的事，就没有告诉别人，而是借着到山脚下超市购物的机会，给自己买了点儿对症的药，觉得吃药加多喝水就会好。

换水事件之后，路小凡再也没有过失眠的情况。相反，因为生病，每天都有些昏昏沉沉的，上了床就能很快入睡，大多时候是浅眠，一点儿动静就被吵醒。

这天晚上路小凡正睡得迷迷糊糊的，忽然听到有“笃笃笃”的声音传来。由于是在深夜，由于那声音短促又有力，感觉无比清晰。

她立即坐起来，尽管头痛欲裂，还是提起精神。

但她这次并没有冒冒失失地跳下床，跑出去看情况，而是竖着耳朵听，同时努力压抑着如擂鼓的心跳。

只听那声音由远及近，从走廊靠近楼梯的一侧开始，一路向前，经过自己的房门，直到住在最里面的江东明房门前，然后又折返回来。空房间都没放过，敲过去又敲过来。

笃笃笃……笃笃笃……

第二个来回的时候还加了问话的声音：“有人在吗？”

说话的声音是女人，有点儿低沉沙哑，像朱迪，可又有些奇异的违和感。语速特别慢，拖着长长的尾音，听起来很不正常。

路小凡考虑片刻，等敲门问话声再度经过自己的房门后，她下床穿上毛拖鞋，套上厚厚的棉质睡衣，谨慎地走了出去。

她看到长走廊上有一个女人的背影。瘦竹竿般的身姿，长长的头发披散着，赤脚，白色的睡袍长到拖地。每走到一个房门前，她就硬生生地停住，再直挺挺地转身九十度，抬起手机械地敲三下，然后问：“有人在吗？”

是朱迪！她有些不对头，虽然眼睛是睁着的，能自如行动还开口说话，但脸上的表情吊滞僵硬，保持着一丝古怪的笑意，在走廊光影的映照下，看起来阴森无比。

路小凡愕然。她只觉得似乎有股寒风无声无息地吹了过来，从脚底到头顶，从皮肤到骨头缝里，冷得她不由得打了个寒战。

这时，朱迪已经敲上了陆瑜的房间门。

陆瑜就算睡得再死，被叫了几回门也醒过来了。他愤怒地猛拉开门，光着膀子，只穿一条差不多过膝的短裤蓦然出现在门口。

朱迪敲完三下，转到下一扇门前，就像没看到他。

陆瑜傻眼了，甚至没注意到路小凡已经站在走廊里。

朱迪走到廊底江东明的房间前，抬手……

还没敲上，江东明轻轻打开了门。他整齐地穿着睡衣，显然也是被吵醒的。江东明直面朱迪，朱迪仍然没反应，那敲门的动作就敲在了他的胸膛上，然后对着他的脸说："有人在吗？"

江东明没回答。

"这是唱的哪一出？"陆瑜终于回过神，看到路小凡，不由得问道。

路小凡摇摇头，心里有答案却很怀疑，所以需要再观察。

眼看朱迪转身，又一个个房门敲过来。江东明就跟在她身后，不出声，脸上也没任何表情。

就在此时，傅敏也打开房门，冲了出来。她的房间就在计肇钧主卧房的另一侧，和路小凡只隔一间房。她大约早就醒了，只是胆小不敢出来。

傅敏惊恐地看着走廊上的人，最后目光落在陆瑜身上。

"到我这儿来。"陆瑜伸出手。

傅敏想也没想，立即跑到陆瑜身边，紧倚在他的肩膀上。

陆瑜本不想太亲近的，毕竟他和傅敏已经分手了，但见她穿着睡衣，长发绑成两个麻花辫垂在肩膀上，脸色苍白，眼神散乱，瑟瑟发抖，就像当年他第一次见她的样子，心忽然就软了下来，强烈地想要保护她。

很快，朱迪经过他们身边，依然保持着刚才的动作。

"这就是传说中的梦游？"江东明走到路小凡身边后就没再跟着朱迪，而是低声说道，脸上并没有害怕的样子，反倒是很好奇。

"你没有梦游就行了，刚才你跟她动作一致，就像一串僵尸，真的很……可笑。"陆瑜其实想说很吓人。

"小声些。"江东明伸食指，竖在唇上，低低地说，"我听说梦游的人，一定不能被惊醒，否则就会出大问题。朱迪这个人虽然不那么讨人喜欢，但好歹是条性命，不伤为好。"

"真是梦游吗？"路小凡很怀疑。

"再观察观察。"江东明道，又转头对陆瑜说，"纠正你一下，我跟在她后面同手同脚，并不是一串僵尸，而是像赶尸。赶尸，你听过吧？就是……"

傅敏轻叫一声，躲在陆瑜后面，同时抓紧他的手。

江东明挑挑眉。

陆瑜龇牙，表示根本不稀罕江东明的帮助。

站在一边的路小凡没有注意到他们之间可笑的互动，而是一直盯着朱迪。

“朱迪，你学过精神病学和心理学，能给我讲讲什么是梦游症吗？”早饭桌上，路小凡突然问。

“怎么突然问这个？”朱迪怔了怔。

路小凡和江东明极快地交换了个眼色，陆瑜也想说什么，却被傅敏轻轻摇头的动作阻止了。

这几晚，他们每晚都站在走廊上，围观朱迪梦游。朱迪总是走上四个来回，时间分毫不差，动作完全一样。开始时，他们还有些惊恐，到后来就感觉很疲倦了，甚至还有些烦躁和恼火。朱迪每次都是前半夜的时候来敲门，真的搞到他们全体疲惫不堪。

此时路小凡这么一问，饭桌上的气氛就有些诡异起来。

“梦游症其实只是一种睡眠障碍而已，医学上也称之为睡行症。”朱迪想了想，没有追问缘由就给出解释，“一般会在居所内走动，但有些患者会离开居所或做出一些危险的举动，如翻窗、开车，甚至做一些暴力活动，比如杀人。”

“还要杀人？”陆瑜不满地拍了下桌子，“那这病得治啊！”

“不是大问题，治起来却不容易，要心理治疗和药物治疗搭配。这种病一般多发于儿童，成年人比较少。”朱迪继续说。

“那如果发生在成年人身上怎么办？”傅敏紧接着问。

“得看医生啊。”朱迪理所当然地耸耸肩，“不过梦游的成因还挺复杂的，首先要搞清楚诱发的因素。遗传、发育或者睡眠过深都会引发，更常见的是社会和心理因素。”说到这儿，朱迪看了看路小凡，“我记得咱们以前闲聊时我曾说过，梦境是现实的反映。人体是很精妙的，尤其是大脑，感觉会在心里开花结果。某个人在现实中心理压力过大，就很可能会在梦中发泄。若是某人现实生活中受尽欺凌，又因为软弱而压抑愤怒，说不定就会在梦境中杀人。若是某人做了坏事但良心上过不去，那么在梦境中很可能会有补偿的举动。这些因人而异，说不准的。”

她又顿了顿，目光在所有人脸上一扫而过：“到底怎么了？神神秘秘的，你们中有人被发现有梦游问题了吗？”

“只是问问。”路小凡一脸无所谓的样子。

江东明接过话来：“这是西医学的理论吧？若以中医来说，应该叫什么离魂症来着。中医的某些理论认为，人的身体和三魂七魄是对应的。如果要用迷信的说法来解释，也可以说成有鬼魂附体。有那么一只阴暗的鬼，要借梦游者的手达到什么目的。”他说这话的时候，突然故意轻轻拍了下坐在他身边的傅敏的肩膀，吓得傅敏尖叫出声，他则哈哈大笑。

“明哥你太坏了！”傅敏气得差点儿跳起来，那样子非常可爱。

朱迪点点头：“这世上有太多科学无法解释的东西，说不定真的有超自然力量存在呀。死去的鬼魂不安，借机寻找意志薄弱或者阳气虚弱的人类，要表达自己的意思，报仇，寻找寄托执念的东西，或者转托要办的事以及要说的话。”

“你们快别说了！”傅敏站起身，“很吓人的好吗？”

“这不叫吓人，来，哥给你讲个真正吓人的。”江东明笑道。

“我才不听。”傅敏嚷嚷，脚下却没动。

江东明讲道：“有个姑娘，因为贪便宜租了一间无人问津的房子。她也知道那种地段、面积和装修规格的房子，她那一点儿钱是根本租不起的。可是太穷了嘛，只有忍耐。结果第一天就遇到怪事，大半夜的有高跟鞋的声音在走廊回响，嗒嗒嗒的，然后有个女孩挨个房间敲门并询问‘有人在吗？’”

听到这儿，路小凡就知道江东明为什么要讲这个鬼故事了。他自然不是为了吓小姑娘玩，而是故意挑这个来试探朱迪。

路小凡配合默契地看向朱迪。令她失望的是，朱迪只表现出好奇的样子，似乎对这个鬼故事很有兴趣。

倒是陆瑜差点儿控制不住，对朱迪动了动嘴，没出声。

“这个租房的女孩吓坏了，躲在被窝里不敢动。”江东明继续说，“可是高跟鞋的声音整夜响个不停，门外的女孩也一遍一遍地问。最后那声音开始发急，自言自语地说要进屋看看。女孩实在忍不住了，就躲到床下去。第二天，她被发现活活吓死了。你们知道，这是为什么吗？”

“为什么？”傅敏情不自禁地问。

“因为高跟鞋声和敲门声都是来自一个曾经租住在这里的女孩，她是跳楼死的，头朝下。所以她是以死的方式进的屋，直接能看到床下。”

傅敏吓得脸都白了，推开椅子就跑。

陆瑜深恨江东明吓唬傅敏，对江东明怒目而视，之后就去追傅敏。他跑到门边时扔下一句：“头朝下摔死就头朝下走路，那高跟鞋声怎么说？也顶在头上了吗？”

座位上的三个人大眼瞪小眼，最后江东明无奈地摇头发笑，转脸又看到沉默的路小凡，不禁担心地皱眉：“你这几天好像瘦了不少，看起来还很疲倦，是睡不好，还是累到了？”

路小凡下意识地摸摸额头，微烫。但她不想说什么，于是掩饰道：“没有女孩子会嫌自己瘦的，这正是我追求的状态。”

“微胖的女孩儿才可爱。”江东明一边说一边站起来，打算上班去，他瞄了瞄明显过瘦的朱迪，暗示意味明显。

朱迪神情清冷，根本不理会江东明的无聊挑衅，起身走了。

路小凡当然也不会把江东明的话当回事。

早餐的小插曲就这么过去了，似乎对计宅中的生活没有太大影响。就是傅敏的想象力太丰富了，毕竟是艺术系的女生嘛，于是晚上不断脑补头朝下的女鬼从门下面向房间里偷窥的情形，吓得不敢自己睡，就跑去和陆瑜“同居”。

正当路小凡发愁周末要回市区、没有人监视朱迪的时候，刘春力打电话告诉她，他接到紧急培训任务，要去外地十几天。

路小凡干脆立即调整周末计划，改为周六去疗养院，晚上直接回到计家来。

“你的身体没问题吧？感冒好了没？”刘春力问，“听你的鼻音倒没有那么重了，但有没有咳嗽啊？”

路小凡是这两天才开始咳嗽的，但她并没有当回事。她怕刘春力担心，于是坚决否认。

“可我怎么总感觉你恹恹的啊？”

“没什么，这几天没睡好而已，等你回来再跟你吐槽。”路小凡努力糊弄过去，又认真地嘱咐，“我妈常说穷家富路，你出差在外多带点儿钱在身上，也不要舍不得花。”

“管好你自己！咱俩谁是长辈？”刘春力不耐烦了，恶声恶气的，“如果有急事或者为难事，你尽管告诉我，不管多远，不管我在干什么，也能立即回来，打飞的方便得很。记着，万事不要自己扛，天塌下来砸大个子的，死也轮不上你呢。如果没有急事，不要婆婆妈妈地每天打电话来问我吃的什么、住在哪儿。小小年纪，已经快跟你妈一样唠叨了。”

“那我们彼此放心吧。”路小凡忍不住露出微笑。

在刘春力出差后，路小凡周六一早就由陆瑜陪着，来疗养院看望了兰淑云。因为上周没来，兰淑云特别想念她，见了面就拉着她的手，仿佛有说不完的话，后来更是要她一起陪着画画。

“鹿鹿，你在发烧啊。”陆瑜不知跑去哪里的时候，兰淑云的手忽然抚上路小凡的额头。

“感冒后遗症，没事的。”路小凡微笑着安抚。

其实她是感觉越来越不舒服，头重脚轻，脚下像踩棉花，若不是咬牙挺着，很可能一头栽在地上。若是高烧就罢了，现在持续低烧了一周，她再没常识也知道肯定是身体里有炎症了。所以，她打算一会儿回去的时候，在路上的药店买点儿消炎药吃。如果再不好转，她就只能去医院看病了。

“你这孩子，身体没好利索，干吗过来啊，真是。”兰淑云嗔怪，真的心疼路小凡，“长时间感冒发烧会引发肺炎，肺炎如果有了并发症就更麻烦了。我们家小敏从小身子弱，但凡着点儿凉就生病，我常带她跑医院，都久病成医了。能平平安安养大她，可是不容易。”

“小敏一定没少让兰姨操心。”路小凡看着画纸，转了话题，“她对我说过，说她很小的时候就动过大手术。”

“可不是？”兰淑云露出心疼的神色，“当时她太小，刀口就显得很长，吓人得很。她还对我说，只记得手术台冰凉冰凉的，还有头顶上无影灯的光特别刺眼……”

“好可怜。”路小凡由衷地说道，瞄到兰淑云情绪并无异常，就咬了咬牙，接着道，“兰姨当时的心理压力一定特别大，我听计总说，傅大哥告诉过他，就在傅敏住院的时候，傅大哥出了点儿事，不得不离开家。”

“他是去海外做工！”兰淑云极快地接口，别过头去。

“兰姨……我知道傅大哥去了哪里……”她没忍心直接说出进监狱之类的话，但相信兰淑云听得明白，“我也知道那不怪他，您不用瞒着我的。”

兰淑云蓦然转头，怔怔地看着路小凡，良久落下泪来。

“我的小诚从来没有错，错的是老天爷，他太不公平了！”兰淑云抓住路小凡的手，紧盯着她的眼，想让她相信，“他只是想保护我而已，他当时不出手，我会被打死的！他不想让他没用的妈妈死，宁愿自己掉进那个深渊里……”她哭起来。

路小凡连忙抱着她瘦弱的肩膀哄劝，心里有点儿责怪自己不该提这些伤心事。

“告诉你一个秘密。”兰淑云突然神秘兮兮地低声说，“他被抓的时候，人家说他是冲动犯罪。可是我知道，只有我知道，我的小诚从小就很冷静，不会被脾气左右。那天我亲眼看到他把傅昆打倒后，眼神冷得很可怕，却完全没有失控。他威胁傅昆，如果再胆敢碰我和小敏一根头发，追到天涯海角也要活活宰了他。他在那么短的时间里就知道几年内照顾不了我们母女了，要给我们一点点安全。”

“我知道的，我也知道的，他是最好的人，最好的儿子和大哥。”路小凡忍不住心酸。

“对啊，他那么好，为什么命就这么苦、运气这样差呢？”兰淑云心中隐藏了很多不为人知的伤痛，一直强忍着不说，现在她充分信任了路小凡，情绪便渐渐发泄出来，并且开始毫无保留，“是不是因为我？因为我这个当妈的是不祥之人，才给他带来那么多苦难！”

“这和您有什么关系呢？如果您不祥，怎么会生了那样优秀的儿女？如果这世上所有的苦难都是不祥造成的，那世上就没有吉祥的人了。兰姨，请您别怪自己，一切都已经过去了。”路小凡安慰着，感觉情况渐渐失控，不禁有点儿发急。

“怎么会过去了，过不去的！根本过不去的！只要走错了一步，这辈子就不能再翻身。我是这样，我的小诚也是这样。”兰淑云哭得更凶了，“那件事，生生毁了他一辈子！也许该说是我毁了他一辈子，我就不该把他生出来！生了，也不该带他回……”说到这儿，她突然顿了顿，“为了保护我，他失去了上大学的机会，出狱后只有高中文凭，又坐过牢，脸上还有块可怕的伤疤。凭这样的条件，很难找到工作。偏偏他在牢里时，为了保护陆瑜还得罪了人，人家在本市又是有点儿暗势力的，出去后好不容易找到的工作也给搅黄了。他自己做点儿小生意，又四处被人欺压、捣乱。我的小诚是那么骄傲的人，却只能忍气吞声，被人打得头破血流都不能吭声，生怕再犯错，因为有前科会重判，那样我和小敏就没人管了。你说，他有多惨，他有多惨！”

路小凡想想那样的场景，再想想平时计肇钧的性格和傲气，心都揪痛了。

“后来是我家这边的片警好心，实在看不过去了，就介绍他进了计氏的建筑公司。那些人渣惹不起计氏，不敢再生事，小诚这才算得了安宁。可是他仍然要做最苦最累的活儿，为了供小敏上学，为了给我看病，还经常顶人家的夜班，只为了多赚一点儿。有一次累伤了，肩膀肿得像个馒头，我看着心都碎了。那时候可真苦啊，可他好像很开心。他对我说：‘妈，我可以养你和小敏了。’”

兰淑云忍不住，捂着脸，呜呜地哭起来。

护士小胡听到动静，过来探头探脑，路小凡只得摆摆手，表示没事。自己则去给兰淑云拧了一块干净的毛巾，又端了水来。

见兰淑云平静了些，路小凡试探着问：“傅大哥是那时候认识的计总吗？”

哪想到一提“计”这个字，兰淑云脸上突然露出了极度痛苦的表情：“为什么？为什么计大少要欺负我们小诚啊？这又是我造的孽！又是我！如果我不去工地看小诚，也不会遇到计大少，他们也不会打起来。然后……然后……就不会有后面那么多事！秘密怎么会被人知道？啊，都是我，都是我，都是我！”

兰淑云突然发作起来，倒在床上拼命地捶着、哽咽着，使劲嘶咬床单，最后更是哭得撕心裂肺，把路小凡吓到了。而这边动静一大，本来就开始留意的护士立即叫来了医生。

“病人的情绪已经稳定了，正在睡觉，路小姐不如先回去。”等了半个小时后，医生走出病房说，“病人的身体和精神状况都很脆弱，这些日子的平静表现也只是缓解而已，没有得到根治，所以受不得刺激。”

“对不起，医生，以后我会注意的。”路小凡内疚得要死。是她太急了，忽略了兰淑云是个病人的事实。

“算了，别自责了。”陆瑜刚才从外面闲逛回来，正看到兰淑云发作，因此也陪着路小凡等在病房外，“不过我不明白，你跟兰姨说了什么？自从她开始画指画，情绪很久不曾起伏了。”

“我只是随口问一下你们计总和傅大哥是怎么认识的而已。”路小凡低下了头，怕再撒谎被人发觉。

陆瑜的嘴角抽了抽，后面的话没有说出来。

“以后有这种事，可以问我老板。”他不忍心责怪路小凡，只能昧着良心说。

路小凡立即点头。

两人一路沉默地回到了计家，路上连消炎药也没买。

事实上，路小凡是根本把这件事给忘记了，因为脑海里翻滚着一个问题：傅诚和计肇钧的初次相识貌似很不愉快，还动手打了架！那么，他们后来是怎么成为好友的？或许，他们根本不是好友！

还有，兰淑云说她的出现引起后面很多事，导致秘密被泄露是什么意思？那个秘密又是什么？和计家有关吗？

再有，兰淑云说“做错就不能翻身”，这么说傅诚有理由，毕竟他因为进了监狱而失去很多机会和清白的人生。可是兰淑云又做过什么不可饶恕的事，居然让她说起过去就欲言又止，满眼全是隐痛呢？

路小凡心里压着事，身体又不舒服，导致连晚饭也没有吃。她干脆直接回了房间，到床上去休息。可能是太难受了，她很快迷迷糊糊地睡着了，就算在睡梦中，她也感觉难受得很。

她挣扎着醒过来，挣扎着下地，把暖气打开，并开到最大，又盖了厚厚的被子，却并没有发汗成功，反而更冷了，甚至连身体也颤抖起来，心跳加速得厉害。她抬手，冰冷的手和滚烫的额头相遇，把她自己都吓了一跳。

“这是由低烧转高烧了。”她苦笑自语，努力抑制着发抖的手，把衣服穿好，然后走出房门，打算找陆瑜，开车去医院看个急诊。

可是一到走廊，她就被惊住了，因为朱迪又开始梦游了。

今晚和前几天不一样，她没有挨个房间敲门，而是纯粹地在走廊中游荡，僵硬地转动着脖子，似乎在寻找着什么。

离得近了，路小凡听清了她说的三个字——戴欣荣。

这一惊，路小凡瞬间冒出了冷汗，连高烧得有点儿糊涂的脑子都清醒了些。

“戴欣荣……戴欣荣……”朱迪一路轻轻喊着，好像是个在玩捉迷藏的小女孩。

路小凡深吸口气，耐心等走远的朱迪再转回来。

“戴欣荣……”朱迪直挺挺地走过路小凡身边，嘴里喃喃念着。

“戴欣荣是谁？”路小凡轻声问，她发觉自己的声音都抖了。

“计肇钧的妻子，我的朋友。”朱迪居然真的回答了！但她没有转过头面对着路小凡，而是仍然保持着慢悠悠晃荡的走动动作。

路小凡紧张得不行，轻轻跟上朱迪，又问：“戴欣荣在哪儿？”

“她躲起来了。呵呵，躲在一个没人找得到的地方。”朱迪发出笑声。

她的话，狠狠砸在路小凡心上。

“你知道她躲在什么地方吗？”问到这句话时，路小凡的心都提起来了。

“呵呵呵呵……”

朱迪笑了起来，声音就像是从胸腔中发出的：“跟我来，我带你去。跟我来……跟我……来……”边说边走到楼梯处，也不回头看路小凡，只是一步步向三楼走去。

路小凡犹豫了片刻，最后还是咬牙跟上。

她本来想去叫陆瑜，又怕朱迪是真的在梦游，万一惊醒了她，会错过机会。

只是她体力太差了，从二楼徒步上三楼就连气也喘不过来了，不得不扶着墙壁才能支撑身体的重量。好不容易走到三楼，朱迪又慢慢从楼梯口一直走向走廊的尽头。那边是江东明房间的上方。

路小凡看朱迪离那个房间越来越近，最后推门进去了，不禁心里打鼓。

戴欣荣不会躲在这里吧？就算计家再大，有很多房间是长年没人的，好歹隔一段时间也要清扫，逢年过节也要大扫除吧？怎么可能藏个活生生的人，而且一藏就是四年却没有人发觉？再说，戴欣荣有这个必要吗？要是她想针对计肇钧，离这么近，随时可以下手，为什么一直没有动作呢？

路小凡一边想着，一边跟在朱迪后面，慢慢接近三楼那个无人的房间。

而背对着她的朱迪，僵硬的表情在打开房门的瞬间就软化了，露出得逞的阴险笑容。她下午就告诉小红要动手了，不然等计肇钧回来就难办了。小红觉得铺垫得还不够好，她却很自信地说：“我对计宅的监视范围是三楼的主次卧，二楼的主次卧和一楼的大小书房。真不巧，我听到路小凡打电话，知道她生病了，而且没有去看医生。人生病的时候容易出状况，特别是高烧的时候，比如出现幻觉，比如见鬼，比如手脚无力。她这时候出事，简直有现成的借口。”

“可是，你保证能一次成功？”小红不信。

“我仔细计算过，各种可能都想到过，路小凡绝对逃不了。”

“出了命案，你觉得计肇钧和路小凡的家人能善罢甘休吗？”

“那又如何，难道我会承认是我干的吗？就算警察来了，也得讲证据。”她笑得有恃无恐，“再不济，他们也不过是要个凶手罢了。精神病人属于无民事行为能力人，不受法律制裁的。”

于是小红懂了，也顺势选择了今晚。

朱迪穿过房间，走向阳台。然后，就站在那里，一动不动，让路小凡看得到她，她觉得路小凡肯定会好奇，肯定会上前来一探究竟。

路小凡如她所期待那样跟了进来，也看到了她包裹在厚睡衣里的单薄背影，却停下脚步，犹豫了。

初冬已至，山风在庄园别墅内不算凛冽，却也吹得朱迪黑色的长发飘散，在白色睡袍上映出张牙舞爪的印迹。

房间内没有开灯，月色却还好，于是视线虽模糊，但也明了。朱迪就像是站在地狱的门口，身前的虚空是无尽的黑夜。这景象有强烈的阴森感和诱惑感，有如魔鬼在远处发出了邀请。

路小凡咬了咬牙，向阳台走去，紧盯着朱迪，脚步谨慎。

距离朱迪越近，路小凡越是觉得朱迪还在轻声说着什么，三个音节，被夜风吹得支离破碎，完全听不清楚。

路小凡一急，加上房间内光线昏暗，就没注意到其他。她的全部注意力都在朱迪身上，还差一步的时候，她终于听清朱迪在说什么。

“三、二、一……”

路小凡愕然。就在她发愣的时候，她身后的窗帘里突然窜出一条人影。在她还完全没有意识到的时候，人影直向她扑来，伸直了双手，向她后背上推去。

同时，朱迪迅速闪身到旁边。于是，路小凡眼前一空，就只剩下齐腰的雕花阳台栏杆，和凄清的阴寒夜色。

路小凡瞬间意识到自己站在了生死边缘，一种说不清的恐惧油然而生。她甚至听到朱迪发出了一声轻笑。

然而，任谁也没料到，在阳台的一侧突然又窜出一条黑影，也就尺把长，全身漆黑，两只眼睛里绽放着蓝绿色幽光。

小黑直直地扑向路小凡。

电光石火间，两股力量同时加在路小凡身上。小黑的猫爪用力按在了路小凡的肩膀上，同时发出“喵呜”一声凄厉的叫声，像是愤怒，像是求救。

路小凡下意识地闪避开，身子向侧面踉跄了半步。紧接着，她背后的力量只是推到了她的侧肋处。但尽管如此，她的身体还是被巨大的力量撞得向前冲，直接撞翻了雕花铁栏，向下猛坠！

生死瞬间，路小凡明白了一切！

强烈的不甘令路小凡拼命抓住所能抓住的一切东西。她从来不爱大声尖叫，这时候却放开了喉咙。

她要所有人都知道！她不能让朱迪连杀人都如此从容！她不能辜负小黑的救主行为！

咣当一声，被她撞到的阳台雕花铁栏杆和她的身体一起下落。慌乱之中，她抓到了其中某处弯曲的铁条，下坠之势猛然顿住。铁栏的一端连着阳台，她抓在另一端的铁艺花朵上。大约因为年久生锈，铁栏不那么平整，她感觉到手心里尖锐的痛感，然后温热的血迅速流出，滑到她的衣袖里。

“救命！”路小凡开始用尽力气大喊。

可惜因为还高烧中，就算她拼尽了力气，声音仍然不大。考虑到山风的吹散，考虑到所有人都关门关窗，她能指望的人也只有江东明了。

她向下看了看，她坠落的位置距离江东明房间的阳台还有些距离，不然她可以跳到那里。

“救命！救命！”她高声再喊。

路小凡仰起的头看不到上面，自然也就看不到朱迪和那个推她的人，以及小黑。而她感觉体力正在迅速流失，就像水池的排水口被打开了，水位很快就要到底，就连手上的痛楚感也在飞快消逝……

她的上下眼睑慢慢合拢，她的手一点儿一点儿地松开。

“跳下来，我会接住你的。”绝望之中，忽然有男人的声音传来，那么沉稳，那么安全，那么温暖。

路小凡鼻子发酸，差点儿当场哭出来。眼看就要陷入昏迷，却骤然清醒了。

她再也坚持不住，松开了手，仰面朝天地掉下去。

终于，她安稳地落在一个怀抱中。由于下坠的重力，两个人一起摔倒在地上。她却清楚地感觉到自己正被稳稳地、安全地抱着。

“计肇钧，我就知道你会来救我的。”路小凡努力仰起头，看着计肇钧坚毅的下巴和一层淡青色的胡楂，微笑着轻声说。然而下一秒，她就昏了过去。

第三十三章　威胁

再睁开眼时，路小凡先看到雪白的屋顶，然后是输液架，再然后是窗外蔚蓝的天空。身边有很多医学仪器，她的鼻子上还插着吸氧的管子。再看四周，电视、沙发、冰箱和独立的卫生间一应俱全，到处都很整洁。

她这是在医院，楼层很高，还是一间很高级的单独病房。想来是计肇钧把她送来的，她不知道自己睡了多久。

她努力欠了欠身子，想坐起来，但仍然是浑身无力。

"醒了？"是女人的声音。

"怎么是你？"映入眼帘的是朱迪那张她最不愿意看到的脸，她冷冷地问。

朱迪看看腕表："不愧是计大少花费大力气拜托的名医，把你醒来的时间都估算得这么准，不然，我还不知道什么时候支开他呢。"

路小凡紧张了。

这里只有她和朱迪，若朱迪贼心不死，她仍然面临着危机！

"以为我会杀你，又觉得我不会，对不对？"朱迪向上走了一步，微笑着说。

路小凡冷笑道："你只是没成功而已。"她目光微扫，发现手边就是呼叫器，方便病人有急事找护士的。只要一秒钟，她就可以示警。

"不，我没杀你，你一定要记住这一点。"朱迪说得无比认真，好像所言全是事实，"这也就是我费尽心机从医生那里打听到你何时会醒，并想办法调开计肇钧的原因。不然他一直守在这儿，你会做错事的。"

路小凡啼笑皆非："你这是在给我催眠吗？想通过心理暗示，让我觉得是我自己跳楼自杀的？然后，你继续留在计家再祸害别人？但当时的情况我可记得清清楚楚！"

"病一场，倒伶牙俐齿起来。"朱迪哼了声，脸上还挂着笑，"你既然那么聪明，怎么不用你那聪明的脑袋想想，我为什么能有恃无恐？"

"趁着大家急着送我入院的机会，你清理过犯罪现场。"路小凡很冷静，"你觉得可以狡辩，还毁坏了现场证据。但我是人证，你该遗憾我没有死成。还是你觉得我的善良没底限，可以放过你？"

"那么做多低级。"朱迪含笑的眼睛里闪过阴冷和得意者的嘲弄，"我会让你心甘情愿地配合我。反正你又没死，没必要把计肇钧也搭上。”

路小凡心里咯噔一下，不明白为什么会牵连到计肇钧。但她有一种感觉，朱迪下面要说的话，真的会扼住她的咽喉，让她发不了声。

“我晕了多久？”她转移话题，想借这点时间给自己做心理建设。

“一周。”朱迪坐在沙发上，神情有些愉快，“你是感冒引发的肺炎，并发感染性休克和轻度心肌炎。我一直后悔为什么这么急呢，为什么要直接动手？如果我只是想办法耽误你来医院，计肇钧再晚回来两天，你就直接病死了，多么天衣无缝，何必现在再来找你谈判。”

路小凡很吃惊，没料到她居然病得这样重。她有点儿后悔自己有病不早治，最后把小病拖成大病，差点儿耽误事不说，还会花更多的钱。

“不用发愁，反正计肇钧会支付医院费用的。”朱迪仿佛会读心术，看了看路小凡的脸色说。

路小凡垂下眼睛，提醒自己在朱迪面前不能流露出任何表情。

“你到底想说什么？”再抬起头，她已经平静了下来。

朱迪有些愕然：“我想说什么，你心里已经有感觉了是不是？”朱迪深吸一口气，“很简单，和你谈个交易。”

“你想杀我，我还要和你谈交易？”路小凡忍不住笑出声，“想得挺美啊。”

“没办法，我有筹码，而你从来没有。”朱迪抚了抚头发。

“筹码？我看是底牌吧？”路小凡紧盯着朱迪道，有一种不退缩的态度。她看到朱迪的脸色半点儿不变，但瞳孔缩了缩。

“随你怎么说。但是……”朱迪身子略前倾，好像失去了耐心，那张永远挂着面具的脸也出现了裂纹，“你如果敢对任何人说出是我推你下楼，我就会把计肇钧的秘密全部曝光！”

路小凡惊住了。她早就觉察到朱迪掌握着计肇钧的某些秘密，并为此进行过胁迫。朱迪原来就是用这些来控制计肇钧的。

“笑死人了，什么秘密抵得上我的生命？你唬我啊？”她故意表现出心虚又不安的样子，“你不过是怕进监狱胡说八道罢了。”

“如果我说出真相，进监狱的人绝对不会是我！”朱迪冷笑，“我不相信你对计家各种奇奇怪怪的事没有怀疑。”

“计家最奇怪的人就是你。”路小凡心头一动，“像个幽灵，每天在大宅里面神出鬼没，就连说话也吞吞吐吐。你当我是白痴吗？随便威胁几句就要我相信，然后放过你？你就算哄小孩子，也得拿出点儿哄得住的东西！”

“你很爱计肇钧不是吗？我看得出来。为了你愚蠢的爱情，你会为他做一切事情。”朱迪站起身来，走到病床边，“可惜，他如果犯了很大的罪，别说是你，就算是计维之还在当家也保不住他。这样，你还确定要和我死磕吗？”她说着，从包里拿出一张照片，扔到路小凡的腿上。

照片上是个女人，很漂亮，也很年轻，妆化得精致，衣饰全是名品，完全可以做时尚博主。不过下巴抬得高高的，看起来有些傲慢。

路小凡不认识这个人，却瞬间知道了这是谁。

“戴欣荣？”

“你心里其实已经意识到戴欣荣的死和计肇钧有关是不是？只是你不愿意，也不敢承认罢了。”朱迪抢过照片，不让路小凡多看，“我知道戴欣荣之死的全部细节，信不信由你。只是，你如果选择不和我交易，你确定能承担后果吗？你舍得计肇钧把牢底坐穿吗？不，不是坐穿牢底，是杀人偿命，欠债还钱。”

路小凡这次是真的吃惊了。

朱迪之前暗示过很多次，无非就是想让她觉得，计肇钧是杀妻的大恶魔。她从来没有上过当，怎么现在改为直接挑明了呢？

“你有什么证据？”她有点儿气愤。

“我说了，信不信由你。”朱迪似乎胸有成竹，“但是你想想，你能和我做交易的筹码又是什么呢？就算报警说我推你下楼，除了你本人的证词之外，并没有其他证据。当时你高烧得这么厉害，难免会产生幻觉。”

“那阳台的铁围栏该怎么说？”路小凡忍不住讽刺道。

“这你就不知道了，计家大宅建成的时间还蛮久的。所以，年久失修什么的……你懂的。”

“如果我没记错，计宅五年前装修过。”路小凡针锋相对。

“你没有记错，那次装修还是由我负责的。但你只知其一，不知其二，当年因为计老先生急着要住进来，有的地方赶工不及，其中就包括那个房间。”

“所以你才选了那里。”路小凡恍然大悟。因为那里够高、够旧。

“铁艺这种东西虽然看起来很漂亮，可惜风吹日晒的很容易被腐蚀。哦，我忘记告诉你了，那晚计肇钧带你来医院时，把所有人都吵起来了。江东明很机灵地第一时间跑去现场调查。结果呢？他发现那阳台的铁围栏整体完好，连接处却锈坏了，加上冲撞的力量大，你差点儿摔下来这种事很‘正常’。”

“你有一个帮凶，当时用了很大力气推我。”路小凡很平静地说。

“你怎么证明呢？”朱迪摊开手，一副“你拿我怎么办”的神情，“你只有死了，外力作用在你身上的痕迹才可能被法医发现。可是你没死，活人身上循环不止的血液，会带走一切。再说，其实那铁栏杆掉不掉下来根本无关紧要，铁栏的高度只齐腰，黑灯瞎火的，你神志不清，不小心失足也是可能的。”

朱迪说到这儿，停下，与路小凡对视。

两个女人再度眼神交锋，谁也不肯退缩。

半晌，路小凡笑了笑：“既然你那么笃定自己平安无事，根本就不用怕我报警呀，你又何必来和我谈什么交易呢？这样不是很可笑吗？”

“我还不想和计肇钧撕破脸。”朱迪也笑了，“他倒了，我去哪儿找计家这种又轻松又管饱的工作呢？做够了年限，我还有一大笔补偿金呢。”

“可是我不明白你为什么要杀我。”路小凡敏锐地找到朱迪话中的最大漏洞，“我好像没有妨碍到你。”

朱迪居然直截了当地回答：“因为我想嫁给计肇钧，他却要娶你。女人妒忌起来，会很疯狂可怕的。”

路小凡目瞪口呆。

“你那是什么表情？”

“我不该惊讶吗？”路小凡摸摸脸。

“你以为就你路小凡有眼光吗？”朱迪面露嘲讽，“计肇钧年轻英俊又多金，没有不良嗜好，还不花心，这样的男人哪个女人不爱？爱上他是很容易的事，何况我们相处了八年，就算是对着根烂木头也有感情了，还是你以为我是没心的人？”

“天哪，原来你也是有心的，所以看谁碍事就杀掉谁。”路小凡嘲讽地反击，“你不是因妒忌而疯狂的女人，你根本就是个疯子！”

“你不知道我经历过什么，没有资格评价我！”朱迪突然怒了，脸上露出无法形容的狰狞表情。

但是很快，她又恢复了平静：“这么说，你是答应做交易了？”

“你赢了，所以快滚吧。”路小凡疲惫地说，“别再惹我了，兔子急了也会咬人的，我不会再给你伤害我的机会，你也没那么多底牌可揭。”

路小凡闭上眼睛，表示要休息。

“算你明智。”朱迪抓起包就走，“从此我们井水不犯河水。”

就在朱迪走出病房的时候，计肇钧恰巧回来。他什么也没说，只是跟上去，到了院门口才叫住朱迪。

“计先生，有何吩咐？”朱迪语气轻佻地问。

“你被解雇了。”计肇钧从来不废话，直截了当。

朱迪简直不相信自己的耳朵：“你说什么？”

“你听得很清楚了，不要自欺欺人。”计肇钧冷冷地道，“小凡还要在医院住三四天，我想，这足够你搬离计家了。至于计维之，你不用管，我已经请了其他专门的护士。”

“你叫我滚？你请了其他护士？”朱迪惊愕之后，带着威胁之意地微笑道，“什么时候的事？你确定要这么做吗？”

“我本可以不必回答你的，但考虑到宾主一场……”计肇钧仍然很平静，眉毛丝都没有动一下。

此时的朱迪有些心虚，但她不能表现出来，于是挑衅地说："我的时间多的是，请计先生慢慢回答。你说的，宾主一场，我也不想你进监狱。"

"很好，那我就依次回答你。"计肇钧点点头，"对，我让你滚。我请了其他护士。就是在小凡入院期间请的。我确定要这么做。"

"原因呢？"朱迪挑眉。

"原因？小凡不可能无缘无故地坠楼。"计肇钧见左右无人，突然伸手一把掐住朱迪的脖子，老鹰捉小鸡似的，直接把她拎到角落。

朱迪呼吸不畅，抓着计肇钧的手拼命挣扎。

计肇钧松开手，把她甩在墙上，脸上挂着冷酷的笑纹："看，这就是原因。你想让小凡死，你就越过了我的底限，还越过很多。"

"你有什么证据这么说！"朱迪抚着喉咙，咳嗽了半天，心里很怕，"反正你的小白兔也醒了，你自己去问啊。你觉得江东明是省油的灯吗？他都没查出什么，如果连路小凡也不指证我，你怎么能认定就是我？我再怎样坏，也没有害过人性命！"

"你不是聪明吗？所以你觉得这时候狡辩有用？"

"那你也不能冤枉我！"朱迪气愤的是计肇钧的背叛，她看起来仍然理直气壮，"没错，我是想让路小凡死！因为她影响你的判断，继而破坏我等待了那么多年的结果。可我真的没动手。你是觉得我可以神不知鬼不觉地把一个大活人推下阳台？"她伸出双手，展示细瘦的手腕，"哪怕路小凡是在病中！"

"直接动手不是你的风格，你一定用了其他办法！"计肇钧向前一步，朱迪不自觉地后退，他又上前一步，"我懒得去查，我断定是你做的就行了。"

"判人有罪也得讲证据！你去问问路小凡，看她怎么说！"

"我不需要证据，也不需要她说什么，但你还是得滚蛋！"计肇钧神情平静无波，眼眸黑沉，就这样居高临下地盯着朱迪，像是要立刻吃掉她，"你也说了，她是我的小白兔。让我的小白兔暴露在狐狸嘴边，已经是我的重大失误，所以这种失误不会继续下去了。"

"你不是派了你的猎狗陆瑜守在一边吗？"朱迪忍不住嘲讽。

计肇钧不理会，只说："计宅的东西你随便拿，我不追究。计维之许给你的房子和钱，我也一分不会少你。在小凡出院之前，你有多远，滚多远。人的忍耐是有限度的，我不会再给你机会作怪了。"说完，他转身就走。

他的方向是迎着阳光的，于是他那高大的身形留给了朱迪大片的阴影。

朱迪突然很愤怒，同时又很慌乱，感觉所有事情就像脱轨的列车，已经完全不受她的掌控了。明明，她已经很努力地在挽救，为什么结果还是与她的愿望背道而驰？

"你难道忘记了，这世上有一种秘密，永远见不得光！"她冲着计肇钧的背影大喊了一声，抓住最后的救命稻草。

计肇钧顿住脚步，半晌后又转回来："这才像你，拿捏着我的命门来威胁。"他嘴里这样说，却冷冷地笑起来，完全没有被威胁到的感觉，"你以前用这招，我只能屈服，因为我要保护我爱的人。"

"现在不用保护了吗？"朱迪仰起脖子。

"要，只要我活着，我就要保护我爱的人。"计肇钧很认真地点头，"只是现在我爱的人里多了一个路小凡。没错，我爱上她了，所以她也在我的羽翼之下。"

朱迪只觉得脑袋都快炸了。她太了解眼前这个男人，要他承认爱上什么人是一件多么困难的事。可他现在居然这么坦然地说他爱上了路小凡！

"你真的不怕我举报你？"

"我说了，我有底限。在你踩过我的底限的时候，就应该知道我不介意鱼死网破。"

"那样对你有什么好处？"朱迪急了。

计肇钧深吸一口气，抬头望着高远的天空，好像贪恋着这种自由，因为不知道什么时候会失去："你不会以为这些年我一直受你胁迫，却老老实实地任你操纵，丝毫不做准备吧？如果撕破脸，我保证你不会比我好过的，你最好相信这一点。"说完，他再度转身离开。

朱迪这一次只迟疑了片刻，就追了上去："如果我就是不离开计家呢？你还能动手赶我吗？最多我给你保证，绝不再招惹路小凡。甚至你可以把我禁足，我会留在三楼，不下来半步！"

"我很奇怪，你为什么一定要留在计宅？"计肇钧真的有点儿好奇了，"你那么厌恶计维之，何必把自己困在那儿？只要你离开，从小凡的生活里消失，我绝不会违背誓言。"

朱迪语结。

计家老宅是她的巢穴，也是她的坟墓，她的青春和一切美好善良都埋葬在里面了。所以她就算死，也要死在那儿！

朱迪冷静下来，忽然说道："我不会搬的！就算你亲手把我扔出去，我也会在围墙外徘徊，你无法赶走我！"

"你知道你现在这样子像什么吗？"计肇钧沉默片刻后说，"你就像鬼故事中的地缚灵，灵魂被束缚在那个宅子里，怨念不化，最后变成恶鬼。"

"或许吧。"朱迪毫不在意地耸耸肩，"在真的计肇钧抛弃我的时候，在戴欣荣不断侮辱和伤害我的时候，我就已经是恶鬼了！除非我完成心愿，得到我该得的一切，金钱，还有……爱情。没有爱情也可以，你就陪在我身边。"

"从前的计肇钧不爱你，现在的我也一样。"计肇钧后退一步，"你死也不肯走？好吧，你就住着。你如果喜欢，可以永远住下去。"

朱迪闻言，瞪大眼睛，没想到计肇钧这样强势的人会这么容易妥协。

然而她的喜悦还没有从心底到达脸上，计肇钧却又说："你不走？那我走好了。

我会带着小凡一起走，当然还有计维之，到你无法伤害他们的地方。你离不开那房子？那么，从现在开始，它归你了。”

朱迪目瞪口呆，看着计肇钧大步离开的高大背影，根本说不出话，也没办法再追上去。

她呆呆地站在那儿，就像一座嶙峋的石像。她不知道在身后的拐角处，江东明侧身屏息地躲在那儿，把她和计肇钧的对话听了个一清二楚。

“早怀疑你是假的，果然真是假的。”他听到计肇钧走了，也快步离开，一直走到停车场，才敢喘出这口气，“这世界真是奇妙，只有想不到，没有发生不了的事！”

“我需要切实的、拿得出手的证据。”坐在车里时他还在自言自语，可转瞬又想到了路小凡，不禁有点儿发愁，“到了揭穿假象的那一天，她会不会受伤害啊？”

病房里的路小凡在调整了心情后，终于等来了计肇钧。

计肇钧进病房的瞬间，正看到路小凡努力坐起来。两人的目光在相遇的刹那定住，互相凝视，恍如隔世。

过了一会儿，路小凡伸出手，仗着大病初愈，厚着脸皮说：“求抱。”

计肇钧笑笑。

“会撒娇证明是真好了。”计肇钧虽然走过去，却没有抱她，只单纯地扶她坐起来，体贴地在她身后垫上枕头。

路小凡实在是太想念他了，突然伸臂，借机大胆地抱住计肇钧的腰，头埋在他的胸前。

“谢谢你。”路小凡轻声道。

“很高兴能帮到你。”计肇钧趁着路小凡松开手，坐远了点儿，生怕自己会控制不住情绪。

“我还没有问你，那晚发生了什么事？”他问。

“我……我忘记了。”

计肇钧不相信她说的话。因为他亲眼看到朱迪来过，他敢断定朱迪与路小凡说过什么。那个女人怎么会做无用功，怎么可能好心来探望呢？

“真的忘记了。”看到计肇钧有些怀疑地看着她，路小凡补充道，“可能是高烧导致记不清了，其实之前我病了一个星期，我本来以为没事……”

“那你为什么跑到三楼去呢？”

“我……我本来想找陆瑜带我去医院看急诊，当时很难受。”路小凡真话假话掺杂着说，“可能是高烧出了幻觉，我看到了鬼影子，就追上去，根本没看路，结果就……”

“高烧还真是个好借口。”计肇钧低声道，随后望着路小凡疑惑的眼睛，转而问，“就像拐子拍花子那样？”

“大概是吧……”路小凡有点儿心虚了，不禁移开目光。

之后她嗫嚅了两下，终究把那句“对不起”给咽进肚子了。计肇钧不喜欢她总是道歉，她不愿违背他的意思。

“那下次要小心。”计肇钧没忍心揭穿路小凡。

“我问过医生，三天后你就可以出院。那么，你想回哪里呢？你家，还是我家？”他转了话题。

“啊？”路小凡有些发怔，“我是被……解雇了吗？”

计肇钧啼笑皆非：“你脑袋里想的是什么？”

“我隐瞒病情，闯出这么大的祸，还有可能传染给计伯伯，威胁到他的身体健康……”路小凡自我检讨。

“隐瞒病情这件事做得确实很差劲，但我不会解雇你的。我是觉得你还需要休息。”

“没事没事，我一出院立即可以工作。”路小凡连忙摆手。

“不要走神，好好想我的问题。”计肇钧看路小凡眼珠乱转，就知道她在想什么，不满地捏着她的下巴，把她的脸扳正，“家里有陆瑜和傅敏在关照。听说他们平时也帮你照顾我父亲，所以不会出乱子的。”

“我真的没事啊，现在全身轻松，就是有点儿没力气，吃几顿就好了。”她感觉很饿。

“是你吧？是你一直在医院照顾我对不对？”她看着计肇钧明显瘦了一圈的脸，突然问。

“以后再报答我吧。”计肇钧酷酷地说，算是默认。

路小凡笑了，并不知道她的这个笑容就像明媚的阳光骤然之间穿透了阴云，令周围的一切都亮了起来，在计肇钧的眼中美得不可方物。

他连忙拿过小桌上的各种用药单据，假装随意地看着，掩饰那突如其来的心动。耳边，听到路小凡又问：“你怎么知道抚摸我的额头对我会有催眠作用？”

“我小时候生病，我妈就是这样安抚我的。”计肇钧冲口而出。

两人突然沉默了下来，房间内安静得能听到彼此的心跳。

“你歪了话题，而且带歪了我。”好半天，计肇钧才有点儿气急败坏地说，“刚才正说到你出院的安排。”

“对。”路小凡低下头，不看计肇钧。

“那么，既然我没打算解雇你，你也不想休息，刘春力又不在家，那出院后就直接去我家。”计肇钧装作一无所知地说。

“你怎么知道我小舅不在家？”路小凡愕然。

“陆瑜说的，有什么不对吗？”

路小凡摇摇头，心里有点儿纳闷。她没和别人说过刘春力去外地培训的事啊。假如不是她病情危重，计肇钧去她家通知刘春力时才发现人不在，就是刘春力和陆瑜私下有联系，她不知道的联系！可是他们之间有什么必要互相通气还瞒着她啊？

“你说的‘我家’是指？”

“我的公寓。”

“为什么不回大宅？”路小凡吓了一跳。

“因为……我打算亲自照顾我父亲。计宅离市区太远，天天往返，我有点儿吃不消了。”计肇钧的谎话编得很顺溜，“倒不如搬到市区来，反正我公寓那边闹中取静，并不影响病人休养。”

真是这个原因吗？和朱迪没关系吗？和她这次差点儿坠楼没关系吗？

路小凡心里闪过一连串的疑问，却忍着没有问，只点了点头，表示没问题。

“咕噜噜……”路小凡的肚子里传来响声。

路小凡窘迫极了。

“早为你准备好了，只是有点儿清淡。”计肇钧忍着笑，“我这就叫人帮你把饭取来。”

“我也很挑剔的……”路小凡嘟哝一声。

接下来的三天，路小凡好吃好睡，身体恢复的速度令医生也惊叹。

计肇钧呢，忙着搬家的事，但每天都会来医院陪路小凡一会儿。

路小凡真希望能继续病下去。

陆瑜始终没有露面，因为搬家的事被计肇钧支使得团团转，忙得四脚朝天。到路小凡出院那天，她才知道短短三天，计肇钧安排了这么多事，打乱了很多人的节奏，还租了个房子！

那房子就在他单身公寓的同幢楼里，距离很近，确切地说，就是路小凡当初被孙莹莹派来监视计肇钧时，所租过的那一处根据地。

计肇钧把自己公寓的主卧和次卧打通了，让给计维之住。毕竟随计维之而来的还有很多医疗仪器，房间太小就会显得拥挤。那间他放置东西的小房间，则打扫出来给护士做专门的休息室。

他不知什么时候另请了三名护士，合同都签好了，这次直接上任，三人轮班照顾计维之，并不用住家。当然饮食方面还是路小凡专职负责。

他自己呢，搬到租屋去和路小凡同住。不得不说，陆瑜办事的能力很强，短短的三天时间内不仅办妥了房屋的长期租赁合同，一应家具电器、煤水电外加 WiFi 也配备好了，路小凡可算是拎包入住。

开始，路小凡还有些心喜加心跳加心慌，觉得这样一来，她和计肇钧算是单独住在同一屋檐下了，也算是同居吧？可是到达地点后才知道，陆瑜也住在那个小间，三个人倒像是合租。她是以工抵债，负责做饭，所以不用出房租。

“是不是有点儿失望啊，有我这个大灯泡在旁边亮着，二人世界不成了。”趁计肇钧不备，陆瑜小声对路小凡说，“我这也是为你好啊，姑娘。”

“倒要请教看看是怎么个好法。”路小凡斜了陆瑜一眼。

陆瑜装模作样地拍拍路小凡的肩膀，语重心长地说：“你们孤男寡女，同居一室，你以为刘春力那里能答应？告诉你，他回来就会炸。可是有我和稀泥就不同了，他会放心。而且我很有眼力，该躲的时候必定人影不见，你直接当我是透明的就行。”

“我这是在工作，请你不要庸俗化！”路小凡严肃地提醒。

“欺骗自己总是容易的。”陆瑜耸耸肩，“问问你自己，难道没想过要和我老板重温旧梦吗？”

第三十四章　警察的直觉

对于计肇钧突然搬家的举动，住在计宅中的人都很意外。其中当然不包括朱迪，毕竟她早就知情，也知道绝对无法阻止。

“他这是什么意思？釜底抽薪？”江东明率先焦头烂额起来，“不让我接近路小凡，还是想阻隔我们调查的视线？”

“我猜是因为小凡坠楼的事。”老钱比他冷静多了，分析也到位，“你也说过了，计肇钧别的可能掺假，但对小凡很真心。”

“都怪朱迪那个贱人，每天七搞八搞地生事，就怕别人不知道她聪明，其实聪明反被聪明误，愚蠢透顶。不知道男人最反感别人的操纵吗？尤其还是计肇钧那种脖子硬的男人。”江东明忍不住骂，“这样叫我怎么办？留在敌人身边，才能更好地进行任务啊。现在可好，人家闪了，叫我怎么追上去？”

“我看你是对小凡不怀好意。”老钱望着山路尽头，笑说，“若为了戴欣荣的失踪，或者真假计肇钧的事情，我们已经找到了突破口。其实是不是每天盯着嫌疑人，倒不重要了。”

计氏父子和路小凡搬走后，陆瑜去陪住，傅敏被计肇钧拎着回学校复课。现在整个计宅就剩下他和阴阳怪气的朱迪，以及住在后园游泳池畔的老钱和神神秘秘的老冯。热闹了一阵的计宅，又恢复了沉寂，而且比以前还要冷清。

“其实我觉得朱迪很有问题，你如果想帮忙，倒不如先潜伏在她身边。”老钱加了一句，“也就是说，你应该继续住着。”

江东明脸上发苦：“以前我假装追求朱迪，就是感觉她可能是帮凶。不知怎么，现在却装不出来了。”他捏捏自己的下巴，“本来我很会伪装啊，我如果演电影去，影帝什么的，我都能包了。”

“现在已经知道朱迪很可能是关键线索，只剩下找证据了，不是容易多了？说不定，你认为戴欣荣没死的感觉也是对的，秘密就藏在这屋子里。”老钱回头看了眼安静的大宅，忽然有点儿心里发毛，这是他做警察几十年来没有过的感觉。

“有时候我真茫然，不知道自己为什么要有怀疑，而且非要调查。”江东明也回过头，看着身后的庄园式别墅，“好不容易发现了端倪，还是没什么用的。”

“怎么说？”

“好不容易发现了一个真相，却有更大的谜团等在后面。这样，什么时候是个头啊。”

“真相只有一个。”老钱随口道。

江东明一脸惊讶地望着老钱。

“跟我儿子学的，他是看动画片学的。”老钱不好意思地笑笑，“不过对于我们警察来说，这是句大实话。有谜团不怕，只要有线索，肯定就能让一切水落石出。你不要着急，这么多年都等了。”

“难得，你还有心情开玩笑。”江东明叹了口气，一边和老钱慢慢往院子里走，一边说，“那说说，咱们的调查怎么样了？”

“你从公司内部不是查不出计肇钧的财务来往吗？”

“因为他很谨慎。”江东明辩白，“并非我无能，而是上回黑客事件后，他对网络安全更重视了。他在公司经营多年，非常有手段和能力，人际关系网就像铁桶一般严密，我根本无法撬动。”

“我没有怪你啊，我要说的是，我动用关系，从官方渠道入手，确实查出一点儿东西。”老钱解释，“计肇钧的私人账户，每一季度都定期给另一个账户划一笔款项。不算太多，每笔一万，时间和数额非常固定。后来我查到那个账户来自西南一个小城镇，以那个地方的生活指数来说，那笔钱足够一个人舒舒服服地过三个月。最重要的一点，这种财务来往是从计肇钧车祸后重回公司不久后开始的。”

“傅昆？”江东明有点儿兴奋。

“账户名不是这个，虽说现在银行要求实名制，但如果能弄到假身份证的话……我打算过几天，亲自到那边去一趟。”

“好，辛苦你。这边的‘工作’，我给你保留，就说你回老家有事好了。”

“好。”老钱点头，又说，“所以，小凡的话是对的。看一个人不能只用眼睛看、用耳朵听，有时候事实也会骗人。用心去感受这种话也太虚了，倒不如以对方的往常行为来判断。虽然人会出现异常，总也有迹可循，是有相对逻辑的。计肇钧，我是说现在这个，如果真是傅诚的话，他对傅昆那种人也做到了仁至义尽，没有辜负他的养育之恩。那么，他做其他事情也不会太绝。所以戴欣荣无论出了什么事，十之八九与他没有关系。”

“所以你让我盯紧朱迪？”江东明有点儿惊讶。

“这是警察的直觉，你应该相信。”老钱很认真。

“我会留意这个女人。”江东明应着，又想了想说，“我还有一件事，也许能证明计家和傅家有关系，应该说傅家母系这边与计家有可能有很深的渊源。”

“哦，是什么？”老钱的眼睛亮闪闪的。

“我查不到计肇钧的私人财务往来，就去翻看了公司的员工记录。我也不知道我为什么这么做，应该是太着急了，只能像没头苍蝇一样乱撞。计氏在公司管理上是很规矩的，尤其是人事方面。几十年前我姑父接手公司时，就建立了这种制度。我看了很久的资料，搞得自己头昏眼花，结果功夫不负有心人，还真看到了一些东西。你猜是什么？”江东明卖了个关子。

老钱停下脚步，以眼神询问。

“我发现了兰淑云的档案。”江东明呼出一口气，“傅诚的妈妈，也就是现在这个计肇钧一直在照顾的女人！那个精神上有问题，需要长期住疗养院的女人！”

“她在计氏工作过？是做什么的？”老钱很意外。

“她曾经是我姑父的秘书！”江东明又呼出一口气，“我又私下去问了在公司待了超过三十年的老员工，他们有人至今还记得兰淑云。因为她太漂亮了，当时公司里有很多人追求她。她虽然不是个冷美人，可是在公司从没有过绯闻。甚至和我姑父都不算太亲近，只是工作关系那样。然后在某天，她突然就消失了。”

“有故事！”老钱断言。

“这个不需要警察的直觉，我都知道必有故事，特别是考虑到我表弟那个相同的DNA，还有我姑妈当年在国外产子，并待了几年才回来的事实。可惜我姑父口不能言，手不能写，不然，我可以直接问问他，当年究竟发生了什么。”他顿了顿又突然道，“不知道弄一套霍金那样的设备要多少钱？从哪里弄？”

老钱没理他，只抬起手道：“事在人为，我们各自努力吧。”他本来想拍拍江东明的肩膀，可眼角余光发现三楼次卧的窗帘一动，连忙改成蹲下去，谄媚地帮江东明擦鞋。

他们这边商量好了调查计划，计肇钧和路小凡却还被蒙在鼓里。计肇钧照例在公司忙碌，回家之后扮孝子。路小凡在安顿好计维之后，去探望了兰淑云。

上次因为她问及傅诚的往事，害得兰淑云犯病，她内疚万分，决定不再刺探。这一次，她单纯只是去探望而已。

“你瘦了好多啊，年轻人太瘦了不好的。”兰淑云见了路小凡很高兴，“以前我家小诚也特别瘦，但那是因为家庭环境不太好，好不容易给他弄点儿好吃的，结果他光长个子不长肉。”

“我是前几天胃不好，这两天已经恢复了。您看吧，下周来看您时，我肯定又白白胖胖的了。”路小凡顺着兰淑云的话说。

兰淑云望着路小凡，神情慈祥，但很快眼睛就湿润了：“可惜，我的小诚已经死了。不然现在生活条件这么好，我可以给他做很多好吃的。他很爱吃鱼虾之类的东西，可是很讨厌挑刺和剥壳。”

“兰姨，您忘了上次我说的吗？他并没有死，他只是在另一个地方用另一个身份活着，您一定要这样想。”路小凡差点儿掉眼泪。

之后她又陪兰淑云聊了一会儿天，就借口有事，在午饭后离开了疗养院。因为她有点儿秘密的事要做，这次并没有叫陆瑜陪她过来，而是自己叫了车，直接去了一家律师事务所，两个小时后才出来。

出门后她失魂落魄的，整个人都不好了。

她是来咨询的，接待她的是一位笑容甜甜的美女吴律师。她乱编了个故事，问吴律师，故事中的男主角如果冒充了另一个家族的继承人，属不属于犯罪行为。

吴律师很明确地告诉她，只要是冒名顶替，而且有其他的人因为他的行为信以为真，后又有大量资金入账，诈骗罪名就成立了。重要的是，这类案子都是由检察院做公诉人起诉的，没有撤诉的说法，一旦立案就撤不了了。

听到这些话时，路小凡整个人都吓傻了，缓了半天神才问："要怎么才能脱罪？"

吴律师遗憾地告诉她："只有检察机关经过两次补充侦查后，还不能将案件事实查清，或者缺失重要证据，嫌疑人才能脱罪。但，这种可能性真的不大。"

路小凡心情混乱地回到家，当她站在小区里，抬头仰望计肇钧的窗子时，突然就下定了决心。

无论如何，她都不会放弃他的。虽然她还没想好要怎么做，但至少她不能让他看出什么不对劲儿。她要报答他、照顾他。

这天晚上，计肇钧一进门就感觉到了不同。

屋子里干净整洁，隐约飘着饭菜的香气，软底的拖鞋就摆在门口。他才在客厅坐下，氤氲着茶气的杯子已经捧到了他面前。他不是喜欢这种衣来伸手、饭来张口的生活，他喜欢的是有人把他放在心坎上爱并体贴着。

“我有口福了！”跟着沾光的陆瑜兴奋地搓搓手，“早知道这样，我就早搬过来和钧哥一起住了。”

“那时小凡并不在。”计肇钧瞄着陆瑜，突然发现这个家伙很碍眼。

“对哦，做这些事的是路小凡。人对了，哪怕她晚饭准备的是毒药，钧哥你也咕咚一下全吞下去。”陆瑜没意识到自己已经开始讨人嫌了，还在那儿调侃。

计肇钧没说话，心里却赞同陆瑜的话。有瓦遮顶，热饭热菜，他一辈子所梦想的生活不过如此了。重要的是，心爱的人在家一心一意地等着他。

“来吃饭吧！”路小凡的声音从餐厅传来。

“仙音！绝对的仙音！”陆瑜念叨着，跑得比计肇钧还快。

一顿晚饭，在路小凡刻意营造的轻松气氛下愉快地结束了。

陆瑜这几天被操练得太狠，身体疲惫不堪，再加上“饱了困，饿了呆”的自然生理规律，饭后刚喝了半杯茶就开始上下眼皮打架，直接跑回房间睡觉了。

计肇钧却出了门。

等路小凡收拾好餐厅和厨房，打算去看计维之的时候，在走廊正好遇到往回走的计肇钧。

“他睡下了。”计肇钧说。

路小凡眨眨眼，一时没明白。

“我说我父亲。”计肇钧解释，“如果你是想过去看他就没必要了，你去只会吵醒他。刚才我问过，护士说他对新环境适应良好，身体状态没什么起伏。”

“哦，那很好啊。”路小凡有点儿局促。接下来就不知说什么了，走也不是，留也不是，手脚都不知道往哪儿放，只得低下头。

“回去吧。”计肇钧凝视着在自己胸前垂下的那颗毛茸茸的头，心软得一塌糊涂，“如果你想去外面散步，穿得太少了，会感冒。再说，今天有大风降温，最好不要出去。”

“哦，那行。”路小凡应着，侧过了身。那意思是让计肇钧先走，她在后面跟着。

实际上她是有点儿紧张，不想被计肇钧看出来，所以想闪远点儿。

她这小媳妇儿的模样，令计肇钧哭笑不得。他干脆也不多说，上前拉了路小凡就走。

路小凡惊讶之余，发觉自己的手已经被一只温暖的大手握在掌心中，她只觉得半边身子都热了起来。她偷望着头也不回的男人，被动地被拖行着，只恨不得这条走廊长到永远走不完才好。

“你回房间吧，不用照顾我。”进了屋，计肇钧就吩咐，“你身体才好，要多休息才行。”

其实路小凡心里有很多话想跟他说，可喉咙里就像塞了一团乱麻，完全无从说起，只能乖乖先回房间。可是她又哪里睡得着，心里有太多事压着，想找个人商量，刘春力又还没回来，她翻来覆去直到午夜的时候还很精神。夜深人静，她就在这时听到了外面传来玻璃碎裂的声音。

路小凡吓了一跳，连忙套上睡袍出来，只见餐厅里还亮着灯，有一只酒杯的残骸躺在地上，计肇钧正蹲在地上收拾。

他大概是才洗过澡，头发湿漉漉的，赤着脚，光着上身，腰间只围了一条大浴巾。

“你放着，我来收拾，当心扎脚！”看到计肇钧差点儿踩到一块碎玻璃上，路小凡顾不得别的，轻叫出声。

计肇钧起身回头，看到穿着睡袍的路小凡。

对视，尴尬，局促……几种情绪轮番袭击两人的心头。

次卧是没有独立卫浴设施的，而且现在快半夜了，计肇钧没料到路小凡还没睡着，他洗完澡后正打算倒杯酒喝。

“现在光线不好，不容易收拾的。放着放着，明天早上我来。”路小凡赶紧说，努力不让目光瞟向半裸的某人。

“呃，好，我放着不动，你也快进去吧。”计肇钧说。

路小凡转身想逃回卧室。可是下一秒，她又猛然转回来。

计肇钧正松了一口气，哪想到路小凡又回头，那神情被路小凡撞个正着。而她的注意力明显不在他的表情上。

“你的那个伤疤是怎么回事，看起来好吓人……”她盯着他左肋向背部伸展的地方，情不自禁地走了过去。

“旧伤而已。”计肇钧想躲，却被路小凡堵住了去路。

“我想看看，行吗？”路小凡提出要求，眼睛盯着那处伤疤，“我第一次见到你时就看到了，那时候就很好奇。可惜当时我只是孙莹莹的小助理，你的眼睛根本就看不到我，我跟你也说不上话，就像两个世界的人。”

她这话瞬间让计肇钧心软了，于是点了点头。当他意识到自己是在犯糊涂时，路小凡已经架起他的一条胳膊，趴在他腰上仔细看了。同时，还伸出食指，轻轻触碰着。

她的手指又软又凉，碰上他温热的皮肤，令他肌肉紧缩，鸡皮疙瘩都起来了。之后，他似乎感觉身体在升温。

“有什么好看的，不是说很可怕吗？”他很想快点儿拉开彼此的距离。

“很奇特，像个鬼脸。”路小凡掩饰着内心的惊涛骇浪，“看起来年代很久的样子，怎么弄伤的？”

“烧的。”计肇钧很快地回答，“看好了吗？这样……很冷……”

“哦，那我回去了。碎玻璃你千万别碰，明天我处理。”路小凡的话说得有点儿快，然后突然就闪人了。

计肇钧有点儿莫名其妙，还以为她是怕羞了，也没当回事。心想着喝酒助眠是不成了，还是回去躺着吧。

路小凡回屋后直接拿起手机，调出兰淑云画的那张伤疤图，放大了仔细看。

看着看着，她的眼泪就掉了下来。

好了，这下子百分百肯定了，傅诚就是计肇钧！

路小凡强逼自己止住眼泪，清空大脑，要先好好想想下面要怎么办才行。

最后她觉得，应该先调查一下计肇钧和傅诚之间到底是什么关系。确定了关系，才能找到冒名顶替的原因和动机。

第二天早上，她等一老两小三个男人各自吃完早饭，正顶着黑眼圈打扫房间，有人来敲门了。

“怎么是你？”面对着江东明，路小凡相当惊讶。

“哇，才分别几天，你就以这种生疏和厌烦的态度对我，很伤人的。”江东明向前跨了一步。

路小凡不自觉地侧身。

然后，人家江大少爷就施施然进屋了。他手里拿了一个小航空箱。随着他的走动，箱子里发出“喵喵”的愤怒叫声。

“小黑！”路小凡惊喜道，上前把航空箱接过来，把小黑放出。

小黑熟悉她的气味，毫不挣扎，落地后也不认生，四处环视着新屋子。

路小凡一溜烟儿地跑到厨房，拿了小碟子，倒了牛奶给小黑先充饥。

看着蹲在地上抚摸小猫的路小凡，江东明不禁感叹：“怪不得人家说宠物是泡妞利器，你看看你，刚才还对我横眉冷对，见到这只猫立即眉开眼笑了，对我也不戒备了。”

“我没有对你横眉冷对，我只是不知道你为什么来，以及你怎么找到这里的。”路小凡亲了亲小黑的脑袋，放它自由活动。

“我给你送猫来啊。”江东明指指小黑，“当初是你收养的它，让它习惯了有家的生活，难道又要弃养吗？太残忍了吧？别看它是动物，听说心理也会受到伤害的。至于我怎么找到这儿的……我表弟住的地方，我怎么会不知道？我到那边看我姑父，表明身份，再多笑一笑，人家小护士就告诉我了。”

路小凡无语，觉得一会儿有必要去提醒一下护士们提高警惕，不要轻信任何人。万一是朱迪过来呢？万一她要害计伯伯呢？朱迪敢动手杀她，还有什么是做不出来的。

“真的是送猫？”这一点，她并不相信。

“好吧，猫是借口。”江东明老实承认，“我只是想你了呀，过来看看。小白兔，过得好吗？你现在天天被狼叼在嘴边，没被吃了吧？”他伸手碰了碰路小凡的头顶，好像那里真的长出了兔耳朵。

路小凡的脸微微发红，她掩饰道：“其实你不来找我，我也想去拜访你的。”

“就为了这只猫？”江东明指了指地上。然后，蓦然发现小黑根本就不在原地了，就伸长了脖子四处看。

他看到小黑已经跳到沙发背上，找了个极舒服的地方窝着。这只有灵性的小猫仿佛听得懂人话，瞪了江东明一眼，又对路小凡发出撒娇兼不满的喵呜声。

路小凡差点儿失笑，很想宠着小黑。从某种程度上讲，小黑也是她的救命恩人。若没它那一扑，她会被朱迪的帮凶狠狠推下去。

所以，即使江东明不送它来，她也想过几天去计宅一趟，把它接到自己身边。之前她一直在医院，小黑又野得很，白天难见踪影，还以为会很难找到呢。在这一点上，她真的很感激江东明。

“有事找我帮忙？跟你那天掉下楼有关吗？”江东明继续刚才的话题，并且有些误会了。

路小凡心知不是一句半句话能说完的，就请江东明坐下，还给他煮了咖啡，配了精致可口的小点心。

“说吧，到底什么事？这样贿赂我。”江东明喝了口咖啡后说，“但你要告诉我你是怎么坠楼的。”

“当天我高烧，烧得有点儿糊涂，所以有些事不记得了。”她仍然是这句话。

“你猜，我相不相信这样的说辞？”江东明眯了眯眼睛。

小凡在医院昏昏沉沉地睡了一个星期，中途他去看过一次，小凡当时还没醒，医生埋怨家属送来得晚，还说如果再晚些，有可能危及病人的生命。

事发当晚，他也曾被尖叫声惊醒片刻，迷迷糊糊听到有人喊救命，但当时睡得太沉了比较迟钝，加上朱迪闹梦游好多天了，他被搞得很疲惫，压根没当回事。事后，计肇钧带路小凡去医院后，他去过坠楼事发地，却真的没有什么特别的发现。

尽管如此，他仍然认为那件事不是意外，而是人为，何况后来他还在医院看到了朱迪。这个女人才不会那么好心去探望病人，必定有阴谋。虽然他没从朱迪和计肇钧的对话中得到过多关于坠楼事件的信息，可他听得出来，计肇钧也认定是朱迪下的手。那么路小凡现在否认，肯定是受到了什么不得不屈服的威胁。

“算啦，过去的事不提也罢。”路小凡含糊过去，而后正色道，“可我真的有事想请你帮忙。”

“什么事啊？只要是你说的，我一定帮你办到。”江东明笑。

路小凡明知道这话有点儿调情的意思，可也顾不得，只咬了咬牙，直接说道：“我每周去看兰姨的事，你知道吧？”

江东明知道，却摆出茫然的样子，摇头：“没注意过，是我表弟拜托你的吗？”

“那你肯定知道兰姨是谁。”

“当然啊，傅敏人家都熟，兰姨是她妈妈嘛。那个小美人几年前我就认识了，怎么会无动于衷？必然会打听她的背景。”江东明说得有点儿不正经，接着解释道，“我听说自从傅诚死后，我表弟一直帮助照顾那对母女，因为他和傅诚是好朋友。我表弟那个人车祸之前很顽劣的，人品其实不怎么样，交的也全是狐朋狗友，有傅诚这样来自底层的勤奋青年为伴，还真是很不寻常。”

他把“不寻常”三个字说得别有意味，被路小凡敏锐地捕捉到了，不禁皱起了眉。

不过江东明却接着说道：“虽说计家的钱多的是，但兰淑云住的疗养院和傅敏念的美院都贵得吓死人，不能不说我表弟很慷慨。关键是他居然坚持了好几年，可见有多么重情义。要知道，他从前可是有名的三分钟热……”

“我就是好奇他们是怎么成为朋友的。”路小凡连忙插了一句。

“你可以问我表弟啊，你们现在不是同居吗？你对他笑笑，我敢肯定他连银行密码都告诉你。”

“别开玩笑！我就是不想跟他打听，所以才请你帮忙。”

“为什么啊？”

“我其实并不想挖掘他的过去。”路小凡违心地说。

“那你又何必好奇一个死人和他的关系呢？”江东明目光闪动，“你心里是不是有什么事没告诉我？”

“没有没有！”路小凡被江东明逼问得差点儿招架不住，“是兰姨啦，兰姨想知道自己儿子的事，交朋友的事。”

“原来是为了那位可怜的阿姨。”江东明做出恍然大悟的样子。

“好，我帮你。”他想了想，点头道，“但是，你打算让我怎么帮？如果不是直接去问我表弟，就要自己查。可傅诚死了这么多年了，之前也没听我表弟说起过这个人，更别说两人一起出现在公共场合了。所以，好像很难打听。”他摊开手，有点儿发愁。

哪想到路小凡胸有成竹，早就计划好了：“兰姨告诉过我，傅诚在计家旗下的建筑公司做过工。我想，他们是不是在这期间认识的？”她说出自己掌握的情报，“想想，他们两个无论身份地位、家庭环境还是兴趣爱好上都没有交集，大约也只有工作时会碰面了。”

“有点儿道理。”江东明点点头，“你一说，我想起来了。我表弟有一段时间对建筑特别感兴趣，还真到建筑部门的基层干过。”

“真的？什么时候？”路小凡眼睛发亮。

“时间太久，我有点儿想不起来了。”江东明揉揉眉心，“我回家翻一下电脑里的相册，有我表弟的自拍，上面有时间记录。他之前很爱现，所以他的照片，我大多数都有。这样，明天中午我们一起吃饭，那时我告诉你好不好？”

路小凡哪知道江东明这是有意制造两人独处的机会，很高兴地答应下来。

第三十五章　老照片

第二天她准时来到约好的地点，江东明已经等在那儿了。

“你找到了吗？”她上来就问。

“先吃饭好不好？我可是工作了一个上午。”江东明拿起菜单，“第一，小白兔，凡事要有耐心。第二，男人肚子饿的时候脾气不好。第三，昨天我说了，我表弟以前很爱现的，照片浩瀚如海，我翻看了一晚上，你不心疼我一下吗？”

路小凡有点儿不好意思，也觉得自己求人帮忙还这么急有点儿不对，就捺着性子陪江东明吃了一顿饭。

她发现，江东明和计肇钧有很多习惯都一样，比如吃饭时的优雅姿态，比如对食物的挑剔。难道，含着金汤匙长大的人都一个德行？可是，傅诚是在贫困中出生和成长的，为什么顶包之后除了性情大变，其他生活习惯和细节却与原来保持着高度一致呢？如果只是模仿和装样子，几年如一日，难度也太大了。

“好啦，给你吧，我怕你吃东西时还要走心思，会伤到胃呢。”吃到一半时，江东明终于妥协。

随后，他从公文包里拿出一个信封，里面是几张打印好的放大的照片。

计肇钧在照片中笑着，背景是各种新起的高楼或才拆掉的旧楼。他身上穿着考究的西装，头发有故意做出的凌乱感。明明是一模一样的脸，路小凡却觉得他和现在的计肇钧差别很大。

照片里的计肇钧神情虚浮，看起来有点儿油头粉面的样子。现在的计肇钧虽然冷冰冰的，却让人感觉踏实安全，一派正人君子的作风。身材上，两人虽然初看上去也极为相似，但照片里的人一副酒色过度的样子。如今这个计肇钧却结实强壮，浑身蕴含着力量。

路小凡看看照片下角的日期，正是五年多以前。如果说他们确实是好友，那得是一见如故才行，因为推算起来，照片中记录的时间后不久就出了车祸，他们没有时间慢慢培养感情。

“除了时间，还有没有什么发现？”江东明咽下最后一口牛排，又喝了口红酒才道，“我要说明的是，那时候我表弟很纨绔的，他那段时间只是对建筑感兴趣而已。其实，他爱的也并不是建筑本身，更不是房地产事业，而是喜欢看旧楼坍塌或爆破的瞬间。大约，那样会比较有破坏感。”

“这里有好几张是和新楼的合影啊，大部分还是盖到一半的工地。”路小凡继续翻照片，总觉得自己忽略了什么。

“那是对比照。”江东明解释，“在拆掉旧楼前照一张，建起或者建中再照一张，我记得他说那样会有时光感。如果傅诚在工地干活，那么应该是在大楼建设中与我表弟相识的。”

这话让路小凡心头一紧，手上翻看照片的动作加快了。从江东明的角度看，她就像在快速地挑挑拣拣。

“你发现了什么？”他纳闷。

“总觉得有什么熟悉的东西在我眼前一闪而过……”路小凡皱眉。

“那看看背景，说不定重要的就是背景，别只注意我表弟帅气的脸。”

路小凡心头猛然闪过一串火星，她急忙抽出其中一张照片，整个人都呆住了。

那是一张夜景。照片上是快封顶的高楼，大概是在赶工期，工地上灯火通明，照得亮如白昼。所以照片的光线很好，人物也很清晰。

越过那张脸，照片背景里有几个工人正在忙碌。因为前面的大脸太招摇，笑得太嚣张得意，很容易让人忽略后面正在辛苦工作的人。那些人在计大少光鲜的自拍照里，像蝼蚁般渺小，好像就要淹没在工地里，淹没在黑夜中。其中有一个身材高大的青年，正从照片的主角身后路过，推着一辆堆满砖石瓦砾的小车，车上装得满满的，他瘦高的身体鼓起了全部的力量。

尽管是作为背景，他的模样并不十分清楚；尽管他并没有看镜头，只是正巧侧着脸；尽管他穿着破旧的工作服，还戴着安全帽；尽管他的存在感很弱，可是路小凡还是一眼就认出了他。

“发现了什么？”江东明望着僵掉的路小凡，连忙问。

“傅诚在这张照片里。”路小凡听到自己干巴巴的声音响起。

“哪个哪个？你认识傅诚吗？”江东明干脆从对面坐到路小凡身边来。

“这个。这个人就是傅诚。”路小凡指着照片中的年轻男人，指尖都有点儿发抖了，可是仍然要撒谎，“我怎么会认识他？我是从兰姨那里看到的照片。”

“不是很清楚呀，你能保证没认错？”江东明都快把照片贴在自己鼻子上了。

“我没认错。因为……”路小凡深吸一口气，“兰姨说过，傅诚脸上有很大一块烧伤的疤痕，横在整张脸上。我在兰姨那边的照片中见到过的，没错。”

江东明一边点头，一边仔细辨认照片：“对了，这人脸上真有一块好大的疤痕。奇怪，我表弟身上也有一块伤痕，据说是车祸后留下的。他死活不肯做手术做掉，说要为那场车祸做个纪念。”

“有了这个就好办了。”江东明没有注意到路小凡异常的情绪，有点儿高兴地说，“我应该能查出这是哪个工地，毕竟照片上有时间，也有工地背景。”

“那就拜托你查查看。”路小凡站起来，“我们再去找找相关的人，看有没有人记得他们是怎么相识的。”

“再坐会儿吧，还有饭后甜点。”江东明很珍惜两人相处的时间。

路小凡婉拒：“江大少，我也是要工作的，而且工作时间不固定。”她努力笑了笑，“这时候计伯伯快醒了，要饭后加一点儿营养汤的。”

“好吧，我送你。”江东明站起来。

“不用了，我想走走，顺便去菜场。”路小凡再次婉拒。

接下来的两天，路小凡可算是度日如年。刚好是周末，计肇钧一直留在家里，路小凡没办法控制住自己审视他的眼睛。

两人一起去疗养院时，兰淑云情绪稳定，计肇钧还因为兰淑云对他露出了个笑脸而开心了好半天。

路小凡默默地、悄悄地观察，越看越觉得计肇钧和兰淑云之间的感觉就是亲生母子。为什么就没人发觉呢？难道是之前兰淑云一直没办法接受计肇钧这张脸的缘故？

可是，她为什么要憎恨惧怕这张脸呢？只因为隔着一张脸，母亲对儿子那种天然的感应消失了，这得是多么强烈的情绪才能造成？从兰淑云之前隐隐约约说的话来判断，她似乎见过原来的计大少，而且起过冲突。

这些疑惑并没有在路小凡心中保存多久，因为刚到周一江东明就来找她了：“上车，我找到了知情人。”

路小凡刚从超市回来，大包小包都没来得及送上楼，直接把东西往后备厢里一丢，就和江东明走了。

“照片上的工地找到了？”她问。

“这都多少年了，哪里还有工地呀？”江东明一边开车一边说，“从照片上看，当时那大楼就快竣工了。我只是找到了当时的地块，再顺藤摸瓜地找到当时的工人而已。你知道，计氏旗下有自己的建筑公司，可以自行设计和施工，不会外包给没有资质或者资质不高的小建筑队，所以人员相对固定，找起来也方便。”

“你真高效。”路小凡由衷地夸奖。

江东明说得轻松，但她知道要找到五年前的工作人员，还是当时正好在工地上的，其实非常困难。

“那是，我本来就很能干的。要不是我亲爱的表弟妒忌我的才华，一直对我进行打压，公司副总就是我。”江东明自吹自擂，但很快又把话题导正，“我重点关注了你认出傅诚的那张照片，也从上面辨认出一个人。这个人五年前还是建筑公司最下层的小队长，姓张，现在已经熬到计氏旗下一间建筑分公司的中层了。以前来参加全体员工大会时，跟我说过几次话。我今天就是约了他见面，你有什么问题就问他好了。”

路小凡点点头，沉默下来。

很快，车子停在一家比较隐蔽的餐厅外面。

老张四十多岁，很精明的样子。

寒暄过后，江东明对老张说：“咱们计总名义上是计氏的太子，但实际上已经是计氏的掌权者了。关于太子妃……”他故意压低了声音，又瞄了路小凡一眼，“外头有不少传闻，但落实的只有一个。这位小姐呢，是我朋友。她知道过去你和咱们计总一起在工地上工作过，想打听点儿计总过去的生活琐事，与公事无关的。帮个忙，大家同事这么多年，我不会害你，只有好处。”

老张不由得极快地看了路小凡两眼，立即说：“小姐想问什么，就请说。”

他这样毕恭毕敬的态度，搞得路小凡有点儿不好意思，沉吟了一下才问道：“计……”只说了一个字，就看到江东明对她眨眼睛。

还好她反应快，立即改口道：“阿钧有一个朋友，几年前去世了。他一直帮助照料这位朋友的母亲，但他太忙，我只好接手。”说着看了江东明一眼，江东明又眨眼表示赞同，“我很乐于帮忙的，不过老人家嘛，喜欢回忆过去的事情。所以，我想打听一下，他和那位朋友是怎么认识的？说起来其实有点儿强人所难，毕竟是五年前的事了。您工作也挺忙的，不可能事无巨细都留意。不过我想那个人长相上有些特点，或者会容易记住些。”

“那个人是谁啊？”老张有点儿纳闷。

“他的名字你或许忘记了，但他有前科，据说是当地的片警介绍他过去工作的。”路小凡详细描述起来，“他不爱说话，个子很高，应该做的是没什么技术含量的小工，还经常上大家不喜欢的夜班。脸上有一块特别大的伤疤。”她横过手掌，挡住半边脸，“这样的。就因为这块伤疤，连五官都不容易辨认。”

“他啊。”老张认真听完路小凡的解说，立即拍了下大腿，露出“原来如此”的神情，“但他不是计总的朋友吧？”老张随即有点儿惊讶，“难道说是不打不相识，后来成为好友了？”

“对啊，我听说他们之前有冲突，后来才相知相交的。”路小凡编着瞎话，“但我很好奇，当时是什么情况呢？”

“化干戈为玉帛这种事也算美谈。”江东明在旁边添油加醋。

听他这么说，老张便放松了，想了想，又叹了口气才道：“计总真是大人大量，胸襟气度果然不是我们常人能达到的。当时那种情况，后来还能成为朋友，倒真的是佳话了。”他大拍马屁，然后回忆起当年的情形。

因为看路小凡听得聚精会神，他特意说得绘声绘色，连细节都努力回想了起来。

渐渐地，就好像穿越了时间，五年前的那一幕幕浮现在了路小凡和江东明眼前。

那时的计大少突然间有了喜欢看大型物体被破坏的怪癖，越大的物体突然被炸掉，他越是兴奋。为此，他特意申请到计氏下属的建筑部门工作。

计维之平时对计肇钧在外面的花天酒地睁一只眼闭一只眼，在公司管理上却十分严格，计肇钧既然进了公司，就要按照公司章程来工作。

为了糊弄父亲，计大少也确实在中下层混过一段日子。然后，他和傅诚就有了交集。只不过傅诚是最底层的工人，每天挥汗如雨地做最苦最累的工作，被所有人轻视，赚取最微薄的薪水。计大少则只在老楼被炸掉和快竣工时来自拍一张照片，在父亲那里应付差事，并在网络空间里晒一晒。

那个晚上，计大少照例过来了，傅诚也照例在工作。这天的工作结束后，傅诚会拿到当月的薪水，由于他特别拼命，收入会比平时丰厚不少。他没想到那天他的母亲会来工地上给他送夜宵。然后，兰淑云撞见了计大少。

原本计大少并没有注意到兰淑云，毕竟工地上人来人往，他这种人又眼高于顶。可是，不知是出于为儿子巴结上司、拉拢人脉的目的，还是出于某些不为人知的原因，兰淑云居然不顾傅诚的劝阻，主动拦住正要离开的计大少，请他品尝自己亲手做的吃食。计大少怎么肯吃陌生人做的东西？没有吃她给的东西，倒是对她注意起来。

兰淑云那样的长相，尽管年龄大了也极有风韵。何况为了来见儿子，她还打扮得整整齐齐。计大少以为兰淑云是专做工地生意的那种女人，言语和神态上就非常轻浮，甚至还调戏了她。

傅诚平时非常老实沉默，这时候却忍受不了计大少侮辱他的母亲。

开始的时候他只是上前试图把母亲拉开，计大少却动了手，把兰淑云往自己怀里带，嘴里还不干不净的。之后的情况可想而知，言语挑衅、推搡、扭成一团。结果养尊处优的计大少被傅诚暴打一顿，毫无还手之力。

老张说："当年那个情形，我现在还记得。工地上那么多人，都是卖苦力的，个个有把力气。可是……小傅凶得很，那简直不是打架，分明就是要杀人！大家明明知道这是巴结计大少的好机会，却都吓得不敢上前，一个个不自觉地往后退。如果不是傅家妈妈拼了命地扑上去劝，计大少真会被打死的。后来救护车来了，警车也来了，他们一个被抬走，另一个被押走。"

"后来呢？"路小凡紧跟着问。

"具体的就不知道了。"老张老实地说，"不过既然计大少现在好好的，证明当时是被医院抢救过来了。傅诚能和计大少成为好友，说明当时他也从警察局安然地出来了。不然把人打成那样，尤其对方还是计家的人，肯定得重判，不容易脱身的。"

抢救？老张居然用了这个词，还说是抬着走的，那就是说当年打得很重。按照正常的逻辑，两人就算不成为死仇，也绝不会成为好友的。

还有，傅诚之后并没有再入狱的记录，说明计家网开一面，甚至还动用了一点儿手段私了了。

可当时傅诚被临时羁押，计家大少又被打得那样重，是谁平息了这件事呢？兰姨吗？这样柔弱的一个女人，挣扎地活在社会的最底层，她有什么能力和办法？

这些问题沉重地压在路小凡心上，以至于回去的一路上她都沉默着，眼神也不知飘到了哪里。

江东明在她正要下车时告诉她："我无意中翻过员工档案，发现兰淑云曾经是我姑父的秘书。所以你想，是不是她走了我姑父的路子？"

路小凡顿住脚步。

"但是，我姑父在重病成半植物人之前，性格非常强势霸道。他要的东西一定会得到，除非他展示慷慨大度，否则他的东西别人不能损伤分毫。"

"为什么告诉我这个？"路小凡摸透了江东明想跟她说什么。

"因为，我觉得傅家和计家的关系很不一般，必定有秘辛往事。"开车离开前，江东明摇下车窗，甩下这么一句。

路小凡半转身，一只脚踏在台阶上，却没有动。她望着江东明的车子绝尘而去，莫名感觉到了危险的气息。

这令她非常不安，连之前从超市买的东西，以及自己的钱包都落在了江东明的车子上。好在当她失魂落魄地回到家，打算再拿点儿钱，重新去买今天晚饭的食材时，听到了楼道里熟悉的吵架声。

"你居然敢拦我，知道我是谁吗？"刘春力声音不大，但气势夺人，"我要是不高兴了，这家的营养师就得辞职，这家的主人就得抓瞎。那时候，你觉得你还干得长吗？"

"我管你是谁！"当值护士压低声音，大概是怕吵醒孱弱的计老先生，"路小姐说了，这年头骗子多，除了她和计先生、陆先生，谁也别想进来！"

刘春力气急败坏。

"小舅，你回来了！"路小凡惊喜的声音适时缓解了刘春力的愤怒，"你怎么回来了，不是说还有三天吗？也不提前说一声，我好接你啊。可是你怎么跑到计家来了，为什么不在咱家等我啊？"她边说边快步走过去，连珠炮似的问话让刘春力没精力继续和护士理论。

"等你干吗？朝拜吗？"刘春力缩起身子，躲开路小凡的拥抱，"起开，起开！这么没大没小的，你给我严肃点儿，我是你舅舅！"他摆出一脸的厌烦感，眼睛里却满是喜悦。

"你怎么找到这里来了？"路小凡在刘春力瘦小的肩头上擦擦鼻子。

"我打电话给卤鱼干，他说你改换门庭到这边来了。"

"哦！"路小凡重重一声，用手指着刘春力的脸，"你打电话给陆瑜，却不打给我，你们什么时候这么亲近了？比和我还亲！”

“我这不是要给你惊喜吗？”刘春力轻拍掉路小凡的手，“再说，我需要车夫接我，舍得你来回奔波吗？小没良心的，还给我嫌东嫌西。”

路小凡一看刘春力身边，果然没有行李，就支吾着问：“陆瑜没跟你说计肇钧为什么要把家搬到市区吗？”

“反常即为妖，我急着来就是要问你。”刘春力咬牙切齿，“卤鱼干那个死家伙，事关计总裁的事，他就跟封了嘴似的，打死也不说。他这样，我倒怀疑出了什么事，快说吧，舅舅给你做主。”

她强忍下心底的波澜，只拉了刘春力的胳膊，尽量用轻快的语气道：“今天晚上我请假，咱们回去慢慢聊。你来得正好，先陪我去超市吧，要买的东西太多，我一个人拎起来很费力。”

“拿我当苦力。”刘春力白了路小凡一眼，“放着陆瑜那种大脑松子大、肌肉篮球大，还认死理的斗牛犬不用，真是浪费。”

路小凡努力平静情绪，完成了当天的工作才规规矩矩地向计肇钧请假，说要回家一趟，计肇钧当然不会拒绝。倒是刘春力因为路小凡和计肇钧住在同一屋檐下，有点儿不乐意。路小凡就说陆瑜也在一起住。刘春力果然看在他们“三人同居”的分儿上，没有深究。

“在计家大宅，我不也和他住隔壁吗？”路小凡辩解。

“那不一样。”刘春力仰了仰脖子，“那边空间大，两人离得远，擦起火花的机会就小。你不能再有火花了，不然非得烧死你！”

路小凡静了静，然后把这些天发生的事，以及她的怀疑和调查，详细地、毫无保留地给刘春力讲了一遍，足足说了两个小时。

刘春力听说路小凡病倒住院，担心地埋怨：“我走的时候说什么了，说如果有事，无论如何都要给我打电话，你这熊孩子怎么就不听大人的话呢？”

“我没想到这么严重。”路小凡摆出认错的态度。

刘春力张了张嘴，似乎还想骂她，却终究咽下那些话，只愤恨道：“你确定是朱迪想杀了你吗？”

路小凡点点头：“都怪我太笨了，明明知道她不怀好意，却还是着了道。”

“不是你笨，是你不够狠，所以没办法理解那种脑洞。何况，她还是个神经病，难道你和神经病比发疯？”刘春力顺手拿起身边的毛公仔，使劲拧了拧，好像要掐死的是朱迪，“就这么放过她吗？哪怕没证据告她，也不能就这样算了。害人是会上瘾的，她必定没完没了。”

路小凡深以为然。

“我若针对她，阿钧怎么办？或者，我该叫他阿诚。”路小凡的眼睛里蒙上重重的水影，“我说这么多，难道你没听明白吗？真正的计肇钧死了，活着的是傅诚，救过我命的傅诚！朱迪抓住了他的把柄，如果真的把真相揭出来，他会以诈骗罪被抓起来的！”说着，她落泪了。

“最差的情况是什么？”刘春力静默了片刻，问。

“我咨询过律师，因为他过手的资金太大了，罪会很重，很可能被判无期徒刑！那样他这辈子就毁了。”

“当初他的脑袋被驴踢了还是怎么的？”刘春力烦躁地扒扒头发，“怎么就冒名顶替呢？做出这样的事，不知道会有什么后果吗？就算做了，把手擦干净啊。”

“当时他重伤，我总是想，他或许是迫不得已的。”路小凡每当想起这个，就更加心疼，“你想想兰姨疗养院的费用，小富之家都支付不起，再想想傅敏的学费，还有他躺在医院这么久的昂贵医药费……他家那么穷，你让他能怎么选？他背了这么多的债，又能让他怎么办？”

“是，他情有可原，但法不容情啊。”

“所以我告诉你这件事，你绝对不能说出去！”路小凡猛地抓住刘春力的双手，“其实我不应该告诉你的，因为那样你就也有包庇的罪责。可是，我又不能瞒你这么大一个秘密。”

路小凡深吸一口气，眼泪却并没有止住：“我终于明白那一次，他为什么要和我分手，为什么要放弃我。一定是朱迪逼他了，他怕连累我，他想保护我。其实我们在一起时，他一直很克制，若他不那么珍视我，大可以不顾我的感受，不顾我的未来。他如果存心，就是让我未婚帮他生孩子我也愿意。小舅，他是个好人，他的心那么善良，他不该落到这种境地的！他对我明明有感情，却要逼着自己冷漠，他的心得多疼啊。我还……我还那么无情地把订婚戒指还给了他，对他冷言冷语。我为什么……就那么笨呢？他心里藏着那么多苦，别人不知道，我应该懂的！”

“行了，别自责了。”刘春力坐过来，搂住路小凡的肩膀，让她倚着自己哭，“现在要想的是接下来该怎么办。真的一直瞒下去吗？我不介意封嘴，我只是觉得天网恢恢，纸是包不住火的。”

路小凡心里一抖。她没有对刘春力说，她其实更怕另一种可能。傅诚和原来的计肇钧不仅不是好友，还互相厌恶憎恨。那么那起车祸是怎么回事？真的是事故，还是他杀？若再有阴暗的秘密被揭开，她怕傅诚，不，现在仍然要叫他计肇钧，她怕计肇钧会付出更大的代价。

“别多想了。”刘春力拍拍路小凡的脑袋，“车到山前必有路，船到桥头自然直。这是个死局，所以咱们看看时间会给你什么选择。现在也只有守口如瓶，希望老天给机会，死局里面能找到生门。”

还有生门吗？路小凡绝望地想着。

第三十六章　金蝉脱壳

第二天江东明给路小凡送落在他车上的东西时问："你想不想知道兰淑云当年在计氏工作的情况呢？我可以帮你查查。说起来，计家和傅家还真是挺有缘的。母亲曾经做过我姑父的秘书，他们的儿子成了共生死的好友。"

不知是不是路小凡多心，她总觉得江东明意有所指，特别是"共生死"三个字，他说得格外重。

路小凡摇摇头："我打听傅诚和计先生的事是为了满足兰姨的好奇心，其他的事就算了吧。不过，还是谢谢你。"

"改天请我吃饭道谢好了。"江东明眼中闪过莫名的光，表面上却笑着说。

"吃饭的地方得我挑。"他跟着补了一句，走了。

望着他的背影，路小凡忽然松了口气。为什么和计家有关的男人，都那么难缠呢。她深吸口气，提起精神去了菜场。

自昨天和刘春力说完那番话，她感觉心理压力减轻了不少，对计肇钧也越发心疼起来。她暂时想不出别的办法来帮他，她只擅长做饭、做家务，那么她要让他尽可能地享受到家庭的温暖和细心体贴的对待，以补偿他前二十八年的遗憾。

于是连着几天，她变着花样地给计肇钧做好吃的。早上让他吃营养早餐，然后舒服地去上班。晚上是丰盛的晚餐，在这寒冬里暖心又暖胃。房间里始终干净整洁，衣服干干净净的，她甚至帮他把洗澡水都放得好好的。

"我算明白了，为什么好多男人结了婚以后就身材走形了。"陆瑜每天都跟着沾光，此时坐在沙发上感叹，"因为，幸福使人发胖。"

计肇钧没说话，眼睛也没看路小凡。

"你要怕胖的话，锻炼一下好了。"路小凡瞄了一眼总是把工作带回家，吃完饭就一头扎在文件堆里的计肇钧，"你们貌似很久没去健身了吧？不如明天一起去啊。"孙莹莹给她这个跟班办的健身卡还没到期，说起来那一位为了追男人也真是下足了血本，要知道那家高级健身会所是很贵的。

陆瑜扑哧乐了："我突然想起美剧里的那句玩笑。上一次健身是什么时候？还是精子的时候，为了和其他亿万个兄弟争夺进入卵子，以获取生命的机会。"

“不好笑！”路小凡瞪了陆瑜一眼。

“明天去。”计肇钧没抬头，却做了决定。

可惜第二天路小凡没去成，因为傅敏打电话约她。傅敏没找她暗恋多年的计肇钧，也没找暗恋她多年的陆瑜，却找了路小凡，显然是有话要说。所以路小凡随便编了个借口，让计肇钧和陆瑜按原计划去健身，她则去了那家约好的茶吧。

“你能不能帮我个忙？”傅敏开门见山。

“如果帮得上，我非常愿意帮你。”路小凡捧着茶杯暖手。

茶气氤氲，因为天气冷而冒着淡淡的白色雾气，衬得傅敏直长发掩映下的眼睛湿漉漉的，好像要哭了一样。

“你一定能帮。”傅敏用力点头，“不管我多不想承认，我也得说，你对钧哥是有影响的。所以，你可不可以帮我劝劝他，别让我去国外！”

没来由地，路小凡心头一跳：“他……让你离开这里？”

傅敏再一次用力点头，随后又摇摇头：“并不是离开那么简单，甚至不是简单的出国留学，而是让我移民。”

“为什么？”路小凡也很意外。

“我也不知道，可钧哥霸道得很，他做决定从来不让我问理由。我不想出国的，他却一定要。我猜，他是想摆脱我。”傅敏垂下了头。

“我一直拒绝的，真的，我也求过他。可他说如果我不听话，他就再也不跟我说一句话。我以前不怎么吭声，是以为办移民没这么容易，但他大把钱撒下来，这事真的已经办成了。我的，还有陆瑜的都办好了。我亲耳听到他催促陆瑜尽快安排房子，帮我申请大学继续深造，还在打听条件最好的疗养院，以及会中文的专业护士，这摆明是让我妈跟我一起走呀。他这是干吗啊，他为什么要把我们全送走！如果我真的讨了他的嫌的话……”傅敏一大串话说下来，有些激动，“我保证不骚扰他行吗？我已经死心了。我只是……只是舍不得离他太远。只要不让我走，他要我嫁给陆瑜也成！”最后，傅敏咬了咬牙说。

路小凡整个人都僵住了。

他这是要……逃走吗？逃走是最好的办法！他离开这里，隐姓埋名，就还可以好好地活着。对他最重要的人就是兰姨、傅敏和陆瑜了，他们是他的母亲、妹妹和最信任的朋友。带上了他们，他还有什么可留恋的呢？还可以彻底摆脱朱迪！

他隐忍了五年之久，为计氏辛劳，让计氏壮大，一点一滴，不慌不忙，有条不紊，就是要完全掌握公司，好神不知鬼不觉地分流出一笔足够一家人生活的金钱。然后办理移民，逃之夭夭！

金蝉脱壳，真是绝好的办法！为什么她之前没有想到呢？哦，是了，因为她从没想过他会消失在她的生命里，果然还是她太自私了。她只想能看到他，最好是永远不要分离。

他能破开这个死局真好！她该高兴的。可是，为什么又心痛如绞呢？因为他的计划里没有她吗？因为她会是被甩下的那个吗？

“你怎么了？”傅敏愕然地望着路小凡，“哪里不舒服吗？”

路小凡望着傅敏，这才发现自己已经泪流满面。

“对不起，我失态了。”路小凡努力笑起来，“其实上回住院，我是有点儿后遗症的，突然胃疼得很。”她胡乱抹了一下脸，勉强把话说完，“不过你太高看我了，我对计先生的影响并没有那么大。他能听我意见的，顶多就是家长里短的那些琐碎事。但我想，他有他的计划，你还是不要违背他。相信我，他是为你好，他真的是为你好，不会害你。你别让他失望，别让他分心，照他说的去做就是了。他那么辛苦，咱们别给他添乱。”

“好好，我知道了，你还是去看看医生吧。”傅敏站起来扶路小凡，不禁有点儿慌乱，于是敷衍着回答，“我送你去医院好不好？”

“帮我叫辆车就行。”路小凡站起来，觉得腿软得打晃，“我只需要……只需要回家躺一下就好。”

“真的没关系吗？”傅敏是真担心了，“我觉得还是去医院看看比较好。”

但无论傅敏怎么说，路小凡都坚持回家。傅敏没办法，只得帮路小凡叫了辆出租车，看她安稳地坐好，又告诉司机地址，目送车子扬长而去。

“她是受了什么刺激吧？”傅敏也不傻，“还是我说错了什么话？”她自言自语，“难道是觉得我身在福中不知福，气到了？”

自己真的错了吗？傅敏有点儿不确定了。

路小凡根本没有直接回家，而是去了刘春力工作的地方。她习惯了难过痛苦的时候，找亲人的肩膀靠一靠。可是她要跟小舅说什么呢？真的没什么好说的。她退缩了，远远地看着刘春力在那边卖化妆品，又默默转回，一路慢慢走回去。

不管她怎么劝自己，还是伤心到无法自已，以至于她连走路也迷迷瞪瞪的，迈上台阶时，脚下一绊，整个人向前扑倒。

“小心。”一只手臂揽在她的腰上，把她整个人捞了起来。

“你干吗管我，我不用你管！”路小凡不用回头就知道是谁，挣扎起来。

计肇钧用力，直接把路小凡举到最上面那一层台阶：“你怎么了？”他轻轻皱眉。路小凡进小区时，他和陆瑜刚好从健身房回来。远远地，他就看见她走路摇摇晃晃，失了魂似的，陆瑜在后面还喊了一声，她都没听到。

“我没事。”路小凡深深吸气，拼命想把刚才不经意流露出的不满隐瞒起来。

“你别走。别走好不好？”她忽然揪住他的衣襟，“别离开我，至少，别悄悄就不见了……”她喉咙哽住，头抵在他的胸口。

他的心跳是那样有力，一下一下撞击着他的胸膛，也撞击着她。

计肇钧低头看着路小凡，虽然不明白她为什么哭，但一看到她难过，他的心也跟着揪了起来，酸胀胀地疼。他下意识地伸臂把眼前这个人拥入怀中。

他们就站在台阶上，拥抱着，忘记了周遭。

陆瑜停好车，从车库过来，正好看到这一幕。

他先是怔住，而后结结巴巴地说："我……那个……我有事，今晚就先不回来了。呃，不打扰，你们继续，继续，当我不存在。"

没有人回答他，也没有人注意到他，他说完就跑了。直跑到小区外面，他才捂着胸口站了会儿："人家抱着，我干吗跟着耳热心跳的啊。"他哀叹，"钧哥也真是的，随便抱抱都让人看不下去了，害得我有家回不得。"他想想，果断向着一个方向迈进，"找阿力。"

陆瑜离开后，计肇钧和路小凡才放开彼此，一前一后地回家。

路小凡根本不敢看计肇钧，心里还是难过得要死，表面上却平静下来。

计肇钧却恰恰相反，心被彻底搅乱了，脑子也根本没办法思考。好在路小凡进屋后就直接回了房间，免了他的紧张和尴尬。随后他喝光了整瓶酒也仍然无法入睡。

今天有点儿不寻常，小凡不知道遭遇了什么事。他觉得有必要调查一下，他想知道她为什么突然情绪这么激动。

这么想着，突然就想再看看她。

因为主卧和次卧的阳台是连着的，计肇钧又知道路小凡有点儿怕黑，睡前习惯拉开半扇窗帘，所以他就从阳台这边悄悄走过去，想再看她一眼。

哪想到路小凡连床头灯也没关，他从外面能把室内看个清楚。

昏黄的灯光下，路小凡没脱衣服，没盖被子，赤着脚躺在床上。显然，她是躺着躺着就不知不觉地睡着了。看起来，她在做梦，还是恐怖的噩梦，因为她的脸上露出痛苦的神情，四肢微微动着，像在挣扎，看起来可怜极了。

在这种情况下，计肇钧顾不得多想，因为阳台的门没锁，他直接开门进了屋。

他快步走到床前，犹豫了一下，坐在床边，伸手抚摸路小凡的面颊，轻声唤着："小凡，醒醒，小凡……"

梦中的路小凡正被一个红衣人追赶，她夺路而逃。

那人正面和背面有两张脸，分属不同的性别。他（她）走得极慢，可她无论怎么跑也躲不过，最后，她掉进一个黑水潭里，快要淹死了。

肺部像针扎一样疼。四肢冻得就要痉挛。绝望之际，她突然感觉有温暖的力量绕上她，把她从那冰冷的黑水里拉了出来。

她猛然坐起，心扑通扑通乱跳，看也不看就投入眼前的怀抱。

"我梦到……梦到……"她大口喘气，仿佛刚才真的溺水了。

“梦到什么？”计肇钧尽量放柔了声音。

“戴欣荣……我看到她……”

只不过，前计夫人只是那个双面人的正面，反面却是计肇钧，真正的计肇钧。

“你怎么会梦到她？”计肇钧有点儿吃惊。

“朱迪给我看过她的照片，还暗示过好多事。”路小凡冲口而出，大概是噩梦初醒的关系，心底的话有点儿藏不住。

计肇钧笑了下：“暗示是我杀了戴欣荣吗？你相信吗？”

他试图拉开路小凡一点儿，路小凡却收紧了手臂，更紧地贴近他，猛然地摇头。

“为什么不相信呢？有可能哦。至少，很多人都这样猜测。”计肇钧伸出一只手，在空中停留了片刻，最终还是落在路小凡的头上，轻拍两下，“小凡，以后要学聪明点儿。对猜不透的人和事要离得远远的，免得被牵连，懂吗？”

“我就是相信你！不可以吗？”路小凡执拗地说。

“谢谢你。”计肇钧沉默了半晌，只说出三个字。

路小凡像小狗一样把头拱在计肇钧的颈窝里，他温暖的呼吸掠过她的耳郭，令她突然一阵战栗。

她松开他，双手却还攀着他的脖子，凝视他的眼睛：“答应我，在你离开之前，一定要对我说再见。”

“你觉得我会去哪里？”计肇钧有点儿莫名其妙，可是他看路小凡的眼睛里盛满了真切的悲伤，他能感觉到她没在开玩笑，也绝不是在说梦话。

“我今天晚上去见了傅敏。”

“怎样呢？”

“她不想移民，想让我劝劝你……”

“你以为我也要走吗？”计肇钧打断他，忽然感觉好笑。

“你不走吗？”路小凡心下一凉，感觉整个大脑都空了。

“我不会去国外的。”计肇钧说得模棱两可。

路小凡心里却掀起滔天巨浪。

路小凡心中颤抖，动作却坚决。她忽然贴上他的唇，主动而热烈，带着一种绝望和悲伤。

计肇钧没有提防，愣怔了一秒就沦陷了。

计肇钧不知道自己是怎么回到自己房间的，但他觉得，不能再照这样来上一回了。下一次，他根本不能保证可以及时抽身。这种考验太折磨了，他也是个男人，还是个素了很多年、身体健康、心中充满爱意、对心上人也会冲动的男人。

这一次差一点儿，差一点儿就走火了。

第二天他逃了，借口公司事忙，当晚就睡在了公司。他虽然知道这很可笑，虽然知道他不可能一辈子不露面，但他必须彻底冷静下来。整整一个白天，他的心绪都不能平静，很想回去继续做点什么。

陆瑜不知受了什么刺激，也没回公寓那边，而是跑回自家闷着去了。

为此，路小凡倒是难得有空闲了。在服侍计维之睡了后，她立即去找了刘春力，把计肇钧安排傅敏等人移民出国，但他自己并不想走的情况告诉了刘春力。

“他是想去自首。”路小凡的眼泪直掉。

刘春力目瞪口呆：“那样他不就得……”把牢底坐穿！这话，他没说出来，反倒问，“那怎么办？”

“计肇钧到底负不负责啊？”刘春力想不出好办法来，就有点儿发急，“他无牵无挂了就可以放弃自己，那让关心他的人怎么活？他这人别的地方都好，就是性格不好，太大男子主义，什么都是他自己说了算，从来不顾及别人的感受！”

“傅敏不了解真相，他还安排了陆瑜守护。兰姨……什么也不记得了，还以为自己的儿子早就死了……别的人哪会有感受？”路小凡下意识地绞着手指。

“撒手，想把自己的手指头掰断吗？”刘春力打下她的手。不提陆瑜还没什么，提起来他就一肚子的气。

“那你呢？你没有感受吗？你就算是一根木头，跟他泡了这么久，也长出蘑菇来了。你说说你，还喜欢他干吗，他牵挂的人里都没有你！不然，怎么轻易就放下了？”

“他是不敢牵挂好吗？否则就会把我也连累了，他是为我好！”路小凡气极道，“其实我也是给他造成压力的原因。他本来不用这么急的，他怕我越陷越深。他从来都是在为我着想，你怎么不明白？”

“我明白有屁用，关键是你明白。”刘春力也急，“不对，你明白也没用，关键是想出办法来解决。不管怎么说，他犯了法，还有人威胁他，他那臭脾气还坏得很，安排好家人，就敢跟人家硬碰硬……”

刘春力话还没说完，路小凡一下子站起来，说得咬牙切齿：“对啊，为了救他，我可以让他多点儿牵挂，多个家人！”

“你要干吗？”刘春力愕然。

路小凡低头，下意识地摸摸自己平坦的小腹。如果她有了计肇钧的孩子，他就算不顾及她，也会顾及他的宝宝吧？他从小生活在缺乏父爱的环境中，所以他一定会特别爱自己的孩子，他就算拼了命，也不会让孩子在单亲家庭中长大吧？那样，他就会选择逃走，给自己留一条后路！

“你到底想干吗？”刘春力惊得跳起来，拉住路小凡的胳膊。

“我要把他扑倒！”路小凡继续咬牙切齿，“然后……然后他就有了责任。就算他一意孤行，至少他还有血脉在这世上，多少是个念想！”

“你给我打住！”刘春力气不打一处来，使劲点路小凡的额头，“自己脑子不好使，就不要瞎使。你这不是脑洞大开，你这分明是脑袋上开了洞！什么馊主意啊……”他看到路小凡要哭的模样，倒吸一口凉气，“你不是……你不会是已经有料了吧？”

“他要能这样做就好了。”

“那你脸红什么？”

路小凡想到昨晚，她是失去了理智才那么主动。当时那么热，差一点点就……可是他还是走了。

听到刘春力突然噤声，没有追问下去，路小凡好奇地转过头，结果却看到刘春力发呆的样子：“那你脸红什么？”

“气的！”刘春力吼。

其实他也在想昨晚的事，不禁心虚得很。陆瑜不知为什么，突然跑到他这儿来。现在他算明白了，一定是小凡和计肇钧之间发生了什么事，那条卤鱼干自以为聪明，不当电灯泡，给人家腾地方来着。

然后，他们俩闲着没事，就去外面的大排档喝酒，还说什么冬天的晚上冻得人缩手缩脚，但灌上整瓶白酒，配着辣椒面比肉还多的烤串，包管整个人都着火了。

到底是不是能着火他不知道，他只知道有几个醉鬼嘲笑他娘娘腔，还动手动脚。以他这脾气，当场就跟人家打了起来。开始时陆瑜还看着哈哈笑，在旁边跟着叫好，后来为了救他，和五六个人打起来了。当他看到陆瑜很爷儿们地粗声叫骂，为他流血，他的心跳得快了。他觉得自己可能真的是弯的。

再然后，为了掩饰心慌，他一瓶瓶地喝酒，结果醉得口歪眼斜，似乎还说了很多话，其中包括挺重要的事，但具体是什么，完全没印象了。

路小凡把计肇钧就是傅诚的事告诉了他，嘱咐他绝对不要说出去，所以……但愿他说的不是这些。至于别的，甚至于表白什么的，他也无所谓，顶多推到酒精上头去就是了。

事实上，他什么都说了。

于是，陆瑜伴随着苦恼万分，又惊吓万分，跑回了自己家。

陆瑜是个行动派，不太爱动脑，此次想了一夜简直是破天荒了。第二天他顶着一对熊猫眼，等计肇钧开完例会，就跟上去把一切说明了。

“知道了。”计肇钧无比震惊，但心里再乱，表面上也努力保持平静，镇定地对陆瑜说。

陆瑜退出他的办公室，嘱咐别人不要打扰计总，还亲自守在门口。

计肇钧则缓缓坐下。

他爱着路小凡，他的内心始终充满着痛苦的挣扎，他担心不能给小凡一个未来，怕给她带来伤害，还怕她爱的从不是真实的自己。

计肇钧是华光闪闪的身份，傅诚是一个虚幻又快速远去的影子。

可是他没料到，她都知道了。无论她是何时发现的，仔细想想，她从来没有背弃过他。这个秘密压在他心底都如此沉重，她那样软糯温厚的人，她是怎么承担下来的？

怪不得，她对他越来越好，好得没有理由；怪不得她听说傅敏和陆瑜要移民到国外，就担心他突然消失；怪不得，她前晚那么主动，令他差点儿无法自持。

“小凡，你到底是有多傻？”计肇钧呢喃着，轻轻摇头。

整整一天，计肇钧都在心痛与混乱中度过，下班的时候犹豫再三，还是回了公寓。一路上他都在打腹稿，在看到路小凡的瞬间，突然打消了所有的念头。

既然她不说，他就装作不知道好了。跟她摊牌的话，是逼着她举报他，还是要她成为同谋？为了她，他曾想干脆无耻一点儿，带她一起逃去国外好了，放弃自己的尊严和做人原则。为了她，他可以把骄傲扔到灰尘里去。

可是，他不能让她也一辈子隐姓埋名，跟着他活在通缉的世界里，再也无法回到生她养她的土地。她不像他，她还有家人，那样相亲相爱的家人。如果要她为他全部舍弃，他就太自私了。

“你也不打个电话，我还以为你今晚还不回来，都没有做晚饭。”路小凡看到计肇钧有点儿欣喜，也有点儿惊讶。

“没关系，我们到外面吃。”计肇钧沉声道，眼睛落在那张可爱的脸上，根本就挪不开。

“这算约会吗？”路小凡壮着胆问。没等计肇钧回答，她转身往里走，“那我去换衣服。”

然后，整个人被计肇钧从背后抱住，嵌入他宽阔的胸膛。

“谢谢你，小凡，谢谢你。”

第三十七章　真相

江东明失眠了。

他很少失眠，但现在即使是躺在黑暗中，窝在暖暖的被窝里，他也睡不着了。最近他在想着路小凡，不停地想路小凡。

自从上次她要他帮忙调查计肇钧和傅诚的关系后，就突然没了消息。他本指望她产生怀疑，然后令他亲爱的表弟露出马脚，结果却不如他所期。

但最重要的还不是这个，而是他悲哀地发现，他最初的目标感已经消失了，他失望于路小凡对爱情的死心塌地。他完全没可能插足。难道，非要等到真相大白的时候，她才会幡然醒悟吗？他会有那样的机会吗？好吧，至少他还可以等。

他最坚定的盟友老钱去外地出差了，是去找傅昆，到现在也没有消息，电话也打不通，让一向自诩笃定镇静的他，也有点儿抓耳挠腮起来。真是的，他知道老钱生活压力大，但办个手机漫游也没多少钱吧？至于连这点儿电话费也省吗？

寒风在山间呼啸，江东明心里却又热又乱，忍不住爬起来，想倒点儿水喝。因为窗帘是半开的，他走到桌边时一晃眼间，似乎看到有影子在楼下慢慢移动。

他立即快步跑到窗帘后，缩起身子，悄悄向外看。然后，真的看见一道白色的身影闪现在后园的花木丛中！

天已经很冷了，花木早就失了青翠，于是那些光秃秃的枝丫被风吹得张牙舞爪似的，看起来更吓人。何况那白影长长的黑发被吹起，阴森得很。不知是不是有所感觉，当江东明站定，那白影忽然停顿了一下，转身，抬头，望向主屋，江东明的房间。

江东明没动，因为知道隔着厚厚的窗帘，对方看不到他，何况他的房间里没开灯，而外面月光皎洁，外亮内黑，除非对方真是鬼，不然不可能会看到他站在那儿。

果然，对方凝望了一会儿，又回过头去，继续向游泳池边的小屋走。江东明慢慢退到床头桌边，拿出里面的红外线望远镜。

老钱不在，计肇钧带着计维之、路小凡、陆瑜搬走了，傅敏回学校了，整个计家比以前空寂了许多，只剩下他和会伪装梦游的朱迪和前精神病人老冯。

他不怕鬼，假如像路小凡在大宅时那样，所谓戴欣荣的鬼魂会出现，他还很高兴呢。因为他必须问问那个他爱过的女人，在她身上到底发生了什么可怕的事。她那么虚荣的人，哪能甘心沉寂？

在这种情况下，朱迪要想做什么事只会更容易，因为人少，眼睛就会少，相反江东明要监视的范围就大了。这可苦了他，只能对公司称病，一直窝在老宅里“休养”，其实睡觉时都恨不能睁着眼。

“养病为什么留在这儿？你自己没有家吗？”朱迪曾经一脸嘲讽地问他，“这里既没有医生，也没有人照顾。就连吃的饭都是本地村民的粗食，你死赖在这里有什么意思呢？”

“鱼生火，肉生痰，粗茶淡饭保平安，这话没听过吗？”他耸耸肩，“再说大宅这边空气好，又安静，正适合养病。不然，我姑父为什么被关在这里五年呢？”

他故意用了个“关”字，还表现出无所谓的样子，随后又对朱迪挤挤眼：“他们都走了正好，只剩下我们俩，没有打扰，不如我们立即发展一段感情吧？你知道的，我惦记你好多年了。”

朱迪冷冷笑了笑，转身走了。

他们都知道对方在撒谎，从开始的时候就知道。不过他还能当成乐趣，顺口胡说得很自然，朱迪却已经没兴趣伪装了。他觉得，这是因为计肇钧离开的行为深深打击了朱迪。尽管不想承认，他还是在为计肇钧这次的行为喝彩。

花大价钱买的军用望远镜真是不错，他站在二楼自己的房间里，能清清楚楚地看到楼下的朱迪。

这个女人也不怕冻，大晚上的就穿个厚厚的白色呢绒睡袍，光着头，长发飘散，外面裹了个大披肩。她大半夜去游泳池边的小屋，一定是去找老冯。为什么白天不找？因为他盯得紧！而且老冯似乎在躲她，不，应该是说在躲所有人，好像整天都处于恐惧之中。自从大宅差不多搬空之后，老冯就这样了。

可是老冯晚上要睡觉；那晚上逮他就不困难了。如果朱迪在这个房子里有帮手的话，会不会是老冯？他精神上有问题，不过，他是朱迪从医院领回来的，算是朱迪给他安排的生活和工作。那么，朱迪更容易控制老冯吧，毕竟老冯只是精神上有问题，并不是不记得事，出于感恩之情，老冯也不会拒绝朱迪的任何要求。

再想想，朱迪有什么事非得找到老冯不可呢？还偷偷摸摸地大半夜里来？显然，她是要老冯做什么事，秘密的事。

想到这儿，江东明兴奋起来，半点儿睡意也无。

很快，老冯的房间亮了灯。

门开了一条缝，老冯显得小心翼翼。见到门外站着的是朱迪，他砰的一下把门关上了。用力之大，速度之快，显然他是受到了惊吓。但紧接着，不知朱迪说了什么，他又把门打开了，迟疑地探出头来。

老冯在害怕，继而在辩解着什么，始终垂着头，不敢看朱迪，就像一个犯了错被抓到的孩子。他还浑身哆嗦。这种画面诡异莫名，显然老冯是朱迪的傀儡。

江东明疑惑万分，心想也许应该盯一下老冯才行。至于说搜房间，老钱之前已经神不知鬼不觉地把老冯的房间里外检查了三遍，没有任何发现。

不过这番深夜对话只持续了几分钟，朱迪很快回了大屋，再没有动静。江东明却从此刻警醒起来，开始跟踪老冯。

令江东明恼火、意外又奇怪的是，老冯异常敏感又神出鬼没。

计宅是大，但还没到能让江东明迷路的地步。但他就是逮不到老冯的影子，前一刻还看到他在花园里给树木包上干草编的树衣，或者在花房里照料计肇钧那些宝贝的花草，下一刻他就能踪影全无，完全不知道在哪里了。

难道，计宅中有密道？江东明忍不住想，但随即又自我否认。

于是，江东明和老冯在计宅里玩起了捉迷藏。还没等他有所“战绩”，老钱就回来了。

“天哪，是不是当警察的都爱装神秘？”

老钱一到，江东明就声称自己的车子需要保养，硬把老钱拉到车库。

“前警察。”老钱一边打开引擎盖，假模假式地敲敲打打，一边纠正。

“有收获吗？”江东明瞄到附近没人，就有点儿迫不及待。

“我找到了计肇钧秘密汇款的受益人，可以肯定那人就是傅昆。虽然他隐姓埋名，但我还是查了出来。”老钱直起腰，“他承认每月都从计氏的一个私人账号上拿钱，不过……”

“不过什么？”

“不过他一口咬定是计总裁为照顾好友的养父出的资助。”老钱叹了口气，“可怜之人必有可恨之处，可恨之人也有可怜的地方。傅昆做人可以说很失败，可他似乎也想要承担一点儿为人夫、为人父的责任。以我的观察来看，他嘴硬成这样，未必是来自别人的威胁，很可能是出自内疚。”

“不能把他抓起来，或者逼问吗？”江东明有点儿发急。

老钱不满地瞥了他一眼：“我们警察办案是讲证据的，现在就算你我确定真正的计肇钧被人掉包了，没有切实的证据也不能报案。就算报了，公安机关也不予立案的。”

“你是前警察。”江东明提醒。

“那也不能知法犯法。”老钱很坚持，“手段必须合法，审判才能正当。”

“我们这样找上傅昆，会不会打草惊蛇？”

“既然打草了，惊的就是蛇啊。”老钱的眼里闪过狡黠的光。他已经找了朋友暗中监视傅昆。

“希望傅昆做一个父亲该做的事，这样才能顺着他这条线找到这团乱的源头。”

“我这次也不是一无所获的。”老钱擦擦手上的机油，合上引擎盖，一边围着车子转，一边说，“不知是不是失意的人都好酒，我逮到一次傅昆喝醉了的机会，他倒是说了些不同寻常的事。”

“哦？”江东明立即来了精神，“什么事情呢？”

“所有人都说，五年前计大少出了车祸，差点儿闯不过鬼门关。后来捡回一条命，从此性情大变。由花天酒地、无德又无耻的二世祖，变成兢兢业业、在商场上以冷酷无情著称的计氏继承人。这种说辞，不仅官方没有质疑，就连神通广大的娱乐记者也没有挑过刺。事实上……”

“不是车祸吗？”江东明敏锐地意识到了什么。

老钱摇头：“不是车祸，而是爆炸案。”

“不是车祸引起的爆炸？”

“是纯粹的爆炸。”

江东明抿紧唇，好半天才缓缓呼出一口气，轻声道：“出事时我正好在国外出差，回来就听到这种解释，并没有怀疑。既然爆炸最终变成了车祸，想来那应该不是普通的爆炸。我那亲爱的表弟有一段时间非常喜欢爆破类的场面，还经常私底下搞点儿违法的小事情，想来他应该不是单纯的被害者……我姑父定然是怕这种丑闻影响公司的形象，继而影响到股票和未来发展，所以一手遮天给捂住了。”他又摇头笑笑，不知是嘲讽还是佩服，“我姑父在变成半植物人之前，一向能量巨大。这样的行事是他的手笔，像他的风格。”

“他肯定是买通了一些人，不然不可能瞒天过海。”老钱很严肃，眉头紧皱，甚至是生气的。

“你是想？”

“关于计家现在这位掌门人是不是在五年前施展过李代桃僵之计，咱们没有切实的证据，暂时不能轻举妄动。但关于这起爆炸案莫名其妙地变成了车祸，我是有理由举报的，至少能内部举报。”老钱斩钉截铁。

“傅昆怎么知道这件事的？”江东明不禁问道。

“我倒是套出了点儿话。”老钱又叹了口气，“他这个人，活得也够窝囊的，坏人当不成，好人更够不上格。当年也算是为爱情抛弃事业前程的大情圣吧？可是他做出牺牲又后悔了，觉得不划算了，把火撒在了女人和孩子身上，长年虐待家庭成员，由情圣变人渣。傅诚十八岁那天，他因为殴打兰淑云而差点儿被忍无可忍的傅诚打死，后来更是瘸了一条腿，一只手也无法彻底伸直。一个大男人，被继子吓破了胆子。可是，那能怪傅诚吗？人，都是有忍耐极限的。”

“难不成他被揍个半死后又后悔了？”江东明也是醉了。

“可不是？应该说是又怕又悔又舍不得，要多纠结有多纠结。因为傅诚威胁他，不许他再出现在兰淑云母女身边，他就真的跑了。注意，他是卷了家里所有的钱走的。

然后，又放不下老婆和亲生女儿。”

“于是，他躲在暗处偷窥吗？”

“没错，所以他才能看到一些不寻常的事情。”老钱点点头，“据他的醉话，他是无意中发现傅诚和计肇钧相约见面，于是就偷偷地、远远地跟着。他说他是担心继子吃亏，我看倒像是想找机会捞点儿好处。毕竟计肇钧是计氏的太子爷，全身都金光闪闪。而傅家之前就不富裕，他逃跑时虽然卖了房子，卷走了所有钱款，但过去五年了，他坐吃山空，手头也相当拮据了。”

“他这样还有脸说愧疚？”江东明简直难以置信，“卑鄙无情就算了，还软弱无耻，最后把自己搞得那么悲壮，跟受害者似的。哈，我忽然好同情傅诚。如果傅诚就是现在的计肇钧，我甚至考虑放他一马，因为跟这样的继父生活真是太难为他了！”

“一样米养百样人，大千世界，什么人没有啊。”老钱摆出长辈的样子说话，“总之因为他的跟踪，我们才有机会找寻到真相。他跟我念叨时，只庆幸自己跟得够远，不然也可能被炸得尸骨无存。”

“爆炸地点在哪里？”

“这个，暂时没有问出来。”老钱似乎有点儿遗憾，“但是这么大的爆炸，如果在繁华地带，任计维之多么手眼通天，也是瞒不住的。肯定是偏远的地方，或者计氏的工地一类的地方，惊动的人不多，才能迅速灭火。而且，要搞那么多的炸药，也一定会有记录的，我们可以分头从这方面查一下。”

江东明点了点头，皱眉：“这样看来，就牵扯到掉包行动是怎么进行的了。难道我真正的表弟死于这场事故？”

“若傅昆说的是实话，那样剧烈的爆炸，身处中心范围的人恐怕是会被炸成碎片的。”老钱闭上眼睛，“那么问题来了，谁策划的这起爆炸？为什么要策划？被谋算的人是谁？照傅昆所说，是计肇钧约了傅诚。那么，为什么？傅诚又为什么要赴约？你之前和路小凡调查过，傅诚和计肇钧应该是死对头才对，是什么原因能让死对头私下见面？我们假设始作俑者是计肇钧，结果却在操作中出了差错，计肇钧反而被炸死了，于是傅诚有了机会顶替计肇钧。新的问题是，照医院的说法，当时病人完全没有自主意识，那么肯定不是傅诚自己主动顶包的。计维之知道顶包的事情吗？而且，在这种事故中如果还有人员伤亡，警方第一时间就会给他做 DNA 检测，计维之或者别人立即做手脚的机会真的不大。”

“这不正应了我们的猜测吗？现在的计肇钧，过去的傅诚很可能是我姑父的亲生儿子，甚至可能是双胞胎之一。至于如何能隐瞒这么多年，以及事件的真相是什么，我们应该去问下兰淑云。”

“那家疗养院安保严密，我们是非官方调查，进不去的。再说，听小凡说兰淑云精神状态不太好，这样去刺激一个孱弱的女人，很不人道。”

“那我们就从别处查，总会有旁证的。”江东明耸耸肩，“老钱你这样，衬得我非常无耻又无德，好像为达目的不择手段。”

“难道你不是这样的人吗？”老钱半真半假地开了句玩笑，接着立即继续刚才的话题，“查案，要设想到多种可能。所以我在想，有没有可能是真正的计肇钧没有死，只是失踪了呢？还有戴欣荣，她是你紧咬现在这个计肇钧不放的真正原因。或许我应该找专门调查失踪人口的朋友谈谈，看看有没有什么意外发现。”

“失踪人口的线索好像与咱们的调查点不搭啊。”

“有时候最不可能的，反而最可能。”老钱拍拍江东明的肩膀，“你还是太年轻了，没经历过的事多着呢。”他又将话题一转，“你发现朱迪有什么异动吗？”

江东明垮下脸来，把那晚发现朱迪半夜偷偷找老冯，以及自己改盯老冯，却一无所获的事说了。他表现得有些沮丧和尴尬。

“老冯只是和你捉迷藏，却没其他行动吗？”老钱皱眉。

“什么意思？”

“有没有可能是朱迪的调虎离山之计？”

“啊，什么？”江东明愣了。

老钱耐心给他解释：“你想，公司你也不去了，成天留在计宅，虽然你准备了借口，但朱迪心里很明白你是在监视她吧？假若她想做什么，你又这么碍眼，要怎么把你调开呢？只能想办法让你把注意力放在其他人身上。”

“不可能吧？因为……因为……”江东明结巴了一下，“那天半夜我藏得很好，她不可能知道我在偷看。再说，那晚我醒过来完全是偶然，向窗外看也是无意中的，朱迪如果连这个也算得出来，她就不是人类。是神。不，是女巫，还是法力很高强的那种。”

老钱瞄了江东明一眼。这让江东明有一种被轻视的感觉。

“她不必算计啊，只要演戏就行了。从你观察她的那刻起，她就进入了角色。”老钱望着大屋的方向，叹息，“如果我的推测是对的，朱迪此人真是太聪明也太难缠，忍耐力也很强。你看，她为了谋算小凡，可以装梦游，一连装好多天，等你们所有人都疲倦了，只为最后一击。谋算你，她就反复在半夜演上一回同样的戏码。你早晚会注意到她的举动，她只要看你有没有把注意力转移到老冯那里，就可以推断出你是否上钩了。然后，她再根据结果来计划自己的下一步行动。”

“我去！”江东明真服了。

“其实仔细想想也没什么，只是这份水磨功夫没几个人能做到。若计氏的整个谜局有她参与的话，不管她想得到什么，已经足足等了五年，甚至更久。试问这样的恒久忍耐，你们谁做得到呢？别看我一把年纪了，这么狠绝与坚定，换成是我，我也做不到。”

“那现在怎么办？”

老钱看他备受打击的模样，乐了：“你也不必沮丧，有心算无心，无心者总是显得笨一点儿。”

“这是你的安慰？”江东明很气馁，“算了，直接说下一步我要做什么吧。”

“继续跟老冯玩捉迷藏啊。”老钱胸有成竹，“老冯每天引得你四处跑，想必是朱迪的授意。”

“我已经发现事实，难道还要上当……咦……”说到这儿，江东明突然明白了，“你是让我将计就计？”他茅塞顿开，“只要我继续装大傻子，天天被老冯耍得团团转，朱迪就会安心做她的事。这样，你再来一招螳螂捕蝉黄雀在后，朱迪的尾巴就被抓住了。”

“就是这个意思。”毕竟，朱迪再狡猾，也不会轻易怀疑一个司机。

江东明长舒一口气，感觉又找回了一点儿场子：“今天从早上到现在，我就没看到朱迪，说不定她已经开始做手脚了。不如，我们现在去探探路？”

“也好。”老钱点头，“不过你得给我准假，下午我就回市区找朋友，再彻底梳理一下计肇钧和戴欣荣失踪前后的情况，特别是那些容易忽略掉的细节。”

“没问题。”

“最好是带薪假。”

“中老年男人都这么抠门吗？”

“等你上有老、下有小的时候就知道了。哦不，你不会懂的，你有钱嘛。”

两人边说边走出车库，回到主屋。老钱留在楼下，江东明则直接上了三楼。

他走上三楼时，忽然感觉有丝丝的凉气，无处不在，瞬间就渗入人的骨头缝里。

“我忽然有点儿同情你啊，朱小姐。”他低声喃喃自语，“长年生活在这种环境中，正常人都得变态，何况你本来就疯。”

“朱迪，在吗？”他敲了两下门。

因为屋子里空旷无人，他的问话居然有了回音，令他心里慌慌的。

没人应。他又敲了几下，还是没人应。

于是他试着打开朱迪的房门，居然锁住了！

他刚蹲下来，试图摆弄门锁，看能不能破门而入，手机就响了。

“撤吧，有人进大门了。”老钱提醒道。

江东明也不废话，挂掉电话，直接去了楼下的厨房，拿了一瓶饮料，喝了两口，然后估算着时间，向楼梯处溜达。

果然，他才登上两级台阶，朱迪就走过来了。

她穿着外出的衣服，仍然打扮得精致优雅，发型和妆容都无可挑剔。

“出门去哪里了？”江东明摆出一副八卦的样子。

朱迪神情不变："逛街。"

"这是逃班啊，我记得你可还没被解雇。"江东明故意找碴。

朱迪笑得有些意味深长："反正留在计家也没事做，只能自己找点儿消遣。说起逃班，这屋里好像不止我一个。"

"计氏有我的股份，虽然不多，但身为股东，我有不认真工作的权利。那你呢？你在计氏有什么？"江东明故意刺激她。

"那你让计肇钧炒掉我好了。"朱迪脸白白的，表面上一点儿也不急，之后绕过江东明就回房间了。

路小凡知道了计肇钧的真实身份，计肇钧知道路小凡了解他的秘密，可偏偏两个人什么都不说，拼命想对对方好。他们的关系却还是前男女朋友，那层窗户纸不捅破，就必须压抑住自己的感情。

这对计肇钧来说更困难。

"我已经帮你挑好刺了，快趁热吃吧，凉了会有些腥味。"饭桌上，路小凡把小碟子里的鱼肉推到计肇钧面前。

她略低着头，可能是角度的问题，灯光令她脸侧和颈侧细细的茸毛产生了朦胧感，比这满桌的饭菜更诱人。

计肇钧的喉头动了动，情不自禁地向后退缩，免得她的气息影响到他。

"怎么了？吃鱼吃腻了吗？"路小凡见计肇钧不动，细声细气地问。

"明天做羊肉煲好不好？冬天吃这个暖身。"她偷偷觑着他，心头真是小鹿乱撞，慌张又糊涂。

见计肇钧没有回话，路小凡重复发问："好不好？还是你想吃点儿别的？"

计肇钧抿紧了唇，不知要如何回答。他们没有发生实质性的关系，但这情形就像真正的小夫妻那样，这让他有点儿把持不住。幸好，这时候电话响了。

"是陆瑜。"计肇钧看了看手机，站起来回房间接听。

"钧哥，你雇的那个人有消息递过来。"陆瑜开门见山。

"他说什么？"

"他说朱迪形迹可疑，这几天连续出门，去山脚那家药店买了些东西，但具体是什么药，还没查出来。在朱迪进市区的时候他没跟上，因为朱迪换乘的是公共交通，人流很大，朱迪又很鬼，所以跟丢了几次。"

计肇钧皱紧了眉。

陆瑜接着道："回计宅的时候，他跟对了几次。虽然远远地没敢靠近，却可以确定朱迪的大致方向。"

"有地图吗？"

陆瑜应了声，很快就给计肇钧发了过来。

计肇钧一看，瞳孔不禁缩了起来。

“让他先去查查朱迪在药店买的是什么药，之后继续盯紧了。如果朱迪再进市区，他又不方便跟紧的话，他可以找两个可靠的帮手来，费用不是问题。”计肇钧一锤定音。

他看了看地图上标的地点，不禁疑惑，朱迪去那里干什么？

连续几天他都有不能缺席的会议，还有非常重要的国外合作伙伴要过来，他暂时不能过去实地考察，只能让人先盯死。

路小凡则每天在计肇钧吃好早餐，去公司上班后，就去那边的公寓照顾计维之。

计维之这些日子在路小凡的精心照料下，气色好了许多，而且复健也有了明显的效果。

计维之终于可以挪动食指，按出一个字母来！

“计伯伯，恭喜您！”路小凡高兴极了。

计维之眨了眨眼。这表明，他很欣慰。

“那……要不要向计先生宣布这件事？”复健的事一直是保密的，只有路小凡和三名倒班的护士知道。

然而计维之似乎不愿意，眼神僵了一下。

路小凡觉得他可能是想再练习得好一些，也没多想，只答应道：“好吧，听您的，我继续为您保密。不过您要快点儿练习得更好，这样高兴的事，我怕忍不住要告诉他。”

计维之再度眨眼。

疗养院的情况不太乐观。兰淑云的底子本来就不好，再加上年轻时长年透支，一直不太健康快乐，整个身体都毁得差不多了，可算是千疮百孔。进疗养院后，虽然医疗条件和环境都是一流的，但她内心的抑郁和悲伤一直没有停止过，只有在路小凡来了，并让她画指画以发泄情绪之后才好了些。然而这是治标不治本，只能保证她身体不继续恶化而已。

兰淑云近来的状态是平稳了不少。可自从入冬以来，她就开始嗜睡，精神状态越来越差，连带着心脏衰弱的病症也重了起来。

“没有别的办法了吗？”路小凡难过地问医生。

“我们已经给予了尽可能的治疗，但病人的身体状况更适合保守疗法。”医生平静地说，“家属要多陪陪她，千万不要让她有太强烈的情绪波动。人体就像一块布，已经没有了韧劲儿的时候，大力修补只会让布坏得更快，破洞更大。”

油尽灯枯。路小凡脑海里立即冒出这四个字，她想医生大约是这个意思。她其实很理解，再了不起的医生，也只救得了病，却仍然救不了命。

她很心酸，是不是美人都是薄命的？兰淑云一生坎坷，她还没想出办法让兰姨和计肇钧母子相认，兰姨怎么能迅速衰弱下去呢？

一边的傅敏已经哭了起来，最近她经常和路小凡一起来看兰淑云。

“这都要怪我。”傅敏难过得不能自已，“如果我不是舍不得钧哥，早早听话去国外，也许我妈的身体不会那么差，美国的医疗技术也许能治好她。”

“别随便责怪自己，兰姨知道了会不高兴的。”路小凡劝，“这家疗养院已经是超一流的条件了，国外最先进的医院也未必有这里好。再说坐那么久的飞机来回折腾，对兰姨的身体反而不好。我想，你课业不重的话，不如经常过来。”

傅敏用力点头，止不住地抽噎。

“这件事，你告诉计先生一下吧。”路小凡犹豫了半天，还是说。

“不，不行！”傅敏强烈反对，“我妈一见钧哥就会想到我哥，会受刺激的！”

“我觉得，他有权利知道。”路小凡握住傅敏冰凉的手，“如果你是怕刺激到兰姨，那就不要让他们碰面。他有权利知道！”

“好，我会找机会告诉钧哥。”傅敏红着眼睛答应。

但路小凡没想到的是，傅敏一直没找这个机会，一直没和计肇钧说这件事。

“哇，终于逮到你了，我赢了！”江东明一把抓住老冯。

老冯挣扎，但江东明人高手长，力气也不小，哪里能让他挣脱？

老钱回来后，江东明和老冯玩这套捉迷藏的游戏也过了一周的时间。终于，他在计宅后面的一条夹道里将老冯堵个正着。

“我输了，我输了，你放开我吧。”老冯哀求道，看起来有点儿可怜。

“好啊，我放开你，而且我保证不告诉别人。”江东明没松手，改为揽住老冯的肩膀。

老冯长出了一口气，身体也松下来：“不告诉别人。你答应不告诉别人。”

“是啊，我们谁也不告诉好不好？”江东明笑笑，“可是你可以对我说，你在害怕什么呢？是不是在躲什么人啊？”

老冯突然加力，将江东明的手臂猛地一甩，瞬间挣开他，双手乱挥，还一脸惊吓地轻声叫着：“死了！快死了！快死了！不是我！真的不是我干的！”说完，一溜烟儿就跑了。

江东明很懊恼。更要命的是，他再怎么努力也找不到老冯了。老冯就像一只受了惊吓的鼹鼠，不知躲进哪个洞里了，死活不再冒头。

第三十八章　做贼心虚

第二天早上，江东明觉得得和老钱商量一下。手机拿出来还没拨，老钱却率先打了过来。

“来市局一趟。”老钱言简意赅，随后就把电话挂掉了。

江东明二话没说，立即动身。

车子离开计家大宅的时候，江东明回头看到朱迪正站在三楼的房间内，隔窗向外望着他，一动不动。

“你怎么穿成这样？”在市局门口见到老钱时，江东明惊讶。

老钱不再是便装，而是穿着整整齐齐的警服。

“因为内部举报多年前那件爆炸变车祸的案子，还因为失踪案有新进展，我被返聘回警局了，专门负责与此相关联的其他案子。虽然只是顾问，但也要穿制服的。”老钱解释。

紧接着，老钱说了句特别不符合他此时气质的话：“我在计家做司机的工资还没给我结呢。你看能不能算辞退，这样我可以多拿一个月的钱。”

“先说正事吧。”江东明忍住叹息。

“虽然还要调查细节，但可以认定当年‘计肇钧’所经历的不是车祸，确确实实是爆炸案。正如你所料，是计维之胆大包天，通过各种手段把事情给死死地捂了下来。哈，有钱人，真是有能量。”

“具体是怎么回事？结果又是什么？”江东明问。

“已经完结的案件如果需要重新调查，是要走一定的合法程序的，所以现在还不能公布结果。”此时两人已经到了老钱的办公室，坐下细说，“不过我私下了解了一下，当初的爆炸是死了人的，还不止一个。现场被炸成一片碎渣，到处是倒塌的房子和焦臭的……”

“不用说得这么详细。”江东明按住胸口。

“这就恶心了？想想我们当时出任务的同事吧！”老钱神情淡定，“我之前推测得没错，因为要辨认尸体，DNA 检测从一开始就进行了。所以当事人要做手脚的机会不大，现在的计肇钧和从前的计肇钧一定有特殊的血缘关系。当然，我们也不可能把现场每一块肉屑和变形的内脏都收集起来。”

江东明终于忍不住干呕了几下。

“现在这个计肇钧，是在爆炸中心外围一点儿发现的。”老钱无视江东明的不良反应，继续说，“当时他被炸得面目全非，伤势严重，却捡回了一条命。”

“为什么会这样？”江东明纳闷，“如果现在的计肇钧是傅诚，如果我真正的表弟是想炸死他，为什么我表弟自己不见了，傅诚却还活着呢？其中是出了什么差错吗？我们的推理应该是对的，计肇钧和傅诚是冤家对头。以我表弟那种任性又自以为是的个性，之前他在工地被揍得那样惨，傅诚却没在公安局待几天就全须全尾地出来了，他一定会报复。对了，爆炸发生在哪儿？”

“当初我们推测过，一定是个偏远的地方。”老钱拿出一张照片，“事实正是如此，爆炸地就在计宅附近，是后山半山腰一座石头风格的小别墅。”

“我知道那里！”江东明脸色一变，又盯了照片两眼，“那是我表弟瞒着我姑父，跟当地村民租的一块山地，盖了个两层石屋出来。因为离计宅比较近，他是为了来回方便才建的，他经常带人去那里花天酒地。”说着，他又轻轻给了自己一耳光，“我怎么忘得这么干净了？我表弟那时特别爱玩点儿小爆炸、小纵火之类的变态游戏，在那石屋里也进行过。当时我从国外回来，面对的就是计氏继承人生死不明的情况。听说那石屋起火，被彻底烧了后，我忙于处理公司的事，又嫌那地方背阴，就再也没关注过！”

“因为那起爆炸案中死去的有当地村民，大约是在石屋里工作的。又因为场景惨不忍睹，当地人迷信，就说闹鬼，也绝没人再踏足。从卫星地图上看，那地方现在就像座荒坟。”老钱想了想，又说，“闹鬼传说还真有鼻子有眼的。之前有年轻人玩鬼屋探险，也进去过，都说看到白影飘来飘去，还有女人的哭声，被吓得屁滚尿流。其中有一个还被吓病了，从此那个地方就更没人敢去了。”

“吃饱了撑的。”江东明骂了一句。

“你在计宅没听过这些传说吗？”

“犯忌讳的事，谁会跟计宅的人说啊。我没那个时间自己打听这种事，闲极无聊的朱迪倒有可能。”说到这儿，江东明怔了怔。

老钱打开电脑，将屏幕转过去给江东明看：“今天找你过来，倒不是为了这个爆炸变车祸的案子，而是我从人口失踪处入手，查出了点儿东西。”说着，他有些感慨地摇了摇头，“天网恢恢，疏而不漏。查案比起别的事，似乎更需要一些运气和天意啊。”

“什么意思？”江东明来了精神。

老钱深吸一口气道：“中国南方的一些城市，听说在开春的时候是会一直下雨的，那时就会变得非常阴冷。植被破坏严重的地区，泥石流什么的也可能在春天发生。不过这个地方……”他点了点屏幕上的小城名字，“今年天气异常，入冬后就下起了连天雨，雨量还不小，结果把山坡冲下来一块，所幸没造成人员伤亡，却冲下了一个大号行李箱。里面有一具尸骸。”

江东明没来由地紧张起来。

“当地公安机关无法确定其身份，但经检测，死者是男性，死时年龄在二十五岁左右，身高约一八五。”

“天哪！为什么跟我表弟好像？”江东明失声叫道，“可惜过去这么多年了，皮肉早已腐烂，没办法测指纹，咱国家也没有牙齿记录什么的。不过有骨头，就可以测 DNA 吧？”

老钱沉吟了一下，没有正面回答，而是顺着自己的思路说：“这种没办法确定身份的尸骸，一般会记录在公安系统的失踪人口档案里，内部人员可以根据需要检验和比对。我本来是为了查戴欣荣的失踪案，进入数据库，结果无意中发现了这具尸骸的记录，发现其中最大的特征居然与计氏有关。”

“是什么？”

“皮带扣，纯金的，所以经过这么多年的水淹土埋，都没有锈蚀，清理后能清楚地辨认出其背面的一个标识。这个标识并不普遍，其他人肯定认不出来，但我应你之邀进入计氏，暗中调查计肇钧时，无意中看过这个标识……是计氏五十年公司庆典的徽记。”他一边说，一边调出图片。

江东明迅速趴过来，仔细看。他越看，脸色越白。

“没错，这个皮带扣我也有一个！当初，手握股份的高层员工人手一个。我一直珍藏，并不曾真的扣在皮带上。”

“发现这具尸骸后，当地专门做捞尸营生的老董来当地公安机关报案，并自首。”

“什么？自首？是他杀的吗？”江东明惊讶得不行。

老钱摇摇头：“不是他杀的，是他从一个名为死人湾的水库里捞上来的尸体。据他讲，死者溺水而亡，从上游被冲了下来。开始他以为是旅行时落水的游客，把尸体捞上来后就等着亲属来认领。老董一连等了几天都没人来，眼看尸体就要腐烂，他还以为再也卖不上价，哪想到某天半夜来了个人，把尸体要走了。”

说到这儿，老钱又把死人湾的图片调出来给江东明看。

“做这种营生的人，当地人都说他们是行走在阴阳界的人，身上阴气很重，太接近就会带来霉运，所以，平时没什么人乐意理会他们。所以，他们对钱看得格外重。一般情况下，为了业界名声，他们不会透露尸体及领尸人的情况。但这具尸体不同，据老董讲，自从尸体被领走后，他就经常做噩梦，经常被吓得睡不着觉，他就觉得这尸体没被好好对待。因为在他的观念里，捞尸虽然是有偿的，甚至有时候会敲诈事主，但好歹也是做好事，让死者入土为安。可这个灵魂如此不安，可见怨气极深。就为了这个，当他听说放尸骸的箱子被雨冲出来，就来报案自首了。”

“我表……我是说那具尸体被安葬得不好吗？”江东明感觉自己的心提到了嗓子眼，“他，是我表弟吗？”

老钱默然片刻道：“你说的，有骨头就能测 DNA，所以这尸体的资料里有相关信息。而之前，你为了调查现在这个计肇钧的身份，私下里做过好几次检测。我找我们的专业人员认真比对过，可以证实，所有数据都是一致的。”

江东明张大嘴，已经说不出话来了。

“至于尸体的安葬……这样的描述不准确。你该听到我之前并没有说棺材，而是箱子。意思是他被碎尸，然后塞到那个名牌的大号行李箱里。”

“求你了，不必再详细解说了。”

老钱继续说：“其实捞尸人捞上尸体后，第一步就是搜身，为了方便联络家属。有时候，也是为了把值钱的东西昧下。老董讲，当时死者身上没有手机和身份证一类的东西，大概是落水时遗失了。不过他搜到过一枚价值很高的钻石戒指，因为很少有这么值钱的东西，所以他还用手机拍了照片，打算找懂行的人卖掉。只是后来领尸体的人似乎也知道那枚戒指，给了他一大笔钱，要走了。”

“但皮带扣是金的，怎么没拿走呢？”江东明疑惑。

“这就是民间那种凡事留一线，绝不赶尽杀绝的说法了。”老钱解释，“讲究的捞尸人自有一套行规，他们会搜尸体的身，但总会留下一两样东西，让魂灵有个念想，走黄泉路时也有钱行贿小鬼。相比那只钻石戒指，纯金皮带扣就不算什么值钱的了。”

“那个分尸埋尸的人呢？为什么留下这么大个破绽？”

“那人必定是当场没有留意到这些细节，所以留下了蛛丝马迹。据老董的供述，当晚那人领走尸体后，突然下起了大雨，天色黑得很。我想，那人不大可能把尸体留到天气好时再处理，必定是当晚就近埋在了山上某偏僻处。若非今冬不同寻常的天气状态，这件事也不可能败露。所以，那人慌乱之下有所失误是极其可能的。不过，老董可以肯定的是，他当晚看到了领尸人的脸。”

“是谁？”江东明的心差点儿跳出来。

老钱有点儿发愁地摇了摇头：“可惜，他的表达能力非常有限，始终无法正确描述，哪怕是派了最好的罪犯肖像画师也无济于事。如果那人再度出现，他也没把握认得出来。但有一点他非常确定，领尸人是个高个子女人，说话的声音却很粗，初听起来不男不女的。”

“我差点儿冲口而出说是朱迪。”江东明吸了吸气，“但朱迪虽然个子高挑，却还算不上高个子，而且声音很柔软。除非她故意伪装，穿了很高的鞋子。你知道现在女人的鞋，那么高的防水台，还有那种驴蹄鞋，能把人挑高二十厘米。至于声线倒不是难点，可以人为扭曲。”

“很可能是伪装。”老钱点头，“你忘记朱迪的那个帮凶了吗？从脚印上来看，体重大，脚却很小。男人不可能有这样的小脚，我们曾判断那是个小个子胖女人。但再假设，她的帮手是老冯，那个脚印就明显是伪装过的，而且骗过了我的眼睛。”

“她是否有其他的帮凶？”

“可能性不大，至少在计宅不会了。你要知道，越是私密的事，参与者越多，她就越不容易控制，泄露秘密的机会也就越大。退一万步讲，就算老冯暴露了也没关系。他的精神状态不稳定，所出的证词是不会被法庭采纳的。从这一点上看，朱迪真是小心谨慎，连退路都想得仔细。如果只有老冯一个证人，就算全世界都明知是朱迪作恶，又能拿她怎样呢？”

江东明摊手耸肩，神情无奈。他不在这种假设上纠结，而是想到了另一个问题：“假设朱迪就是领尸人，时间对得上吗？当初躺在医院的计肇钧可是由朱迪第一个确认的。如果她身在本市，又怎么能分身去领尸？”

“尸体从上游冲到下游，再进入死人湾成为浮尸，需要几天时间，而且捞上来后还停放了不短的日子。我看了一下日期，足够朱迪先安排好这边的事，再到那边去善后。那座小城是旅游城市，从本市有飞机直达，才几个小时而已。”

江东明皱眉，陷入回忆，情不自禁地咬了咬自己的大拇指：“在世人眼里，朱迪是小人物，确认完伤者身份后消失个几天，当然不会有人注意。我记得当初我姑父听说我表弟出事，人就立即不好了。他的身体本来就很差，能把这么大的事按下来，是强撑着最后那口气，四处安排人手。他那时说话都有点儿困难了，含混不清，人也不能走动，我整天待在他身边当翻译。想想，那时朱迪确实有一阵子没在我眼前晃过。”

“可怜天下父母心。”老钱不知想到了什么，长叹一声，“遇到省心争气的儿女还好，要是遇到原先计肇钧那德行的，老命就搭在里面了。”

“那现在要怎么办呢？”江东明抬起头，“真相好像就在眼前，但仍然挡着一团一团的乱麻，真是剪不断，理还乱。”

“快刀斩乱麻好了。”老钱果断地一挥手，“对付复杂的事情，干脆就用最简单直接的办法。我们只要找到真正的计肇钧的死因，若是他杀，再找到真正的凶手，一切问题就会迎刃而解。”

“要我继续盯着老冯和朱迪吗？”

“现在公安机关已经插手，不用你再调查了，免得你陷入危险。你还是安全第一。”老钱说着，手指不小心搭上了电脑的键盘。

屏幕上显示出那只大号行李箱里面骸骨的图象。江东明一眼瞥到，终于控制不住地干呕起来。

“这几天朱迪没有回市区，又去了那个地方两次。”陆瑜向计肇钧汇报。

“我回去一趟。”计肇钧合上手中的文件，把架在桌上的双腿放下来。

“回哪儿？”陆瑜一时没有反应过来。

“计家大宅。”计肇钧站起来，拿起搭在椅背上的外套，“顺路去看看朱迪的秘密基地，看看她在干什么，又在做什么坏事。”

“我跟你一起去吧，那地方很荒凉啊。”陆瑜追上来。

“不用，你好好做好我吩咐你的事就行。”计肇钧很固执地拒绝，“难道我还会怕吗？你该知道，没人能轻易伤我。”

“小敏的大学、兰姨的疗养院，还有衣食住行各方面，我都安排好了。只要一张机票，随时可以走。”陆瑜有点儿急切，“钧哥，让我跟着吧，我不放心你。虽然我不是特别聪明，但我有感觉。我总觉得最近会有什么事发生，我很不安。”

“还能有什么事比我这几年做的事更令人不安呢？”计肇钧自嘲地轻轻苦笑着，“放心吧，有这闲工夫，不如你再去劝劝小敏，让她听话。听说这些日子她总往疗养院跑，你去帮我看看，我妈那边有什么问题没有。”

计肇钧走到门边，又想起了什么，回头，犹豫了片刻才问：“你最近，和刘春力走得很近？”

“唔，嗯，是有点儿，但也不是特别亲近。就是……朋友啦，你懂的，他这个人还蛮仗义的。”陆瑜结结巴巴的，脑子里不知为什么又想起刘春力说为他而弯的话，脸都不争气地红了起来。

“对不起。”计肇钧却突然说。

“为什么？怎么了？”陆瑜愕然。

“因为我的事，连累了你。我需要你照顾小敏和我妈，所以你也必须到国外去。如果你和刘春力……怕是也要分离……”

“我和他没什么的。”陆瑜抢着说，发誓一般，“如果傅敏点头，我愿意娶她，我会照顾她一辈子。”

计肇钧深深看了陆瑜一眼，目光中有感激、愧疚，还有说不出的抱歉。之后他就再没说什么，只点了点头，出去了。

不知为什么，陆瑜突然心酸，感觉他这一去就不会回来了。

第三十九章　天生坏种

计肇钧到达山脚的时候，天色还大亮着。后山没有路可通行，他只能把车子停在隐蔽处，自己沿着小径向半山腰走去。

离石屋越来越近，他恍然有一种时空错乱感，好像又回到了五年前的那个下午。

他因为在工地上把计家那个浑蛋狠揍了一顿，被抓进了派出所。不知道母亲做了什么努力，他只被拘留了两天就被放了出来，计家也没找他们的麻烦。然后隔了没几天，那个浑蛋打电话过来，告诉他，是母亲给计维之下跪、舔鞋，才换得了他的自由。若要他的母亲和妹妹平安，就独自来石屋，两人做个了断，还说了很多关于母亲和妹妹的污言秽语。

他怒火中烧，分外屈辱。

他自己没什么，可以任人欺压、任人踩，但他绝不能忍受母亲和妹妹受到任何伤害！

所以，他明知道那个浑蛋对他不怀好意，还是照对方说的去做了。他没想到，就在他即将进入石屋的那刻，剧烈的爆炸发生了。

瞬间，他感觉到了血与火，还有被撕裂、被拆散的痛苦，比他从小到大遭受到的任何一次肉体伤害都要严重无数倍。那时他甚至变态地感到一丝窃喜，以为终于可以融入地狱的烈火中，烧尽他，也烧尽一切不公！

可是在长长的黑暗后，他伴随着剧痛醒来了。那痛苦就像是上天的恶作剧，大约是老天觉得还没有折磨够他，所以要他加倍偿还。

他用力睁开眼，看到朱迪坐在他的床边，一袭白衣，神情从容大方，平静地问他：“计肇钧要杀你，可是老天有眼，他自己反倒被炸死了，你要报仇吗？”

她当时戴着一副眼镜，从镜片的反光中，他看到自己被包得像个木乃伊，更像是残破的肢体被勉强地拼凑起来，只余一双眼睛还有生命的光。他能感觉到，若此时拔下身上插满的管子，他立即就能再次睡去，而且再不会醒来！

到后来他才明白，在那一瞬间，他看到的不是天使，而是恶魔。朱迪从来没有强迫他，但她给了他不能拒绝的诱惑。

她让他明白，他要么去死，要么活着偿还昂贵的医药费。在他昏迷在 ICU 病房的一周时间里，一向孱弱的母亲精神崩溃，入院抢救，徘徊在生死边缘。妹妹也无法读书，已经在考虑给人家做小工，因为长得漂亮，差点儿被骗去拍什么少女写真。

在这种情况下，他如何选择去死？他可以一了百了，母亲和妹妹要怎么活下去呢？但若选择生，他就要接受彻底改变，变成另一个人。朱迪说，关于DNA检测的问题，她已经全部搞定。现在所有人都认为他就是计肇钧，只等他点头。

“你只要轻轻点头，什么也不必做，一切就都能唾手可得，多容易，又是多简单。这样，计肇钧在地下也会不安吧？想想，是不是很快乐？”朱迪说。

那时，他正处于极度愤怒的状态，报仇的心意令他的心都在滴血。

于是，他闭上眼睛，默认成为计肇钧。他要让母亲得到最好的治疗，要让妹妹念最喜欢的大学，要让一直追随他的朋友不再因为有前科而为衣食奔波。他还要得到计家那个浑蛋拥有的一切，要让计维之明知道自己是冒牌货，却有苦说不出，承受内心的煎熬，就像他所遭受的一样。

或许他该感谢这念头，这顽强的想活下去、想保护母亲和妹妹、想报复计家的念头，令他从重伤中奇迹般顽强恢复。尽管他很快明白，朱迪这样做也有她自己阴暗的理由，而且未等他点头就已经先行动手。

朱迪断定他无法拒绝这样的诱惑。她的目的是计氏的巨额财产。但他有感觉，她心中有极其强烈的恨，对计家、对大宅、对前计肇钧。尽管他没兴趣知道她为什么这样恨，却明白她这是在报复。

他是为了守护母亲和妹妹，她却是为了让计家偿还一切！

不过朱迪打错了算盘，他虽然活得艰辛，却从来不会受人摆布和胁迫，就算一起守着见不得光的秘密也不行，所以他从出院那天起就开始暗中做自己的准备，不动声色，隐忍下一切。

只是他没料到命运会让他遇到路小凡。这个看起来平凡又普通、实际上却像春雨般强大的女孩，不声不响，慢慢地就走进了他心里，滋润了他的干涸，教会他享受关心、呵护和爱情。这打乱了他所有的计划和原则，令他到如今无法走，更无法留。

对计维之，他感到非常憎恨。竟然让母亲下跪道歉，难怪人家说有其父必有其子，计维之生出计肇钧这样的儿子一点儿都不奇怪。所以，他故意告诉对方他是冒名顶替，还把自己一步步掌握计氏的情况如实汇报。

他知道这样很卑鄙，毕竟对方已经不能说也不能动，只是个仅剩一口气的老人而已，这不公平。可是母亲呢？因为计家那浑蛋无法无天，导致母亲真的以为他死了，精神彻底崩溃。又因为之后的种种，母亲和他不能相认。那么，母亲的公平又在哪里？

与戴欣荣的婚姻，他无力反对，当时他还在医院，才度过危险期。好在戴欣荣很快发现他“变了”，不再爱他。他正想着要怎么处理两人之间的关系，她就那样毫无征兆地失踪了。

他怀疑过朱迪，也找人私下调查过，却完全找不到蛛丝马迹。这就像一场博弈，在这一轮他输了，虽然筹码无所谓，但他真的很讨厌伤及无辜。

是，他要报复，可他有底限。

从那时开始，他对朱迪就越发厌恶和提防，朱迪却想将来与他一起远走高飞，并几度试图主动献身给他。可这扭曲的感情，令他恶心！

有时候，他觉得自己是个彻头彻尾的失败者，因为他要报复计家，他不断地欺骗世人，却始终做不到麻木不仁，不择手段。呵呵，双重折磨，他一个人都受了，真是傻透了！

计肇钧沉默地想着，同时沉默地走着，从前的一幕幕如云如烟在眼前飘过。

他抬头，小径已经走到了尽头，他只好穿越杂乱的石块与枯草，沿着噩梦中经常出现的那条路艰难前行。

很快，就在暮色降临的那一刻，黑暗笼罩大地的瞬间，他看到了那座充满罪恶的石屋。他所立之地，离石屋不远不近，就是当年他被炸得面目全非，差点儿跌进死亡深渊的地方。

太阳落山，月亮还没彻底明亮的那一刻，正如黎明前的黑暗，正是最为阴暗不明的时光。或许是天地间残存余光的关系，那青灰色的石屋这时候看起来白茫茫的，衬着深青色的山影，黑黝黝的，被风吹得不断颤动。在东一团西一簇纠结在一起的枯枝乱草的掩映下，那里就像是地狱的入口。

计肇钧停留在原地片刻，继续向石屋走去。

即便是在冬天，即使还隔着一段距离，他也闻到了一股子怪味，是积年沉腐的味道。再走近些，他发现一些极微小的痕迹，证明这地方经常有人出入。

谁会来这种地方？若非他请来盯梢的人发现朱迪屡次在此处活动，他也绝对不会到这儿来的。

计肇钧有瞬间的疑惑，随即便警惕起来。

夜色迅速彻底来临，才一眨眼的时间，天空就全暗了下来，连云朵都变成了黑色。幸好计肇钧的眼睛很快适应了光线，不至于在断壁残垣之间完全看不见路。不过再怎么小心谨慎，他双脚踩到碎石瓦砾时也发出了轻微的声音，咔嚓咔嚓的。

越向深处去，黑暗就越浓重，沿路开始有丢在那里的零碎废弃物，看起来像是生活垃圾。同时，腐烂的气味也更加清晰，几乎无处不在，钻入了人的肺部，令人连呼吸都困难起来。

计肇钧快到石屋中心时，听到有“嘤嘤咿咿”和“哗啦哗啦”的声音断断续续传来，伴随着时有时无的喘息。

计肇钧停下脚步，屏住呼吸。犹豫片刻后，他打开手机上的灯。

光线疾射而出，在阴暗的废弃石屋里明亮得就像阳光，刺目得让人无法直视。

屋角，用石头垒出来一处逼仄之地，略略能阻挡从四处卷进来的寒风。可那里就像一个猪圈，肮脏无比，散发着强烈的臭味，有些破烂发黑的棉絮还搭在已经长了青苔的石砖上。顶部，用树枝搭了个简易的塑料雨棚，大约是用得太久了，塑料顶棚肮脏不堪，布满了裂缝，被风一吹就发出怪异的声音，听起来像是有鬼怪在窃窃私语。

计肇钧稳稳地拿着手机，再向前一步。

他的视线和手机的光线，终于同时越过了围栏，落在最黑暗的角落。那里起伏着一团东西，初看上去并不真切，就像长在墙角的一个巨大的毒菇。但那是活的，因为正不断地颤抖着、蠕动着，还发出极轻微的咔嗒咔嗒的声音，像是上下牙碰撞发出来的，也不知是因为极度寒冷还是极度恐惧。

计肇钧左右看看，捡起地上的一截枯枝，小心挑在盖在“蘑菇”上面的一块发臭发黑的破布上，猛地掀起来。

下面的“东西”受了惊，身体猛地一震，却完全不能挪动地方，只发出嘶嘶的声音，像是冬眠中被吵醒的蛇，又像是人类冲不出喉咙的号哭。

计肇钧自诩胆子很大，但在这时也被吓了一大跳，脚下因为正站在一块断石上，一趔趄，身体不由得前倾，手撑在围墙上，正与那东西面对面。

蓬乱打结的长长毛发，泥污得无法辨认的脸，近乎没有牙齿的、黑洞洞的嘴巴，还有无法聚焦、惊恐万分的眼睛。这是个人！如假包换的人！女人！她是戴欣荣！

计肇钧瞬间认了出来。

这个东西，这个怪物，这个毒蘑菇，居然是他陌生的、失踪的、生死不明但法律上正当承认的妻子——戴欣荣。

她还活着！

这一惊，让计肇钧差点儿摔在地上。幸好他心性够坚强，很快就稳住了。但，他仍然有些无措。任谁遇到这种情况，脑袋都会空了，若小凡看到，只怕要当场晕倒。

在这种情况下，计肇钧忽然想起路小凡。不过他很快压下各种奇怪又莫名的念头，稳了稳心神，压低了声音问：“戴欣荣？”

那身体抖动片刻，喉咙中发出类似于干咳的声音，扭动得就像落在砧板上的鱼。

“不管你遭遇了什么，别怕，我马上救你出去。”计肇钧把心一横，迈开长脚，一步就踏入了短矮的围墙里。一瞬间，强烈的酸臭和腐烂的味道飘进他的鼻子里，差点儿把他熏得闭过气去。

计肇钧强忍着，把手机摆在断墙上，让光线继续明亮着，之后试图把戴欣荣抱出来。可是，他才托起那团包裹在发霉烂布下的躯体，就被一股巨大的拉力牵住了。他这才发现戴欣荣的手脚都被绑在了锈蚀的粗铁链上。她露在外面的手脚已经烂掉很多，身体极轻，手腕脚踝细弱到随手就能折断的地步。

“为什么我总是小看你呢？”突然传来的清冷女声，在空旷破败的石屋中回荡，又吓了计肇钧一跳。

他刚才太震惊了，注意力全部被吸引，才会没有留意附近的脚步声。他放下戴欣荣，快速地反手拿过手机，照在来人脸上。

不出所料，是朱迪！

"我时常提醒自己，不要小看你，对你要提防。但结果总是让你找到整个计划中的意外。"朱迪继续说，也不闪避强光，脸色平静得可怕。

她穿着黑色羊绒大衣、保暖的平底靴，戴着皮手套和厚厚的毛线帽子，手里拎着一个透明的塑料袋，里面放着一个简易餐盒，及几盒没有开封的药品针剂。

"你派人盯我了？"朱迪把手中的塑料袋子轻轻丢在了地上。

计肇钧伸出手："钥匙在哪里？"他又指指锁住戴欣荣四肢的铁链。

继计维之后，戴欣荣是计肇钧见过的第二个活死人。她虽然还能动，情况却更可怕。

此时，戴欣荣用尽全身的力气去抱计肇钧的双脚。只是她的力气太弱了，以至于她的动作由抱变挠，长长的指甲划在布料上，发出嘶啦嘶啦的声音。又因为石屋死寂，朱迪在和计肇钧静静对峙，这声音显得那般突兀，就像划在人心上一样。

"你问都没问，就定了我的罪吗？"朱迪嘲讽地笑笑。

计肇钧扯了扯嘴角，把那嘲讽又还了回去，却不说话，手掌执拗地伸着。

"认识这么久，合作这么久，你连个说话的机会也不给我？"朱迪再问。

计肇钧放弃般垂下手，打开手机。

"你要干什么？"朱迪上前一步，声音尖厉。

计肇钧只抬了抬眼看她，她就又缩了回去。因为计肇钧充满力量的高大身材和绷得紧紧的身体所呈现出的戒备感，令她知道不能轻举妄动。

"你要报警？"朱迪没有退，但也没再上前。

"很显然。"计肇钧答了三个字，神情淡淡的。

"你不想想路小凡吗？别以为是你报的警，你就能脱开干系。警察首先怀疑的就是你，至于我……我有什么理由和动机这么做？我，只是路过……不，没人会无缘无故到后山来是不是？我是看到你鬼鬼祟祟的，所以跟上来。"她看到计肇钧的目光落在饭食和药盒上，补充道，"我不能给自己买吗？饭是普通的饭，药是常用的药。"

计肇钧皱皱眉头，因为朱迪提到了小凡的名字。仅仅三个字，他都不愿意从那张嘴里说出来。她们一个是天使，一个是恶魔，一个是他所爱，一个是他所憎。

朱迪猜到他心中的想法，不禁露出得意的笑："有件事做得很对不起你，这些日子以来，我在这里留下了很多你的痕迹：你的头发、属于你鞋子的印迹、你随身的东西。哦，若警察搜查大宅，会发现你的鞋子和衣服上沾有这里的泥土和灰尘。"

"这算栽赃？"计肇钧没有朱迪想象中那么愤怒，反而非常平静。

“我只是在做准备，因为感觉到有人在盯我。我这个人，喜欢未雨绸缪，喜欢给自己留后路。不像你，刀山火海也踩下去。哦对了，我忘记你是个情圣了。不管是亲情、友情还是爱情上，你都是个圣人！”

“哦，那我明白了，你今天来是了结戴欣荣的。”计肇钧不动如山，又瞄了一眼被丢在地上的药盒，“我猜那不是什么毒药，戴欣荣的身体被糟蹋成这个模样，随时可以毙命，可能只需要不对症的感冒药就行了。你这样谨慎，怎么能让自己留下把柄呢？我好奇的是，她若真死了，你要怎么处理她的尸体？大卸八块，还是就地掩埋？”

朱迪目光一闪。

“可惜我早来一步，她死不了。既然如此，你那些物证又算得了什么？她有脑子可以记忆，有嘴巴可以说，难道分辨不出是谁害的她，是谁救的她？”

“你确定她的嘴巴能说话，她的脑子能思考吗？”朱迪笑笑。

计肇钧突然不寒而栗起来。

计肇钧深吸一口气，看到手机锁住了，只好先解锁。

朱迪早知道眼前这个男人骨头硬，很难屈服，此时见他根本不受威胁，连忙道：“你尽管报警，戴欣荣开不了口的。但你想想，你如果说不清楚，甚至从此蹲了大牢，你亲爱的路小凡受得了吗？那没用的女人就再没人守护了。我这个人，报复心很重的。伤害过我的人，我必定让他生不如死！”

“小凡为人正派善良，她温柔待人，是她厚道不计较，却不意味着她不聪明。”计肇钧的情绪终于有了点儿波动，“你以为你会伤害到她吗？你连给她提鞋都不配。是的，我会提醒她留意你的。但我真的不觉得，她需要这些。她的坚强和勇敢是你看不到的，相反你才是最软弱的那个。”

“就是说你一定要报警？”朱迪的声音大了起来，“为什么这么做？这对你有什么好处？你也很讨厌戴欣荣不是吗？而且，现在还在法律宣告死亡的公示期，她出现，就成了你和路小凡之间的阻碍！我若为此陷进去，也会把你冒名顶替的事情说出来。你最后会是什么下场，你不知道吗，你不怕吗？”

“我知道后果，也怕。”计肇钧诚实地点头，“但这和良知比起来，真的不算什么。所幸，我虽然也做过很多坏事，但我还有人性，还是个人。”

“那你就不想知道我为什么这么做吗？”朱迪终于急眼了，突然向前窜了一步，猛地打到计肇钧的手臂上。

幸好计肇钧有所提防，虽然被打到了，手却没有抖，手机也没有如朱迪所愿掉在地上。

“对你的事，我完全没有兴趣。”计肇钧一字一句地说。

“可是你必须听！”朱迪尖声大叫，“你有人性，我没人性！但除了前面那个计肇钧，没有人是天生的坏种！我也是被他们逼的！以前的计肇钧，还有她！”说着，她愤怒地指向戴欣荣，牙齿咬得咯咯响，似乎要生吞了面前的人。

“八年前我只是个小人物，因为业务能力强被计家相中，做了计维之的专职护士。我只是想好好做这份工作，远离医院那种又累又脏又挨骂、薪水还不高的环境，哪想到计家那个浑蛋看中了我。开始我不愿意的，可他百般诱惑，给了我很多许诺，其实他根本就是玩完了扔，哪有半点儿真心。因为我不容易得手，他的兴趣就长远一些罢了。为了他，我堕过两次胎！”

“你从来没有不愿意过，你只是欲擒故纵而已。你要的可不只是不再做辛苦的工作，你想成为计家的少奶奶，做人上人。”计肇钧插嘴，声音冷冷的，“你说的，咱们认识这么久，合作这么久，彼此很了解。所以你有多贪婪，我比谁都清楚。在我面前，就不必伪装了吧？可惜啊，那位计大少的等级观念很重，绝对不会娶个门不当户不对的女人。失去孩子也必定是他强迫的吧？计家一脉单传，若你有计家的骨肉，就相当于有了筹码，那浑蛋如此阴毒，怎么可能允许？”

朱迪的脸白了白，随即她无所谓地耸耸肩：“总之我为他伤害了自己宝贵的身体，他喜欢……”

“算我拜托你。”计肇钧闭了闭眼睛，打断朱迪，“好歹你是个女人，请为自己保留一点点自尊。”

“自尊？你说自尊？哈哈哈哈……”朱迪突然狂笑起来，“我的自尊早让这对狗男女践踏无存，丢失得干干净净了。自尊是什么？啊？”她说着就冲上去，试图猛踹戴欣荣，被计肇钧拦下。

“凡事有因果的。”朱迪继续笑，“种什么因，得什么果。那浑蛋玩弄我就算了，甩了我那天还把我贬得一文不值，说我比最下等的娼妓也不如，至少人家还收了钱，有买有卖，公平交易，哪像我，主动上门，白给人玩。他说他要娶戴欣荣，因为戴欣荣比我漂亮，比我家世好，还比我更会玩花样。我忍，谁让我瞎了眼，我打落牙齿往肚子里吞还不行吗？可他还要把这些丢脸的事告诉戴欣荣。你觉得我狠吗？戴欣荣比我更狠。你只看到她现在可怜，却不知她比毒蛇还要毒。大家闺秀？哈！最卑鄙无耻的人也比她善良。她从不责怪那个浑蛋花心，却把过错算在我身上，觉得我是狐狸精，迷惑家主。她找了几个人来羞辱我，还拍了录像，更以此威胁，让我留在计家，永远被他们奴役！他们不让我走，甚至不让我死，只想无穷无尽地折磨我。你觉得我拿这些药是想让她死？不不不，我要让她继续活下去！死太简单，她对我做的，还远远没有偿还清呢！”

朱迪说了一大段，中间连口气都不喘，显然激动至极。计肇钧完全震惊了，一时竟无言以对。

“我们让她在这儿腐烂吧，不要再管她，她所遭受的，都是她应得的，是她的报应！”朱迪见计肇钧震惊住了，忽然放柔了声音，同时两手抚上计肇钧的身体，眼神魅惑，变脸之快，就像有两个灵魂在她的身体里，令人背后发寒。

“我们把过去埋葬，你还是计肇钧，我绝不会揭穿你。我们就在一起，就在一起……”

正当她的手向下摸去的时候，计肇钧忍无可忍，猛地推开她。她没有想到会这样，整个人坐在地上。

“不是我做的，我不会承认。是我做的，我不会咬出别人。”愤怒在计肇钧的脸上一闪而过，但他很快又平静下来，“尽管是你引诱我冒名顶替，可毕竟是我自己答应的，我也得到了利益。为此，我该感激你，也会为自己的决定负责。所以……你不伤我，我也不伤你。你走吧，我保证你会得到比计维之的许诺更多的好处，只是别再回来了。”

“我若不呢？”朱迪以手拄地，支撑着身体。

“所有的悲惨都缘于贪婪，这个道理，你到现在还不懂吗？”计肇钧悲悯地看了朱迪一眼，直接拨了电话，“我报警，请带一些设备过来，有人被铁链囚禁，无法脱身。哦，恐怕还需要救护车，被救助人生命垂危……她大概是戴欣荣，我的妻子……”

而当计肇钧报上地址再挂掉电话后，回头发现朱迪已经不见了，还拎走了那袋饭食和药品。

“这是我给你的最后机会，希望你不要浪费。”他自言自语，之后又拨了个电话，“陆瑜，立即动身去机场，带着傅敏，乘最近的一班飞机出国，什么也不要带。嗯，也别问为什么，算我第一次也是最后一次求你，帮我做好这件事，很快你就会知道原因。”

挂上电话，他走到石屋外面，静静地等。戴欣荣已经不动了，不知道是死是活，他留下也帮不上忙，不如出来，方便给警察引路。

计肇钧站在石屋前，黑夜中，寒风里，有如一尊石像，脑子里却在不断回想着有没有遗漏什么事。

没过多久，警察就到了。计肇钧亲自带他们去石屋内部找到陷入昏迷的戴欣荣，眼看着救护车闪着灯光，疾驰而去。而他因为要做笔录，必须和警察走一趟。等这些折腾完了，天已经很晚了，没想到他却没能回家，因为老钱赶到了。

老钱因为被返聘回警局，开始重新负责戴欣荣失踪案，所以尽管已经下班了，还是第一时间赶了过来。

看到老钱，计肇钧愣了一下，觉得眼前的人非常面熟。不过他为人冷漠，不喜欢和别人有过多的交往和交流，尤其老钱是努力降低存在感的工作人员，所以他一时并没有想起对方是谁。

“我的上一份工作，是计家大宅的司机。”老钱干脆自我介绍。

计肇钧的眉梢动了动，心中突然涌上一丝不安。

“知道我的真实身份，计先生好像不惊讶也不生气？”老钱一直注意着计肇钧的表情，见他仍很平静，不禁问道。

“只是个工作。”计肇钧摊开手，一如既往地淡漠，“我对戴欣荣的失踪完全不负有责任，所以也没有什么好担心的。”

“那么，你对其他事负有责任吗？”老钱紧接着问。

计肇钧顿了顿，根本没理会，直接转了话题：“你的真实身份，如果可以的话，最好不要在小凡面前揭出来。我记得她和你关系很好，在计宅，她总是要亲自给你送饭。她爸爸妈妈不在身边，她是拿你当父亲看待的。”

老钱抿了抿唇，瞬间，他的意志发生了动摇，他和计肇钧一样，不想让路小凡伤心。

“别人的事，你不用操心，还是先顾顾你自己吧。”老钱坐在计肇钧的对面，严肃地说。

“我被当成嫌疑犯了吗？”计肇钧不禁感觉有点儿好笑。

朱迪说得没错，他是报案人，也是利害关系人，所谓的事实都是从他的嘴说出来，并无旁证。警方率先怀疑他是正常的。

“谈不上怀疑，我们只是先请你协助调查。”老钱只能先这样讲。

计肇钧很配合地和老钱反复描述找到戴欣荣的情形。只是他既然决定给朱迪最后一个机会，就没有把她供出来，只说是自己想起曾经租过这样一块山地，现在打算重新翻盖，这才过去看看。

“请问，我可以走了吗？”计肇钧看了看表，已经凌晨四点了，他疲惫地问。

“计先生急什么？”老钱笑笑，态度强硬但表现友好。

“我白天还有工作要做。”计肇钧直视着老钱的眼睛，“我很清楚协助调查是公民应尽的义务，但我已经把所知道的事情都说了，而且不止一遍。你们不能再扣着我，协助调查的话，询问查证的时间也不能超过八个小时。”

“计先生很明白相关规定啊。”

“常识而已。”

“很多人都没有这种常识，除非和公安机关打过交道的。”老钱说得意有所指，“计先生出身富贵，难道之前犯过事？”

老钱试探得突然，但计肇钧百炼成钢，神情根本没有变化：“事关被调查的案件，我不会沉默不说。但事关我个人的隐私，而且是与案件没有关系的，我可以不回答你。现在，我再请问一声，我可以走了吗？”

老钱不说话，与计肇钧眼神交锋，两人谁也没退。

最后，到底老钱要按规定办事，收回目光道：“请计先生看看调查笔录，如果没有问题，签好字就可以离开了。”

计肇钧点点头，暗松了一口气。

就算是协助调查，一般也是不允许和外界联络的。他的手机早关了，幸好在警察到达石屋之前，他留了短信给路小凡，说他今晚有重要会议，不回去了。

他快速浏览笔录，而后签上自己的名字，离开了派出所。然而回到家，刚停好车，走上台阶，就见到一条人影闪了过来，上前扣住他的手。

“陆瑜？”计肇钧惊讶，随后就有点儿生气，“不是让你带小敏离开吗？你怎么还在这儿？”

“钧哥，小凡说你今晚要加班，不回来。我去了公司，那边又没人，我很怕你出事。”陆瑜脸色惶急，带着焦虑和关切说。

计肇钧冒出的火气小了些：“你没让小凡担心吧？”他紧接着问。

“没有没有。”陆瑜连忙摇手，“我告诉她，我昨天去分公司了，所以不知道钧哥的事。但我不知道你在哪儿，电话也打不通，只能在这儿死等。”

“找到戴欣荣了。”计肇钧仰头，看看泛起鱼肚白的天空，深深呼吸。

“戴欣荣没死，也没跑走，四年来，她一直被朱迪囚禁在后山那个炸毁的石屋里。那里自从爆炸死人后就鲜有人迹，后来又传出闹鬼的新闻，就更没人敢靠近了。哈，闹鬼？估计也是朱迪搞出来吓人的。”计肇钧冷笑。

陆瑜则张大了嘴，一点儿声音也发不出，完全被这个消息震晕了。

“我报的警，刚才去派出所协助调查了。戴欣荣现在还在医院里，不知是死是活，我也不肯定警方能不能找到真正的凶手，因为……我没供出朱迪。我刚才叫你马上走，是怕万一警方怀疑我就是伤害戴欣荣的人，你和小敏会被牵连。我妈这辈子过得多苦啊，我不想小敏受一点儿惊吓。可你为什么不听我的呢？你是我唯一信任的人，我本以为你最牢靠，我可以指望你！”这话，说得有点儿重了。可他若不生气，怕陆瑜没有压力，还要自作主张。

哪想到陆瑜差点儿哭了出来，紧拉着他的手说：“钧哥，你让我办的事，我向来是水里来火里去，不含糊的。可……这次不行啊，小敏不走，因为……因为……”

“因为什么？”计肇钧心头一抽。

“因为兰姨有点儿不好，已经进了抢救室。医生说，疗养院怕不方便了，要送去医疗设备更先进齐全的专科医院。”陆瑜一口气说出来。

“怎么突然这样？”沉默片刻后，计肇钧急得揪起陆瑜的衣领，差点儿把他从地面上拎起来。

“医生说，以兰姨的身体和精神状况来说，能平平安安过这五年就很了不起了，但毕竟……前些日子就有症状，小敏早就知道，但她害怕，没敢告诉你。”

计肇钧丢下陆瑜，转身就往车库跑。

可是他刚下台阶，不远处就传来急促的警笛声，警车在他面前戛然停下，老钱从上面走了下来。

“出了什么事？”计肇钧有不好的预感。

“因为你涉及一桩重大的诈骗案，请你跟我们走一趟。”

“什么情况？”陆瑜三两步跑下来，“警察也不能随便抓人啊，就算拘留或者拘传，不也得有个手续吗？你说抓人就抓人啊，公安局是你家开的吗？咦，你不是……你不是那个谁谁谁？”他认出了老钱，却一时叫不出名字。

“有紧急情况，符合法定条件的，警方可以先行拘留。现在，我们认为情况很紧急。计先生，请你配合一些，我们不喜欢使用强制力。”老钱对计肇钧说。

陆瑜很不理智地挡在计肇钧面前。

计肇钧心头仍然震惊于母亲的病危和公安机关的突然出手，但他很快强迫自己冷静下来。

“陆瑜，去把公司的律师找来。另外告诉江东明，明天会有事关计氏的轩然大波，让他把公关计划想好，最大限度降低公司的损失。”计肇钧平静地说道，“好市民要配合警方的工作，相信警方也不会在没有证据的情况下非法作为。”他一边说着，一边轻轻把陆瑜拉回身后，对老钱伸出手，“还用铐上吗？”

老钱侧过身子，做了个请的姿势。

“看顾点儿小凡。”计肇钧转回身，甩下这几个字。

而当警车走远，发呆的陆瑜才猛地一跺脚，回过神来。他拨通了公司首席律师的电话，也顾不得现在还是早上五点，就把人吵醒了。

打完电话，正当他六神无主的时候，突然想到了刘春力。他现在需要他，小凡更需要！于是他打电话给刘春力，顶着那边暴躁的怒骂，把事情说了。当然，他也不了解具体情况，只告诉刘春力是大厦将倾，人祸不断。

“我马上来，你待在那儿别动，等我。”刘春力静默了三秒钟，才简短地回答，之后挂断了电话。

陆瑜很听话地缩在那里，哆嗦着再联络江东明。打过去，对方的电话关机。他不知道，此时的江东明正等在老钱的办公室。

当老钱安排了警员为计肇钧依法办理程序化的事务，才回到办公室看到江东明。

江东明是在昨晚听说戴欣荣被找到的，并且在医院亲眼看到那个他曾经爱过、霸道明艳又有趣的女人，变成那副不成人形的鬼样子后，他彻底怒了。他觉得这件事跟计肇钧脱不了干系。于是，他拿着仅有的一点儿证据，到公安局报案。因为有老钱在，立案什么的都是神速，又担心计肇钧能力太强，会逃走或者串供什么的，老钱亲自出马将计肇钧拘留了。

“戴欣荣怎么样？”老钱问，“你这是才从医院回来吧？”

“医生说她的身体和精神都受到长期的、非人的摧残。如果你想问什么时候她能配合调查，提供人证口供，那可有的等了，短时间内根本不可能。她能不能活下来，还得看这几天的抢救情况。”江东明露出了痛惜的神色，“戴家人已经到了，她爸爸当场晕了过去，她哥哥红着眼睛要找害她的人拼命。”他顿了顿，“我现在有点儿理解当年我姑父的情况了，那样强大的人，听说独子暴毙立即垮了下来。所以我想，真正的计肇钧可能死得很惨的事实，就暂时不要告诉我姑父好了。唉，他现在那样的状态也好，至少活在自己的世界里，不用体会外部的残酷无情。”

老钱默然。

“戴家是隐形富翁，有钱有势，肯定会给警方施加压力的，你们能尽快确定囚禁戴欣荣的人吗？”江东明继续说，“会不会是现在那位计肇钧干的？毕竟夫妻本一体，在老婆面前演戏不容易，杀人又太大罪了，他很可能做这样的手脚。”

“绑架和非法拘禁也是重罪，何况还有暴力伤害。”老钱叹了口气，“但我相信，不是计肇钧做的。”

“为什么这么肯定？”

“我当警察三十年了，直觉这么告诉我。而且将计肇钧关起来只是防止他有什么动作，因为我的直觉还告诉我，其实所有事情的关键点，就在朱迪身上！”

“那就调查朱迪啊。”江东明有点儿发急，“没有证据，不能明着找碴，还不能暗着来吗？”

“你把我们公安机关当成什么了？”老钱不满，但话锋一转，“不过我们的鉴定组连夜在石屋工作，倒是发现了点儿不同寻常的东西。”

“是什么？”

“一件破烂的白袍子，一顶肮脏的长假发，一双特别小、只有正常男人一半大小但很肥的鞋子，手工做的。”

“装鬼来吓唬路小凡的道具！”江东明立即明白了。

老钱点了点头，貌似东一句西一句地问：“你最近看到老冯了吗？”

“看不到他的人影。”一提到这个，江东明就很懊恼，因为他这样一个高智商的人却始终抓不到一个精神有问题的人。

“但我去过他住的游泳池边的小屋，里面有人为的痕迹，证明他回来过。厨房还丢过吃的东西，花园的花草也没有缺乏照顾，这都证明他一直还在计宅。说起来他也很可怜的，自从计宅只剩下我和朱迪后，就没人管老冯了。他那个人，真的没办法独立生活。”

“我建议你在花房里守株待兔，但千万不要吓到他。”老钱很严肃地说，“我找了位精神病学的专家，最擅长和患者沟通。只要你找到老冯，想办法把他哄到市区来，我需要这位专家和他谈一谈。现在可以确定他就是朱迪的帮凶，他一定知道很多朱迪做的事。虽然，他肯定是被胁迫和利用的。”

“怎么会有女人心肠这样狠毒？”江东明不禁愤慨，“连一个精神不健全的人都不放过！不过，就算老冯坦白了所有事也没有用啊，他的证词在法律上是不被承认的吧？”

“不需要老冯作证，但是他说出的事实，会指引调查的方向，帮助我们尽快破案，事半功倍。”老钱说着，打开了抽屉，取出一串钥匙，假装无意地扔到了桌子上，“老冯找出来后，我会想办法让朱迪过来一趟，协助我们警方进行一些调查。那时候，计家大宅就剩下你一个人了，多自由啊，想干什么干什么。哦，年轻人容易丢三落四，万一你把自己锁在屋外面，都没人帮你开门。但我听说有一类万能钥匙，普通的锁差不多都能打开。”

江东明目瞪口呆。

“我要先去审审计肇钧，你没事的话就快走吧，好多事还等你做呢。”老钱说着，大大咧咧地走了，把那串钥匙明晃晃地“忘记”在了桌子上。

江东明等老钱出屋，立即把钥匙抄进兜里。他一打开手机，就响起了一连串提示音。发信人全是陆瑜，传达的全是计肇钧的口信。大约是他关手机这段时间打不进电话来，只能发短信。

“你还在意公司吗？”看完短信，江东明深吸一口气，喃喃自语，“还算你有良心。举报你，我现在开始有点儿内疚了。唉，这几天我要公司和大宅两边跑，得忙死啊，也不知道小凡怎么样了。”

此时，被江东明惦记的路小凡，正保持着诡异的平静，完全没有激动或者崩溃、绝望和哭泣，只是脸色白了白，就跑去厨房做早餐。

她这样，倒把刘春力吓到了，紧跟在路小凡身后转：“小凡，你没事吧？你要想哭、想尖叫、想大吵大闹，甚至砸点儿东西，小舅支持你。”

“我当然有事，但我不想做你说的那些。”路小凡背对着刘春力煎着鸡蛋葱花饼，并给计维之做营养糊糊。随着她开口，一颗眼泪快速掉进锅里，遇到热油，“嗞嗞”冒出白烟。

“可有事的话，饭就不吃了吗？不吃饭哪有力气？没力气怎么活下去？”很快，她抑住想哭的冲动说，“我不能去劫狱，我也不是律师，我帮不上忙，那我只能做到不拖后腿、不添乱，帮他照顾好他的父亲母亲和家，让他安心。”

“小凡，你不用逼自己永远这么懂事的。”刘春力心疼死了。

“也不是懂事，只是因为……早知道会有这样一天，只是没料到会这么快。”她手上顿了顿，“可惜，我没来得及给他生个孩子。”

刘春力一听就急了：“什么？你还要给他留个后？”

“是给我们留个后。”路小凡一边忙碌着在薄饼中放入彩椒丝、鸡肉丝和芝麻等物，然后卷好、切段，再浇上番茄沙司，一边慢声细语地说，“反正除了他，别的男人我都不要。我问过律师，他最高会判无期徒刑，就算表现良好能减刑，至少也要在牢里待二十年。等他重获自由，他四十八，我四十三，我怕那时候是高龄产妇，生不出宝宝了。”

“小凡！”刘春力拉住路小凡的手臂。

路小凡正好把卷饼装好盘，被刘春力一碰，直接掉在了地上。伴随着一声脆响，盘子碎了，让人食欲大增的漂亮的卷饼段滚得到处都是。

“要么嫁他，要么去死，你让我选哪样？”路小凡直视着刘春力。

刘春力无奈，只得低声嘟哝道：“女生外向！呸，还上纲上线到死啊活啊的地步！随你去好了，死丫头！为个男人去死，你不想想我姐姐姐夫养活你多不容易，你舅舅我从小把你看顾到大有多辛苦。”他一面说，一面蹲在地上，抢起个卷饼段，愤愤地塞在嘴里，用力咀嚼。

“快放下，脏了，我给你重做！”路小凡抢着收拾。

刘春力却把她扒拉开：“不用，这里的地面干净得能拿舌头舔，怕什么！”说着，赌气似的又连吃了两口。

路小凡简直哭笑不得，在这种时候，心里又酸又涩，胸中苦水横流，居然有点儿想笑：“我会孝顺爸妈和小舅的，反正我一定会等他，我一定要嫁给他。”

“那你今天打算做什么？现在这种情况，人家公安局不让探视，你别给我异想天开。”刘春力没好气地说道。

路小凡轻轻摇头：“我不去看他，我照顾完计伯伯就去疗养院看兰姨。”提到这两位老人，她的脸色变得更差。

“小舅，你帮我打电话给陆瑜，让他转告律师，再让律师转告计肇钧。家里一切都好，让他别惦记。”

第四十章　人算不如天算

面对即将到来的轩然大波，面对地震海啸般的内外混乱，就算陆瑜和江东明平时再互相讨厌，这时候也要同心协力，一致对外。

对江东明来说，他自从进了计氏公司，从来没这么辛苦过。对外他要应付记者，对内他要安抚元老。计氏股票大跌，他还要保证公司正常运转，稳定员工的情绪，把握形势，以期待之后的触底反弹。工作累到吐血就罢了，还要往返在计宅和公司之间，要想办法找到老冯。奇怪的是，朱迪对爆发的乱局没有反应，只把自己死锁在房间里，也不知又要密谋什么诡计。

这样三天下来，江东明觉得自己快被折腾到人不像人鬼不像鬼了，终于明白计肇钧那种工作狂不是人人都能当的，不仅需要钢铁般的意志，更需要钢铁般的身体。这是第二回，他真切地感觉与计肇钧比起来，他自愧不如。第一回挫败，是他在路小凡面前总也占不到一席之地的时候。

功夫不负有心人，就在江东明天天钻花房，要把自己熬成鹰的时候，老冯出现了。他二话没说，悄悄地从老冯背后绕过去，把加了料的手巾捂在老冯的口鼻上。老冯已经是惊弓之鸟，他没有信心和耐心把老冯哄骗到市区，只能用这种简单粗暴且有违法嫌疑的手段。但他没想到老冯的力气这样大，差点儿挣脱。在挣扎与对峙时，他打翻了计肇钧的几盆宝贝花，老冯踢掉了自己的鞋子。

当老冯软倒，他赫然发现老冯的脚只有正常男人的一半大小，宽度却够，呈可怕的方形。他忍着恶心，脱掉老冯那不知多久没洗的袜子，发现那双脚曾经不知被什么变态残害过，大男人的双足，硬生生被扭曲成了三寸金莲。

江东明对老冯产生了深刻的怜悯之心。想来，老冯发疯一定和他的残疾有关。

他再看老冯的鞋子。鞋是特制的，穿上这种鞋，就算老冯走路有点儿晃荡，也会让人以为是他的腿有问题，绝想不到问题是在脚上。当老冯扮鬼吓唬路小凡时，没有穿特制的鞋，于是现场留下的脚印，令老钱以为是个头不高的胖女人。

江东明坐在地上喘了口气，接着趁夜把老冯送到了老钱手里，还请求老钱，让那位专家多看顾老冯几天。以老冯的精神状况而言，是不会被判罪的。那么他希望等事件平息一些，就想想办法，给老冯安排一份安稳的生活，别再回精神病院去。

老钱答应了，毕竟他和老冯一起工作过，也很可怜老冯。

第二天中午，江东明就得到了老冯对心理专家吐露的信息。

戴欣荣是朱迪绑架和囚禁的，她一直威胁老冯帮她送饭过去。之前戴欣荣生病，她也从来不给治。而所谓的送饭，只是三天打鱼，两天晒网。平时没人注意的时候，朱迪还会过去对戴欣荣进行精神或者肉体上的虐待。想来，戴欣荣应该全是凭着从小锦衣玉食打下的好底子和强烈的求生欲望，才熬过了地狱般的时光。最近是戴欣荣病得快死了，老冯吓得不敢露面，朱迪才没耐心地亲自去石屋那边，结果被计肇钧发现了。

几次装鬼吓唬路小凡，也是朱迪逼迫老冯和她一起配合的。

“我曾经还对她抱一点儿奢望，没想到她这么没人性。”江东明沉默良久后说，“我知道计宅中一直藏着恶魔，但从没想过就是她！那现在，调查是不是集中在她身上了？”

“我已经请她明天来警局协助调查。”老钱说得简明扼要，“考虑到计家离市区较远，她至少得搭上一天时间。”

“好。”江东明摸摸口袋里的万能钥匙，心中坚定。

当天晚上，江东明没回计家，给朱迪造成安全的假象。第二天早上，他窝在山路的岔口，瞄到朱迪开着计家的车离开才回去。

江东明拿着一串钥匙，试着打开朱迪房间的锁，试到最后一把才把房门打开。

一进房间，入目处，毫无特别，除了计宅一向给人的大而空的感觉，就是觉得整洁得有点儿过分了，少了女性房间的柔美装饰和一些可爱的小摆设。就连梳妆台上琳琅满目的化妆品，都有种冰冷的感觉。

江东明置身房间正中央，一时间有点儿无措，不知从哪里下手，也不知要找什么。他茫然四顾，突然觉得眼中有些异常的影像，却又没抓住。没有办法，他只好耐下心来，目光一寸寸扫过屋里的每一个角落。在反复看了三遍之后，他终于将目光定格在了梳妆台后。

江东明感觉那面墙有点儿斜，就像是拍照后PS过度，造成了线条和角度的错觉，完全失去了正常的物理规律。

江东明走过去，慢慢敲着那面墙，试图找出不正常的地方，哪想到用力略大，墙面忽然塌陷，让他失了重力，趔趄了一下，差点儿把梳妆台撞翻，台子上的瓶瓶罐罐发出激烈的碰撞声，在一片死寂中显得格外刺耳。

江东明的全部注意力都被吸引到了墙后面黑洞洞的夹层里。他简直无法想象在计家大宅里还有这样的存在！

他几乎不由自主地钻到这个狭小逼仄的地方，下意识地把梳妆台摆好，之后就惊讶得合不拢嘴。这夹层不过一米宽，两米长，除了一张椅子，到处摆满了监视设备。

那些电子设备，几乎全是国内最先进的！

“她脑子有问题吗？”江东明愕然，“控制欲这么强，都到了要在家里搞监听监视的地步了？她要干什么？”他一边说一边蹲下来鼓捣那些设备，突然响起的手机铃声把他吓了一跳。

“你在哪儿？”老钱冲口问道。

“我在我该在的地方。”

老钱听出了他的语意，急道：“快离开！刚才朱迪打电话说不舒服，请求明天再来协助调查，我无法不答应，毕竟不是拘传。现在她已经折返，估计她根本还没离开山区，应该很快就到家了。”

“知道了。”江东明迅速挂断电话，想了想，没有关机，只调成静音。

他刚要走出夹层，就听到对面房间的门把手被拧动了。这么快？朱迪哪里是没走远，她根本就是回了计家大宅才打电话给老钱的。

慌乱中，他找不到地方躲藏，只能急忙退回去，轻轻把夹层掩上。也不知是什么东西卡了，夹层的门居然不能严丝合缝，留了一丝非常小的缝隙。刚才他能发现这里有特殊的机关，大概就是因为朱迪离开的时候，没有留意这个小瑕疵。但愿现在朱迪不会发现他，不要抓他的包，不然可尴尬了。

漆黑一片中，朱迪进了门。

江东明扒在缝隙处往外看，居然视线良好。而且，他刚才还注意到夹层中有通风孔，倒不必担心被憋死在里面。此处的手机信号也还好，手机电量还有百分之八十，万一朱迪突然从外面封死夹层，他也足可以求救。

只一秒钟，江东明就想到了所有进路与退路，心也平静了下来。而幸运的是，朱迪似乎心事重重，根本没留意到夹层藏着人。江东明无比感谢自己刚才把房间门反锁好了，而且梳妆台也归回了原位。

不过，当朱迪面色阴沉地快步走过来时，江东明还是吓了一跳，还以为被发现了。还好，朱迪是背身坐在梳妆台前，随后抄起旁边小桌上的复古电话。

江东明反应极快，赶紧打开手机的录音键，贴近缝隙。

“小红，你听着，我觉得情况不妙！”朱迪阴沉着声音说，“老冯跑得不见人影，我只好自己去找戴欣荣，免得她直接病死，便宜了她。哪想到我们准备了这么多年，一直小心翼翼的，却在这几天被计肇钧发现，还把戴欣荣救出去了。现在戴欣荣没死，虽然我相信她的智力和精神无法彻底恢复，做不了什么有法律效力的证人证词，但我们也要早做打算。”

“你一直在打算，结果如何呢？”小红的声音一如既往的粗哑，语气也一如既往带着浓烈的讽刺感，“人算不如天算。一时的成败有屁用，最终的结果还是要看情理的。不合情不合理的事，都不会长久。你想谋夺计家的全部财产是不可能的。你想得到计肇钧也是不可能的。你想没完没了地报复计家更是不可能的。早劝你见好就收，你偏不，现在怪谁？”

“现在是说这种话的时候吗？”朱迪大怒，对着电话吼叫，“之前老冯还只是逮不到人而已，可是从昨天开始就不见了，今天警方叫我去配合调查，我越想越觉得不对，这也太巧了，干脆称病回来了。你知道的，我这里还留着一个原来那浑蛋死鬼的纪念物，万一那枚戒指被查到，我就说不清了。”

“那你还留着！”

“我是为了刺激戴欣荣。”朱迪激动得完全不像平时淡然优雅的样子，就像疯子一样，“那是那浑蛋求婚的戒指，本来他骗我说要娶我的，结果他到底还是给了戴欣荣。你相信渣男也有真爱吗？当我拿出戒指，告诉戴欣荣，她心心念念要嫁的人已经被我杀了，她现在嫁的只是个冒牌货时，你知道她有多崩溃、多绝望吗？哈哈哈，看到她那样子，我做什么也值了。”

“戴欣荣这么惨了，她曾经给你的伤害，你已经十倍奉还了，还纠结什么？”小红冷淡地说，“再说了，她害你，也是你给了她害你的机会。正所谓苍蝇不叮无缝的蛋，不要总把责任推在别人身上。”

“我就是咽不下这口气！”朱迪挥手，把身后的化妆品扫落，不顾那些瓶瓶罐罐摔碎在地上，“凭什么？凭什么她生下来就什么都有，美貌、财富、社会地位、想要的男人！她不用努力，就可以得到一切。她若是个天使就罢了，明明就是个恶魔，怎么配拥有这一切？我呢，我那么辛苦，美貌和才智都不缺乏，从贫困的乡村走出来，每一步都认真算计，可以说是步步血泪，结果仍然一无所有！老天不公，我就要纠正它！”

“你总把自己当上帝，累不累啊？”

“我这是努力！”

“杀了原来的计肇钧也是你的努力？”小红的语气中带了嘲讽。

藏在夹层里的江东明倒吸了口冷气，举着的手机差点儿掉在地上。

“我不想杀他的，我对他是真心的！真心的！”朱迪激烈反驳，“没错，我承认我开始只是想嫁入豪门，他只是我的目标而已。可这有什么不对吗？谁不想过锦衣玉食的生活？谁不想进入上流社会？”

“哪有那么容易，你痴人说梦！”小红嗤之以鼻，“计家那样的门庭，还是很讲究门当户对的。就算没有门户之见，你有什么特殊的才貌和品德吗？嘁！”

“总也有例外的！”朱迪不服气，“只要我照顾好计老先生，劳苦功高，只要我端庄优雅，有名门闺秀的风范，只要我能怀上计家的长孙，我就可以成功！从小到大，我所有的一切都是拼来的。当机会摆在我面前，我为什么要放弃？虽然开始时我是对他用了心机，对他欲擒故纵，那是怕他太容易得到就不珍惜。可后来，我是真的爱上他了，特别是我们有了实质性的关系之后！”

“就那个除了脸好看，口袋里有两个破钱之外，一无是处的二世祖？你真瞎！”

“他很可爱的，你不懂，他也对我好过的。”朱迪突然哽咽了一下，很是动情，但很快，声音就又冷酷起来，“如果不是戴欣荣出现，他会娶我的，至少会宠爱我到有孩子为止。那时，他也不能抛弃我了。计家人丁不旺，计维之对子嗣的事特别在意，我完全可以母凭子贵。”

“别自欺欺人了好吗？”小红戳穿她的谎言，“就算没有戴欣荣，也有张欣荣、王欣荣、赵欣荣……想嫁入计家的女人一大把，什么时候也轮不上你一个小护士，你根本就是异想天开！”

“我没有！路小凡有什么好，还不只是个小助理？为什么后来的计肇钧就动了心思要娶她，连婚都订了。要不是我阻止，他们可能已成了夫妻。路小凡能做到的事，为什么我就不可以？”

“人家两个人之间有真爱，你有吗？”

“我有！我有的！我真的有！他已经说过要娶我。”朱迪激动地想证明，头也不回地拉开梳妆台的小抽屉，准确地摸出一枚戒指，挥舞着，也不管电话那头的人是不是看得到，“这枚戒指！这枚戒指是他带我一起买的，还套在我的手指上试过，刚刚好！他说要和我结婚，只要我帮他除掉傅诚。他说傅诚当着很多下层员工的面把他打个半死，让他丢尽了面子，必须以性命偿还！”

“为了能嫁入豪门，杀人啊，这么伤天害理的事你也做！”

“没办法，我说我是真的爱他，他不相信，非要我证明能为他做任何事！”

“在他和戴欣荣那样侮辱和伤害你之后？”

“他后悔了，他道歉了，在我面前痛哭流涕。说他那天在工地快被打死，那时候他心里想的是我，才知道我才是他的真爱。但是，他不相信我能原谅他，毕竟他做得那么过分……我需要证明。”

“那是过分两个字可以形容的吗？你简直猪脑子！”

这一次，朱迪没跟小红吵，而是安静了片刻，自嘲地苦笑：“是啊，我自诩智商和情商都高，可女人就是这样。爱上的是猪，自己也笨成了猪。他明明是哄我当替罪羊，多明显的事，我当时为什么就是想不到？”

“你是被豪门富贵迷花了眼！”

“无论如何，我答应了他。”朱迪陷入回忆，“那几年他疯狂地迷恋爆破和放火这种事，为了躲他父亲的耳目，才在后山那里修了那石屋。因为没有通电，就自己弄了发电机，还配备了很大的油罐和煤气罐。那一次，他说要炸掉左边的大客厅，说傅诚来了会在客厅里等着。他让我拿着遥控器，藏在右边的院子外面。因为离太远，遥控器会失灵；离太近，又怕我会有危险。”

“天哪，大情圣还顾及你的安全了？那你肯定感激得不要不要的，完全被忽悠住了。你就不问问，他为什么自己不做吗？”

“他说与傅诚有恩怨，傅诚出事，他会是第一个被怀疑的人。他进了监狱，我又去嫁谁？所以他提前一天到外地出差，造成了完美的不在场证据。而他以傅敏的人身安全威胁，傅诚不敢不来，也不敢说出去。他还说已经在公安和消防内部买通了人，现场调查的结果一定是不小心的煤气泄漏爆炸事件。这样，谋杀就变成了一次意外。后来我才知道，他把石屋内外全埋了炸药，还引到煤气罐和油罐那里去，是存心要把这个地方的所有东西都炸成碎片，包括我在内！以后万一事情牵连到他身上，他就会说是我与傅诚之间有恩怨，借他的地方殉情！哈哈，那样他反而成了受害者。至于事实，我死了，傅诚也死了，就随他说喽。你觉得我是魔鬼吗？戴欣荣是魔鬼吗？可能吧。但跟他比起来，我们都太小儿科了。要知道当时石屋里还有四五个当地的村民，是他雇来做事的，多无辜啊。可他想要杀掉傅诚，为了怕被怀疑，就连那几个人也毫不犹豫地捎带进去了！”

“那你和傅诚又是怎么逃脱的？”小红沉吟了片刻问，“我一直想知道，可你从来没有说起过这件事。”

“这是命。”朱迪仰头，“真是人在做，天在看。害人不成终害己，大概说的就是这种情况吧。”

“那时我对他深信不疑，虽然心里也有点儿害怕，却还是依着他的安排，在指定时间到了指定的地方。只不过，我躲在了墙外那处堆放垃圾的地方，我又太紧张了，手一滑，遥控器掉进了大垃圾桶里。偏偏那天的垃圾桶里扔了一堆吃剩的鱼，我扒出的遥控器上沾了好多鱼汁，腥得很！我就把它放在地上，想找些纸来擦干净，可不知哪里突然冒出一只黑色的小野猫，以为是吃的东西，把遥控器一口叼走，跑掉了。”

不会是出现在计宅，吓到小凡，后来被小凡收养的野猫小黑吧？江东明的脑海里突然冒出个念头。

小红也这样问了。

“我不确定，也许是吧！”朱迪淡淡地说，“如果是它，那才是因果。我也怀疑过，所以当那野猫出现在计宅，搅东搅西时，我都没找人打死它，毕竟它因为贪吃救过我一命。可结果，让它坏了我的大事。若不是它，路小凡早死了，以前的计肇钧没有成为我的，现在的这一位却一定属于我！”

“你真疯了，为什么总想要别人的男人？”小红哼了声。

“是她们跟我抢！”朱迪突然暴喝。

她情绪波动这样大，江东明是第一次见到，不禁非常意外，不知道哪一个才是真正的朱迪。

“行了，别跟我嚷嚷，继续讲。”小红的语气带了点儿厌倦。

“这还不简单吗？我为了追那只死猫，跑远了，这时傅诚也来到石屋。只是他还没走到爆炸中心，我却已经远离的时候，那只野猫不小心咬到了爆炸的启动键。然后轰隆一声巨响，连大地都在发抖。我被气流掀翻到两米外，傅诚没死，却重伤不醒。至于石屋里的人，哈，还有人吗？全变成了尸块，碎肉，冤魂！”

“然后你就装成没事人似的跑到医院？”

“那样大的爆炸，足以让我清醒了。”朱迪悲凉地冷笑道，“我终于知道，他对我不是真心，他是想要我死，好摆脱我！还要借我的手除掉自己讨厌的人。哈哈哈，不愧是计家出身的坏种，算计得真是精巧。那天我人没事，可我的心已经死了。我忍耐着痛苦、绝望、愤怒，行尸走肉般留在计维之身边，继续承担私人护士的工作，因为我不知道要去哪里，下一步要做什么。这时候，警方报告从爆炸现场找到一名幸存者，但那个人正挣扎在死亡线上，丧失意识，身体也遭重创，加上看不清楚真面目，无法确定身份。只是凭身材、身高和大致的年龄，推测是计大少本人。他们来找计维之提取样本，好做 DNA 测试和亲子鉴定。”

“计肇钧出差去外地的事，没人知道吗？”小红提出疑问。

“除了我，没人知道。”朱迪摇头，“因为那浑蛋谨慎得很，怕傅诚听到他离开的消息，不肯上钩，那次出行完全是偷偷进行的。而警方还没展开调查，第一推测自然是他在石屋里。那个时候，计维之身体本来就差得无以复加，得知消息后受到重大的刺激，直接躺倒。但就算这样，他还强撑着为他的独子收拾残局，不惜透支生命也要保护计氏。他动弹不了，可又紧张儿子的生命，就派我先去医院一趟，看看那人是不是计肇钧。我明知道那只是个陌生男子，甚至不确定他是傅诚，还是只是个过路的人，却在唯恐天下不乱的想法下，说那人正是计大少。我想着，就算最后我错了又如何呢？那人全身上下包得像木乃伊一样，认错人太正常了。可万万没有想到的是，警方的测试结果很快出来了，居然证明这个陌生人就是计维之的亲生儿子！”

“你当时吓着了吧？”小红轻轻笑了一下。

“是啊，当时我的魂都被惊掉了一半。我明明知道真正的计大少在外地，在那个著名的风景区，那么眼前这个人又是谁？所有人都知道，计维之只有一个独子！何况那个 DNA 测试不仅是亲子鉴定，还提取了计大少卧室里的头发，最后证明他和病床上的是同一个人！”事隔这么多年，朱迪说话的时候，语气中还带着点儿惊异，以及惊喜，“于是我觉得机会来了，报复的机会来了！这是老天在帮我！我虽然不知道这到底是缘于什么深远的秘密，但可以肯定计肇钧和傅诚是同卵双胞胎，不然这世上不可能有两个人的 DNA 是完全相同的！计维之肯定是出于某些原因才不知情，或者孩子在多年前丢失了一个。那好，计肇钧那浑蛋不是要坑我吗，我现在要反过来坑他！摆在我面前的是老天给我的反转机会，是我得到我所有梦想生活的最佳机会！”

“于是你觉得，你只有两块绊脚石要踢走：一、说服病床上的人。二、真正的计肇钧必须死！因为，这世上只能有一个计肇钧。谁成为计家的继承人，决定权在你手上！”

“对啊。我仿佛看到，世界对我敞开了大门。”朱迪高兴地一拍大腿，“说服病床上的人容易。因为我被计维之派来看护他的宝贝儿子，所以那人清醒时，正是我在他身边。当我知道他是傅诚时，就更好办了。傅诚和计肇钧有旧怨，面临着巨额的医疗费用，还有生病的妈妈、幼小的妹妹要养活，要看病，要读书。我再激起他男性的尊严、复仇的怒火，并许以计氏的无边富贵，他难道还有别的选择吗？我告诉傅诚，关于DNA我做了手脚，他的脸已经损坏，只要再照着原来计肇钧的模样整个容，就能骗过所有的人。他是个果决的人，只想了片刻就答应了。而且，他虽然拒绝在性格、行为和举止上进行改变，但他那种自信的态度，没让任何人产生怀疑，事情顺利得超出我的想象。”

还因为经历了生死劫难，人就算彻底转变也很正常。江东明心里想着，但他也不得不承认，计肇钧，不，傅诚那种沉稳自信而强势的态度，确实优秀而令人折服，同时令人难以怀疑。

小红大笑道:“你觉得容易的事,其实才是困难的吧？就算傅诚答应你变成计肇钧，可他不是傀儡,不是任你摆布的。这些年,你看似抓着人家的把柄,其实处处落在下风。若他是个没风度的，恐怕你死得连渣都不剩了。你以为人家是猫，可以驯的，可人家是虎！真正的与虎谋皮！”

“你是专门气我，还是专门跟我抬杠的？”朱迪恼火。

小红立即息事宁人地嘘了两声:“不要这样急赤白脸,我说的是事实。你以为简单的，其实是最难的。你以为难的，其实反倒简单，不就是杀掉真正的计肇钧，好给你一手塑造的计肇钧铺路嘛。”

“哼，计氏父子都该死！儿子欺骗我、伤害我、背叛我，还想我死。父亲就许我厚利，以为我会感激？我在计家葬送了八年青春，岂是那一套房子和几百万存款买得来的？”

“你真的太贪心了，什么八年青春，不过只是工作而已！是你自己摆不正位置啊。对于普通的高薪白领来说，几个八年也不能在这座繁华的大都市赚到一套市中心的大房子和几百万存款。我姑父这样慷慨，却养了条白眼狼在身边。他老人家总说自己慧眼识人，可惜一辈子玩鹰，到头来却让鹰啄了眼。”江东明真想跳出来质问朱迪，可惜他还没有听到关键的问题，也只能忍耐着不动，只觉得四肢都快麻木了。

“但你有一点说对了，杀掉真正的计肇钧真的很容易，容易得超出了我的预料。”朱迪继续说，声音有一点儿得意，“计家出了这么大的事，就算计维之使用通天手段给压了下来，新闻上暂时没有报道，可他是计划者，不可能不知情。但你说，他还算是个人吗？为了摆脱嫌疑，他根本不管这件事会对重病的父亲有什么影响，就躲在景区的酒店里，只等过几天再回来装无辜。他不知道这给了我机会，他却再也没有机会回来了！傅诚还没醒的时候，我就在某天晚上偷偷跑到计肇钧躲避的小城，打电话约了他在外面见面。他震惊于我没有死，并没有多想就来赴约。或许他从来就看不起我。对一个自荐枕席的贱货有必要重视吗，有必要留意和提防吗？”

“你倒不怕计维之发现你不见了？”小红叹道，“你胆子也太大了，这是先斩后奏。先杀了计肇钧，再推个冒牌货出来。”

“计维之信任我，认为我既然承诺在医院守着他儿子，就会这么做的。”朱迪嘲讽地笑，“至于先斩后奏也没什么，顶多傅诚不同意罢了，他至今也不知道真正的计肇钧是死于我手，还以为真是在爆炸中失手炸了自己呢。我这样，连赌一赌都算不上，左右都没有损失。”

“有很多事你一直不肯告诉我，不如今天全说出来吧。”小红有些兴奋，“你到底是怎么杀的计肇钧？他是个男人，再绣花枕头也比你强壮得多。”

“简单啊，我示弱，装可怜，求他爱我，说哪怕做个没脸又没皮的小三也可以。他是个愚蠢的男人，这样一来他就自信心膨胀，对我很轻视。他不知道，我曾在那座旅游城市读过高中，我熟悉那里的每一条路。我约他的地点，一到晚上就没人烟了，偏偏路旁边就是湍急的河湾。路边的围栏只到我的腰部，可他个子很高，只要有外力施加，他重心不稳，就一定会掉到河里。他又不会游泳……”

“也可能出意外的。”

“所以，在这件事上，我算赌了一把。结果，我赢了。”朱迪站起来，一边说着，一边慢慢踱步，远离梳妆台，“本来我给过他最后一次机会，问他为什么要害我。他却毫不在意地说：‘我就算害人，也得你赶着伸上脖子才行。你这么笨，随便给个饵就一口吞下去，怪谁？’他威胁我不要说出这件事，还责怪我没有除掉傅诚。说如果我胆敢泄露半个字，就把我的裸照和视频全传到网上去，还会注明我的真实姓名和住址、电话。我问他，求婚的事也是演戏吗？为什么要带我去买戒指？他对我说，那只是为了哄我，带我去，是因为我和戴欣荣的手指一样粗细。他当着我的面炫耀那枚带在身上的戒指，说回去就要和戴欣荣结婚，得到有趣的美人，还能得回计氏散落在外的股份。我气极了，假装失去理智地夺戒指。他还傻了吧唧地戏弄我，在河边躲躲闪闪，渐渐靠近了围栏。一切，就像我预计的那样完美，都按着我的想象发生了。那我还犹豫什么，只用尽力气猛推……”

朱迪转过身来，一手抓着电话，一手抚着胸口，仿佛把计肇钧的魂魄吞下了肚子，露出一脸熨帖舒服的神情：“我看着他掉进了滚滚的河水。我永远记得他当时的表情，害怕中带着难以置信，还以为自己是在做噩梦。是的，我就是他的噩梦！我要他到地狱里也记得那样的恐惧！”

房间空旷，竟然有狠狠的回音。

身处夹壁中的江东明，只觉得毛骨悚然，又觉得有冷汗从脊背上滑落，好像被阴冷的爬虫密密麻麻地缠了全身。

他生平第一次这么恐惧。这是因为亲耳听到了自己的表弟是如何死的，还因为朱迪转过身，正好面对着他。从那小小的缝隙里，他能看到朱迪的表情。他这才知道，漂亮女人如果狰狞起来，比最丑的恶鬼还要恐怖。朱迪脸上的肌肉扭曲着，眼睛亮得吓人，笑容兴奋，就像刚嗜血满足的恶魔。

一个女人，瘦弱的女人，此时却让他遍体生寒，动也不敢动。她若现在扑上来掐死他，他觉得他都难以反抗。

最可怕的是她手中的电话。

那是一部复古型的电话，一般来说，这样的电话有一些价值，都是当工艺品摆设的，不用于通话。而此时，它不仅通话了，而且还没有电话线！

江东明躲藏在房间的夹壁里，却有一种被雷直接劈到脑袋上的感觉，耳朵里嗡嗡作响。刚才朱迪打电话是背着身的，正好挡住他的视线，他没有发现异常。对于电话那端的声音，他也听得一清二楚，他还以为是按了免提键。现在朱迪面对着他，拿着话筒离开了主机一段距离，明显没拉电线，又非现代无线电话……

到底是怎么回事？房间里到底有几个人？朱迪在跟谁说话？

"死得有点儿太便宜他了。"小红不满道。

瞬间，江东明浑身都起了鸡皮疙瘩。声音，仍然是电话那头的，粗嘎又难听，分不出男女，语气中充满着讽刺和挑衅感。可发出声音的人，是朱迪自己！随着发声，她连脸上的表情、眼中的神态都变了，好像是另一个人！

"我怎么会便宜他？"朱迪摇摇头，脸上有陶醉的神情，"我沿着河走，确定他沉到了水里，被急流冲到下游后，就赶早上第一班飞机回本市，在医院出现一下以示我的存在，两天后再度折回。我知道那条河里所有的浮尸大多会被冲到死人湾，湾下村有专门以捞尸为生的人。我半夜里找过去，领回了他的尸体，夺回那本该属于我的戒指。然后，我把他装在他那名牌旅行箱中，就埋在山的背阴处的路边，那里接受不到阳光的慈悲。他客死异乡，魂魄无宁，路过的人还要千踩万踩。那样，他会永世不得超生！"

"哕！"江东明一个没忍住，发出了干呕声。

他终于看明白了！朱迪正在一人分饰两角，打电话的是她，接电话的也是她，她在和自己说话。这情形太诡异了。

朱迪听到干呕声，面色一变，丢掉电话就向夹壁冲过来。她那咬牙切齿的模样，看起来那么凶狠和疯狂，着实把江东明吓得够呛。于是他生平第一次很没品地打了女人。在朱迪还没看清他是谁的时候，他就一拳把朱迪打晕了。

他一瘸一拐地走出夹层，浑身都被冷汗浸透了。他强忍着四肢的酸麻，先是检查手机，发现已经将朱迪和另一个“朱迪”的对话全部录了下来，一字不落。而后，他打电话给老钱，报告抓到了杀害表弟的凶手。

在跌坐在一边喘气、顺便等老钱的空当里，他看见朱迪还没醒，干脆脱掉西装外衣，套在手上，以免留下他的指纹。他先是仔细查看了那部复古电话，确定没有任何声音，它就是一个摆设而已！他又想起朱迪刚才从梳妆台中拿出的那枚戒指，连忙调出手机中的图片进行比对。

图片是那个捞尸人老董照的，像素不太好，光线也不太好，却足够看清楚了。照片上的戒指，正是朱迪藏在梳妆台里的那一枚。

而在戒指旁边还有个可怕的娃娃：面容扭曲、身体残破。

“她脑子有病啊！”江东明忍不住喃喃自语。

然后在第二天，江东明从老钱嘴里也听到了类似的结论。

“首先得肯定你昨天的录音之举非常聪明和正确。”老钱说，“通过初步分析，我们觉得朱迪可能患有精神分裂症，自己幻化出了多重人格。我们的精神病学专家找她谈过，她的另一个人格叫小红。朱迪原名叫朱红，从乡村出来后，觉得这名字土气，就改成了朱迪。虽然现在已经把她收押，但她需要做精神病司法鉴定，那是一个很漫长的过程。”

“科学都是漫长的。”江东明表示理解，却也很是沮丧，“现在可以确定戴欣荣被绑架和非法拘禁、计肇钧的死亡、傅诚的冒名顶替之举，都是她一手造成的，却不能定她的罪。我为什么感觉，我们白折腾了呢？”

“怎么是白折腾？至少我们还原了真相。”老钱拍拍江东明的肩膀，紧接着也叹了口气，“如果她被确定是精神分裂者的话，不管她的主人格多么聪明冷静和正常，她的证词在法律上有多大作用还是个未知数。但至少，她会被限制行动自由，好歹不会再出来害人了。这是你的功劳！”

“我关心的是，不能因此定傅诚的罪吗？”江东明有一种拿了一手好牌，牌局却换了玩法的沮丧感觉。

老钱摇摇头：“我们知道了真相，由此为线索，就一定可以挖出证据。想破案，不是只有一种方法的。这世上没有完美的犯罪，只要做过，就有蛛丝马迹留下。放心吧，我已经通知朋友把傅昆带过来，但愿能从他那里挖到点儿有用的东西。可惜啊，能直接证明傅诚身份的兰淑云、朱迪都有精神障碍，不能在法庭上作证。”

“可是傅诚和计肇钧是双胞胎兄弟啊，也是我姑父的继承人。就算他冒名顶替了又如何？不会被判有罪吧？”

“这类案件是公诉案件，是不可撤诉的要件。除非……经过两次补充侦查，不能将案件的事实查清，又或者缺失重要证据……”

“现在咱们不就是没有重要证据吗？”江东明想起两个关键人物，“陆瑜、傅敏呢？能不能提审一下他们？也许能从他们嘴里挖出点儿有用的东西。”

“陆瑜就算完全知情，可他是计肇钧的死忠，绝对不会吐露半个字。至于傅敏，那完全是个不谙世事的小丫头，被保护得太好了，肯定什么都不知道。”老钱给江东明倒了杯水，“你大概还没听说，陆瑜和傅敏已经申请移民成功了，虽然还有些手续上的问题，但他们总体上算是华侨了。再想让他们配合调查，所牵涉的问题会很多。”

“他是早计划好了要跑路！”江东明愕然，“是明白纸包不住火吗？不行，我得去查查，看他侵占了多少公司财产，转移到国外。我先走了，保持联络。”话音刚落，江东明已经跑了出去。

老钱按按太阳穴，感觉有些头大，因为计肇钧一直一言不发。他不肯说话，就找不到任何证据，他的律师又每天来要求释放，局里真有点儿顶不住了。他想了想，去见了计肇钧，打算敲山震虎。

“警方从N市找到一具死于五年前的尸骸。”老钱开门见山，“经检验，装尸骸的行李箱属于计肇钧，死者身上的遗物属于计肇钧。除此之外，我们还有一定的人证，证明计肇钧确实在五年前那场爆炸案前后去过N市。如果你也是计肇钧，就有两个计肇钧了，那不是太奇怪了吗？”

计肇钧没有任何表情，仍然沉默着。

老钱不得不佩服对方的定力。不过，他一直仔细注意着，敏锐地发现在听到这番话后，计肇钧的瞳孔微弱地缩了一下。这证明，“现”计肇钧真的不知道“前”计肇钧之死的真相？

“还有……”老钱咬咬牙，透露得更多，“你的DNA和那具尸骸的DNA不仅完全相同，而且都是计维之的亲生儿子。对此，你又怎么解释？”

此话一出，老钱终于如愿在计肇钧脸上看到震惊的神色。尽管那神情的变化极快，又迅速掩饰了过去。

这么说，双生子的秘密，计肇钧到现在似乎也不知情！从江东明的录音来看，朱迪只从医学的角度断定计肇钧和傅诚是双胞胎，也不了解全部真相。那么，这桩陈年往事只有老一辈的人清楚吗？兰淑云和傅昆知道？计维之知道吗？

要调查出生记录，或者兰淑云的医疗记录很困难，毕竟已经过去小三十年！何况当年的医保制度不是特别完善，且傅昆自己就是妇产科医生，孩子未必是在医院里出生的。

那么，原来的计肇钧知情吗？他要除掉傅诚，真的只是因为工地上那次殴打事件？被宠坏的二世祖，咽不下这口气而胡作非为有可能，但设计炸死傅诚多少有些丧心病狂。如果是前计肇钧无意中知道了自己还有个双生兄弟的存在，他自己又让父亲极度失望，那个兄弟很可能认祖归宗，威胁到他的继承地位，所以他才一定要杀人？

再往前倒一倒，傅诚把前计肇钧打得那样惨，以计维之护犊子的个性，傅诚不应该那么快就没事。兰淑云原来是计维之的秘书，若是兰淑云找到计维之，说了些什么，傅诚能平安无事就解释得清了。可为什么计维之之后没有动静呢？他能任由自己的另一个儿子流落在外？

老钱觉得，只要傅诚的身份问题解决了，整个案情都会水落石出。

“解释……”计肇钧第一次开口，“应该是你们公安局的事。我只知道，没有证据证明有罪的情况下，你可以拘留我，但不得超过七天。今天是第几天，不用我提醒你。我现在再一次要求出去，如果你不答应……那么，除非你真的依照合法程序，附上合法证据，成功地把我送进监狱，否则我一定会对你们公安局提起行政诉讼，直到把你们告倒为止！现在是法治社会，你心里很清楚有没有这种可能。”

“四天和七天有区别吗？还是……你急着出去？”老钱挑眉。

计肇钧抿紧了唇，再次沉默。但老钱看得出，他是真的焦急。

于是老钱想了想，点了头：“你说得也对，短短几天，我确实找不到有效证据。那好吧，我这就让警员来帮你办理相关手续。你自由了，但只是暂时的。”

计肇钧神情一松，站了起来。

“找人跟着他，看他去哪里了。注意，他有相当强的反侦查意识，不要跟得太紧了。”当计肇钧的身影消失在警局的走廊里，老钱立即吩咐一名手下的警员。

不久后老钱的手下电话来报，“计肇钧去了市第一医院。”

“他去那里做什么？”

“去看兰淑云。”

“直接去的？中途没有停顿吗？”

“直接去的，那个律师送的。车子一路狂飙，绝对超速了。要不要找交通队的同事帮忙，再把他拘回来？”

“不用。”老钱断然道，“是兰淑云出了什么事吗？”

“我问了医生，兰淑云病危，三天前进的医院，据说就这一两天的事了。”

老钱手拿听筒，一时没有说出话来。外人只当兰淑云是计肇钧好心照顾的朋友的母亲，他却很清楚他们是亲生母子。

怪不得计肇钧咬紧牙关不开口，又拼命想要出去。原来，一言不发是怕被抓到把柄，令他赶不及去见母亲最后一面。听拘留所的同事说，这几天计肇钧吃喝睡都很少，整天沉默着不动，内心必是受着极度的煎熬吧？

这样想来，老钱忽然有些内疚。尽管法不容情，他没有做错什么，可傅诚所经历的一切，真的很让人唏嘘和同情。

“钱头儿，钱头儿，还盯吗？喂喂，什么烂信号！钱头儿，在吗？”电话那一端负责跟踪的警员不断呼叫。

老钱回过神，坚定地点头：“盯，继续盯着！不过，除非他有离开本市的明显迹象，否则不要贸然去接近和打扰。”

第四十一章　悲恸

兰淑云已经进了 ICU 病房。

兰淑云一个月前还很精神，却很快衰弱下来，仿佛之前的好转只是回光返照。这才转院几天，她就已经进入弥留状态。医生说她的心脏连跳动的力气也没了，强心类药物和针剂都不能起到作用，但她一直没有离开，似乎冥冥之中等待着最重要的人。

傅敏哭得两眼红肿，可能是内心太恐惧了，她一刻也离不得陆瑜。所以，前前后后的琐事，都要路小凡咬着牙，忍着难过，跑来跑去地支应。

计肇钧到的时候，他们三个都坐在病房外，全都疲惫又憔悴。

“钧哥。”陆瑜率先看到计肇钧，站起来。

傅敏开始哭。

计肇钧心如刀绞。他不是多话的人，只上前拍拍陆瑜的肩膀，又摸了摸傅敏的头，走到路小凡身边时，伸臂抱了抱她，足足一分钟后才松手。

“她在哪儿？”计肇钧声音微哽。

路小凡牵起计肇钧冰冷微颤的手。

“你……要有心理准备。”路小凡双手捧起计肇钧的一只手，放在唇边，轻轻亲了亲。

计肇钧点点头，深吸一口气，红着眼眶，迈步进了病房。

不知是不是有心灵感应，兰淑云本来连抖睫毛的力气也没有，此时却慢慢睁开了眼睛。在看到那高高大大的年轻人的第一眼，她的目光就亮了，脸上也露出了温柔欣慰的笑容。

“小诚。”她伸出那只枯瘦的手。

没人告诉他计肇钧就是傅诚的事，她从前那么讨厌这个人，可人之将死，终于认出了自己的儿子。

骤然之间，计肇钧泪流满面，扑通一声跪下，膝行数步到床边，握住那只快要失去生气的手。

站在门边的路小凡捂住了嘴，怕哭出声来。

“小诚，你原谅妈妈。”兰淑云满足地微笑，“妈妈是个很笨的人，哪有当妈妈的会把儿子认错呢？哪怕不是一张脸，也不应该啊。其实……我心里一直是很清楚的，只是脑子反应不过来。”

计肇钧把头埋在床边，无言痛哭。他习惯把什么都放在心里，什么都压抑着不表达，此时就算痛哭也无声，只是双肩抖动得厉害。

“你要原谅妈妈，生了你却不能保护你。”兰淑云虽然还是笑着，眼角却有泪滑下，“傅昆帮助妈妈留下了你，又害他失去了前程和工作，我对他有亏欠，所以他伤害你，我只能看着。从小到大，你受了那么多的苦，妈妈却从来没有站出来为你挡过一次，后来还要你毁了自己的未来，反过来保护我……是妈妈对不起你。”

“没有。没有。”计肇钧哽咽。

兰淑云轻轻抽出手，按在计肇钧的头上，抚了抚。又看到了站在门边的路小凡，伸出了手：“鹿鹿。”

“兰姨，我叫小凡。我的真名，叫路小凡。”路小凡几步抢过去，落泪道。

“小凡。”兰淑云点点头，“兰姨看得出来，我家小诚喜欢你，他看你的眼神不一样。那兰姨求你，以后好好照顾他。这孩子太苦，就没过过一天好日子。你是个温柔和气的孩子，把他托付给你，兰姨很放心。请你帮我照顾他，让他的苦日子从此走到头，让他以后都好好的。”

“我答应，我答应。我也一定做到，您就放心吧。”路小凡发誓。

“小诚……”兰淑云再看向计肇钧，“妈妈只怕又要自私了，我撑不到看你娶妻生子，身上又累又没力气，要先走了。”

“妈！”他憋在心里五年的那个字，终于喊了出来。

“小凡告诉过我，死亡不是结束，是活在另一个地方，只是离得太远，暂时见不到罢了。所以小诚，你不要伤心，照顾好你妹妹，她不懂事……”

“妈，你放心……”

病床边，医疗仪器嘀嘀地响着，但频率越来越慢，最后曲线变成了直线。

傅诚极痛楚地哽了一声，伏在兰淑云身上。

路小凡心头一凉，立即跑出去叫傅敏。傅敏在陆瑜的陪伴下跑进病房，看到兰淑云灰败下去，没有了生气，但嘴角挂着解脱的笑意。傅敏“呀”的一声，直接晕在陆瑜的怀里。

“我与你做个交易。”悲痛过后，冷静下来的计肇钧躲在医院走廊的僻静拐角处打电话，“我妈刚刚去世了，你给我七天时间。我妈的头七过后，我会去自首。你想知道的一切，我都会告诉你。但在此期间，无论我以什么名义为我妈治丧，都不能有警察打扰我。另外，叫江东明想办法吸引开媒体的视线，这种事他很在行。”

“你确定我会答应你的条件？”老钱在电话那头愣了片刻后说，“就算我答应，我怎么支使江东明？”

“你很清楚，假如我不开口，你很难拿到你需要的东西。很多事，就算全世界都心知肚明，没有证据就永远只是猜测。”计肇钧毫不拖泥带水，“另外，关于江东明，你们联手了这么久，他肯定会配合你。”

“行，我答应。”老钱沉默片刻，果断答应。

计肇钧挂断电话，发现路小凡就站在不远处，小心翼翼地望着他。

“我妈已经去了，我不能以虚假的名义埋葬她。我是她的儿子，傅诚。”他凝视着路小凡的眼睛，“你早知道的，不是吗？”

“你早知道我知道？”

“你不说我也不说！”

两人都明白了对方的意思。

路小凡走过来，紧紧搂住傅诚的腰。她不知道怎么安慰傅诚的丧亲之痛，只能陪在他身边。头七过后，他就去自首，也就是说，他们还有七天的时间相处。

刚才，刘春力来了，正好负责处理所有的杂事，留下路小凡和陆瑜安抚伤心的傅家兄妹。

“现在，我成小三了，因为我正抱着一个已婚男人。”路小凡把头埋在傅诚怀里，闷声闷气地说，“听说戴欣荣被朱迪绑架和囚禁，被你救出，也度过了生命危险期。”

路小凡的语气，有小小的哀怨，傅诚忍不住心头一松，有啼笑皆非的感觉：“那算是冒名结婚,实际上属于重大欺骗,戴欣荣可以申请婚姻无效。她爱的从来就不是我，所以这根本不算数。”

“那就好。”路小凡莫名有些高兴。

傅诚却忽然怔了怔，抿紧了唇。因为他意识到，即使他是单身又如何呢？他难道还能娶小凡吗？过去和未来，他都注定要一个人孤独地走。

路小凡敏锐地捕捉到了他的情绪，放开他，握紧他的手：“我不能劝你别难过，因为那是不可能的。但现在最重要的不是伤心，而是把兰姨的后事办好，让她入土为安。所以，你要先振作起来。”

“你说得对，我该振作。她走的时候一直请我原谅，可实际上，是我对不起她。”傅诚的眼眶红了，流露出内心最真实的状态，“她从来没有亏欠我，她给了我生命，那么努力养大我。是我不好，我以为让她过上好日子就是保护她。可是我错了，我真的错了。”他的眼泪流了下来，神情痛悔无比，“我一直想让我妈和妹妹幸福，可我忘记了，正是因为我‘死’了，我妈才会心死，身体才会这样差下去。如果我当年没有选择变成计肇钧……”

“不要想这种假设性的问题！也别把责任揽到自己身上！”路小凡坚决阻止傅诚说下去，“兰姨说了，死亡不是结束，是活在另一个地方。你不想让她难过，就别再折磨自己。”她再度用力握紧他的手，“至少，你还有我。”

振作起来的傅诚，很快恢复了他一贯冷静果断的样子。他说："母亲从来不喜欢人多的场合，那会让她害怕。"

所以，他给兰淑云举行了安静的葬礼，一切布置得井井有条，参加的人也只有他们兄妹二人、陆瑜和刘春力、路小凡。

不得不说，老钱极为守诺，江东明也表现出了极强的公关能力。那桩诈骗案，本来闹得沸反盈天，傅诚也成了风口浪尖上的人。但由三方配合，记者们全部被吸引到计氏公司那边，这才给了兰淑云在这人世间最后的安宁。

傅敏在陆瑜给她详细解释了她曾经爱过的计肇钧其实就是她的亲生哥哥傅诚后，她经历了否认、怀疑、愤怒的情绪之后，渐渐平静地接受了事实。

"我那么爱的人，原来只是个泡影。"她苦笑着对路小凡说，身着全黑素服，鬓边戴着小白花，看起来楚楚惹人怜，"可是你知道吗，失落和悲伤之后，我居然有些高兴。因为……我失去了心上人，可我得回了哥哥。那是我哥啊，那么疼我的哥哥，我曾经以为再也见不到他了，没想到其实他一直在我身边。"她说完，就抱着路小凡哭了个痛快淋漓。

葬礼是在一处空的房子里举办的。那是傅诚之前买给母亲的大房子，也带她来看过。兰淑云很喜欢，可惜一直没机会住，现在成了她的灵堂。

七天时间一晃而过。

头七的晚上，傅诚兄妹按照习俗为兰淑云准备了一碗归家饭，又烧了一个梯子形状的东西，意思是让魂魄顺着这"天梯"到天堂。之后就都早早睡下了，但没有人睡得着。

天才亮，傅诚就收拾好一切，打开房门。

天空阴沉着，空气里弥漫着浓重的湿气。

今冬的初雪，终于轻轻飘洒下来。

傅诚深深呼吸。冬日清晨那特有的凉凉气体钻进他的肺里，令他整个人从头到脚都通透了似的。或许是因为要去自首了，他背在身上的压力终于可以卸去。

"这就走了吗？"身后，传来路小凡的声音。

他转过头，就看见路小凡穿着浅蓝色长及膝盖的套头大毛衣、同色的毛绒大拖鞋，却光着腿、散着发，站在楼梯处。显然她也是一夜无眠，早上才睡着又惊醒的。

傅诚连忙把门关上，怕冻到她。

路小凡却走过来，仰头望他："不跟我告别吗？"

"为什么要告别呢？"傅诚忍着心酸道，"也许我们没有机会再见面了。"

路小凡却像是没听见他的回答似的，自说自话道："那时候你还是计肇钧，我问你傅诚的情况，你说傅诚只爱过一个姑娘，那个姑娘……是指我吗？"

傅诚点头。

“那我就放心了，我真怕还有别人。”路小凡一脸心有余悸的神情，轻轻抚着胸口，“那你能不能晚走一会儿，不如，你先给我一个孩子。”

起初，傅诚没听懂这句话的真实意思，随即惊得说不出话来。

“是啊，我太大胆主动了，脸皮也太厚了。”路小凡垮下双肩，“就算你肯，也不可能一次就中奖是不是？多做几次，又怕没有时间。”

傅诚简直不知说什么好了，实在有些招架不住。

“好吧，今天不行，我就等你好了。”路小凡继续自说自话，“反正你在牢里表现好的话，二十年也出来了。其实想想，时间过得蛮快的，也不算很久。”她这么说着，眼泪却唰一下掉了下来。

傅诚受不了路小凡的眼泪。此时，他心里有说不出的疼，他情不自禁地伸出手臂，把她紧紧圈在怀里。

“你不用劝我，因为你劝不住，反正我会等你。你在牢里，唯一的好处就是你没办法制止我。”她抽抽搭搭地说，听起来那么委屈，又坚定无比。

傅诚满心的话全堵在胸口。

“我们坐下来说好不好？”到头来，他就只说了这样一句。然后就打横抱起路小凡，一起坐到客厅的沙发上。

“你为什么要爱我呢？我这么平凡，又不起眼。我一直以为，一直是我追着你四处跑，你是被我缠得没有办法了……”

“我看过一部电影，里面有句台词让我印象很深刻。”傅诚打断路小凡，一只手轻轻抚在路小凡的半边脸上，“心简单，世界就简单，幸福才会生长。心自由，生活就自由，到哪里都有快乐。小凡你知不知道，你就是这样的人，所以，跟你在一起是幸福的。其实是我配不上你，一直配不上。”

路小凡使劲摇头。她望着他，眼睛亮闪闪的。她稍稍前倾，就像是冒失的邀请。

而他，几乎立刻就回应了。

突如其来的吻，在这个寒冷的清晨分外火热。他们都迷糊了，脑海里一片空白，压抑的感情就像发酵了似的，一旦释放完全控制不住。他们顾不得是在客厅，楼上还睡着傅敏和陆瑜，也顾不得天将大亮，白昼将临。可能会长久分别啊，再也无法互相触碰，这绝望刺激了感情，让他们格外想融入对方。

突然传来一声敲门声。

傅诚猛然清醒，发现两人不知何时已经滚倒在沙发上。他压着她，衣服已经解开了，而他的手已经伸到了那可爱的大毛衣下面。那一对可爱的大毛拖鞋，早不知飞到哪里去了……

“当！”又一声，确实是来自门外。听起来略迟疑，又像是下定了决心。

路小凡手忙脚乱地整理衣服，惊慌的神情中带了点儿懊恼：“会不会是钱叔啊，他干吗要找上门来？”

傅诚把解掉的扣子扣上：“你先上楼。”他快速在路小凡唇上亲了一下，起身想去开门。

路小凡却一把拉住他：“我一直想问，你整容成计肇钧的样子，身上那块疤为什么不去掉呢？”刚才她的手伸进了他的衬衣里，摸到了伤疤。

“我不想完全变成另一个人，那是我的标志，虽然是因痛苦而来的。”傅诚完全控制不住地又在路小凡唇上亲了一下，“还有什么要问的？”

“没问题了，只有一个要求。”路小凡摇摇头，“你在牢里要坚持锻炼，四十八岁你出狱时要保持这种身体状态才行，因为……那时我们要继续做刚才没做完的事。”说完，她头也不回地跑去楼上。

傅诚怔了怔，不知是该哭还是该笑。

他忽然信心十足。在第三声敲门声传来时，他再度深深吸了一口气，镇定了心神，走过去开门。

然而，当他看到门外那张苍老而惶惑的脸，那个带着讨好和畏惧的神情看着他、却又像鼓足了所有勇气、强撑着没有转头就跑、以至于浑身瑟瑟发抖的老人，他心头震惊，呆住了。

雪花飘落，恍如隔世。

“傅昆，你来干什么？”他听到自己干涩的声音说着，比风雪还冰冷。

“我……我有件特别重要的事要对你说。”傅昆哆嗦着说道。

傅昆长年接受供养，衣食并不差，养得白白胖胖，穿得整整齐齐。可不知为什么，在这个养子面前，他就是那么寒微，简直抬不起头来。自从傅诚上了中学后，身材就像拔高的竹节一样往上蹿，性格又沉默异常。从那时起，他就开始没缘由地害怕了。直到十年前的那个晚上，他在养子的拳头下哀求、号叫，他看着傅诚暴怒后越发冷静沉着的眼眸，就决定逃走，再不回来。

他无耻又没种地卷走家里所有的财物，丢下老婆女儿。即使如此，养子还在多年后叫那个陆瑜找到他，每月给他生活费。他深知养子恩怨分明，这是要报答他的养育之恩，也让他别再来骚扰他们一家，所以他接受了，老实地窝在那个小地方，打算就此度过余生。可后来出了一些事，他想这辈子也有担当一回，哪怕只有一回，也不算白活一场。

“滚。”傅诚说了一个字，随后，就要把门关上。

傅昆急忙不要命地把手卡在门框上：“我知道你妈去了，你恨我。可是，难道你不想知道你的父亲是谁？不想知道你妈为什么要带你跟我走？”

“不想。”傅诚的声音仍然冷冷的。

“要不让他进来吧？”已经穿好牛仔裤、从楼上奔下来的路小凡，正巧看到这一幕，也听到了他们的对话，忍不住插嘴。

她轻轻拉拉傅诚，低声软语地商量：“朱迪以前常说，有一种永无天日的秘密。只当我求你，别让你的身世不清不楚，哪怕是为了兰姨也好。”

傅诚犹豫。

傅昆连忙又说：“有个姓钱的警察，早先找过我。不过我什么也没说，哪想到他让人盯着我，前几天要把我带回来。我怕会对你不利，半路上借机跑了，绕了好大一个圈子才甩掉那个人，没想到……错过见你妈最后一面。”说着，他的眼眶骤然红了。

“她不会想见你的。”傅诚这么说着，却打开了门。

在路小凡给傅昆端来一杯热茶、傅诚表现出了极度的不耐烦之后，傅昆恢复了短暂的平静，开始讲述过去那段尘封的往事。

他和兰淑云是高中同学，兰淑云有着耀眼的美貌，还有温柔善良的性情，是所有男生的梦中情人，傅昆自然也不例外。只是那时的傅昆在兰淑云面前非常自卑，从来不敢表述爱意。直到多年后，他们在他工作的医院相遇。那时，他已经是年轻有为的妇产科医生，是医院重点培养的对像，春风得意。她却是失意、失业和失身的可怜女人。她来医院是要做流产手术的，见到傅昆后，她羞愧得跑掉了。

未婚先孕本来也不是什么大事，可那是三十年前，兰淑云还是个非常传统的小姑娘。所以她内心的纠结和痛苦，可想而知。傅昆追上她，多番劝慰和安抚，她才吐露了实情。

半年前，她因为在应聘时表现出诚实和谨慎的个性，在学历和经历都不突出的情况下，被特招为计氏的董事长秘书。开始时很顺利，她觉得自己很幸运，因为老板计维之为人稳重慷慨，公私分明，虽然严厉了点儿，但她完全能适应。

一切，毁在某个夜晚。

一向自律的计维之很罕见地喝多了，身为秘书的兰淑云在办公室照顾他，结果却被计维之借着酒劲侵犯了。第二天，计维之很后悔，希望给兰淑云补偿。但单纯的兰淑云只觉得这是种羞辱，选择了彻底消失，再也不想看到那个人。

哪想到只这一夜，她就怀孕了。她挣扎了很久，决定打掉孩子，好不容易鼓起了勇气，却在医院碰到老同学傅昆，羞愧难当的她再也下不了决心去医院。而且，母子连心，她又是那样温柔易感的人，婴儿在母体中与她的互动，让她舍不得，也狠不下心来。于是，她决定把孩子生下来，自己抚养。

傅昆之前一直暗恋兰淑云，以至于功成名就后，多少漂亮的护士追求他，他也无法接受。当兰淑云再度出现在他面前时，他觉得这是上天给他的第二次机会，让他无比激动。他对兰淑云无微不至地关怀，表示要和兰淑云结婚，并会把兰淑云肚子里的孩子当成是自己亲生的。

兰淑云的人生悲剧，就缘于她生得太美丽。生活环境的原因，没有让她养成聪明练达的性格。她善良柔和，却也软弱，喜欢依赖，容易被打动。特别是在当时的情况下，她很快答应了傅昆，并对傅昆产生了无比的感激之情。

然而她和计维之的孽缘还没结束，她的肚子大了之后到医院检查身体，碰巧被计维之看到了。计维之立即明白了她肚子里的孩子是自己的。

计维之结婚多年，事业腾达，唯一的遗憾就是无子。他和妻子想了很多办法，试管婴儿都做了好几次也没成功。兰淑云的怀孕，对他而言无异于天降之喜。所以他毫不犹豫地再一次伤害了兰淑云，威逼利诱，要她把孩子生下来。说等孩子出生后，不管是男是女，他都会抱回计家，也会给兰淑云一大笔钱，足够她舒舒服服地花几辈子。

当时的兰淑云已经和腹中的孩子产生了深深的感情，她割舍不下，又觉得计维之是在逼她卖孩子，产生了强烈的反抗心理。傅昆却很愿意，毕竟他其实不想要个拖油瓶。傅昆受过高等教育，思想却并不开放，一副道貌岸然的样子。他劝兰淑云答应计维之的条件，不然以计维之的强势个性和通天财势，定然会把她秘密关起来。贫不与富斗，结果还是一样的，孩子会被抢走，她反而什么也得不到。

做了计维之半年的秘书，兰淑云深知傅昆说得不假。她只是个无钱无权也无背景的女人，无论明里暗里，她都斗不过计维之。可她与孩子血脉相连，她做不到舍弃孩子！最后，她想了个自认为两全其美的办法：留下双胞胎中晚出生的那一个。

怀孕八周检查时，她就知道自己怀的是双胞胎。可她身子瘦弱，肚子也小，从外表上看不出来。她以死相逼，不肯接受计维之所谓的“保护”，并坚持只让傅昆做她的医生。这就是计维之如此精明，却还有一个儿子遗失在外的原因。同时她也明确告诉傅昆，娶她就得带着孩子，不然就做永远的朋友。

兰淑云生平仅有的一次强硬，收获了两个男人的屈服。之后她又为了躲避计维之的耳目，冒险催产，提前在家里生下了双胞胎男婴。也正因为如此，她本来就脆弱的身体遭到了严重的损坏。而她原本是计划留下弟弟的，但双生子中的弟弟身体很弱，只有送到计家才能平安长大，于是她临时改变主意，留下了哥哥。

为此，她对傅诚才那么愧疚，她觉得是她的自私，剥夺了傅诚过锦衣玉食生活的权利，跟着她颠沛流离，还饱受虐待。而随后她心理压力过大，得了产后抑郁症，甚至出现了幻觉，觉得计维之发现她藏匿了一个儿子，正在到处追杀她，还要夺回儿子，于是她哭闹着要远离这座城市。当时，傅昆正因为在医疗风纪检查中被发现收取红包，面临处分。他选择了偷偷辞职以保全脸面，因为若他不离开，就会被辞退。所以外界只以为他是无故消失，很少有人知道实情。

就这样，两人结婚，带着孩子离开了，彻底逃出了计维之的视线。开始时傅昆还算好，虽然有遗憾，但毕竟梦中情人终于成了自己的妻子。可随即，生活的压力令他不堪重负，兰淑云太关注儿子也让他心生不满。

他后悔了，把所有不如意的怒火都撒在妻子和孩子身上，讽刺、冷淡、谩骂，最后发展到酗酒家暴。软弱的兰淑云为了前后两个孩子，死死忍耐着。好在傅昆始终还有一点儿良知和人性，到底把傅诚抚养长大，给他一口饭，给他一片瓦，给他书读。而傅诚小时候烧伤严重的脸，使得他和计肇钧的长相看起来并不相同，减少了很多麻烦。这样的生活一直持续到傅诚十八岁生日那一晚。

那晚就像是一个结点，命运交会的人都在冥冥中改变了生活轨迹。十三岁的路小凡在豆蔻年华遇到了一生的至爱，傅诚则开始走向回归的道路。

"你走吧。"听完这段往事，傅诚沉默了片刻后说，"只要你不死，陆瑜就会按月往你的账户上汇去生活费。你不用担心以后的生活，你养我，我养你，两不相欠。但是从今以后，我们再没有见面的必要，恩与怨既然是说不清的，不如就此了结。老钱那边你也不必去了，我会说明一切的。"

傅昆嗫嚅了两下，哀求道："你妈的墓地在哪儿？求你告诉我吧。我对不起她，不指望能死而同穴，可到底夫妻一场，让我去拜拜她也好。"

傅诚犹豫了。

他不愿意母亲被傅昆打扰。母亲这一生，从没获得过爱情和婚姻的幸福。她身边的男人，都是她不幸福的根源。他没狠狠地报复傅昆，已经算是他有良心。可转头间，他看到了路小凡，善良又心软的路小凡。他终于明白他为什么那么轻易就喜欢上了她，因为她懂得原谅，心地无比干净。

于是他拿起茶几上的便签纸，写下地址："好自为之。"

傅昆接过便签，站起来，双手拧来拧去，显得很紧张和挣扎。他偷偷看了看傅诚，欲言又止，然后，他做了一件谁也预料不到的事——抄起手边的一件石膏类工艺品，一下子砸到傅诚的头上。

傅诚没有提防，怒而站起，却很快软倒在沙发上。

路小凡先是吓呆，随即挡在傅诚前面，怒视傅昆："你干什么？我警告你，楼上还有两个人。只要我大叫，你跑不了的！"

"没事的，没事的。我是医生，我知道这下子伤不到他，你看你看，他没有出血，只是晕倒了而已。"傅昆貌似也被自己的举动惊到了，连忙放下手中的工艺品，急着解释。

路小凡心里不满，回身抱住傅诚的头，急切地抚摸，看有没有大的伤口，结果摸到一个瞬间肿胀起来的大包。

"你到底要干什么？干吗要打他啊？"她怒火中烧。

还好，她感到傅诚的手微抽了一下，看起来确实没什么大碍。

"你快带他逃吧，不能自首。这孩子决定的事就不会改变，不这样就带不走他。"傅昆急切地说，但眼神散乱，六神无主。

“还是您先走吧。”路小凡无奈极了，“他醒过来，肯定会发脾气。”

傅昆瑟缩了一下，明显很是害怕。但他居然咬牙顶住了恐惧，继续劝：“姑娘，你知不知道他犯的是什么罪？诈骗！我打听过的，现在就算我出来作证，计维之也出来作证，证明他是计家真正的血亲骨肉，也没用！这种罪跟他的身份无关！他如果不跑路，就会把牢底坐穿！”

路小凡心里一疼，却摇了摇头：“这是他自己的选择，谁也做不了主。现在就算我把他绑走，他明天也会回来。”

她站起来，到厨房快速拿了两盒点心塞到傅昆手里：“他脾气不好，我就不留您了。无论如何，谢谢您跑来说明一切，还为他着想。天冷路滑，您路上小心。这个就留在路上吃，是兰姨灵前的供品，吃了会有福气的。”

傅昆还想说什么，目光绕过路小凡，落在沙发上的傅诚身上。见傅诚的身子开始动弹，似乎就要醒了，傅昆吓得向后退了一步，急急地对路小凡说：“那我就先走了，你好好照顾他。”说完，他几乎是逃了出去。

路小凡转过身，正好看见傅诚按着后脑，挣扎着坐起来，连忙上前扶住：“你怎么样，伤得严重吗？疼不疼？你不要生气，傅昆是好意。那个……我给钱叔打个电话好不好？告诉他，你出了点儿意外，要中午吃了饭再去自首，至少得缓缓，你头上肿了这么大个包……雪大起来了，再摔一跤怎么办？”

路小凡絮絮叨叨，其实是贪心地期待能多一些时间和他相处，却不知在傅昆到访的同时，江东明也去单身公寓那边探望了计维之。

其实最近江东明事多且忙，本没有时间的，但计维之的专职护士打电话给他，说计维之不吃不喝，看情况不太乐观。

自从兰淑云进了ICU病房，路小凡怕顾不过来计维之，就事先安排好计维之的生活事宜，只说有急事要回老家一趟，请了半个月的假，并嘱咐护士们，有任何情况都要打江东明的电话，绝对不能疏忽对老人的照顾。

于是计维之孤独地留在他自己的昏沉生活中，每天勤奋做复健，两耳不闻窗外事。坏就坏在几个护士以为计维之睡着了，在病床边议论起计氏的这桩诈骗案来。偏偏她们还一知半解，说了个似是而非，还添加了好多来自于媒体的狗血而惊悚的猜测。

计维之听了个满耳，顿时急了。计氏是他一辈子的心血，儿子是他唯一的继承人。这两方面出了问题，相当于要了他的老命。可惜，他口不能言，身不能动，他向外界发出信号的办法只能是折腾自己。他出了状况，相关人才会出现。

倒霉的是，那三个护士都舍不得这份高薪又轻松的活，生怕计维之出了问题，她们会被责怪不尽心，从而失了工作，所以前几天一直拼命掩盖，想私下给他调理好。但计维之不配合，最后生生熬到了危急的程度。

“姑父，您怎么了？”江东明看到计维之时吓了一跳。

通过路小凡几个月的努力，计维之明明胖回了一点点，脸色也有了红润的迹象，眼睛也渐渐有光，这才几天，怎么又变成面色灰败、行将就木的样子了？

“赶紧送医院！”他当机立断。

哪想到，计维之拼上性命，从喉咙里发出了古怪的“咳”的一声。

江东明又吓了一跳，意识到计维之有话要说，连忙走过去：“姑父，您想说什么？不要急，不要急，先顺过这口气。”他伸出手，搓热了，轻轻抚着计维之的胸口。

计维之见江东明肯听他的话，神情瞬间轻松。他头斜不过来，就拼命斜眼睛。

江东明循着他的目光望去，看到了旁边桌上放着的那个 iPad。

“这是干什么的？”他疑惑地问护士。

“计老先生用来做手指复健的。”护士小心翼翼地答，“听路小姐说，计老先生已经练习了一段时间。只是因为效果不好，没有对外宣布。”

江东明看了看计维之，计维之用力眨了眨眼睛。

江东明把 iPad 拿过来，想了想，打开到能打字的页面，问：“左还是右？”

计维之的眼睛斜向右边。

江东明见计维之不但意识清楚，表达也准确，连忙把 iPad 凑到计维之的右手边。

计维之艰难又缓慢地挪动指尖，花了很长时间，久到江东明的手都坚持不住了，换了护士来举着 iPad。

计维之用英文打出了一长串字母，组成了两句话，江东明看完震惊了。

第一句话是：× 银行保险柜中有一个东西，可以解救计氏与吾儿。

第二句话是：保险柜钥匙在你姑母的骨灰盒下，密码是 ××××。

江东明不明白计维之这样做的目的，这算是身为父亲的努力吗？

五年前，因为一个儿子的胡作非为，姑父拖着病体拯救计氏和儿子，严重损害了本来就很糟糕的身体，最后搞得自己人不像人、鬼不像鬼。五年后，又因为另一个儿子的胡作非为，姑父都这样了，却还要再度出手拯救计氏和儿子。这一次，他是要把命搭上也在所不惜吗？

江东明看看计维之，写完这两句话后，计维之深深地、殷切地看了他一眼，像是耗尽了电能的机器，连生命动力都要停止了。这时候他来不及多想，赶紧吩咐护士联络救护车，把计维之送进医院。

随后，他又连打了几个电话，叫自己的心腹到医院去守着，随时关注计维之的情况并通知他。他自己则拿了钥匙去了银行的保险库，取出个 U 盘来。

U 盘中会有什么呢？文件？证据？还是别的什么？姑父又是什么意思呢？

要他帮忙把 U 盘中的东西公之于众，好给他另一个儿子脱罪？且不说这办不办得到，前提是他愿意帮这个忙吗？

拯救计氏，他很乐意。拯救傅诚？他有点儿不愿意。只要傅诚进了监狱，他就能把计氏掌握在自己手中。而且傅诚一进去就是二十年，再坚贞的爱情也熬不过这样的流年吧？那样，只要他做足功夫，小凡也终究可以是他的。

计维之自称慧眼识人，不可能不知道他胸中的野心。当年，前计肇钧还活着的时候，他就时刻想取而代之，对那位表弟各种看不起。他从没隐瞒过自己的真实想法，甚至经常流露出自己才是管理公司最好人选的意思，姑父他老人家不会不明白。当年计维之对他一直是明用暗防，还不是怕那个扶不起来的阿斗争不过他？

现在想必是他老人家走投无路了，再没有人可以托付，只能冒险用他。他想起计维之刚才看他的眼神，有点儿不忍心。这就像是赌博，计维之在赌他还有良知。

江东明手里拿着那个小小的U盘，却重如千斤。要怎么办？他犹豫了、挣扎了。

江东明把U盘放进口袋，深吸了口气，直接驱车去找路小凡。

“你怎么来了？”路小凡打开门，很惊愕。

江东明低头看着她红肿的双眼，问：“计肇……傅诚去哪里了？”

“他去自首了……”路小凡的声音哽住了。

“让我进去。”江东明挤进房门，“小凡，我是来向你求婚的。”

路小凡被吓住了，但见江东明很严肃，一手还放在口袋里，好像随时准备拿出戒指的模样，赶紧结结巴巴地阻止：“我……我喜欢别人……”

“我知道，傅诚嘛。”江东明很淡定，“我也知道这时候说这些话，真的很不合时宜。但你想过没有，他这一走，会离开你多少年？不管男人还是女人，青春都是有限的，而且只有一次。你愿意在等待中枯萎吗？愿意还没年轻过就老去？小凡，我知道你暂时接受不了，但你至少答应我理智地考虑一下。不要被爱情左右，不要冲动，客观冷静地考虑一下。”

路小凡一向嘴有点儿笨，江东明又连珠炮似的在说，她一时反应不过来，嘴唇动了动，什么也没说出来。

江东明以为她是在动摇，趁热打铁地继续说道：“就算你下定决心等他，你有没有想过等他时你的生活，他出狱后你们的生活？贫贱夫妻百事哀，他那时年近半百了，没有工作，没有收入，没有存款，没有房子。人老了会生病，他病了有钱看医生吗？经过漫长的二十年，你能保证你们的爱情还剩下多少？爱情，不是要细心呵护吗？再者，你要不要孝顺父母，你赚的钱能都不给父母，只给傅诚存着吗？你为了他不结婚生子，熬成中年妇女，想过家里人的感受吗？你想过兰淑云那样失败的人生吗？小凡……”他一手拉起路小凡的手，“小凡，请你认真理智地想想。你的未来、我的未来，甚至傅诚的未来，决定权在你！”

江东明的另一只手在口袋里紧紧捏着U盘。或许是太紧张了，他觉得这一刻他才是等待宣判的人。他手心冒汗，那个事关身家性命的东西被浸得湿漉漉的……

“其实……”过了十几秒，路小凡终于开口，“其实你说的这些，我都想过的。

真的，不是骗你，也不是敷衍你，我真的想过。我甚至还跑去那些穷街陋巷，看那些被生活压得抬不起头，每天和老公吵闹、被孩子折磨、劳累得苍老的女人。我想如果我也这样，要怎么办呢？人呼吸着空气不是为了活着，而是为了生活。可是，那叫生活吗？我可以明确地告诉你，但凡脑子没毛病的女人，都不愿意过那样的日子。我一想到我未来也可能那样，我就很害怕，真的很害怕，怕得要死，感觉特别绝望。可是……”她深深吸了一口气，“可是，当我想到离开他，我心中再也没有他的位置，我就更害怕你知道吗？怕得都不敢向前看，怕得半夜做噩梦，怕得连绝望的勇气也没有了。都说两害相权取其轻，所以我只能选择怕得更厉害的那一项。”

“也许你只是需要时间忘记。”江东明仍不死心。

路小凡摇摇头:“我想过好日子的,江东明,我想丰衣足食,我想我爱的人在我身边,我想有金钱和健康，我想让爸爸妈妈为我感到舒心。可是不行，怎么办呢？没有他，我真的不行啊。”

“我很好奇，你爱的到底是谁？”江东明还在垂死挣扎，“计肇钧还是傅诚？”

“其实我知道傅诚冒充计肇钧的事实,比你们都要早很长时间。”路小凡已经平静，“所以不要怀疑，我很清楚自己要什么。”

“毕竟，他们不是一个人，只是有同一张脸。”

“爱情不是一张脸遇到另一张脸，而是一颗心遇到另一颗心。不管他的名字是什么，脸是什么样的，我爱的是他的心，他就是他。”路小凡说着，轻轻抽出被江东明握着的手。

江东明只觉得心里空落落的。他就像在赌桌上下了重注，本以为自己拿了一手好牌，但掀开底牌后发现终究差着一点儿运气。于是，满盘皆输。

“我说了，决定权在你。”江东明叹了口气，放在口袋里的那只手骤然放松，并把 U 盘拿了出来，递到路小凡面前，“我到底还是个男人，说话得算话。快拿走，别等我后悔。”

“这是什么？”路小凡下意识地接过东西，问。

“我姑父给的。”江东明看着U盘的眼睛雪亮,神情蠢蠢欲动,好像随时要抢回来,“你好狠啊，路小凡，偷偷给我姑父做复健。刚才他找我过去，打了一串英文告诉我，这个可以救傅诚。”他咬牙切齿，“哼，你个红颜祸水！我眼看就赢了，结果败在你这小白兔手里。这世界太疯狂了,谁能想得到？不行,你把它还给我,我改主意了。”

路小凡本来还在发愣，因为这个消息太意外了，但见江东明伸来手，她本能地把 U 盘藏在身后。

“这里面有什么？”她问着，因为紧张，声音都发抖。

“我不知道，我还没有看过。我说过，决定权在你。我姑父想必不会骗……”

他话还没说完，路小凡已经跑去书房了。

路小凡花了二十分钟看完了上面的东西，差点儿被狂喜淹没。

“他有救了！他不用坐牢了！他有救了！”高兴之下，她抱着跟进来的江东明的脖子跳起来。

“你确定还赶得及吗？傅诚走了半天了吧？”江东明妒忌得牙酸，却不得不提醒，“他只要在公安局吐露与诈骗案相关的一个字，就算承认了诈骗事实。那时，我姑父的这个证据也就没用了！”

路小凡惊叫，发现自己太高兴，却忘记了最重要的事。算算路程，这时候傅诚一行三人就快到公安局了！

她立即跑去客厅打电话，要命的是，傅诚大概是怕她阻止，电话关机了。打傅敏和陆瑜的，手机铃声却在楼上响起。这两个人陪傅诚去自首，心情都差，居然把手机都忘在家里了！

“钱叔！钱叔的电话你有吧？打给钱叔，就说我有新证据！”路小凡急了。

江东明不想帮忙，手上却已经拨了电话，结果一样是关机：“大约是他们有规定进入问讯室之前要关机。”

“怎么办，怎么办？拿着免死金牌，却还要眼看着他上断头台吗？”路小凡急得转了两圈，而后抓起门边钥匙碗里的车钥匙就向外跑，“我去追！”

“现在哪儿还追得上？”江东明紧跟在她身后。

“这是和机会赛跑，无论如何我都要去追！”幸好她会开车，也幸好傅诚的车留在了家里。

路小凡刚冲到门外，就看刘春力走下出租车，手里挥着一个信封。他没看路小凡和江东明的脸色，上来就嚷嚷道：“原来傅诚早给你建了一个基金账户，里面有一大笔钱。算他有良心，知道安排你的生活，不让你以后再辛苦了。他又怕伤你自尊心，你会拒绝，这才寄给了我。咦，你们这是干什么去？”

路小凡心里一酸。她已经准备好过苦日子了，可那个男人不声不响把一切都安排好了。他心里一直有她，她怎么能放弃他呢？

“我有了新证据，能让傅诚不用坐牢，前提是在他自首之前，不让他开口！”路小凡急急地说道，“从这儿到公安局有两条路，我们各走一条，必须立即、马上阻止他！”说完，开了车就跑。

江东明麻利，在车子猛一下冲出去之前，跳上了副驾驶座。

刘春力愣了愣，随即火烧屁股似的，追上才开出不远的出租车：“停！停停！带我去公安局！”

是上天故意在考验她吗？路小凡不知道。

但这座大城市经常塞车，她是知道的。要命的是，这个时候并不是上下班高峰，却遇到了超级大堵车，整座立交桥都变成了停车场。

雪，越下越大，纷纷扬扬呈鹅毛之势，地上一会儿就积了雪。堵在路上的人们眼见畅行无望，干脆苦中作乐，下车纷纷拍起雪景来。

路小凡心里却像烧了火一样。

上天也好，计维之也好，都给了她救出傅诚的机会，她必须赶在他在警局开口之前阻止他！可现在是什么情况？这是去西天取经，九九八十一难的意思吗？

“我走过去，你留下。”路小凡再也忍耐不住，打开车门，“路通畅后你赶紧过去，万一我还没有到，再……”

“已经来不及了！”江东明拉住她，“现在都几点了，傅诚必定走的是另一条路，他应该早就到了！再说你从这边开车过去都要四十分钟，你用跑的得多久？”

“我不管！我小舅还没打电话过来，就证明还有机会！”路小凡甩开江东明的手，“哪怕有一丝希望，我也要争取！”

路小凡冲下立交桥，用尽力气奔跑。她出来得匆忙，连外套也没穿，只穿着毛衣，天寒路滑，她摔了好几跤，累得气喘吁吁。可她咬紧牙关，一声不吭地爬起来再跑，引来路人注目也无所谓。

那个U盘，她贴身放着，似乎在隐隐发烫。

手机，她紧紧地握着，生怕有什么消息传来会错过。

终于，手机响了。

“小舅，你那边是什么情况？”她几乎是在吼。

“你那边是什么情况，怎么喘成这样？”刘春力有点儿发急地反问。

“堵！堵车！我在跑呢。快说，到底怎么样？”

“这边出了车祸，封了一会儿路。估计是车流都分到你那边去了，所以才堵成这样。”

“车祸？”路小凡腿一软跌坐在地上，眼泪夺眶而出。

当年那起爆炸案就是被伪装成车祸的，难道现在真的应验了吗？

“他怎么样？受伤了吗？重不重？”她哭得抽抽搭搭，“他还活着吗？”

“他？你问谁？我不知道啊。”刘春力有点儿发愣，随即反应过来，“你难道说的是傅诚他们？汗，有他们什么事？我是说前方车祸，造成封路，所以你那边堵车了。但发生车祸的不是傅诚，我怎么会知道伤者的情况。”

“我去！那你不说清楚，你想吓死我啊！”路小凡满脸是泪地对着电话嚷嚷。

刘春力把手机拿开了点儿，紧接着说：“我打听过，按傅诚出门的时间算，他应该也被车祸挡住了。可惜现在已经放行，他如果比较靠前的话，大概正向目的地前进。小凡……小凡？小凡！”他气恼地看看手机，“居然挂我电话！还有死卤鱼干，居然不带电话！不然早联络上了，我家小凡能这么着急吗？姓陆的，你给我记住！”

那边，路小凡已经果断导航了最近路线，抄小路狂奔而去。

“啊，大雪天有个女的跑酷。”路边有人起哄。

但，路小凡顾不得。

傅诚这边，确实被车祸挡住了去路，终于能通行时，前方又压车压成一条长龙，车子蜗牛一样爬了好久。

“真没见过钧哥这样的，进监狱的事这么急干什么？”陆瑜抱怨。

“我不愿意失信于人。”计肇钧亲自开车，只回了这么一句就沉默了。

他们好不容易到了警局，比约定的时间晚了两个多小时。

“来了？”老钱根本不问情由，只抬起眼睛问。

一老一少两个男人对视，神情间都非常平静且坦然。

随后，老钱打开了记录设备：“你可以讲了。”

傅诚张开嘴，还没有发声，就有个小警员来敲门，找老钱有事。

老钱道了个歉，出去了十分钟，回来后又说了一遍：“你可以讲了。”

然而这次傅诚还是没说出来，因为身后传来“砰”的一声，门被人猛烈地撞开。已经上气不接下气的路小凡跌跌撞撞地跑了进来，浑身被泥水和汗水浸透，手里举着一个U盘：“不……不许说！不许……说！我有……我有新证据！”说完，她整个人脱力，晕倒在地上。

路小凡再睁开眼，看到的是封闭的窗子，窗外是依然飘飞的大雪，以及淡蓝色的布窗帘和挂吊瓶的支架。

医院！这里是医院。

“傅诚傅诚傅诚……”路小凡一连串地叫着，猛然坐起，只觉得浑身酸疼，两条腿好像已经不属于自己了。

“在这儿呢。”身边传来浑厚的男声。紧接着那男人坐到床边，从背后把她抱住，让她倚在他宽厚的胸膛上。

“你没说，是不是？”路小凡半转过身，急切地问。

路小凡抬头看看墙上的电子钟，已经是她闯进公安局后的三个小时。她一定是前些日子太累，又在短时间内消耗了太多体力，不然不会晕倒这么久。

傅诚笑了，伸手摸摸她的头发：“你跑得差点儿断气，大冬天的，汗把毛衣都湿透了。你拼命救我，我怎么可能辜负你。放心吧，一个字也没说。”

“那你被正名了吗？”路小凡的眼里有光芒闪动。

“我被正名了。”

路小凡长出了一口气，幸福感从四面八方涌进她的心里。

“我以后再也不说老天亏待我了。”她安心地窝在傅诚的怀里。

一切都缘于计维之交由江东明送来的 U 盘。那上面有一段计维之录下的视频，而且还经过了法律公证。

视频里，计维之忏悔了当年对兰淑云犯下的罪行，也承认自己有一对双胞胎儿子，只是当年兰淑云在傅昆的帮助下，偷偷带走了一个。他以前并不知情，直到命运之手令这对双胞胎同时出现在计氏旗下的一处建筑工地上。

傅诚打了计肇钧之后，计维之本来打算督促公安机关严惩肇事者，但被兰淑云阻止。一个普通的女人怎么可能见到计氏财团的掌舵人？因为兰淑云打通了计维之的电话，而计维之的这个电话号码是他私人使用的，三十年来从没换过。

三十年前，为了留一个骨肉在身边，兰淑云冒险放弃了一切。三十年后，为了这个儿子不再坐牢，她不得不忍痛说出儿子的真实身份。哪怕这意味着母子从此分离，但当一个母亲全心全意为儿子着想时，自然也顾不得了。其实她一直也在挣扎，觉得傅诚跟她过苦日子不公平，应该回归计家。

计肇钧是个不学无术的纨绔子弟，计维之本来就对他非常失望，奈何计肇钧是独生子，是他唯一的继承人。为此，他对公司的未来充满担忧，他身体的每况愈下与此不无关系。

但突然之间，一切不同了，他忽然有了选择。特别是在他调查过傅诚，发现这个儿子虽然进过监狱，但人品和性格都非常好，还特别聪明，他立即着手准备让傅诚认祖归宗，打算重点培养。

哪想到这件事让计肇钧知道了，父子之间爆发了激烈的冲突。计维之被气病了，无力着手让傅诚回归计家的计划。但他深知自己的心脏有问题，怕猝死后没有安排，公司会发生混乱，被有心人钻空子。于是在还没有准备公布傅诚的真实身份之前，他就先做了经过公证的文书，并录了这段视频，声明傅诚是他及计氏的合法继承人，在他或计肇钧无力承担公司责任的时候，有权继承和执掌家族的一切财富和公司的经营。

一切难解的困局就此化解！计维之的远虑，解了傅诚的近忧。当在审问室里看到视频和相关文书后，傅诚只说了一句："冒充计肇钧，没有公布真相，是为了公司的稳定。"

整件事，其实老钱和江东明是知道始末的，但一来他们没有证据，二来他们并不真的想让傅诚倒霉，让计氏垮掉。他们要的只是真相，只是维护法律而已。现在一切都是合法的，对这样的结局，老钱甚至是高兴的。江东明虽然有点儿心里发酸，可这到底是他自己让路小凡做出的选择。

半个月后，新年快到了，计维之病危。

为了救傅诚这个他三十年亏欠良多的儿子，计维之折腾自己，以换来江东明的关注，可这也毁了路小凡这么多日子以来的努力。

最后的几天，傅诚在路小凡的劝说下和计维之相认。他能原谅傅昆，毕竟对他有养育之恩。但对计维之，他本能地抗拒，因为计维之曾经那样对待兰淑云，父子俩之前更是有长达三十年的隔阂。

但路小凡对他说："人之将死，都应该获得原谅。何况，计伯伯用生命挽救了你的未来。"

然后，路小凡拿出两张照片，是从兰淑云和计维之两位老人那里整理出来的。一张是五岁时的计肇钧，一张是五岁时的傅诚。两人穿得不一样，所处的背景有明显的富贵和贫贱之分。但，他们有着一模一样的脸。

傅诚看了照片，有些动容，之后又思想挣扎了一夜，第二天还是去了。在床前尽孝了三天，计维之去世。随后，傅诚正式更名为计肇诚，继任了计氏的董事长一职。

"我想，我妈应该是一直想让我回计家的。"曾经的傅诚，后来的计肇钧，如今的计肇诚对路小凡说，"因为我妈从我懂事开始，就非要我保持一些在当时看来很矫情的习惯。后来看到计维之我才知道，我妈是想让我保持那种所谓的贵族仪态。所以后来我冒充计肇钧的时候，在行为举止上没有什么可调整的。"

"你那样很帅气啊。"路小凡随手帮计肇诚正了正领带，"还有，你该叫计伯伯为父亲。"

"好吧。"计肇诚从善如流，"其实我也明白了，为什么我冒名顶替后，无论在……父亲面前怎么气他，说我这个冒牌货又在公司做了什么时，他都不生气。"

"因为他早知道你是他的亲骨肉。"路小凡接过话，"虽然一个儿子死了很难过，但他有了一个更出色的，不是吗？"

计肇诚笑笑，被路小凡夸得有些不好意思，干脆转了话题："我提了江东明任副总。"

"你不怕他又搞阴谋夺你的权吗？"路小凡有点儿吃惊。

"他夺不走。"计肇诚说得轻描淡写，却透着胸有成竹，"我这样做也不只是报答他把我父亲的视频拿出来。我做这样的决定，是因为他真的有能力。计氏大乱的时候，是他撑着这条巨船渡过险流的。这样的人才放在公关部门，实在太可惜了。"

路小凡笑而不语，因为她发现，计肇诚现在有了真正的主人翁意识，凡事为计氏着想了。

"还有，他会承担更多工作，这样我就能腾出比较多的时间陪你。"计肇诚又说，把路小凡搂到怀里，叹了口气，"我妈和父亲相继去世，虽然现在不讲究这个，但到底不能马上结婚，至少要在两年之后。我有点儿等不及了……"

感觉到他的手有向下滑的趋势，路小凡连忙跳开。

她很想说：时代不同了，不结婚也可以住在一起。但终究，她的兔子胆只在即将和心上人分离的那时候大了一点点，随后就再也鼓不起勇气。

而计肇诚呢？他渴望小凡渴望到疼痛，恨不能立即……但，他觉得越是珍视和重视小凡，就越要守着传统的礼仪。

在这个世界的很多地方还是很讲究家世地位的，小凡没有这些，为人又不强势，可她将来毕竟要成为计氏的女主人，所以他的态度决定着全公司所有人的态度。他越保守，所有人对小凡就越尊重。

那么就忍吧！这么多年都素过来了，再素两年就是。大不了，将来连本带利地讨回来就行了。

“过两天我要回老家过年啦，去看我爸爸妈妈。”路小凡轻声道。

“我陪你。”

“可是……按我老家的传统，你家今年有重要的人去世，是不能登门的。”

“好吧，那你什么时候回来。”计肇诚有点儿舍不得。

“我是想……我……可不可以暂时不回来？”路小凡吞吞吐吐的。

“不回来是什么意思？”计肇诚吓了一跳，“你要分手吗？”

“没有没有！”路小凡看计肇诚的脸色变了，急忙双手摆个不停，“我绝对绝对没有那个意思！除非……你想。”

“我不想！”计肇诚扳过路小凡的头，死死盯着她，不错过她任何一个微小的表情变化，“你这小脑袋里又在想什么？”

“考验！”路小凡在计肇诚的目光逼视下，完全不敢反抗，也说不出冠冕堂皇的谎话来，紧急之下只想到这么一个词，“我想……想给我们的感情一个考验！”

“我们的考验还不够多吗？你到底想干什么？说实话！”计肇诚态度强势。

“你看你看，你就会凶我。”路小凡不讲理地控诉，还挤出两滴眼泪来。

计肇诚最怕她掉眼泪，立即投降：“我没凶你啊，我只是紧张。你想要怎么样，直接跟我说好不好？你这样，我感觉心里不踏实。”

“我们是经历过很多考验，但那些都是把我们推在一起的力量。”路小凡深吸了一口气，把自己这些日子想的都说了出来，“你想过没有，假如我们之间再没有障碍，我们还会那么拼命想在一起，还会相爱吗？我必须确定，我们有一起度过几十年的勇气，在平淡如水、在地位差距非常大的情况下！”

“就是说，暂时分手两年？”

“不是分手啦！”路小凡差点儿跳脚，第一次觉得女人和男人之间的沟通确实有点儿困难，“只是两年分在两地，不见面，不联络，你忙你的，我忙我的。假如时间和距离不能分开我们，我们就结婚！”

计肇诚看着她，不说话。当她受不了那目光、慢慢有点儿瑟缩的时候，计肇诚突然就心疼了。

“好，听你的。”他想了想，点头。

路小凡见他答应，却忽然心慌起来。万一，真的就这么结束了呢？这么想着，她的眼泪不断滚落下来。

计肇诚明白她的心意，上前再次抱住她，故意用不耐烦的命令口吻道：“你给我老实点儿吧，再这样作，我们立即结婚，没商量！”

“你能结婚吗？”路小凡觉得自己再这样下去，有点儿无理取闹了，赶紧揭过这一篇，“戴欣荣在死亡宣告的公示期里回来了，你现在是有老婆的人。”

“说起这个……”计肇诚咳了声，“戴欣荣是朱迪害的，是我救的，戴家很感恩。尽管戴欣荣还需要很长时间才能恢复，却已经申请了婚姻无效。所以你这个问题难不倒我，我现在是超钻单身汉。”

他这个自创的名词“超钻”，把路小凡逗笑了。虽然离别的愁绪仍在，两人却忽然对未来有了很强的信心。

精神病院。

江东明来探望了朱迪。

“早知道，我就杀了计维之，省得他坏事！”听江东明讲完整个事件的结局后，朱迪咬牙切齿地说。

“就算没有我姑父，你又能得到什么好处呢？”江东明啼笑皆非。

“我没好处，我也不想别人得到好处。”朱迪耸耸肩，“之前我还告诉了老钱，当年在兰淑云住的疗养院，我有个内线——护士小胡。我需要刺激计肇钧的时候……”

“现在叫计肇诚。”江东明“好心”提醒。

“我管他叫什么！反正就是那个男人！”朱迪突然暴吼一声。

但很快，她又安静下来，脸上甚至还带了点儿笑容，变化之快之诡异，好像刚才身上是被鬼魂短暂附体了。也只有在这时候，才能看出她的不正常。

刚见面的时候，江东明甚至以为她根本没病。就算身穿病号服，也打扮得干净整洁，神情优雅恬静……

“我需要刺激他的时候，就让小胡给兰淑云弄点儿兴奋剂。要不了人命，却能让精神脆弱的人反应过度，损害健康。兰淑云犯病，那男人就跟着受折磨。现在我被关了起来，小胡凭什么拿了我的钱却还逍遥法外呢？有福同享，有难也要同当，是不是？这时候，估计小胡正被老钱审问呢。”

“真没见过像你这么恶毒的女人。”江东明耸耸肩，脑海里闪过路小凡的面容，“不是所有受过伤害的人都会变成你这样，说到底还是看一个人的本质。有的人心中有恶因，才会被诱出恶念。但是，你为什么不杀我姑父呢？”

“因为计肇钧跟我约定，如果计维之横死，他会立即停止合作。那个男人态度强硬，我不敢违背他。现在我后悔了，我不该听他的！”

“也许，这就是冥冥中自有天意。”江东明转身就走，“是老天看不过眼，不让他们亲生父子互相残杀呢。”

“你别走！你别走！你为什么要帮他们？你有什么好处？”

“我不需要好处，我内心平静就行了。不然，我也可能精神出故障。”不顾朱迪在身后发出尖叫声，江东明离开了。

尾声

我有个婚，要和你结一下

两年后。

黄昏时分，路小凡拎着菜篮回家，满脑子想的都是晚上要做什么菜式，让辛苦了一天的爸妈舒服地吃顿好的。

这个时间段，街上没有什么人。可远远的，一道身影映入她的眼帘。

路小凡突然感觉脑袋短路了，头顶在冒烟。就像她第一次见到他的时候，那么突然，心里像是被什么突然闯入！

菜篮“啪”一下掉在地上。

完了，篮子里还有鸡蛋……

路小凡在心里快速地计算日子……原来两年已经过去。

“路小凡，过来！”计肇诚站在离路小凡二十米处，命令。

他的声音令一切都真实起来。

那么说，这不是梦！那么说，他们的考验是满分！那么说，他来接她了！

路小凡惊慌过后，狂喜着奔了过去。

计肇诚伸开臂膀，等她来拥抱。

眼见就能扑上那朝思暮想的胸膛了，她忽然左脚绊右脚，整个人趴在那双长腿下，眼前是一双英式高级定制皮鞋。

计肇诚见状心疼得厉害，刚要弯下身把路小凡抱起来，旁边就钻出一个人，扶起摔倒的路小凡，嘴里还不住数落：“你看看你，做什么都比别人慢半拍。早跟你说了，灰姑娘要想钓王子，水晶鞋那套没用了，得摔个大马趴，嘴啃泥。你之前不摔，现在晚了八百年，快结婚了，该他跪你了，你说你摔个什么劲儿。笨蛋啊你！”

“小舅！”路小凡激动了。

路小凡回乡两年，刘春力却没回，一直在一家化妆品公司做销售代表，事业上混得风生水起。傅敏也没有出国，毕业后进了一家广告公司。因她外表迷人，性格大大咧咧，陆瑜总担心她被不怀好意的男人惦记，愁得一把把地薅头发，不断救场。

刘春力、陆瑜和傅敏三个人天天混在一处，吵了好，好了吵，三人行，热闹至极。

路小凡曾经问自家小舅："你和陆瑜到底怎么回事？你是弯了吧？他呢？你们俩到底是朋友，还是恋人？"

刘春力气急败坏："卤鱼干这浑蛋天天跟我打马虎眼，说了，一天看不见我就想，遇到难事第一个想到的就是我。这应该是爱吧？但是，他对我没有那种冲动，我们是深深的兄弟情。"

此时刘春力陪着计肇诚出现，陆瑜和傅敏自然也在。果然，他们很快过来和路小凡打招呼，很亲热的样子。

"你们都来了？"路小凡很高兴，不过随即感觉到某人身上的低气压，连忙把关注力放在他身上，讨好地问，"你也来啦？有什么事吗？"

计肇诚上前一步，因他高大的身材和强势的气场，立即把其他人挤到了一边："路小凡，我当然有事。我有个婚，要跟你结一下！"说完，他不顾其他人的大呼小叫，从衣袋里拿出一根细绳，麻利地拴在路小凡的无名指上。

那是他意外求婚那天用的绑粽子的绳子，路小凡曾用心保存。两年前，路小凡临回家时被他抢走了。如今，他又还了回来。

"你那么有钱，就这么打发我外甥女啊。钻戒没个十克拉，怎么也得八点八八吧？"刘春力不满地嚷嚷。

计肇诚不说话，扛起路小凡就走。

他当天带着大包小包来见路家双亲，只用了一晚上就讨了路爸路妈的欢心，第二天就宣布婚讯，第三天就回去登记办仪式。

路小凡这才知道，他这两年根本没闲着，细心准备了一切。婚戒、婚纱、新房和婚礼仪式、新婚礼物，甚至连蜜月都计划好了。

他说不管路小凡想去哪里豪华游，都要以后再说，蜜月必须要在两人第一次独处的山间别墅度过。因为那里没人打扰，他要把这几年的"亏空"全补回来。

于是，万事俱备，只欠新娘。

现在新娘被十万火急地拎了回来，婚礼即刻举行。

因为婚前新娘和新郎不能见面，路小凡便住在了举行婚礼的酒店里。她的化妆师、服装师都已经在这里订好了房间，所有人都在为婚礼做准备。

路小凡好不容易赶在电梯关门前挤进去，蓦然发现遇到了熟人孙莹莹！

孙莹莹谱摆得十足，难得还记得她。

"路小凡，你来这种高级的地方干什么？"孙莹莹一脸嫌弃。

"我……"

"来打工的吗？怎么坐这部电梯，没有员工电梯吗？"孙莹莹向旁边挪了一步，仿佛怕路小凡蹭着她身上最新款的 Saint Laurent 裙装，那可是借来穿了后要还的。

“不是……”

“难不成你知道人家计大少结婚，想再来看一眼？简直笑死人了。”孙莹莹从鼻孔中哼出一点儿凉气，“你有请柬吗？怎么混进来的？以我这样的好条件都不入计大少的眼，你就快别犯花痴了，快回去。乖，我这是为你好。人啊，不属于你的东西，就不要妄想了。”

这时候，“叮”的一声，电梯开了。一出门，两人正看到江东明在那儿。

孙莹莹以为江东明是等她，不禁心花怒放，赶紧扭动着腰肢迎出去。哪想到江东明却错过她，走向后面的路小凡：“我的个天，新娘终于到了！你也太稳当了吧？我表弟都问了八百遍了！”

孙莹莹见江东明挽起路小凡的手臂，不禁惊得下巴都要掉地上了。

“我又没迟到，地铁不会堵车的。”路小凡嘟哝。

“你准时，架不住有人心急。话说，你真的不再考虑我了吗？谈恋爱可以找个冰山男，可嫁人得找话多的，不然婚后寂寞，懂？小女生没意识。”江东明不死心地问，“现在跟我走还来得及，逃婚其实也挺浪漫的。”

“谢谢你。”路小凡气乐了，“下回我见到好的会帮你介绍。”路小凡说着挥挥手，径直去了新娘化妆间。

“她……她是新娘？路小凡是新娘？”孙莹莹惊讶到话都说不好了。

“是啊，她就是新娘！可惜不是我的。”江东明哀叹，也走了。

只剩下孙莹莹化身石像，站在那儿一动不动。

两小时后，结婚进行曲响起，路小凡穿着名贵的婚纱，由刘春力牵着，进入礼堂，钻石珠宝衬得她美艳不可方物。

伴娘是傅敏，伴郎是陆瑜。

计肇诚帅气无比地站在圣坛前，耐心等待着。

路小凡一步步向他走去，脑海中闪过他们相处的一点一滴的时光，就好像发生在昨天。

“不是世界不好，是你见识太少。别以为看多了贫富之间的冲突，就觉得彼此不能做朋友，更不能相爱。三观一致，保持自信，互相迁就生活方式，就可以过得很好。说到底，矛盾来自于你对金钱的态度。真不把金钱当回事，相处起来又有什么难的？不管是在地狱还是天堂，我都祝你们幸福。”

路小凡耳边回响着这段话。

这是计维之在弥留之际，用那个 iPad 打下来的一段文字。

路小凡微微抬头，望着越来越近的男人，忽然拥有无比的自信。

她坚信，他和她，会一直幸福地生活下去的。为此，她会更加努力！

（全文完）